U0154425

少數群體語言權利：
加拿大、英國、臺灣語言政策之比較

王保鍵 著

Minority Languages

倕講客

五南圖書出版公司 印行

序 言

　　由各個國家的語言監察使所組成之「國際語言監察使協會」（International Association of Language Commissioners），以促進語言權利、語言平等、語言多樣性為使命。英國威爾斯語言監察使Meri Huws女士於2017年至2018年出任國際語言監察使協會主席。在Meri Huws的引薦下，本書作者有幸全程參與2019年6月在加拿大多倫多舉行的國際語言監察使協會第六屆年會，觀察到各國以國際人權法形塑其少數群體語言權利保障機制，並深感各國少數語言政策應可為臺灣之借鏡，因而誘發撰寫本書的動機。

　　本書回顧自由權、平等權之理論發展，探索語言人權理論，並透過國際人權法之討論，藉以演繹少數群體語言權利理論與標準，並以國際及國內比較之方式，檢視加拿大法語（魁北克模式、安大略模式）、英國（威爾斯語、蘇格蘭蓋爾語）、臺灣（客語、原住民族語）等六個語言少數群體之語言制度，藉以提供借鏡國外語言權利政策之機會，也同時處理國內在語言法律制定與實施所面對的問題。本書期盼能對國家如何「尊重」少數群體語言權利，以及如何要求國家具體「保護」少數者語言權利，提出明確的指引。

　　本書共分為八章，前兩章整理基礎概念及建構分析理論；第三章探索國際人權標準如何在國內法體系實踐；第四章討論憲政體制與少數群體語言；第五章以聯邦官方語言法、魁北克法語憲章、安大略法語服務法，探討加拿大法語少數群體語言權利；第六章以威爾斯語言法、蓋爾語（蘇格蘭）法，研析英國語言少數群體語言權利；第七章則討論臺灣客語、原住民族語；第八章就臺灣少數族群語言權利發展，提出建議。又本書部分內容改寫自作者所研撰論文者，在第一章最末予以說明。

　　本書的出版，首先感謝國立中央大學客家學院周錦宏院長在學術發展上的引領、提攜，以及客家學院眾多師長們的諸多指引。又本書由五南圖書，經過嚴格的學術審查，及學術市場評估後，決定出版，並給予作者充足版稅的合約；因此要特

別感謝多位匿名審查人所提供的寶貴意見和建議，及五南圖書劉靜芬副總編輯和呂伊真責任編輯的協助。

　　即將揮別2021年，迎向2022年，本書即將付梓出版，本應歡愉喜悅，但父親去年5月辭世，迄今仍難忍喪父之痛。父親生逢戰亂，入伍從軍，見證了第二次世界大戰、國共內戰、臺灣的民主轉型；父親的逝世，某種角度來看，是一個時代的結束。父親的前半生，顛沛流離；父親的後半生，努力苦讀，接續考取國家考試丙等、乙等特考，中年由軍人轉任警察，組織家庭，全心奉獻於家庭，以身體力行的實作，讓孩子們知道「讀書向上」及「家庭優先」的價值。再多言語，無法表達對父親的思念，謹以此書獻給父親。

王保健

2021年12月30日於貓裏

謹以此書獻給父親在天之靈

目　錄

　　當前臺灣語言政策，約略可分爲兩條軸線：一爲2030雙語國家
（bilingual nation）政策，旨在提升國民英語力與國家競爭力；另一爲國
家語言（national language）政策，以多部語言法律，積極實現人民的語
言人權（language human rights/ linguistic human rights）。按語言規劃
（language intervention/ language planning/ language management）關
注於「誰規劃什麼，爲誰及如何規劃」（who plans what for whom and
how）（Cooper, 1989: 31），一般可分爲地位規劃（status planning）、
語型規劃／本體規劃（corpus planning）、教學規劃（acquisition
planning）等面向（施正鋒、張學謙，2003：30-31；黃建銘，2011），
後來又發展出聲望規劃（prestige planning）概念（Kaplan and Baldauf,
1997: 50）。

　　臺灣在語言規劃上，早於1983年間，教育部便已開始研擬《語文法
（草案）》，當時由於各界反應不一，遂未繼續研訂；嗣後，教育部參酌
行政院客家委員會（現爲客家委員會）[1]的《語言公平法（草案）》、行
政院原住民族委員會（現爲原住民族委員會）[2]的《原住民族語言發展法

---

[1]　臺灣於2001年5月16日公布《行政院客家委員會組織條例》，設置「行政院客家委員會」，
除客家語言及文化外，並掌理客家民俗禮儀、客家技藝、宗教研究、客家教育、客家傳播媒
體、促進族群融合、海外客家事務合作交流等事項。嗣後，配合行政院組織改造，2010年6
月29日公布《客家委員會組織法》，2012年1月1日改制爲「客家委員會」。

[2]　臺灣於1996年11月13日公布《行政院原住民委員會組織條例》，設置「行政院原住民委
員會」，配合1997年7月21日公布《憲法增修條文》將「原住民」修正爲「原住民族」，
2002年1月13日將《行政院原住民委員會組織條例》修正爲《行政院原住民族委員會組織條
例》，「行政院原住民委員會」更名爲「行政院原住民族委員會」。嗣後，配合行政院組織
改造，2014年1月29日公布《原住民族委員會組織法》，2014年3月6日改制爲「原住民族委
員會」。

（草案）》、中央研究院語言學研究所籌備處（現為語言學研究所）的
《語言文字基本法（草案）》後，擬具《語言平等法（草案）》：惟嗣因
考量《語言平等法（草案）》制定事宜，涉及文化保存與傳承事宜，經行
政院協調後，於2003年3月以臺語字第0920042644號函，將《語言平等法
（草案）》研議及制定等事項，移由行政院文化建設委員會（現為文化
部）主責，經該會重新擬具《國家語言發展法（草案）》，報請行政院審
議後，於2007年5月25日由行政院以院臺教字第0960086179號函送立法院
審議，但因未於立法院第六屆會期審議完成，再於立法院第七屆會期，
重新由行政院於2008年2月1日以院臺文字第0970003868號函送立法院審
議，惟仍未完成立法程序。[3]

　　又1996年12月，立法院立法委員林郁方、林光華、徐成焜等為提案
人，提出《大眾運輸工具語言公平法（草案）》（院總第1740號／委員
提案第1687號），[4]但未能完成立法程序。嗣後，1999年5月，立法院立
法委員陳其邁、蔡煌瑯等為提案人，提出《大眾運輸工具播音語言平等保
障法（草案）》（院總第462號／委員提案第2467號），[5]案經1999年6月
21日立法院交通委員會第九次會議審查通過，並於1999年11月18日、12
月28日進行兩次朝野黨團協商，於2000年3月完成三讀程序。《大眾運輸
工具播音語言平等保障法（草案）》有幾個觀察點：一、本法為立法委
員提案，行政院並未提出對案；二、草案第6條所定北京語、臺語、客家
語之稱謂，為交通委員會審查時爭點之一；[6]三、反映當時欲以「新臺灣

---

[3] 資料來源：文化部2014年2月24日文源字第1033004215號函。
[4] 草案第4條規定，本法所稱語言，包含我國臺澎金馬地區各族羣慣用語言。同草案第6條規定，大眾運輸工具應至少使用國語、閩南話、客家語播音。其他原住民語言之播音，由主管機關視當地原住民族族羣背景及地方特性，酌予增加。
[5] 草案第4條規定，本法所稱語言，係指國內各不同族羣所慣用之語言。同草案第6條規定，大眾運輸工具除北京語之外，尚且應以臺語、客家語播音。應否使用其他少數族羣之語言播音，由地方主管機關於徵詢中央主管機關後定之。又當時立法文件，使用「族羣」，非現在慣用的「族群」。
[6] 當時代表教育部出席立法院交通委員會審查會議的教育部社教司周燦德司長表示：「北京話」為過去所稱的「北平話」，目前所說「國語」是《國語推行辦法》所規定；至於「臺語」為泛指臺灣地區所有民眾慣用語言，包含閩南語、客家語、原住民族語（立法院公報

人」概念，含括臺灣各族群之政治論述。[7]

　　2016年5月20日政黨輪替，展開國家語言之立法程序，先後於2017年6月14日制定公布《原住民族語言發展法》、2018年1月31日修正公布《客家基本法》、2019年1月9日制定公布《國家語言發展法》。上開語言法律，定「臺灣各固有族群使用之自然語言及臺灣手語」爲「國家語言」，建構國家語言之平等權，及語言教育、接近使用公共服務等相關語言權利（language rights/ linguistic rights），並可視族群聚集之需求，指定特定國家語言爲區域通行語（regional language）。[8]

　　按《原住民族語言發展法》係依《原住民族基本法》第9條第3項規定所定。《原住民族語言發展法》第7條第1項規定「中央主管機關應訂定原住民族語言發展政策，並優先復振瀕危語言」，顯示語言規劃、語言政策對少數族群語言復振之重要。依《客家基本法》第3條第3項規定，客家語言發展事項，另以法律定之。爲落實客語之國家語言地位，保障人民使用客語之權利，並重建客語之活力，客家委員會已依《客家基本法》第3條第3項規定，研擬《客家語言發展法（草案）》，進一步針對客家文化重點發展區及客家人口比例超過一半的鄉鎮，規範公共活動、公共會議、人民取得公共服務、優先使用客語，並在潛在能使用客語的客庄，拓

處，1999：234-235）。立法院交通委員會審查《大眾運輸工具播音語言平等保障法（草案）》之主席蔡煌瑯（亦爲草案提案人）於審查會表示：考量北京非中華民國一部分，接受將「北京語」改爲「國語」（立法院公報處，1999：246），故交通委員會審查通過的版本第6條規定：「大眾運輸工具除國語之外，另應以臺語、客家語播音。需否使用其他少數族羣之語言播音，由主管機關就大眾運輸工具所經地區少數族羣使用語言之多寡自行決定。」（立法院公報處，1999：247）。嗣後，經黨團協商，第6條第1項修正爲：「大眾運輸工具除國語外，另應以閩南語、客家語播音。其他原住民語言之播音，由主管機關視當地原住民族族羣背景及地方特性酌予增加。」（立法院公報處，2000：38）；復再經黨團協商，第6條第1項再修正爲：「大眾運輸工具除國語外，另應以閩南語、客家語播音。其他原住民語言之播音，由主管機關視當地原住民族族羣背景及地方特性酌予增加。但馬祖地區應加播閩北（福州）語。」（立法院公報處，2000：38）。檢視立法過程，增加「閩北（福州）語」規定，可能與連江縣選出立法委員曹爾忠有參與第二次黨團協商有關。

[7] 草案提案人陳其邁於立法院交通委員會審查法案，說明立法旨趣：本案主要呼應總統李登輝所提「新臺灣人」觀點，由各族羣及原住民族組成的新臺灣人，但考量搭乘船舶等大眾運輸工具時，客語的廣播似乎少些（立法院公報處，1999：233-234）。

[8] 如《國家語言發展法》第4條爲語言平等，第9條爲語言教育，第11條爲接近使用公共服務權利，第12條爲區域通行語。

展客語在公共領域的使用空間與機會，透過實質法制規範，運用公私協力（public-private partnership）模式，推展客語永續發展。[9]立法院各政黨，亦分別提出各自的《客家語言發展法（草案）》版本，[10]立法委員賴香伶、張其祿、徐志榮、林爲洲、林思銘、鄭正鈐、張育美等17人版本更進一步定「臺灣客語」爲官方語言（official language），並建構「客語共同體」、「語言監察使」等機制。

　　上開語言法律發展，除增強政府對於語言復振（language revitalization）[11]的力度與廣度外，更形塑族群集體權（collective rights）、族群成員個人語言權利（individual language rights），可謂開啓臺灣語言政策及規劃（language policy and planning, LPP）的新頁。本書以語言人權爲基礎，透過國際人權法之討論，探索少數群體語言權利之理論與標準，並以國際及國內比較之方式，檢視加拿大、英國、臺灣的6個語言少數群體之語言制度，藉以提供借鏡國外語言權利政策之機會，也同時處理國內在語言法律制定與實施所面對的問題。本書期盼能對國家如何「尊重」少數群體語言權利，以及如何要求國家具體「保護」少數語言權利，提出明確的指引。

---

[9] 資料來源：客家委員會2021年4月21日客會綜字第1106000427號函。另臺灣已在制度上納入公私協力機制，如《原住民族語言發展法》第6條「族語推動組織」及第27條「財團法人原住民族語言研究發展基金會」，或《客家基本法》第17條「財團法人客家公共傳播基金會」等，承擔臺灣少數族群的語言政策之推動。

[10] 國民黨的《客家語言發展法（草案）》，由立法委員徐志榮、林思銘、陳超明、葉毓蘭、呂玉玲等爲提案人（院總第1783號／委員提案第26910號）。時代力量的《客家語言發展法（草案）》，以時代力量立法院黨團、王婉諭、陳椒華、邱顯智爲提案人（院總第1783號／委員提案第27506號）。立法委員賴香伶、張其祿、徐志榮、林爲洲、林思銘、鄭正鈐、張育美等爲提案人的《臺灣客家語言發展法（草案）》（院總第1783號／委員提案第27673號），應及法律名稱加上「臺灣」，係經臺灣民眾黨黨主席柯文哲表示決定，且本草案由賴香伶主責，邀集學者專家於臺灣民眾黨中央黨部召開諮詢會議討論，擬定條文，故本草案可視爲臺灣民眾黨版本。整體來說，國民黨與時代力量版本，較接近於客家委員會2021年7月26日草案公告版本；臺灣民眾黨則將客家委員會版本的第六章「罰則」刪除，改爲第六章「臺灣客語發展」。

[11] 語言復振在於恢復語言存續的生機，透過代際相傳延續語言的生命，如Fishman的挽救語言流失（reversing language shift）八階段（eight stages）理論（黃建銘，2011）。許多國家以語言法律建構制度性機制，以推動語言復振，如加拿大《原住民族語言法》第5條a項及b項。

第一節　少數群體語言與官方語言、
國家語言、區域通行語

　　Thomas Dye（1998: 3）界定公共政策（public policy）為：政府選擇作為或不作為的過程（whatever governments choose to do or not to do）。國家對於語言事務，選擇「不作為」時，不干預人民使用語言的習慣；但國家選擇「作為」時，制定語言法律，必然受到憲法的拘束（法律不得牴觸憲法）；意即，憲法平等權、表意自由等人權條款，自然會投射於語言法律規範。國家法律於處理各語言群體所使用的語言時，應考量各該語言之語言權利、法律地位、社會地位，及與其他語言關係等因素，並體現在官方語言、國家語言、區域通行語之制度設計選擇。本節將先討論相關基本概念，以說明本書用語之選擇，再探討官方語言、國家語言、區域通行語之意涵。

壹、概念辯證

　　基本上，多數群體語言或少數群體語言，都有可能成為國家之官方語言、國家語言、區域通行語。但一般來說，少數群體語言之語言復振，較需要國家制度性保障，語言規劃較重視少數群體語言，故於進行制度設計時，就應釐清「少數群體」的概念。

一、少數群體定義與分類

　　依聯合國大會（General Assembly）2019年7月15日所審議少數群體問題特別報告員報告（Report of the Special Rapporteur on Minority Issues）對少數群體（minority）之定義為：「族群、宗教、語言少數群體（ethnic, religious or linguistic minority），係指在一國全部領土內人

數未達總人口一半之任何群體，其成員在文化、宗教、語言等方面具有共同特徵，或此類特徵之任何組合（A/74/160，段59）。」有關少數群體定義之流變，將在第二章第二節詳述。

在國際人權法（International Human Rights Law）框架上，少數群體是否要分類？[12]如何分類？存在不同論證。《公民與政治權利國際公約》（International Covenant on Civil and Political Rights）第27條將少數群體分為族群、[13]宗教、語言三類，《在民族或族群、宗教和語言上屬於少數群體者權利宣言》（Declaration on the Rights of Persons Belonging to National or Ethnic, Religious and Linguistic Minorities）增加民族少數群體（national minorities），將少數群體劃分為四類。[14]聯合國對於少數群體之類別，採取四種類別間無排他性、尊重個人自我認同之選擇、毋庸國家的承認之立場。[15]

---

[12] 聯合國教科文組織（UNESCO）的《反教育歧視公約》（Convention against Discrimination in Education）第5條第1項第c款則以「民族少數群體」統稱，而不分族群、宗教、語言。歐洲理事會（Council of Europe）的《歐洲保護少數民族框架公約》（Framework Convention for the Protection of National Minorities）及《歐洲區域或少數民族語言憲章》亦以民族少數群體統稱之。事實上，因《歐洲保護少數民族框架公約》無法對「少數民族」定義，取得共識，該公約遂未定義「少數民族」，而由會員國彈性決定「少數民族」之適用對象（ECMI, 2005: 289）。2005年《少數群體問題工作組對「聯合國在民族或族群、宗教和語言上屬於少數群體的人權利宣言」評註》（Commentary of the Working Group on Minorities the UN Declaration on the Rights of Persons Belonging to National or Ethnic, Religious and Linguistic Minorities）指出，歐洲理事會的公約或憲章，重要的是界定「少數民族」，但聯合國的少數群體宣言，並沒有同樣的問題：即使一個群體不被認為是一個少數民族，它也仍然是一個族群、宗教或語言少數群體（段8）。

[13] 族群之界定，可從客觀定義、主觀定義、行為定義三個角度加以界說（丘昌泰，2009：16-17）。族群認同（ethnic identity）不但是對外之客觀特徵（如語言、文化、生活習慣等），而且是對內之主觀認知（如祖先淵源、行為界定、歸屬感等）（李世暉，2018：49）。族群研究理論，主要有原生論（primordialism）、工具論（instrumentlism）、邊界論（boundaries pproach）、建構論（constructivism）等四大典範（江明修，2012：6）。

[14] 英國《平等法》（Equality Act 2010）第9條第1項所定義「種族」（race），包含膚色（colour）、國籍（nationality）、族群或民族出身（ethnic or national origins）。

[15] 為釐清少數群體四種類型的意義及範圍，少數群體問題特別報告員Fernand de Varennes於2020年7月21日提交大會報告（A/75/211）指出：1.少數群體各類別間，不具排他性（段33）；2.尊重個人自我認同之身分選擇，個人可同時選擇屬於一個以上的族群、宗教、語言群體，亦得選擇更改或放棄一種或多種身分（段36）；3.若特定不同的文化、宗教、語言是客觀上可得證明（objectively demonstrable）者，縱使國家未予以承認，個人仍可主張繫屬（belong）於該群體（段43）。

　　又上開少數群體類型，亦可作爲「少數群體語言」（minority language）及「語言少數群體」（linguistic minorities or language minorities）辨明之參照，兩者概念相近，但存有些許差異。[16]以加拿大爲例，原住民族（indigenous people）爲加拿大的「少數群體」，爲保障原住民族「少數群體語言」權利，加拿大聯邦政府於2019年制定公布《原住民族語言法》（Indigenous Languages Act）；[17]至於本書探討的魁北克（Quebec）、安大略（Ontario）法語保障機制，係爲保障「法語少數群體」之語言權利。

　　實作上，臺灣依《公民與政治權利國際公約》第40條規定，於2020年6月提出「公民與政治權利國際公約第三次國家報告」，上開報告第275點將臺灣少數群體分爲：（一）少數族群（minority ethnic groups）：包括經政府認定爲原住民族的阿美族、泰雅族、排灣族、布農族、卑南族、魯凱族、鄒族、賽夏族、雅美族（達悟族）、邵族、噶瑪蘭族、太魯閣族、撒奇萊雅族、賽德克族、拉阿魯哇族及卡那卡那富族等共計16族，與蒙（Mongolians）、藏（Tibetans）民族；[18]（二）語言少數族群（language minority groups），包括新住民（外籍配偶）[19]族群、印

---

[16] 依《公民與政治權利國際公約》第27條少數群體類型，「族群少數群體之語言權利」與「語言少數群體之語言權利」，皆應獲得保障。考量文字使用精簡，本書原則使用「少數群體語言權利」的用語。

[17] 加拿大《原住民族語言法》第3條規定，本法旨在強化加拿大1982年憲法第35條所承認原住民族權利，而非減損原住民族權利。

[18] 爲證明蒙藏族身分，保障蒙藏族權益，臺灣定有《蒙藏族身分證明條例》。又爲保障蒙藏學生就學權益，教育部發布《蒙藏學生升學優待辦法》與《原住民學生升學保障及原住民公費留學辦法》，兩者同爲我國少數族群學生升學保障優惠。另我國原依《蒙藏委員會組織法》，設立部會層級的蒙族、藏族之族群專責機關，後於2017年廢止《蒙藏委員會組織法》，主要業務及員額移撥至大陸委員會、文化部。

[19] 對於新住民是否具有「族群」性質，實際上是存有爭議的。如林修澈的《我國族群發展政策之研究》（2016：21）指出，新住民（新移民）實質上不是族群，雖具有民族文化屬性，但未達「集體權」的訴求。惟揆諸《公民與政治權利國際公約》第27條、《公約》人權事務委員會第23號一般性意見第5.1點及第5.2點之意旨，並考量我國《公民與政治權利國際公約》執行情形第三次國家報告，已將新住民列爲語言少數群體，又應與新住民具有久居臺灣事實或歸化國籍（除殊勳歸化外，歸化我國國籍須放棄原國籍），本書建議於討論少數群體語言權利時，或許可先暫將新住民納入討論。而新住民之語言權，可從人口數量、語言對該族群生活上重要性、語言繼續存在可能性三者，加以考量（李憲榮，2002：32-33）。

尼、菲律賓、泰國、越南等國之移工、原住民族群、蒙藏民族群、客家語族群等（法務部，2020a：117）。[20]臺灣上開國家報告，原住民族同時列為「少數族群」及「語言少數族群」，客家族群僅列為「語言少數族群」。

　　一般來說，臺灣常用的「少數族群」語彙，約略可指涉：（一）泛指各類型少數者，除傳統四大族群概念所指涉的「族群」（ethnic）[21]外，尚擴及其他群體，如司法院釋字第617號解釋之「少數性文化族群」，或釋字第748號解釋理由書中之「多元性別／性傾向族群」，[22]或《有線廣播電視法》第45條第2項第2款等法律所規定之「弱勢族群」；[23]（二）專指被支配者（非人數上少數），如施正鋒（2011；2018：278）認為，少數族群指一個國家內部被支配的族群，而非人數較少的族群；（三）族裔（ethnicity）人口較少者，如前述臺灣的「公民與政治權利國際公約

---

[20] 英文版的「公民與政治權利國際公約第三次國家報告」（Third Report Submitted under Article 40 of Covenant），將「少數族群」譯為minority ethnic groups，將「語言少數族群」譯為language minority groups。

[21] 《民法》第1055條之1第1項第7款規定：「各族群之傳統習俗、文化及價值觀。」（法務部全國法規資料庫英語譯為The tradition, culture, and values of different ethnic groups）；《花東地區發展條例》第5條第1項第3款規定：「原住民族群生活條件及環境之改善。」

[22] 司法院釋字第617號解釋「少數性文化族群」之英語譯為minority sexual group；釋字第748號解釋理由書「多元性別／性傾向族群」之英語譯為diverse genders/ sexual orientations group。

[23] 法律條文規範「弱勢族群」者，約略有：《有線廣播電視法》第45條第2項第2款（法務部全國法規資料庫英語譯為disadvantaged minority groups）、《教育經費編列與管理法》第6條及《土地徵收條例》第3條之2第1款（法務部全國法規資料庫將此二部法律條文皆英譯為disadvantaged groups）、《災害防救法》第22條第1項第11款（法務部全國法規資料庫英語譯為disadvantaged minority）、《社會工作師法》第2條第2項（法務部全國法規資料庫英語譯為minor groups）、《儲蓄互助社法》第7條之1第1項（法務部全國法規資料庫英語譯為underprivileged）等。歐洲性別平等研究所（European Institute for Gender Equality）定義「弱勢族群」為：比一般人面臨較高貧困、社會排斥、歧視、暴力風險者，包括但不限於族群上少數群體、移民、身心障礙、孤立老人、兒童（Groups of persons that experience a higher risk of poverty, social exclusion, discrimination and violence than the general population, including, but not limited to, ethnic minorities, migrants, people with disabilities, isolated elderly people and children）（EIGE, 2021）。黃昭元（2017：295）界定特殊弱勢群體主要特徵為：1.政治結構或程序上的弱勢地位；2.對該群體存在有歷史或社會性歧視。實作上，我國《就業服務法》第24條及勞動部《多元就業開發方案》第3點定義弱勢族群為：獨力負擔家計者、中高齡者、身心障礙者、原住民、生活扶助戶中有工作能力者、長期失業者、更生受保護人、家庭暴力及性侵害被害人、因家庭因素退出勞動市場2年以上，重返職場之婦女、其他經中央主管機關認定者。

第三次國家報告」所指原住民各族、蒙族、藏族等。此外，基於《大眾運輸工具播音語言平等保障法》第6條第1項定有「馬祖地區應加播閩北（福州）語」規定，《國家語言發展法》第3條「固有族群」使用「自然語言」的概念，似可演繹出「馬祖語」為國家語言之一。[24]考量《在民族或族群、宗教和語言上屬於少數群體者權利宣言》，「少數群體」用語涵蓋「少數族群」，並能與國際人權法接軌，本書之用語選擇：原則上使用「少數群體」用語，但於探討臺灣制度設計與實作時，則使用臺灣習慣的「少數族群」用語。又本書依循聯合國規範，以人口數（未達總人口一半）標準，認定少數群體。

二、少數群體語言與區域通行語

就國家對語言之定性，可區分官方語言、國家語言、區域通行語三種：（一）官方語言：指國家指定特定語言作為政府公務使用，並作為政府與人民溝通（書面或口頭）的語言；（二）國家語言：指國家承諾對特定語言實施相關的保障及復振措施，以使人民更容易使用該語言；（三）區域通行語：指特定區域的人群所使用之語言（Lecomte, 2015: 2; European Union, 2016: 3）。

一般多將區域通行語與少數群體語言，視為相類似的概念，如《歐洲區域或少數民族語言憲章》（European Charter for Regional or Minority

---

[24] 文化部於2020年3月，委託臺中教育大學及匯流傳媒有限公司共同執行「面臨傳承危機國家語言調查：國家語言種類及面臨傳承危機情形」，上開調查結果所界定的國家語言有7種：1.聽覺型語言，包含南島語系之原住民族語（16族／42語別）、平埔族群語言，及漢藏語系（漢語）之國語（華語）、閩南語、客語、馬祖語等四大語種；2.視覺型語言，即臺灣手語（文化部，2021a：42-43）。惟最終國家語言種類，仍應視行政院依《國家語言發展法》第8條第1項及《國家語言發展法施行細則》第5條第1項所核定「國家語言發展報告」為準。目前的觀察，似乎可能以華語（國語）、閩南語、客語、原住民語、馬祖閩東語、臺灣手語等為國家語言之種類。又以聽覺型、視覺型進行國家語言分類，似忽略語言之使用，實際上包含聽、說、讀、寫等面向；且恐生牴觸法律之爭議，如依《原住民族語言發展法》第2條第1項第1款規定，原住民族語言：指原住民族傳統使用之語言及用以記錄其語言之文字、符號；或如《客語能力認證辦法》第2條規定，客語能力，指客語之聽、說、讀、寫能力。而若確定將馬祖語界定為國家語言，亦顯示《國家語言發展法》以「語言少數群體」概念，指涉「固有族群」。

Languages）。基本上，少數群體語言確實可能經由國家承認具有區域通行語地位，而在特定的區域通行語成爲少數群體與政府溝通往來之法定語言。然而，就制度設計，仍不排除多數群體語言，被指定爲區域通行語之可能；例如，閩南語爲臺灣多數族群語言，依《國家語言發展法》第12條規定，可能被指定爲區域通行語。

　　事實上，臺灣長期以國語（華語）[25]爲政府公文書使用語言，國語（華語）具有事實上（*de facto*）官方語言地位。而依《國家語言發展法》第3條所定義「國家語言」，則不論多數族群或少數族群之語言，皆可爲國家語言，而各國家語言皆可成爲區域通行語。又2030雙語國家政策寓有打造英語成爲第二官方語言（second official language）的想像。[26]

　　臺灣在「多數族群語言／少數族群語言」、「官方語言／國家語言／區域通行語」兩個軸線之交錯下，形成臺灣語言政策多元風貌。又依《國家語言發展法》規範，特定族群語言須先具有國家語言地位，才能進一步

---

[25] 臺灣的事實上官方語言，俗稱的「國語」，實際上約略有華語、國語、普通話、中文等四種稱謂（文化部，2021a：44）。在法令規範上，約略可分爲：1.稱「國語」者，如《大眾運輸工具播音語言平等保障法》第6條、《仲裁法》第25條第2項（當事人或仲裁人，如不諳國語，仲裁庭應用通譯）、《法院組織法》第97條（法院爲審判時，應用國語）；2.稱「中文」者，如《姓名條例》第2條第1項（辦理戶籍登記、申請歸化或護照時，應取用中文姓名）、《公司法》第370條（外國公司在中華民國境内設立分公司者，其名稱，應譯成中文）；3.稱「華語」者，如《歸化取得我國國籍者基本語言能力及國民權利義務基本常識認定標準》第6條（參加歸化測試之口試，得就華語、閩南語、客語或原住民語擇一應試）、《教育部對外華語教學能力認證考試規費收費標準》；4.稱「本國文字」或「我國文字」者，如《公務人員考試法》第10條第2項（筆試除外國語文科目、專門名詞或有特別規定者外，應使用本國文字作答）、《法院組織法》第99條（訴訟文書應用我國文字）。一般來說，海外華人社會多使用「華語」，如新加坡總理李光耀（Lee Kuan Yew）於1979年發起的「講華語運動」（Speaking Mandarin Campaign）（PMO, 2014）；但考量我國《大眾運輸工具播音語言平等保障法》使用「國語」稱謂，且我國「國語」與「國家語言」二者概念有別，故本書於討論臺灣語言政策時，使用「國語（華語）」，以資明確。

[26] 在政府法令規範上，臺南市政府爲因應全球化趨勢、提升臺南市國際競爭力，並結合產、官、學公私協力共同落實執行本市英語爲第二官方語言十年計畫，特設本府推動英語爲第二官方語言委員會，並於2014年訂頒《臺南市政府推動英語爲第二官方語言委員會設置要點》。又考量雙語政策具有普遍性、持續性、公益性及專業性，加以牽涉層面廣泛、推動期程長，亦須多方瞭解利害關係人的需求，經2021年9月2日行政院第3767次會議通過《雙語國家發展中心設置條例（草案）》，以成立行政法人組織型態之雙語國家政策發展中心。

被指定爲區域通行語；但並非所有族群語言都具有國家語言地位，亦非所有國家語言都必然成爲區域通行語。[27]本書接續從多數群體語言、少數群體語言角度，進一步探討官方語言、國家語言、區域通行語之概念。

貳、官方語言

經濟合作暨發展組織（Organization for Economic Cooperation and Development, OECD）的統計術語（glossary of statistical terms）對官方語言的定義爲：具有法律地位的政治實體（如國家或國家的一部分）所使用具有法律地位的語言，並作爲行政部門使用的語言（OECD, 2013a）。按特定語言成爲官方語言，約略有二種方式：一、由憲法或法律所規定，爲法律上（de jure）官方語言；二、國家法律未明定官方語言，但因政府部門長期慣行使用，成爲事實上官方語言。

一個國家是否要明定官方語言、何種語言應定爲官方語言，與該國歷史背景、政治發展相關。檢視各國實作經驗，概可分爲「多數群體語言爲官方語言」、「少數群體語言爲官方語言」兩種態樣。

第一，多數群體語言爲官方語言者，如英語，可再分爲三種次類型：一、多數群體語言，爲「法律上」官方語言者，如在加拿大，多數人使用英語，1982年《加拿大憲法》（Constitution Act 1982）第16條規定，英語爲加拿大官方語言；二、多數群體語言，爲「事實上」官方語言者，如在英國或美國，多數人使用英語，因英語被廣泛使用於政府文件，並爲政府與人民溝通之語言，而被視爲「事實上」官方語言

---

[27] 《國家語言發展法》第12條規定，直轄市、縣（市）主管機關得視所轄族群聚集之需求，經該地方立法機關議決後，指定特定國家語言爲區域通行語之一，並訂定其使用保障事項。意即，特定族群語言須先具有國家語言地位，方得依《國家語言發展法》第12條規定程序，指定爲區域通行語。因此，新住民、蒙族、藏族等少數群體語言，並非《國家語言發展法》第3條所定國家語言，自無法指定爲區域通行語；至於閩南語雖具有國家語言地位，但尚未有直轄市、縣（市）指定閩南語爲區域通行語。

（Dunbar, 2007: 112; Maher, 2017: 9）；三、多數群體語言，成爲第二官方語言者，如愛爾蘭（Ireland），英語爲居民日常生活語言，愛爾蘭語使用人口僅約占總人口四成；[28]但1937年《愛爾蘭憲法》（Constitution of Ireland）第8條規定，愛爾蘭語爲國家語言，並爲第一官方語言（first official language），英語爲第二官方語言。

　　第二，少數群體語言爲官方語言者，以紐西蘭（New Zealand）毛利語（Māori）爲代表。紐西蘭多數人使用英語，但法律所明定之官方語言，爲毛利語，屬少數群體之語言。依《毛利語言法》（Māori Language Act 1987）第3條、《紐西蘭手語法》（New Zealand Sign Language Act 2006）第6條定毛利語、紐西蘭手語爲官方語言，但多數人使用的英語，並非法律上官方語言，僅爲事實上官方語言。又加拿大法語使用者爲少數群體，法語依《加拿大憲法》第16條規定，與英語並列官方語言。

參、國家語言

　　經濟合作暨發展組織（OECD）的「統計術語」，對國家語言的定義爲：國家全部或國家的一部分所廣泛使用語言，通常代表語言使用者的身分；國家語言可能爲官方語言，亦可能非爲官方語言（OECD, 2013b）。就國家語言之指定，爲多數群體語言或少數群體語言，約略存有「國族認同工具」、「少數群體語言保障」、「語言平等」等觀點。

　　第一，國家在建構國族認同過程中，指定多數群體語言爲國家語言，具有運用多數群體之語言爲工具，以形塑國族認同之目的。按官方語言與國家語言差異，在於意識形態工具性（ideological-instrumental）差異；意即，官方語言多爲政府部門溝通媒介，但國家語言具有政治、

---

[28] 愛爾蘭2016年人口普查資料顯示，愛爾蘭語使用人數爲1,761,420，占總人口的39.8%（Central Statistics Office, 2021）。依聯合國少數群體問題特別報告員2020年7月21日提交大會報告（A/75/211）指出，愛爾蘭語雖爲官方語言，但愛爾蘭語不是多數群體語言，客觀上可爲少數群體語言（段50）。

文化、社會意涵，常成為國家團結的象徵（symbol of national unity）（Ridwan, 2018），並為形塑國族認同之工具。例如，印度（India）以印地語（Hindi）為國家語言，或馬來西亞（Malaysia）以馬來語（Malay language）為國家語言。

　　第二，一個國家中，少數群體語言之使用人數及其語言地位，遜於多數群體語言，國家指定少數群體語言為國家語言，意欲肯認少數群體語言以保障其語言使用。就法律地位（legal status），國家指定特定語言為官方語言，除作為政府部門使用語言外，更具有賦予公民語言權利（bestows language rights on citizens）意義；而國家語言之指定，具有確認該語言群體為國家傳統（national heritage）的重要部分，以國家語言機制保護與促進該語言，以利公民更便利使用該語言（Lecomte, 2015）。例如，新加坡（Singapore）以馬來語為國家語言，或臺灣《原住民族語言發展法》以原住民族語為國家語言（第1條）、《客家基本法》以客語為國家語言（第3條第1項前段）。

　　第三，國家若將多數群體語言與少數群體語言，同時指定為國家語言，具有以語言平等彰顯族群平等之意義。例如，斯里蘭卡（Sri Lanka）同時以僧伽羅語（Sinhala）及泰米爾語（Tamil）為國家語言，或臺灣《國家語言發展法》以閩南語、[29]客語、原住民族語、國語（華語）等所有固有族群語言，及臺灣手語為國家語言（第3條），並明定國家語言一律平等（第4條）。

---

[29] 關於閩南族群所使用的語言，約略有台語、閩南語、臺語、臺灣話、河洛話、福佬話、學佬話、臺灣閩南語、臺灣臺語等九種稱謂（文化部，2021a：44）。依《大眾運輸工具播音語言平等保障法》、《國民中小學開設本土語文選修課程應注意事項》、《高級中等以下學校及幼兒園閩南語師資培育資格及聘用辦法》、《閩南語語言能力認證考試規費收費標準》等，係使用閩南語。又依教育部2010年11月17日臺語字第0990198837號書函，將異體字「台」修正為正體字「臺」，理由為：1.「台」字有三種讀音：(1)一ˊ：喜悅之義。《說文》「台，說（即「悅」）也。」此為「台」字之本義；(2)ㄊㄞ：浙江省台州、天台山等地之台的舊讀；(3)ㄊㄞˊ：為「臺」之異體字；所稱異體字是指同音、同義，不同形之字；2.「臺」、「台」二字之本義並不相同，但由於音近而混用，凡本作「臺」者，常假借為「台」字，久而成習，是以，「台」讀ㄊㄞˊ音時，係為正字「臺」之異體字。考量現行法令使用「閩南語」，且政府公文書使用「臺」，本書遂依循政府規範，使用「閩南語」及「臺」。

　　就國家語言與官方語言屬性（法律上或事實上）之交錯，形成不同的實作情況，如表1-1。

表1-1　國家語言與官方語言

		國家語言	
		法律上	事實上
官方語言	法律上	如新加坡的馬來語、馬來西亞的馬來語、愛爾蘭的愛爾蘭語、菲律賓的菲律賓語	如加拿大的法語、英國的威爾斯語[30]
	事實上	如臺灣的國語（華語）	如澳大利亞的英語[31]

資料來源：本書整理。

　　基本上，國家指定特定語言為國家語言，通常該國家語言亦為官方語言（或區域通行語）；但官方語言不一定是國家語言。例如，新加坡及馬來西亞的馬來語，或菲律賓的菲律賓語（Filipino，即Tagalog或Wikang Filipino）為國家語言，亦為法律上官方語言；但英語亦為上開國家的官方語言。至於臺灣，並未以法律明定官方語言，實作上以國語（華語）為事實上官方語言，並意欲以英語為第二官方語言。

肆、區域通行語

　　一個國家內的少數群體（minority），可能聚居於該國特定地區而成為當地的多數群體（majority），該群體（全國少數但區域多數）聚居地

---

[30] 加拿大魁北克以法語為該省單一官方語言，法語亦具有魁北克的國家語言（French is the national language of Quebec）性質（Berdichevsky, 2004: 123; Fishman, 1989: 370）。英國威爾斯議會以法律定威爾斯語為官方語言，威爾斯語亦具有國家語言（Welsh is the national language of Wales）性質（Chríost, 2016; Marí, 2006: 11）。

[31] 英語為澳大利亞之事實上國家語言，並為社會統合重要元素（Australian society values the English language as the national language of Australia, and as an important unifying element of society）（Department of Home Affairs, 2020）。

區之語言使用，具有語言領域（language territory/ language region）特性，而可能由國家指定爲區域通行語。

一、施行方式

　　以官方語言或國家語言地位爲基礎，區域通行語之指定，約略爲：（一）官方語言爲區域通行語：中央與地方權力劃分下之「次國家政府」（sub-national government），該級政府所使用官方語言，實質上亦爲該地區之區域通行語，如印度；或由國家法律明定區域通行語，並賦予該區域通行語爲官方語言，如菲律賓；（二）國家語言爲區域通行語：國家法律明定國家語言，並賦予國家語言於特定語言領域（或族群行政區）爲區域通行語，如臺灣。

　　申言之，依《印度憲法》（Constitution of India）第345條規定，[32]各邦立法機關可定一種或多種語言作爲該邦的官方語言。又《印度憲法》第351條所定附錄八（Eighth Schedule）列舉22種語言，國家應促進其發展。因此，一般認爲連同英語在內，印度共有23種官方語言（王詣筑、溫靖榆，2017：58）。[33]然而，除印地語及英語享有聯邦官方語言地位外，其他21種語言實際上爲各邦之官方語言，爲「事實上」地方通行語。在實際運用上，附則語言亦爲依領土原則進行「語言邦劃分」（linguistic reorganisation of states）重要依據（張學謙，2006）。

　　又依1987年《菲律賓憲法》（Constitution of the Republic of the Philippines）第14條第6項規定，菲律賓語爲國家語言。同法第14條第7項

---

[32] 依印度憲法篇章架構，第345條規定爲憲法第十七篇第二章區域通行語。《印度憲法》第十七篇（Part XVII）官方語言（第343條至第351條），分爲聯邦語言（language of the Union）、區域通行語（regional languages）、法院語言（Language of the Supreme Coutrt, High Courts, etc）、特別規定（Special Directives）等四章。

[33] 官方語言之語種數較多者，另一個例子爲南非，擁有11種官方語言。依1996年《南非憲法》（Constitution of the Republic of South Africa）第6條，南非的官方語言有Sepedi、Sesotho、Setswana、SiSwati、Tshivenda、Xitsonga、Afrikaans、English、IsiNdebele、IsiXhosa、Isi-Zulu等十一種。

規定，菲律賓官方語言為菲律賓語、英語；區域通行語為該地區的「輔助官方語言」（auxiliary official languages）。同條項亦規定，本憲法應以菲律賓語和英語公布，並應翻譯成主要的地區語言：阿拉伯語（Arabic）和西班牙語（Spanish）。[34]另加拿大法語為官方語言，在安大略省之法語指定區（French Designated Area），法語亦具有區域通行語之性質。

　　至於以國家語言於族群聚居地實施區域通行語者，多具有「少數群體語言保障與復振」功能；例如，臺灣之客語、原住民族語為國家語言，並於客家文化重點發展區、原住民族地區，實施為區域通行語。

二、歐洲的實作

　　擁有47個會員國的歐洲理事會（Council of Europe），及具有27個會員國的歐洲聯盟（European Union），為歐洲統合重要機制。[35]歐洲理事會的《歐洲區域或少數民族語言憲章》（European Charter on Regional and Minority Languages）對歐洲少數群體語言保障，扮演重要功能；大約有4,000萬人使用79種《歐洲區域或少數民族語言憲章》第1條所定義「區域或少數群體語言」（regional or minority languages）[36]（Council of Europe, 2021b）。在《歐洲區域或少數民族語言憲章》所定框架下，歐洲理事會的各會員國承擔諸多保護並促進少數群體之語言權利義務，可

---

[34] 為促進菲律賓語之發展，1991年《共和國法案第7104號》（Republic Act 7104/ Commission on the Filipino Language Act）成立菲律賓語言委員會（Commission on the Filipino Language/ Komisyon sa Wikang Filipino）。委員會設有主席（commissioner）及各語族代表，現任主席為Arthur Casanova，任期為7年（Philippine News Agency, 2020）。

[35] 陳顯武、連雋偉（2008）指出，歐洲目前存在著兩個主要法律體系：1.由27個成員國組成的一體化、具有超國家性質的歐洲各大共同體和歐盟法律體系；2.由47個成員國組成的作為政府間組織的歐洲理事會的法律體系。

[36] 第1條定義「區域或少數群體語言」（RMLs）為：1.一個國家內特定區域人民所使用的傳統語言，該群體的人數少於該國其餘人口數；2.該少數群體使用語言，不同於該國官方語言。又相對於主流語言被廣泛使用，區域語言或少數群體語言亦被稱為「較少使用語言」（lesser-used languages）（Pasikowska-Schnass, 2016: 3-4）。另外，某些少數群體因缺乏固定的地理區塊（lack a permanent geographical location），並散居各國（present in many countries），渠等所使用語言，被稱為「非領域性語言」（non-territorial language），如東歐猶太人（Eastern European Jews）或羅姆人（Roma）等（Pasikowska-Schnass, 2016: 4）。

視爲國際人權標準對各國國內法律之引導作用。

　　至於歐洲聯盟共有24種官方語言（official language）[37]（Europa.eu, 2020），歐洲聯盟的會員國爲落實國內法律所保障少數群體語言權利，可進一步與歐洲聯盟商議，在歐洲聯盟的機構中，使用該國少數群體語言。意即，眾多區域或少數群體語言中，會員國因其國家政策發展，可由會員國與歐洲聯盟簽署協議（administrative arrangement），將該國憲法或法律所保障少數群體語言，定位爲歐洲聯盟的「半官方語言」（semi-official language）或「視同官方語言」（co-official language），並於歐洲聯盟機構中使用（但文件翻譯或口譯費用由會員國負擔）；實作上，西班牙的巴斯克語（Basque）、加泰隆尼亞語（Catalan）、加利西亞語（Galician），[38]及英國的威爾斯語、蘇格蘭蓋爾語等五種語言，經西班牙、英國與歐洲聯盟協議後，賦予上開五種語言具有歐盟的「視同官方語言」地位（European Commission, 2013; Pasikowska-Schnass, 2016: 7），如表1-2。

　　英國雖已脫離歐洲聯盟，但並未退出歐洲理事會，歐洲理事會的語言政策對英國少數群體語言權利保障之理論及制度形塑，留下重要刻畫軌跡。

　　各國因國情差異、語言政策目的、族群政治等因素，在官方語言、國家語言、區域通行語等法律規範或實作，呈現多元風貌。事實上，誠如Joshua Fishman指出，人口集中地區爲語言傳承的重要先決基礎（concentrated demographic base as a prerequisite to language maintenance）（Dunbar, 2005）；因而，於少數群體聚居之語言領域，實施區域通行語，有利於少數群體語言權利保障之實現。

---

[37] 英國雖脫離歐盟，但愛爾蘭及馬爾他（Malta）亦使用英語，因而英語仍爲歐盟官方語言之一。

[38] 區域或少數群體語言，在西班牙計有亞拉岡語（Aragonese）、阿蘭語（Aranese）、阿斯圖里亞語（Asturian）、巴斯克語（Basque）、加泰隆尼亞語（Catalan）、加利西亞語（Galician）、萊昂語（Leonese）、瓦倫西亞語（Valencian）等八種（Council of Europe, 2021b）。英國則有康瓦爾語（Cornish）、愛爾蘭語（Irish）、曼島蓋爾語（Manx Gaelic）、蘇格蘭語（Scots）、蘇格蘭蓋爾語（Scottish Gaelic）、阿爾斯特蘇格蘭語（Ulster-Scots）、威爾斯語（Welsh）等七種語言納入（Council of Europe, 2021b）。

表1-2　歐洲聯盟官方語言（視同官方語言）、歐洲理事會區域或少數群體語言

超國家層次（歐洲聯盟／歐洲理事會）		國家層次	
西班牙	官方語言	西班牙語	憲法第3條第1項所定國家官方語言	西班牙語
	視同官方語言	巴斯克語、加泰隆尼亞語、加利西亞語等三種	憲法第3條第2項所定自治區官方語言[39]	巴斯克語、加泰隆尼亞語、加利西亞語、阿蘭語等四種[40]
	區域或少數群體語言	亞拉岡語、阿蘭語、阿斯圖里亞語、巴斯克語、加泰隆尼亞語、加利西亞語、萊昂語、瓦倫西亞語等八種		
英國	官方語言	英語	事實上官方語言[41]	英語
	視同官方語言[42]	威爾斯語、蘇格蘭蓋爾語等二種	分權政府之法律所定官方語言[43]	威爾斯語、蘇格蘭蓋爾語等二種
	區域或少數群體語言	康瓦爾語、愛爾蘭語、曼島蓋爾語、蘇格蘭語、蘇格蘭蓋爾語、阿爾斯特蘇格蘭語、威爾斯語等七種		

資料來源：本書整理。

---

[39] 1978年《西班牙憲法》（Spanish Constitution）第3條規定，西班牙語（卡斯提亞語，Castilian）為國家官方語言，所有西班牙人（Spaniards）有通曉西班牙語義務及使用西語的權利；其他語言，可由自治區（Autonomous Communities）賦予官方語言地位。巴斯克語、加泰隆尼亞語、加利西亞語依上開規定，取得官方語言地位。

[40] 依《加泰隆尼亞自治法》（Statute of Autonomy of Catalonia）第6條，加泰隆尼亞的語言為加泰隆尼亞語，政府部門、公共媒體、學校教學與學習，應優先使用（preferential）加泰隆尼亞語（第1項）；加泰隆尼亞語與西班牙語同為加泰隆尼亞之官方語言（第2項）；加泰隆尼亞政府（Generalitat）應採取必要措施，促使歐盟認可加泰隆尼亞語的地位（第3項）；加泰隆尼亞政府應與其他自治區政府合作，推動加泰隆尼亞事務（第4項）；阿蘭（Aran）的阿蘭語（Aranese，即Occitan language）為加泰隆尼亞官方語言（第5項）。

[41] 制定相關語言法律時，英語多為參照對象；如《威爾斯語言法》（Welsh Language (Wales) Measure 2011）第1條，明定威爾斯語為威爾斯之官方語言，威爾斯語待遇不應遜於英語，但本法亦不影響英語在威爾斯的地位（王保健，2021a：201）。

[42] 指2020年12月31日23：00，英國正式脫離歐盟（Brexit）前。

[43] 英國分權政府（devolved government），如蘇格蘭議會（Scottish Parliament）、威爾斯議會（Welsh Parliament/ Senedd Cymru），對於少數群體語言權利發展，扮演重要功能，本書將在第四章第二節詳細討論。

伍、新興國家之語言選擇

　　二次大戰結束，出現許多新興國家，這些經歷殖民統治的國家，於獨立建國後，繼續使用前殖民者語言爲官方語言，可能係因前殖民者語言爲國際通行語言，以此語言爲官方語言，意欲以語言接軌國際，發展經濟，促進國家發展；或因國內族裔或語言多元複雜，選擇特定群體語言，恐引發族群衝突，遂選擇前殖民者語言爲官方語言等因素。事實上，新興獨立國家對於國家語言之選擇，非單純語言本身考量，而是涉及政治、社會等諸多因素（Ward, 2019）。

一、國家發展需要

　　以華人、馬來人、印度人三大族裔爲主的新加坡，1965年《新加坡憲法》（Constitution of the Republic of Singapore）第153條之A規定，馬來語、華語（Mandarin）、泰米爾語、英語並列爲新加坡四大官方語言（第1項）；馬來語爲國家語言（第2項）。但實作上，英語長期爲政治、經濟、法律、教育、科技、行政等公共領域的高階語言（high language）與主流語言（dominant language）（吳英成，2010）；意即，新加坡雖有四種官方語言，但英語爲主導官方語言（dominant official language）。此反映出新加坡的語言政策的兩種脈絡：一爲從族群和諧角度，讓三大族裔語言爲官方語言；一爲以英語爲工具，驅動新加坡的經濟發展及科技進步（張學謙，2013a）。

　　又1957年《馬來西亞聯邦憲法》（Federal Constitution of Malaysia）第152條第1項規定，馬來語爲馬來西亞的國家語言，惟同條第2項至第5項但書條款（notwithstanding）規定，獨立日（Merdeka Day）後10年且至國會立法規定前，國會兩院、各州議會、聯邦政府、各州政府、各級法院使用英語。依上開規定，國會通過《國家語言法》（National Language Acts 1963/1967, Act 32）第2條規定國家語言（即馬

來語）為官方用途使用（official purposes）；第4條規定最高元首（Yang di-Pertuan Agong）[44]可允許英語為官方用途使用；第5條規定國會及州議會可使用英語；第6條規定法律文件以國家語言及英文公布；第8條規定法院使用國家語言為主，但可部分使用英語。[45]基本上，馬來西亞以馬來語為國家語言，同時為官方語言，旨在打造馬來語成為國家統合的基礎（the basis for national integration），但馬來西亞亦體認到英語作為國際語言的重要性（Ghazali, n.d.），特別是在商業貿易領域，[46]遂維持英語為官方語言。

二、政治妥協結果

　　繼續使用前殖民者語言為官方語言與否，亦可能涉及國家獨立後之國族認同建構，及國內多族群、多語言環境等多種議題交錯之複雜性。部分國家於獨立建國後，為凝聚國族認同，於憲法規定改採該國傳統語言為官方語言；但考量政治爭議，同時以過渡條款，定相當期間以原殖民者語言暫行為官方語言之一。如印度獨立建國後，原擬以印地語為官方語言，並取代英語，招致南印度各邦的反彈，南部各邦寧願以英語為國家官方語言（張學謙，2006）；印度遂以過渡條款方式，仍暫時以英語為官方語言。

　　因而，1950年《印度憲法》第343條規定，印地語（Hindi）為聯邦官方語言；惟同條第2項但書條款規定，憲法施行後的15年內，英語可繼續作為官方用途使用。嗣後，《官方語言法》（The Official Languages Act 1963）第3條規定，英語仍可繼續為官方用途使用。[47]

---

[44] Yang diPertuan Agong為憲法第32條所定最高元首（Supreme Head of the Federation）。

[45] 依《國家語言法》第1條第2項規定，沙巴（Sabah）及砂拉越（Sarawak）州議會可決定本法之生效日期。

[46] 馬來西亞在貿易與工業領域，英語迄今仍是主流語言（MAMPU, 2016）；但除商業貿易因素外，英語為官方語言也反映出某種程度的政治妥協。意即，《國家語言法》立法過程中，馬來民族主義者施壓政府，要求馬來語為「真正的國家語言」，並停止英語作為官方用途使用，但非馬來人勢力，則要求將華語及泰米爾語列為官方語言；《國家語言法》採取馬來語為國家語言及官方語言，預留英語可為官方使用之彈性空間（王國璋，2018：37）。

[47] 基本上，印地語與英語間呈現兩種觀點：1.有採印地語為國家語言、官方語言、主要鏈結語

三、鏈結語言

《斯里蘭卡憲法》（Constitution of the Democratic Socialist Republic of Sri Lanka）第18條規定，多數群體之僧伽羅語，及少數群體之泰米爾語，皆爲官方語言，英語爲鏈結語言（link language）。憲法第19條規定，斯里蘭卡之國家語言爲僧伽羅語及泰米爾語。

英語作爲鏈結語言概念，係指在特定語言群體聚居地區，非該語言使用者，得以英語與政府進行溝通；如在泰米爾語使用者聚居地區，僧伽羅語使用者可以英語取得政府公共服務。實作上，在斯里蘭卡，政府部門廣泛使用英語，商業經濟活動亦多使用英語；因而某種程度上，英語被認爲具有事實上官方語言地位（Bernaisch, 2015: 14）。

第二節　臺灣語言政策與少數群體

語言之功能，包含認知（cognitive）、工具（instrumental）、整合（integrative）、文化（cultural）等四個面向（Willyarto et al., 2021: 678）。[48]語言政策（policy）或語言規劃，強調政府機關（public authority）對語言事務的介入或干預措施（Gazzola, 2014: 18），並重視語言體制（language regime）之建構。按「語言體制」，應

言（main link language），英語爲副官方語言（associate official language）者（Nayar, 1968: Sridhar, 2000）；2.亦有認爲英語爲事實上國家語言（de facto national language）者（Joseph, 2011）。另外，印度憲法所使用的語言版本，除印地語及英語外，尚有區域通行語（regional languages），區域通行語又可再細分爲Assamese、Bengali、Bodo、Dogri、Gujarati、Kannada、Kashmiri、Konkani、Maithili、Malayalam、Manipuri、Marathi、Nepali、Odia、Punjabi、Sanskrit、Santhali、Sindhi、Tamil、Telugu、Urdu等21種語言版本，各語言版本的憲法條文，可參閱印度法務部（Ministry of Law and Justice）官網（https://legislative.gov.in/constitution-of-india-in-regional-languages）。

[48] 基本上，語言具有溝通功能、經濟功能（獲得工作與資本的工具）、情感功能、社會表徵功能、歷史與文化功能（文化的載體，反映文化與歷史）、藝術與娛樂功能（以該語言所創作的文學、藝術等豐富的文化資產）、認知與思維功能、個人認同與集體認同功能（想像的共同體）等，是建構社會作爲一個共同體的核心要素（臺灣語文學會，2022）。

包含：一、功能性（functional），語言爲溝通的工具；二、象徵性
（symbolic），語言爲文化的載體；三、法制性（juridical），官方對語
言法律地位之賦予（Sonntag and Cardinal, 2015; Cardinal and Normand,
2013: 120-121）。[49]Spolsky（2004: 5）指出，語言政策包含語言實踐
（language practice）、語言意識形態（language beliefs or ideology）、
語言規劃三個構面。一般來說，各國語言政策可歸結爲兩類：以同化主義
爲目的所採行的「單語政策」（monolingualism），或因應多元文化主義
所採行的「雙語政策／多語政策」（bilingualism/ multilingualism）（林
修澈，2016：35）。Johnson（2013: 10）將語言政策之形成，分爲由上
而下（top-down）及由下而上（bottom-up）兩種模式。臺灣國家語言法
律，非單一法律，而係由數部法律所規範，可從「語言法律」、「語言權
利」、「語言機關」三個構面加以理解。本節將探討臺灣語言法律框架及
臺灣之語言上少數族群，並說明本書的章節架構安排。

壹、語言法律建構語言權利

　　臺灣原住民族運動、客家族群運動對促成族群型專責機關之設立，有
著重要影響。[50]族群型專責機關係以政策資源（如預算），積極投入族群
母語之傳承及復振。實作上，多視族群母語復振有相當迫切性，常以「母
語斷，文化滅」爲政策論述，如行政院2020年5月28日第3704次會議決議
（可參閱本書第七章第二節）。爲推動族群母語之傳承與復振，臺灣陸續

---

[49]《世界語言權利宣言》（Universal Declaration of Linguistic Rights）第二篇（第15條至第52
條）關於語言體制（linguistic régime）規範，包含公共行政與官方機構（public administra-
tion and official bodies）、教育（education）、專有名稱（proper names）、傳播媒體與新
科技（communications media and new technologie）、文化（culture）、社會經濟領域（the
socioeconomic sphere）等。

[50]臺灣原住民族運動於1983年興起，受到各類政治社會運動的刺激，伴隨臺灣政治改革運動同
步展開（國立政治大學原住民族研究中心，2016：1），並以正名、土地、自治三大運動爲
目標（施正鋒，2014）。臺灣客家運動則源自1987年的《客家風雲雜誌》發行及1988年的
「還我母語大遊行」。

制定諸多語言法律，探討如次。

一、語言法律框架

　　2007年及2008年間的《國家語言發展法（草案）》未能完成立法。2016年政黨輪替，出現行政權與立法權同屬一政黨的「一致性政府」（unified government），國家語言政策議題再度進入政府議程，陸續制定（或修正）《原住民族語言發展法》、《客家基本法》、《國家語言發展法》等法律。

表1-3　臺灣語言法律規範

	語言（語種）	語言權利	主管機關	罰則
大眾運輸工具播音語言平等保障法	國內各不同族群所慣用之語言，包含閩南語、客語、原住民族語、閩北（福州）語[51]（第4條及第6條）	平等權	各類大眾運輸工具之法定主管機關（第5條）	1. 對象爲大眾運輸業者 2. 未依期限改善，處新臺幣3萬元以上30萬元以下罰鍰，並公布業者公司、商號名稱 3. 經連續處罰二次仍未改善者，得撤銷或限制其營運路線許可；情節嚴重者，得終止其經營權
國家語言發展法	臺灣各固有族群使用之自然語言及臺灣手語（第3條）	平等權（第4條）、教學及學習語言（第9條）、接近使用公共服務（第11條）	文化部（第2條）	

---

[51] 依《大眾運輸工具播音語言平等保障法》第6條規定，馬祖地區爲閩北（福州）語。連江縣政府2020年8月10日府文藝字第1090032463號函訂定《馬祖閩東語保存及推動委員會設置要點》，則稱爲「馬祖閩東語」。一般來說，馬祖地區使用的語言，約略有馬祖語、福州話、閩東語、閩北話、馬祖福州話、榕語、平話等七種稱謂（文化部，2021a：44）。

表1-3　臺灣語言法律規範（續）

	語言（語種）	語言權利	主管機關	罰則
原住民族語言發展法	原住民族傳統使用之語言及用以記錄其語言之文字、符號（第2條）	接近使用公共服務（第13條）、教學及學習語言（第18條及第19條）、工作權（第26條）[52]	原住民族委員會（第3條）	
客家基本法	臺灣通行之四縣、海陸、大埔、饒平、詔安等客家腔調，及獨立保存於各地區之習慣用語或因加入現代語彙而呈現之各種客家腔調（第2條）	平等權、教學及學習語言、接近使用公共服務及傳播資源（第4條及第12條）	基本法依體例，未明定主管機關，由客家委員會主責推動	
文化基本法	固有族群使用之自然語言與臺灣手語（第6條）	文化平權（第4條）、[53]選擇語言進行表達、溝通、傳播及創作之權利（第6條）	基本法依體例，未明定主管機關，由文化部主責推動	
文化藝術獎助及促進條例		國家語言傳承（第3條）、多元平權（第20條）	文化部	

註：《客家語言發展法（草案）》尚未完成立法程序，本書將於第七章第二節討論之。

資料來源：本書整理。

---

[52] 為提高原住民族語言使用場域及機會，並鼓勵積極傳承學習族語者，參酌《原住民族工作權保障法》相關立法意旨，政府機關（構）、公立學校及公營事業機構於應徵者達錄取標準且分數相同時，應優先僱用具原住民族語言能力者；故《原住民族語言發展法》第26條規定：政府機關（構）、公立學校及公營事業機構依原住民族工作權保障法進用人員時，應優先僱用具原住民族語言能力者。

[53] 不因語言地位或條件，而受歧視或不合理之差別待遇，為《文化基本法》第4條所保障文化平權範圍。

　　表1-3顯示，臺灣語言政策可分為兩個階段：（一）以集體權概念規範族群母語：2000年《大眾運輸工具播音語言平等保障法》旨在維護國內各族群地位之實質對等，並便利各族群使用大眾運輸工具（第1條）；（二）族群母語平等具有個人權元素：2019年《國家語言發展法》定各族群母語為國家語言，並明定「國家語言一律平等，國民使用國家語言應不受歧視或限制」（第3條及第4條），在既有集體權概念上，導入個人權概念；（三）語言權利範圍擴大：從平等權擴及教育權、工作權、接近使用公共服務等權利。

　　表1-3亦顯示，臺灣「語言體制」之立法政策，係以多部法律，採取「專法、專責機關」模式。意即，臺灣《國家語言發展法》之主管機關為文化部，惟依《國家語言發展法》第1條第2項「除其他法律另有規定外」之但書規定，原住民族委員會、客家委員會各依《原住民族語言發展法》、《客家基本法》，進行原住民族語、客語事務推動；此種「專法、專責機關」模式，有助於各該族群母語之發展，但易可能受機關本位主義影響而忽略語言隔閡（language barrier）[54]議題。

二、語言法律所保障少數者權利：語言上少數族群

　　《國家語言發展法》將「臺灣各固有族群使用之自然語言及臺灣手語」，定為「國家語言」，藉以復振及傳承各族群母語。依《國家語言發展法》第3條及《文化基本法》第6條第2項規定，國家語言，除臺灣手語外，須符合「臺灣各固有族群」及「自然語言」兩個要件，故國家語言不同於官方語言，國家語言旨在保障國內各固有族群所使用之自然語言。[55]

---

[54] 語言隔閡指不同語言使用者之間，因使用語言差異性，出現無法溝通的情況；語言隔閡會影響民眾接近使用政府資源、醫療資源等權利，如Bowen（2001）指出，加拿大的原住民族、新移民（包含難民）、聽障人士、特定區域的官方語言使用者（魁北克英語使用者或魁北克外法語使用者）等四種類型民眾會因語言隔閡而無法獲得合宜的醫療服務。

[55] 《文化基本法》第6條第2項，移植《國家語言發展法》第1條及第3條，惟應注意的是，《文化基本法》之語言權利，係以保障人民享有選擇語言進行表達、溝通、傳播及創作之文化權利（第6條第1項）。

　　按「國家語言發展法草案總說明」指出，尊重語言多樣性及多元文化性，應承認臺灣各固有族群所使用之自然語言均為國家語言，其範疇應包含澎湖、金門、馬祖、綠島、蘭嶼等離島之固有族群。又《國家語言發展法（草案）》第2條條文說明：「臺灣各固有族群」，係指既存於臺灣，且包含各離島地區，並受國家治權管轄之傳統族群，不包含非本國籍人士取得我國長期居留權及由他國移入我國並取得國籍者；而「自然語言」，係指固有族群隨文化演化之語言，非指特意為某些特定目的而創造之人工語言。檢視上開立法說明，可以觀察到：（一）「固有族群」概念，並未侷限於傳統四大族群（閩南人、客家人、原住民、外省人）範疇，擴及「離島固有族群」，因而「馬祖語」有可能成為國家語言的語種之一；（二）人口數較少的「固有族群」概念，似較接近「語言上少數族群」的概念；意即，目前臺灣四大族群或五大族群概念，並未包含馬祖人，但政府（文化部）的「面臨傳承危機國家語言調查：國家語言種類及面臨傳承危機情形」調查結果，已初步將馬祖語視為國家語言（使用馬祖語的少數固有族群）；（三）立法政策上，以「『臺灣』固有族群」概念，排除新住民族群之語言。[56]

　　又《國家語言發展法》第7條以政府優先復振面臨傳承危機之國家語言，排除事實上官方語言（國語／華語），致使臺灣國家語言政策僅關注閩南語、原住民族語、客語、馬祖語、臺灣手語。依聯合國大會2019年7月15日審議少數群體問題特別報告員所提報告（A/74/160），定義少數群體為「未達總人口一半之任何群體」；因此，臺灣國家語言政策所欲保

---

[56] 行政院於2008年2月1日院臺文字第0970003868號函送立法院審議《國家語言發展法（草案）》第2條規定，本法所稱國家語言，指本國各族群使用的自然語言。同草案第3條規定，國民使用國家語言，不應遭受歧視或限制；外國人及他國移入本國並取得本國國籍者，應尊重其使用該國語言之權利。某種程度來看，2008年《國家語言發展法（草案）》第3條，較重視國際人權平等原則。又依《國民中小學開設新住民語文選修課程應注意事項》第3點規定，國民小學一年級至六年級學生應就本土語文之閩南語、客家語、原住民族語、新住民語文四種語文任選一種修；同辦法第2點規定，所稱新住民語文，指越南、印尼、泰國、緬甸、柬埔寨、菲律賓、馬來西亞等七國官方語文。因此，新住民語言雖然不是國家語言，但具有「認可的語言」（Recognized Language）地位（臺灣語文學會，2022）。

障「少數族群語言」為原住民族語、客語、馬祖語、臺灣手語。至於閩南族群人口數占全國總人口近七成，為多數族群，但考量以往國語（華語）運動之影響，[57]閩南語、客語、原住民族語、馬祖語等各「固有族群」語言同為受害者，如今均面臨語言傳承危機，[58]因而，依《國家語言發展法》第7條，政府亦將閩南語納入政府應優先復振之語種。

貳、臺灣語言政策展望：實現語言人權

長期以來，臺灣關於語言權之基礎，多從「文化權」的角度切入，認為語言權源自文化權，語言權為文化權的一種，如施正鋒（2018：278）；[59]或認為文化權反映出對「文化滅種」的擔憂，主張少數群體有

---

[57] 1945年6月9日公布《教育部國語推行委員會組織條例》。臺灣省行政長官公署教育廳為推行標準國語（華語），於1946年4月2日訂頒《臺灣省國語推行委員會組織規程》，由國府教育部國語推行委員會常務委員魏建功來臺出任主任委員，並提出「臺灣省國語運動綱領」（黃英哲，2005）。1947年4月22日行政院會決議，臺灣省行政長官公署改制為臺灣省政府。1950年5月27日臺灣省政府教育廳代電發布「本省非常時期教育綱領實施辦法有關各級學校及各社教機關應行注意遵辦暨應加強推動事項」指示，各級學校及各社教機關應加強推行國語運動。1966年臺灣省政府頒布《加強推行國語計畫實施辦法》規定，各級學校師生必須隨時隨地使用國語；學生違犯者依獎懲辦法處理（陳美如，2009：304）；學生在學校講方言會被處罰，如罰錢、掛牌子、罰站（陳淑華，2009）。類似的例子，也曾發生在法國的布列塔尼語（Breton），法國教育部禁止學校使用布列塔尼語，學校張貼「不得隨地吐痰或使用布列塔尼語」（no spitting on the ground or speaking Breton）標示（Hooper, 2011）。

[58] 依文化部2020年面臨傳承危機國家語言調查數據顯示，「與父母親交談主要使用的語言」、「與配偶交談主要使用的語言」、「與子女間交談主要使用的語言」三者占總調查人數的比例，閩南語從50.82%降至40.82%再降至21.65%，客語從4.56%降至2.45%再降至1.27%，原住民族語從0.62%降至0.34%再降至0.05%，馬祖語從0.0815%降至0.0107%再降至0.0047%。意即，三代流失比率，閩南語為57.4%，客語為72.15%，原住民族語為91.94%，馬祖語為94.23%（文化部，2021a：45）。

[59] 施正鋒（2018：278）指出，少數族群權利大致分為文化權、政治參與權、自治權，而語言權屬於文化權的一種，包含母語使用、母語受教、族群學校、官方語言地位等四大類。事實上，或許可換個角度，與其說「語言權源自文化權」，毋寧說「語言多樣性（linguistic diversity）是構成文化多樣性的重要元素」（Education Review Office, 2016）。聯合國教科文組織出版《教科文組織世界報告：投資文化多樣性與文化間對話》（UNESCO World Report: Investing in Cultural Diversity and Intercultural Dialogue）指出，文化多樣性的諸多關鍵力量中，「語言」是一個重要因素，而國家語言政策應以保障語言多樣性，並促進多語能力為目標（UNESCO, 2009: 86）。

權保有其文化傳統、習俗、宗教及語言，如謝若蘭（2019）。[60]事實上，臺灣現行憲法規範中，是否明定「文化權」，亦存有不同觀點，如林明鏘（2021）。惟實作上，受「法律位階理論」[61]影響，各族群語言法律，除原住民族可依《憲法增修條文》第10條第11項後段「積極維護發展原住民族語言及文化」規定外，其他族群語言法律僅能援引同條項前段「國家肯定多元文化」之規定。然而，單憑此規定是否足以建構完善的語言體制？實涉及族群集體權、族群成員個人權議題。

臺灣2017年制定《原住民族語言發展法》、2018年修正《客家基本法》、2019年制定《國家語言發展法》等，除規範政府應作為事項外，更規範語言平等權及人民以國家語言為學習語言、教學語言、接近使用公共服務等權利。《國家語言發展法》第4條及第11條、《客家基本法》第3條等條文，以「國民」或「人民」為保障主體，並賦予公法上權利，使得語言權利具有個人公民權之意涵；《文化基本法》第6條第1項更明定人民之「語言權利」。

又承襲上一節關於國家語言、區域通行語之討論，受到強勢語言衝擊，少數群體之語言，較易出現傳承危機、使用場域不足、權利保障欠缺等困境，實為國家語言政策應優先關注者；故《國家語言發展法》第7條遂規定，對於面臨傳承危機之國家語言，政府應優先推動其傳承、復振及發展等特別保障措施。

就國際人權發展趨勢，語言政策應優先關注於語言少數群體之權利。[62]臺灣已施行《公民與政治權利國際公約及經濟社會文化權利國際公

---

[60] 《歐洲聯盟基本權利憲章》（Charter of Fundamental Rights of the European Union）第22條則將文化、語言並列，規定：歐洲聯盟應尊重文化、宗教、語言之多樣性（The Union shall respect cultural, religious and linguistic diversity）。

[61] 按「法律位階理論」體現於《中華民國憲法》第171條第1項規定，法律與憲法牴觸者無效；憲法第172條規定，命令與憲法或法律牴觸者無效；臺灣為單一國體制，採行成文憲法，許多公共政策的推動，以制定「法律」為執行依據；為確立政策方向、政策目標、架構該領域法體系規範之功能，臺灣法制發展出「基本法」之體例，而在「法律」層級之下，為執行法律相關規定，則設有「行政命令」機制；行政命令，可類型化為法規命令（《行政程序法》第150條）及行政規則（《行政程序法》第159條）兩種次類型（王保鍵，2020a）。

[62] 為執行聯合國《在民族或族群、宗教和語言上屬於少數群體者權利宣言》，聯合國人權理

約施行法》，賦予兩公約所揭示保障人權之規定，具有國內法律之效力。
又司法院大法官解釋，亦已援引《公民與政治權利國際公約》解釋憲法，
《公約》第27條所定國家負有保障語言少數群體義務，自然應爲臺灣語
言政策之法律依據。另爲落實《公約》第27條，聯合國大會於1992年通
過《在民族或族群、宗教和語言上屬於少數群體者權利宣言》，上開宣
言，亦應爲臺灣進行語言法律立法之參考。

　　歐美國家推動少數群體語言事務之經驗顯示，關於語言權利保障的
制度性機制，包含：一、國家法制規範層面，以法律規範人民權利及政
府義務；二、政府組織層面，設置專責語言事務機關；三、視需要設置
語言監察使（language ombudsman），[63]以監察相關機關之語言措施（王
保鍵，2021a：213）。又國際社會對於語言權利的關注日益增加，陸續
成立諸多國際機構或組織，促進語言權利之發展；例如聯合國人權理事
會2007年9月28日第6/15號決議成立「少數群體問題論壇」（Forum on
Minority Issues），或具政府間國際組織性質的「國際語言監察使協會」
（International Association of Language Commissioners）等。就上開
「國際語言監察使協會」會員國以觀，最早設立語言監察機關以保障並促
進語言權利者爲加拿大，英國亦設有威爾斯語言監察使（Welsh Language
Commissioner）。[64]

事會（Human Rights Council）設置有「少數群體問題特別報告員」（Special Rapporteur on
minority issues）。聯合國少數群體問題特別報告員Fernand de Varennes於2020年7月21日提交
大會報告（A/75/211）指出，語言少數群體之意涵及範圍：1.一國官方語言縱非多數群體語
言，客觀上仍可成爲少數語言，如愛爾蘭的愛爾蘭語；2.手語使用者可成爲語言少數群體；
3.特定語言是否爲「眞正的語言」（real language），應由主流客觀語言專業知識（prevail-
ing objective linguistic expertise）決定；4.特定語言之口説，如與官方語言顯然不同，縱使政
府認定該語言爲方言，但該語言仍可成爲少數語言，如中國、新加坡、馬來西亞的粵語使用
者；5.一個國家中的最大語群體，亦可能成爲語言少數群體，如祖魯語（IsiZulu）爲南非
最大語言群體（使用者占總人口25%）；6.原住民亦可爲語言少數群體，如瑞典（Sweden）
薩米語（Sami）、加拿大（Canada）因紐特語（Inuktitut）等（A/75/211，段50）
63 按監察院公報第2549期指出，現行國際通用的「監察使」（ombudsman）即源自於瑞典語，
係爲「代表」（representative）之意，指負責照顧他人權益的人（監察院，2006：1）；本
書亦將ombudsman中譯爲監察使。
64 威爾斯設有多種專業監察使，用語多爲Commissioner，各部法律多將其他專業的Commis-
sioner定位爲ombudsman；如依《威爾斯老人福利監察使法》（Commissioner for Older People

　　英國、加拿大兩國與臺灣，在政治制度雖有所異同，[65]但英國、加拿大制度設計與實作，已累積許多經驗，常爲我國學術研究之借鏡，亦常爲我國政策規劃之參照對象。[66]例如，客家委員會依《客家基本法》第3條第3項規定，擬具《客家語言發展法（草案）》，於2021年7月26日草案公告60日；[67]《客家語言發展法（草案）》總說明敘明：爲進一步保障人民使用客語之權利，並促進客語之傳承與發展，爰依《客家基本法》相關規定，並參酌英國、加拿大、西班牙等國家推動少數群體語言之立法例或措施，研擬本法草案。基本上，客家委員會所擬議《客家語言發展法（草案）》在國外立法例之參採，主要爲加拿大魁北克、英國威爾斯、西班牙

(Wales) Act 2006）第17條第6款所定義的其他監察使（other ombudsman）爲威爾斯公共服務監察使、威爾斯兒童權利監察使、威爾斯語言監察使；又考量Welsh Language Commissioner之職能爲語言監察，故本書譯爲語言監察使。

65 觀察英國、臺灣之「國體」（政體）異同：1.就世襲君主存否而言，英國爲君主國；臺灣爲共和國，但兩國皆爲民主政體；2.就國家與其內部次級統治團體關係而言，可分爲「單一國」與「聯邦國」兩種型態，英國、臺灣皆歸屬爲單一國；3.就憲法型式而言，英國採不成文憲法；臺灣採成文憲法，但兩國法律框架，對於地方自治團體自治權，皆有相當程度的保障；4.就行政權與立法權關係而言，英國實施內閣制；臺灣實施雙首長制，兩國政府體制雖不同，但兩國皆在1990年代末期進行地方分權改革（英國設立威爾斯議會、蘇格蘭議會、北愛爾蘭議會等三個委任分權政府（devolved government）；臺灣制定《地方制度法》）（王保健，2020b）。觀察加拿大、臺灣兩國之「國體」（政體）異同：1.就世襲君主存否而言，加拿大爲君主國；臺灣爲共和國，但兩國皆爲民主政體；2.就國家與其內部次級統治團體關係而言，可分爲「單一國」與「聯邦國」兩種型態，加拿大爲聯邦國，各省（地區）擁有高度自治權；臺灣雖屬單一國，但以特有「均權制」（憲法第十章），並制定《地方制度法》、《地方稅法通則》等法律，地方自治團體亦享有自治權；3.就憲法型式而言，加拿大與臺灣皆採成文憲法，加拿大憲法明文規範原住民及語言少數群體保障；憲法增修條文則明文規範原住民族保障；4.就權力分立關係而言，加拿大採三權分立（內閣制），設置獨立於行政權外之監察機關；臺灣實施五權分立（雙首長制），監察院獨立於行政院、立法院、司法院、考試院之外（王保健，2021b）。

66 臺灣地方治理或文官制度研究，常以英國爲對象，如趙永茂（2007）、彭錦鵬（2000）。臺灣原住民研究，常以加拿大爲借鏡，如蔡志偉（2011）、官大偉（2011）；關於語言議題亦不乏討論加拿大語言政策對臺灣啓示，如李憲榮（2004）。在政策實作上，我國政府機關亦見參照加拿大之例，如客家委員會原提報行政院的《客家基本法修正（草案）》中關於「客家文化自治團體」機制，即「客家人口達二分之一以上，且相鄰之鄉（鎮、市）及直轄市之區，經公民投票，得結合成爲客家文化自治團體」，其立法說明爲：爲使客家傳統聚居地方得以制度性傳承客家語言文化，參考魁北克案例，使客家地區得以公投決定建立其地方自治團體，而得以地方自治形式實質進行「族群文化自治」營造客語使用環境。

67 依行政院秘書長2016年9月5日院臺規字第1050175399號函略以，各機關研擬之法律及法規命令草案應至少公告周知60日，使各界能事先瞭解，並有充分時間表達意見。

加泰隆尼亞（Catalonia）。[68]而立法委員賴香伶、張其祿、徐志榮、林爲洲、林思銘、鄭正鈐、張育美等17人所提出《臺灣客家語言發展法（草案）》第47條建構「語言監察使」制度。[69]又如2021年國家語言發展會議之「國家語言尊榮感」分組論壇綜合意見（共8項）之第6項爲：建議設立語言監察使的制度（文化部，2021a：22）。此外，在語言政策及規劃（LPP）之「語言聲望規劃」上，魁北克及威爾斯是常被用以討論的案例（Baldauf, 2004; Ager, 2005）。[70]

　　本書以語言人權爲理論基礎，探討國際人權法及聯合國機制對少數群體語言權利之制度安排及演繹；考量英國及加拿大對於少數群體語言保障實作經驗豐富，且英國及加拿大語言法律已爲臺灣擬具族群性法律案及制度引介的重要參照對象，如《客家語言發展法（草案）》；本書遂以語言法律、語言專責機關、語言監察爲分析構面，就加拿大法語（魁北克模式、安大略模式）、英國（威爾斯語、蘇格蘭蓋爾語）爲比較研究對象，並回饋臺灣（客語、原住民族語）之語言政策發展。本書各章安排如圖1-1。[71]

---

[68] 爲聽取社會大眾及相關公民團體意見，以爲調整修正《客家語言發展法（草案）》重要參據，客家委員會於2021年8月24日至9月18日於全國各地辦理10場次「客家語言發展法草案公民論壇」，各場次論壇（即爲公聽會）中，客家委員會介紹說明《客家語言發展法（草案）》，以「國際推動語言復振措施」爲論述基礎，援引加拿大魁北克、英國威爾斯、西班牙加泰隆尼亞爲他山之石。

[69] 立法院跨黨派立委於2021年12月24日共同呼籲朝野盡速完成《臺灣客家語言發展（草案）》立法，設立國家語言監察使，由立法院長任命，精進國家語言政策（劉玉秋，2021）。

[70] Baldauf（2004）指出，魁北克的語言聲望規劃，涉及族群或公民認同（ethnic or civic iden-tity）；威爾斯的語言聲望規劃，則可用以說明語言政策執行與實作的方法（a method of implementing and manipulating language policy）。

[71] 本書內容改寫自本書作者所研撰論文者，包含：1.第四章第一節加拿大憲政體制與少數群體語言、第五章第二節魁北克法語憲章、第五章第三節安大略法語服務法等的部分內容，改寫自〈論國家語言監察制度：加拿大法語保障經驗的啓發〉（《思與言》，第60卷第1期）；2.第五章第三節安大略法語服務法之部分內容，改寫自〈客語爲區域通行語政策：加拿大經驗之啓發〉（《文官制度》，第13卷第1期）；3.第六章第二節威爾斯語言法之部分內容，改寫自〈臺灣客語通行語制度與客家發展：威爾斯語言政策之借鏡〉（《制度設計與臺灣客家發展》專書）；4.第七章第二節中財團法人客家公共傳播基金會之部分內容，改寫自〈政府捐助財團法人之臂距原則與協力治理：以客家基金會爲例〉（《第三部門學刊》，第25期）。

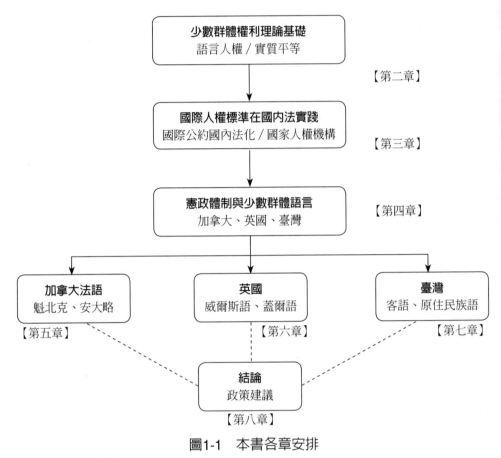

圖1-1　本書各章安排

資料來源：本書整理。

　　關於少數群體權利保障，《公民與政治權利國際公約》第27條是最為廣泛接受且具有法律拘束力者；而以《公約》第27條為基礎，聯合國大會1992年12月18日第92次全體會議以第47/135號決議（A/RES/47/135）通過《在民族或族群、宗教和語言上屬於少數群體者權利宣言》，強調非歧視（non-discrimination）、[72]有效參與（effective

---

[72] 《公民與政治權利國際公約》雖未定義「歧視」，但可參酌《消除一切形式種族歧視國際公約》（International Convention on the Elimination of All Forms of Racial Discrimination）第1條規定，「種族歧視」是指基於種族、膚色、血統或民族或族群根源（national or ethnic ori-

participation）、保護及促進認同（protection and promotion of identity）
等原則，並揭示少數群體成員（persons belonging to minorities），享
有使用自己語言的權利（the right to use their own language）（United
Nations, n.d.a）。本書接續於下一章以自由、平等原則，探討語言人權，
並以實質平等（substantive equality）概念，演繹少數群體成員的語言權
利。

---

gin）之任何區別、排斥、限制或優惠，其目的或效果為取消或損害在政治、經濟、社會、
文化或政事任何其他方面平等確認、享受或行使人權及基本自由。人權事務委員會1989年所
通過第18號一般性意見指出，委員會認為《公約》中所用「歧視」一詞的含義應指任何基於
種族、膚色、性別、語言、宗教、政見或其他主張、民族本源或社會階級、財產、出生或其
他身分的任何區別、排斥、限制或優惠，其目的或效果為否認或妨礙任何人在平等的基礎上
承認、享有或行使一切權利和自由（第7點）。

　　十八、十九世紀，隨著民族國家（nation States）的建立，處於非主導地位的群體（non-dominant groups）積極努力維護其文化、宗教、族群差異（cultural, religious or ethnic differences）；國際法對少數群體權利（minority rights）的承認及保護始於國際聯盟（League of Nations），1945年，聯合國成立，更逐步制定了許多有關少數群體的保障機制（OHCHR, 2010a: 1）。而少數群體權利理論之建構與發展，受到人權理論（human rights theory）及國際人權法之影響，發展出少數群體語言權利標準，及國家承擔語言權利保障之義務。

第一節　人權理論與少數群體

　　關於人權的定義，聯合國所定義的人權，為所有人與生俱來的權利（rights inherent to all human beings），不分種族、性別、國籍、族群、語言、宗教或任何其他身分；包含生命和自由權（right to life and liberty）、不受奴役和酷刑的權利（freedom from slavery and torture）、意見和言論自由權（freedom of opinion and expression）、工作及教育權（right to work and education）及其他，每個人有權不受歧視地享受此類權利（United Nations, n.d.a）。國際特赦組織（Amnesty International）對人權的定義，為每個人的基本權利與自由，不論處於全球任何地方（Amnesty International UK, 2019）。《澳大利亞人權委員會法》（Australian Human Rights Commission Act 1986）第3條則定義人

權為公約（covenant）、宣言（declarations）、相關國際文書（relevant international instrument）所認可的權利或自由。[1]

　　基本上，以人權的人性尊嚴（human dignity）及平等（equality）為核心價值出發，衍生出自由（freedom）、尊重他人（respect for others）、非歧視（non-discrimination）、寬容（tolerance）、公平（justice）、責任（responsibility）等（Council of Europe, 2021a），進而逐漸形成普遍性的人權原則（human rights principles）。聯合國所屬各機構於2003年通過《聯合國各機構以人權為發展合作基礎共識》（The Human Rights Based Approach to Development Cooperation Towards a Common Understanding Among UN Agencies），提出普遍性及不可剝奪性（universality and inalienability）、不可分性（indivisibility）、相互依存（inter-dependence and inter-relatedness）、平等及非歧視（equality and non-discrimination）、參與及包容（participation and inclusion）、課責及依法而治（accountability and rule of law）等人權原則（UNSDG, 2003）。世界衛生組織（World Health Organization, WHO）指出，人權的核心原則為課責、平等及非歧視、參與等（WHO, 2017）。又聯合國人權事務高級專員辦事處（Office of the United Nations High Commissioner for Human Rights, OHCHR）於2012年出版《人權指標：測量與執行指引》（*Human Rights Indicators: A Guide to Measurement and Implementation*），以定義（definition）、基本原則（rationale）、計算方式（method of computation）、資料來源（data collection and source）、更新週期（periodicity）、分項（disaggregation）、說明與限

---

[1] 澳大利亞人權委員會（Australian Human Rights Commission）具有國家人權機構（National Human Rights Institution）性質，係依《澳大利亞人權委員會法》第7條設置。依《澳大利亞人權委員會法》第8條，委員會由主席（President）、人權委員（Human Rights Commissioner）、種族歧視委員（Race Discrimination Commissioner）、原住民與托雷斯海峽島民社會正義委員（Aboriginal and Torres Strait Islander Social Justice Commissioner）、性別歧視委員（Sex Discrimination Commissioner）、年齡歧視委員（Age Discrimination Commissioner）、身障歧視委員（Disability Discrimination Commissioner）、兒童委員（National Children's Commissioner）等委員所組成。

制（comments and limitations）等，建構個別人權指標（indicator），總計有16項人權指標。[2]

關於人權之演展，Karel Vasak提出「三代人權」（three generations of human rights）理論，將人權演進分為：一、第一代人權為消極性人權，指涉公民與政治權利，如《公民與政治權利國際公約》為第一代人權；二、第二代人權為積極性人權，指涉經濟、社會、文化權利，如《經濟社會文化權利國際公約》（The International Covenant on Economic, Social and Cultural Rights）；三、第三代人權為集體權，指涉自決權、經社發展權、環境健康權、自然資源、參與文化遺產等，如1972年《斯德哥爾摩宣言》（Stockholm Declaration）或1992年《里約宣言》（Rio Declaration）等（Domaradzki, Khvostova and Pupovac, 2019）。而族群、宗教、語言等少數團體權利，可歸屬為第三代人權（Cornescu, 2009）。

然而，考量《世界人權宣言》（Universal Declaration of Human Rights）並未區別「公民、政治」與「經濟、社會、文化」權利，且《公民與政治權利國際公約》及《經濟社會文化權利國際公約》部分條文規範具有相通性，[3]「公民、政治」與「經濟、社會、文化」權利兩者間，

---

[2] 此16項人權指標為：1.18個國際人權條約和任擇議定書批准情況；2.國家政策關於性與生殖健康的時間框架及覆蓋面；3.憲法或其他形式的上位法關於教育權的生效日期和範圍；4.締約國實施全民免費初等義務教育之行動計畫的時間框架及覆蓋面；5.國家人權機構國際協調委員會（ICC，現已更名為國家人權機構全球聯盟／GANHRI）對國家人權機構的認可類型；6.聯合國被強迫或非自願失蹤問題工作組（Working Group on Enforced or Involuntary Disappearances）移交個案之數量及政府對這些個案做出有效回應的比例；7.國家人權機構、人權監察使和其他機制調查或處理有關「禁止酷刑及其他殘忍不人道或有辱人格之待遇或處罰」所收受申訴案件及政府回應比例；8.警察機關受理犯罪的百分比；9.專業衛生人員接生比例；10.公共營養援助計畫標的人口覆蓋比例；11.教育機構之小學及中學、公立及私立的學生與教職員比率；12.每10萬人的殺人案（故意及非故意）比率；13.報告期內發生的強制驅逐案件；14.由公設辯護人代理貧困被告的定罪率，與自己選擇辯護人的定罪率；15.嬰兒死亡率；16.每10萬人中，無家可歸者的人數（OHCHR, 2012b: 141-166）。

[3] 《公民與政治權利國際公約》及《經濟社會文化權利國際公約》具有相通性者為：1.《公民與政治權利國際公約》第25條參與公共事務權利（right to take part in the conduct of public affairs），與《經濟社會文化權利國際公約》第15條參與文化生活權利（right to take part in cultural life）；2.《公民與政治權利國際公約》第7條不受酷刑，或予以殘忍、不人道或侮辱之處遇權利（right not to be subjected to torture or cruel, inhuman or degrading treatment or pun-

已然無根本性差異（OHCHR, 2008: 8-9）。意即，相對於公民與政治權利明顯爲個人權利（individual rights），經濟、社會、文化權利有時易被視爲集體權，聯合國人權事務高級專員辦事處於2008年出版的《經濟社會文化權利常見問題》（*Frequently Asked Questions on Economic, Social and Cultural Rights*）指出，雖然經濟、社會、文化權利可能影響許多人而具有集體效果，但他們也是個人權利（OHCHR, 2008: 8）。[4]事實上，在族群集體權、族群成員個人權間，存有「群體導向」（group-regarding）的空間：個人仍應爲權利主體，僅是將個人所屬群體因素列入考量，尚無法逕以群體取代個人而爲權利主體，如臺灣具有原住民身分之考試加分（黃昭元，2017：296）。

圖2-1　理論分析脈絡

資料來源：本書整理。

---

ishment），與《經濟社會文化權利國際公約》第11條充足食物權利（right to adequate food）（OHCHR, 2008: 9）。

[4] 集體人權是否成立，及其與個人的人權互動關係，爲具爭辯性課題，如Thomas W. Pogge主張人權只能給予個人，以平等、普遍機制便得以充分保障每個人的人權，毋庸賦予族群社群集體權；相對地，Vernon Van Dyke則認爲族群社群對於其成員的認同與發展，具有重要意義，個人的人權無法確保族裔群體的存續，而應賦予族群社群享有團體權利（陳秀容，2001：197）。胡慶山（2015：11）則演繹《公民與政治權利國際公約》第27條所保障權利，不但是個人權利，亦屬集體權利。惟就臺灣法律秩序以觀，現行法律框架對人民權利保障，仍以可具體歸屬至個別人民身上之權利概念爲核心；相較於傳統個人權利概念，學理上稱爲「第三代人權」之集體權利，則更著重於住民自決、生態環境保護、跨國界人權保障與救助、弱勢民族保護及文化保存等核心價值之「集體性權利」，目前在現行法中，《原住民族傳統智慧創作保護條例》爲集體文化權之特別法律規定（《文化基本法》第28條立法說明）。又《原住民族教育法》第2條第3項規定，原住民爲原住民族教育之主體，原住民族個人及原住民族集體之教育權利應予以保障。

　　雖然在人權實踐上，可能會出現一些挑戰，[5]但人權已然是普世基本價值；而健全的人權發展，更有助於政府「善治」（good governance）的獲致。[6]本節將從人權理論出發，以自由與平等原則來探討少數群體權利之理論基礎，並搭配語言人權概念，演繹少數群體之語言權利（圖2-1），以發展本書理論基礎。

壹、自然權利理論：個人自由

　　當代人權的理論基礎，一般都接受自然權利理論（natural rights theory）爲人權之哲學論述（Donnelly, 1982）。John Locke與Immanuel Kan爲自然權利理論主要支持者，[7]並由Jean-Jacques Rosseau、John Stuart Mill及Mary Wollstonecraft進一步演繹自然權利理論；但Karl Marx與Jeremy Bentham則對自然權利理論提出批判（Australian Human Rights Commission, 2009）。在歷史發展實踐上，有許多實現自然權利理論的重要文獻，諸如由Thomas Jefferson起草並經大陸會議（Continental Congress）於1776年通過的《美國獨立宣言》（United States Declaration

---

[5] 人權實踐上，可能會出現值得關注的議題；諸如，以保護人權之名而限制人權之人權困境（human rights dilemmas）、不同種類人權之間的權利衝突（conflicts of rights）、文化傳統與人權理念相悖等（Council of Europe, 2021a）。

[6] 聯合國人權事務高級專員辦事處於2020年出版《人權影響評估訓練：制定指標指南》（*Evaluating the Impact of Human Rights Training: Guidance on Developing Indicators*）定義「善治」，爲透過政治或制度性過程，促使政府治理獲致透明（transparent）、課責（accountable）、公衆參與（public participation）（OHCHR, 2020: 16）。聯合國人權事務高級專員辦事處於2007年出版《實踐善治以保障人權》（*Good Governance Practices for the Protection of Human Rights*）指出，人權與善治是相輔相成的，人權原則提供一套政府作爲及政治行動者行爲之價值觀；若無善治，就無法持續地尊重及保護人權（OHCHR, 2007: 1）。基本上，善治與人權之鏈結有四：1.民主機制（democratic institutions）；2.國家服務提供（delivery of State services）；3.依法而治；4.反貪腐措施（anti-corruption measures）等（OHCHR, 2007: 2）。

[7] John Locke認爲自然法所提供的人權如同財產權，是由每一個人所擁有，沒有公衆權威（public authority）可以違反這些道德權利，而且公衆權威存在的一個主要目的就是要在法律實踐上來確保這些權利（財團法人臺灣民主基金會，2005：5）。

of Independence），[8]或如1789年法國大革命後的《人權暨公民權利宣言》（Declaration of the Rights of Man and of the Citizens）。[9]

自然權利理論則相當程度受到自由主義（liberalism）[10]影響，關注於如何確保個人自由（individual freedom）。自由主義存有各種流派，如Gary所提出自由主義兩種面貌（普遍性體制／和平共存方案）（Gary著、蔡英文譯，2002：2），或如古典自由主義（classical liberalism）與現代自由主義（modern liberalism）。基本上，自由主義的價值理念包含個人主義的信念、對於自由重要性之意識、對權力應以某種方式加以限制的信念（通常採憲政主義）、對國家角色侷限性理解、私領域與公領域或多或少可區隔的意識（Vincent, 2013: 49）。

自由主義的基本精神，強調個人權利與利益，優先於各種集體的組合、各類屬於集體的價值（錢永祥，2003）。自由主義的發展，受到許多思想家的影響，例如Jeremy Bentham的《道德與立法原則導論》（*An Introduction to the Principles of Morals and Legislation*）、John Locke的《政府論次講》（*The Second Treatise of Government*）、Immanuel Kant的《純粹理性批判》（*Critique of Pure Reason*）、Adam Smith的《國富論》（*Wealth of Nations*）、John Stuart Mill的《論自由》（*On Liberty*）、Herbert Spencer的《國家權力與個人自由》（*Man Versus the State*）、Leonard Trelawny Hobhouse的《自由主義》（*Liberalism*）、

---

[8] 《美國獨立宣言》揭示：人人生而平等，造物者賦予他們若干不可剝奪的權利，其中包括生命權、自由權、追求幸福的權利。（All men are created equal, that they are endowed by their Creator with certain unalienable Rights, that among these are Life, Liberty and the pursuit of Happiness.）

[9] 《人權暨公民權利宣言》第2條：一切政治結社的目的，旨在維護人類自然的和不可動搖的權利，包含自由、財產、安全與反抗壓迫。（The aim of every political association is the preservation of the natural and imprescriptible rights of Man. These rights are Liberty, Property, Safety and Resistance to Oppression.）

[10] 自由主義的本質（nature of liberalism）一直是政治理論所關注的核心課題（Bell, 2014）。自由主義可說是由多種觀念與政治實踐所構成複合體，不同學門框架中存有不同論述觀點，因而，分析的政治哲學、詮釋學、結構主義、後結構主義、心靈史、新馬克思主義、女性主義、後殖民主義、東方主義或其他理論，賦予自由主義多元風貌（Vincent, 2013: 49）。

Friedrich August Hayek的《到奴役之路》（*The Road to Serfdom*）、John Rawls的《正義論》（*A Theory of Justice*）等。[11]

就不同思想家對自由主義的詮釋，投射在個人自由與國家角色上，可以觀察到出現對國家想像的兩種思維：一、「個人主義式自由主義」（individual liberalism）或「小政府式自由主義」（small-government liberalism），如John Stuart Mill的「自由原則」（the principle of liberty），[12]或Robert Nozick的「最小政府」（minimal state）；二、

---

[11] 英國《經濟學人》（*The Economist*）於2018年9月所出版〈自由主義再生宣言〉（1843-2018: A manifesto for renewing liberalism）專刊中，重新盤點自由主義思想家，羅列出Thomas Hobbes的《巨靈》（*Leviathan*）、John Locke的《論寬容》（*A Letter Concerning Toleration*）及《政府論次講》、Charles de Secondat, Baron de Montesquieu的《論法的精神》（*The Spirit of the Laws*）、Thomas Paine的《常識》（*Common Sense*）、Adam Smith的《國富論》、Olympe de Gouges的《女權宣言》（*Declaration of the Rights of Woman and the Female Citizen*）、Mary Wollstonecraft的《女權辯護》（*A Vindication of the Rights of Woman*）、John Stuart Mill的《論自由》、Thomas Hodgskin的《勞方對資方主張之辯駁》（*Labour Defended against the Claims of Capital*）、Herbert Spencer的《國家權力與個人自由》、Baruch (Benedict) de Spinoza的《神學政治論》（*Theological-Political Treatise*）、Alexis de Tocqueville的《美國的民主》（*Democracy in America*）、Frédéric Bastiat的《法律》（*The Law*）、Harriet Taylor Mill的《女性選舉權》（*The Enfranchisement of Women*）、Jane Addams的《民主與社會倫理》（*Democracy and Social Ethics*）、Salvador de Madariaga的《牛津宣言》（*Oxford Manifesto*）（主要起草者）、Immanuel Kant的《純粹理性批判》及《論永久和平》（*Perpetual Peace: A Philosophical Sketch*）、José María Luis Mora的《墨西哥政治宗教問答》（*Political Catechism of the Mexican Federation*）、Harriet Martineau的《圖解政治經濟學》（*Illustrations of Political Economy*）及《美國的社會》（*Society in America*）、John Maynard Keynes的《就業、利息和貨幣通論》（*The General Theory of Employment, Interest and Money*）、William Beveridge的《社會保險報告書》（*The Beveridge Report*）、Ayn Rand的《源頭》（*The Fountainhead*）及《阿特拉斯聳聳肩》（*Atlas Shrugged*）、Friedrich Hayek的《到奴役之路》及《致命的自負：社會主義的謬誤》（*The Fatal Conceit: The Errors of Socialism*）暨《自由憲章》（*The Constitution of Liberty*）、Ibn Khaldun的《導論》（*The Muqaddimah*）、Anders Chydenius的《國家利益》（*The National Gain*）、Hannah Arendt的《極權主義的起源》（*The Origins of Totalitarianism*）、Isaiah Berlin的《自由的兩個概念》（*Two Concepts of Liberty*）、John Rawls的《正義論》、Robert Nozick的《無政府、國家與烏托邦》（*Anarchy, State, and Utopia*）、Judith Shklar的《恐懼的自由主義》（*Liberalism of Fear*）等（The Economist, 2018）。上開《經濟學人》所羅列的自由主義思想家，可以觀察到：1.除傳統思想性專書或論文外，政治宣言（如Salvador de Madariaga y Rojo）、政策報告（如William Beveridge）、政治小說（如Ayn Rand）亦成為影響當代自由主義的重要文獻來源；2.區域性自由主義思想家受到關注，如具有墨西哥自由主義之父（father of Mexican liberalism）的José María Luis Mora，或Anders Chydenius對北歐自由主義（Nordic liberalism）影響。

[12] John Stuart Mill於《論自由》所提出「自由原則」，強調一個人應該享有最大程度的思想、言論與行動自由，彰顯了自由主義維護個體自主性的基本信念，並成為現代立憲民主政體及

「美國大政府式自由主義」（big-government American liberalism），如John Rawls的「作爲公平的正義」（justice as fairness）。而自由主義對國家機制的正面或負面觀點，影響政府功能應該大或小之想像，並產生國家權力（state power）與人權（human rights）間拉鋸。

　　一般來說，自由主義對個人自由的想像爲：一、自由主義肯定個人擁有不可被剝奪與侵犯之自我選擇自由；二、自由主義強調以憲政制度安排，調節個人間彼此衝突的價值與生活方式（蔡英文，2002：3）。而政治思想中的自由主義，通常涉及非權威主義（non-authoritarianism）、依法而治（rule of law）、有限政府（limited constitutional government）、公民權利與政治自由保障（guarantee of civil and political liberties）（Freeman, 2018: 2）。[13]

　　對於個人自由的重視，在政治領域，展現出政治中的個人主義或憲法上個人主義（constitutional individualism），並演進爲近代憲政主義（constitutionalism）思想。憲政主義就是以憲法規範政府的組成及行使，打造一個有限政府，以保障人民基本權利的一種政治理念（林子儀等，206：10）。Barber（2018）的《憲政主義原則》（*The Principles of Constitutionalism*）一書，提出國家主權（state sovereignty）、權力分立（separation of powers）、依法而治、公民社會（civil society）、[14]民主（democracy）、輔助（subsidiarity）等六項原則。現代民主憲政主義（modern democratic constitutionalism）則重視代議政府（representative government）及人權保障（protection of rights）兩大原則（International IDEA, 2017: 15）。各個國家在憲政主義之實踐上，也發展出各自的憲法原則；如美國的有限政府、共和主義（republicanism）、制衡

　　自由經濟制度的基礎（江宜樺，2001），反映出「個人主義式自由主義」的思維。

[13] 經濟思想中自由主義，則與非計畫經濟之自由競爭市場（predominantly unplanned economy with free and competitive markets）、私有財產（private ownership）等相關（Freeman, 2018: 2）。

[14] 公民社會概念的界定，可分爲政府機關與公民社會的二分法，及政府、市場、公民社會三分法（丘昌泰、江明修，2008：5）。

（checks and balances）、聯邦主義（federalism）、權力分立、人民主權（popular sovereignty）等六項原則（NARA, 2020）；或如澳大利亞的民主、依法而治、權力分立、聯邦主義、民族（nationhood）、權利等六項原則（Australian Constitution Centre, n.d.）。部分國家更視「尊重少數群體」（respect for minorities）爲憲法原則，如加拿大。[15]

　　基本上，近代西方立憲主義強調：政治權威的「人爲法」（man-made law）不可違背「自然法」（natural law）之「自然法論」（王泰升，2004）。[16]自然權利及自然法[17]不但可作爲解釋及正當化成文憲法（written constitution）的思想基礎（Hamburger, 1993），而且可作爲挑戰成文憲法之依據。如我國司法院釋字第499號解釋，即以憲政主義概念（自由民主憲政秩序）認定第三屆國民大會（修憲機關）於1999年9月15日修正公布之《憲法增修條文》違憲。[18]

---

[15] 採行成文憲法的國家，在某些情況下，憲法的不成文原則（unwritten principles of the Constitution）可作爲實質的權利保護規範，如加拿大1982年憲法第52條第2項的非窮盡性（non-exhaustive）概念（Government of Canada, 2021）。加拿大最高法院（Supreme Court）認可的憲法不成文原則爲聯邦主義、民主、憲政主義、依法而治、尊重少數群體、權力分立、司法獨立等（Government of Canada, 2021）。

[16] 在St. Thomas的「永恆法（cternal law）→神聖法（divine law）」、「自然法（natural law）→人爲法（human laws）」之法體系基礎上，Marcus Tullius Cicero則指出自然法是世界上最高的法則，爲上帝賜予人類的自然理性，人皆天生秉賦之，人皆生而平等（陳思賢，1998：12-13）。

[17] 若細部討論自然法與自然權利，在某些情況下自然權利的行使，會受到自然法的限制，這些情況包含：1.共同福祉之考量（consideration for the common good）；2.對他人平等權之尊重（respect for the equal rights of others）；3.權利基礎不存在（realization that when the basis of the right is absent）等（Antieau, 1960）。法國的《人權暨公民權利宣言》第1條：自由與平等爲人與生俱來的權利，社會差異僅能基於共同福祉之考量。

[18] 司法院釋字第499號解釋指出，憲法中具有本質之重要性而爲規範秩序存立之基礎者，如聽任修改條文予以變更，則憲法整體規範秩序將形同破毀，該修改之條文即失其應有之正當性；憲法條文中，諸如：第1條所樹立之民主共和國原則、第2條國民主權原則、第二章保障人民權利，以及有關權力分立與制衡之原則，具有本質之重要性，亦爲憲法整體基本原則之所在；基於前述規定所形成之自由民主憲政秩序，乃現行憲法賴以存立之基礎，凡憲法設置之機關均有遵守之義務。

貳、少數群體權利基礎：實質平等

對於效益主義（utilitarianism）[19]的爭辯，John Rawls企圖證明，一套以公平爲特徵的正義觀，恰好滿足了自由主義對個人自由與基本權利的追求（錢永祥，2003）。John Rawls的《正義論》探討兩個正義原則：一、平等自由權原則，即每個人都有平等的權利主張，享有一完備體系下的各項平等自由權；二、社會及經濟的不平等須滿足：（一）「公平機會平等原則」（各項職位及地位，必須在公平的機會平等下，對所有人開放）；（二）「差異原則」（使社會中處境最不利的成員獲得最大的利益）兩個條件（張福建，1997）。[20]

對於John Rawls的回應，Alasdair MacIntyre、Michael Sandel、Charles Taylor與Michael Walzer等，發展出社群主義（communitarianism），透過借用Aristotle與Hegel觀點，對John Rawls的學說提出批判（Daniel, 2020）。自由主義與社群主義之間的爭辯，約略爲個人爲社會的本質（nature of individuals as social beings）、群體價值（value of community）、政治原則正當性（justification of political principles）等議題（Morrice, 2000）。在少數群體層面上，則出現多元文化主義（multiculturalism）[21]與族群社群主義（ethnic

---

[19] 效益主義認爲，當一個社會分配可極大化整體效益（效益可界定爲快樂、慾望滿足、個人偏好）時，該分配便是公正的（周保松，2003）。

[20] 我國司法院楊仁壽大法官於釋字第571號解釋所提出不同意見書指出，「平等權」有別於「自由權」，平等權並非係一實體的權利，其欠缺實質的內容，常需附於其他權利之上，只要與某種權利結合，即成爲該種權利的內涵，如言論自由平等權、工作平等權等。申言之，「自由權」係保障人民享有一定「作爲」或「不作爲」權利，具有一定的「保護內涵」，如言論自由；而「平等權」則確保人民在國家中免於遭受不公平待遇權利，因平等權旨在提供「評比公式」或「量尺」，藉以判斷不公平待遇是否發生，故平等權並無特定的「保護內涵」（李建良，1997）。

[21] 多元文化主義對自由主義之批判爲：將族群文化視爲私領域事務，而不願以法律或公共政策調節族群間不平等（張培倫，2005：143）。若暫不論「多元文化」（multicultures）與「文化多樣性」（cultural diversity）差異，聯合國教科文組織2001年《世界文化多樣性宣言》（Universal Declaration on Cultural Diversity）、2005年《保護和促進文化表現形式多樣性公約》（Convention on the Protection and Promotion of the Diversity of Cultural Expressions），及我國《憲法增修條文》第10條第11項「國家肯定多元文化」、《文化基本法》等，在某種

communitarianism）[22]兩種思路（Theobald and Wood, 2009）。

　　在多元文化主義思潮下，因現代國家甚難達到族群文化中立（ethnocultural neutrality），[23]國家應尊重多元文化的差異，並對少數群體做出相應之彌補；而少數群體權利的要求，則被視爲「差異政治」（politics of difference）或肯認政治（politics of recognition）的一環，如Iris Marion Young或Charles Taylor之主張（許國賢，2001；郭秋永，2012；張錦華，1997；張培倫，2005：7）。[24]

一、少數群體之「優惠性差別待遇」

　　一般來說，平等權可分爲「形式平等」（formal equality）與「實質平等」兩個層次。「形式平等」者，以道德平等觀爲理論基礎，依「等則等之，不等者不等之」分析路徑，所發展出的平等理論（黃昭元，2017：286）。在我國法律規範上，已有許多法律就語言平等權、禁止語言歧視、禁止語言差別待遇等，予以明文規範。例如，《大眾運輸工具播音語言平等保障法》第1條、《國家語言發展法》第4條、《客家基本法》第3條、《文化基本法》第4條、《就業服務法》第5條第1項、《監獄行刑法》第6條第2項、《羈押法》第4條第2項、《高級中等學校建教合作實施及建教生權益保障法》第26條第1項、《心理師法》第19條第2

程度上，體現了多元文化主義。

[22] 如Vernon Van Dyke的族群社群權利（ethnic communities rights）理論（陳秀容，1999）。Vernon Van Dyke的族群社群（ethnic communities）概念則包含種族團體、語言團體、宗教團體、原住民團體等（陳秀容，2001：199）。

[23] Will Kymlicka將少數群體哲學辯論分爲三個階段：第一階段將少數群體權利視爲社群主義者抵抗自由主義入侵的防禦（minority rights as a communitarian defence against the encroachment of liberalism）；但已逐漸由自由主義內部關於文化和認同爭論所取代；第二階段關心透過少數群體權利來補充一般性之個人權利，得否成爲揚棄族群文化中立（ethnocultural neutrality）正當性基礎；第三階段應將少數群體權利視爲對多數群體民族國家建構（majority nation-building）的回應，而非對族群文化的偏離（Kymlicka, 1995: 38；Kymlicka著、鄧紅風譯，2004：96-97）。

[24] Young（2011: 179）認爲一個公正的政體必須接受異質公眾的理念（a just polity must embrace the ideal of a heterogeneous public），而應接受民族或族群的群體差異（group differences of nation or ethnicity）。

項等法律條文。[25]

　　至於「實質平等」，則指涉「採取積極手段，消除弱勢（disadvantaged）、無力（powerless）族群或團體人民所處的相對次級地位」為核心意義之平等要求（黃昭元，2017：286）。[26]司法院釋字第485號解釋指出，《憲法》第7條平等原則並非指絕對、機械之形式上平等，而係保障人民在法律上地位之實質平等，立法機關基於憲法之價值體系及立法目的，自得斟酌規範事物性質之差異而為「合理」之差別對待。又司法院釋字第682號、第722號、第745號、第750號、第791號、第794號、第804號解釋指出，法規範所為差別待遇，是否符合平等保障之要求，應視該差別待遇之目的是否合憲，及其所採取之分類與規範目的之達成間，是否存有一定程度之關聯性而定。

　　事實上，「實質平等」理論之發展，逐漸演繹出「優惠性差別待遇」（affirmative action/ positive action）之積極性平權概念。[27]葉百修

---

25 《大眾運輸工具播音語言平等保障法》第1條規定，為維護國內各族群地位之實質對等，促進多元文化之發展，便利各族群使用大眾運輸工具。《國家語言發展法》第4條規定，國家語言一律平等，國民使用國家語言應不受歧視或限制。《客家基本法》第3條第1項規定，客語為國家語言之一，與各族群語言平等。《文化基本法》第4條規定，人民享有之文化權利，不因族群、「語言」等，而受歧視或不合理之差別待遇。《就業服務法》第5條第1項規定，為保障國民就業機會平等，雇主對求職人或所僱用員工，不得以種族、「語言」等為由，予以歧視。《監獄行刑法》第6條第2項規定，監獄對受刑人不得因人種、膚色、性別、「語言」、宗教、政治立場、國籍、種族、社會階級、財產、出生、身心障礙或其他身分而有歧視。《羈押法》第4條第2項規定，對羈押被告不得因人種、膚色、性別、「語言」、宗教、政治立場、國籍、種族、社會階級、財產、出生、身心障礙或其他身分而有歧視。《高級中等學校建教合作實施及建教生權益保障法》第26條第1項規定，建教合作機構於建教生受訓期間，不得因其種族、階級、「語言」、思想、宗教、黨派、籍貫、出生地、年齡、婚姻、容貌、五官或身心障礙之因素，給予不利之差別待遇。《心理師法》第19條第2項規定，心理師執行業務時，應尊重個案當事人之文化背景，不得因其性別、族群、社經地位、職業、年齡、「語言」、宗教或出生地不同而有差別待遇。

26 林子儀大法官於釋字第571號解釋所提出協同意見書指出，司法院解釋襲用已久之「形式平等」與「實質平等」用語，係以「是否允許差別待遇存在」而為區分；意即，「實質平等」，其與「等者等之，不等者不等之」（People who are similarly situated should be treated similarly, and people who are not similarly situated should not be treated similarly）平等公式思考相同。

27 許志雄大法官於釋字第810號解釋所提出不同意見指出，優惠性差別待遇與一般差別待遇不同，違憲審查之嚴格程度應適度降低；意即，在一般差別待遇，少數或弱勢者受到立法之不利規制時，要將該法修正或廢止，恐非易事；但在優惠性差別待遇之情形，少數或弱勢者若

大法官於釋字第719號解釋所提出協同意見中指出，「優惠性差別待遇」
（或稱「優惠性矯正措施」、「積極平權措施」），係指國家透過積極作
為，以「優惠措施」實踐憲法平等權之保障人民「實質平等」意旨。[28]在
司法實務上，司法院釋字第649號解釋（身心障礙者保護法按摩業專由視
障者從事）、第719號解釋（政府採購得標廠商應進用一定比例原住民）
等兩個解釋，對「優惠性差別待遇」概念做出重要演繹。[29]

　　在我國法律規範上，已有就少數族群之發展，提供優惠性差別待遇
（優惠措施）之立法例。例如，《原住民族工作權保障法》第12條第1
項、《原住民族基本法》第27條、《原住民族教育法》第26條第2項、第
26條第3項、第31條第1項、第34條第2項等法律條文。[30]在既有基礎上，

因立法而享有不當之優惠，多數者自可透過民主程序加以調整，違憲審查機關不必過度介
入；除非優惠性差別待遇過度，形成「逆差別」（reverse discrimination, inverse discrimina-
tion），須另予斟酌，否則即使以種族為區別指標之「可疑類型」（suspect classification），
亦不宜採取嚴格審查基準。

[28] 葉百修大法官並指出，應注意「優惠性差別待遇」是否會構成「反向歧視」（reverse/ be-
nign discrimination）問題，意即，本案（政府採購得標廠商應進用一定比例原住民案）以歧
視非原住民而達成原受歧視之原住民權利獲得實質平等之保障，以及實際上給予積極優惠措
施，有無因此造成原住民成為需要積極保障之社會弱勢地位之刻板印象或次等公民身分標記
之議題。

[29] 蘇永欽大法官於釋字第719號解釋之協同意見書，以優惠性待遇的人權基礎、個人或集體化
的特徵、特徵的可轉移性、差別待遇的方式與程度、差別待遇的可轉移性等五個參數，比較
釋字第649號及釋字第719號，並指出視障人民係「以個人特徵為差別待遇的基礎」，且「非
針對性的歧視，但已剝奪所有其他人的機會」；相對地，原住民族係「以集體化特徵為差
別待遇的基礎」，且「針對性的歧視，但僅影響其資源使用的排序」。又釋字第810號解釋
（政府採購原住民就業代金）進一步補充釋字第719號解釋。

[30] 《原住民族工作權保障法》第12條第1項規定：「依政府採購法得標之廠商，於國內員工總
人數逾一百人者，應於履約期間僱用原住民，其人數不得低於總人數百分之一。」《原住民
族基本法》第27條規定：「政府應積極推行原住民族儲蓄互助及其他合作事業，輔導其經營
管理，並得予以賦稅之優惠措施。」《原住民族教育法》第26條第2項規定：「各該教育主
管機關應提供原住民學生教育獎助，並採取適當優惠措施，以輔導其就學。」《原住民族教
育法》第26條第3項規定：「各大專校院應就其學雜費收入所提撥之學生就學獎助經費，優
先協助清寒原住民學生。」《原住民族教育法》第31條第1項規定：「為保障原住民族教育
師資之來源，中央教育主管機關應協調各師資培育之大學保留一定名額予原住民學生，並得
依中央教育主管機關及地方政府之原住民族教育及族語師資需求，提供原住民公費生名額或
設師資培育專班。」《原住民族教育法》第34條第2項規定：「於本法中華民國一百零八年
五月二十四日修正之條文施行後十年內，國民小學階段之原住民重點學校聘任具原住民身分
之教師比率，應不得低於學校教師員額三分之一或不得低於原住民學生占該校學生數之比
率；國民中學及高級中等教育階段之原住民重點學校聘任具原住民身分之教師比率，不得低
於該校教師員額百分之五。」事實上，原住民的優惠性差別待遇，除獲致實質平等權外，尚

以《憲法》第7條及歷來司法院大法官解釋對平等權之演繹，就臺灣少數族群語言人權，宜進一步以「優惠性差別待遇」角度，深化少數族群語言權之「實質平等」。

此外，加拿大聯邦政府為促進兩種官方語言（英語及法語）間的實質平等，於2021年公布《英語和法語：實現加拿大官方語言的實質平等》（*English and French: Towards a Substantive Equality of Official Languages in Canada*）白皮書（White Paper），以推動語言體制改革（reform of the language regime）（Canada.ca, 2021: 29）。

二、少數群體及其個別成員

關於少數群體及其個別成員間關係，Will Kymlicka於2001年出版《少數群體的權利：民族主義、多元文化主義與公民權》（*Politics in the Vernacular: Nationalism, Multiculturalism and Citizenship*）一書，有著精彩的討論。[31]Kymlicka（2001: 22）將少數群體權利分為內部限制（internal restrictions）與外部保障（external protections）兩種態樣，前者為群體對其成員權利（the right of a group against its own members）；後者為成員對更大社會權利（the right of a group against the larger society）。Kymlicka認為自由主義應支持「促進群體間公平」（promote fairness between groups）的「外在保障」，並排除「內部限制」（限制群體成員質疑或修正傳統權威及做法之權，limit the

---

有實現歷史正義與轉型正義，並促進階級流動之意涵。

[31] Kymlicka繼1988年的〈自由主義與社群主義〉（*Liberalism and Communitarianism*）、1989年的《自由主義、社群與文化》（*Liberalism, Community and Culture*）、1995年的《多元文化公民權：少數群體權利的自由主義理論》（*Multicultural Citizenship: A Liberal Theory of Minority Rights*），於2001年出版《少數群體的權利：民族主義、多元文化主義與公民權》，成為闡明少數群體權利的重要文獻。承襲傳統自由主義者的論點，Kymlicka嘗試從兩個面向論證自由主義可包容文化權利的概念：1.自由主義所強調的個人自由和文化身分相關聯；2.給予少數族群特殊權利可以促進族群平等（林火旺，2000）。相較於Kymlicka將文化公民權與少數群體權利鏈結，Nick Stevenson的《文化與公民權》（*Culture and Citizenship*）則重視超越族群或是國家邊界的文化權之實現（王俐容，2006）。

right of group members to question and revise traditional authorities and practices）；意即，訴求少數群體內部自由，以及少數群體與多數群體間的平等（freedom within the minority group, and equality between minority and majority groups）（Kymlicka, 2001: 22; Kukathas, 2002）。在我國實踐上，《客家基本法》第3條第1項規定：「客語爲國家語言之一，與各族群語言平等。」可謂實踐Kymlicka的「外在保障」概念；而《祭祀公業條例》第5條則提供客家人排除「祭祀公業」之「內部限制」（宗族觀念之男子繼承）法源。[32]類似議題，也出現在《原住民身分法》第4條第2項「漢父原母」的從具母姓或原住民傳統名字者，方能取得原住民身分之爭議。[33]

按少數群體權利大多存有身分之適用，因而，須先成爲特定少數群體之成員，方得主張該少數團體相關權利；例如，在臺灣，應先具有原住民身分者，才可適用《原住民族工作權保障法》。[34]以上開少數群體權利概念爲基礎，可進一步思考「人權憲章條款與少數群體權利」議題，討論如

---

[32] 《祭祀公業條例》第3條規定，「祭祀公業」指由設立人捐助財產，以祭祀祖先或其他享祀人爲目的之團體；「設立人」指捐助財產設立祭祀公業之自然人或團體；「派下員」指祭祀公業之設立人及繼承其派下權之人。臺灣祭祀公業實作上，客家族群或閩南族群皆設立祭祀公業，但客家人的祭祀公業多建有宗祠（公廳）及祖塔，作爲祭祀祖先及放置先人骨灰的場域，因而具有祖產性質之祭祀公業成爲理解客家地方社會的重要元素（羅烈師，2013）。《祭祀公業條例》第4條第1項「本條例施行前已存在之祭祀公業，其派下員依規約定之」的規定，以「規約」賦予祭祀公業限制內部成員權利，雖謂「基於尊重傳統習俗及法律不溯既往之原則」（立法説明），但實際導致多數情形爲女子不得繼承爲派下員，恐違反《憲法》第7條男女平等。又《祭祀公業條例》第5條「本條例施行後，祭祀公業及祭祀公業法人之派下員發生繼承事實時，其繼承人應以共同承擔祭祀者列爲派下員」之規定，則以性別平等而爲規範，賦予女子相同繼承權。

[33] 《憲法訴訟法》施行後，首件言詞辯論爲2022年1月17日所進行的2018年度憲二字第54號吳陳春桃、劉陳春梅及2018年度憲二字第347號吳若韶聲請解釋案（原住民身分法案），原住民族委員會訴訟代理人（鍾興華副主委）於結辯陳詞時表示：依據《憲法增修條文》保障原住民族意願的意旨，請不要剝奪族人決定民族成員的權利。上開原住民族委員會訴訟代理人的觀點，似以《憲法增修條文》第10條第12項「國家應依民族意願」的集體權角度，主張由原住民族自行決定（由原住民選出立法委員形成立法）；惟本案（原住民身分法第4條第2項）涉及姓名權、人格權、身分權、性別平等諸多個人權議題，或許可借用Kymlicka「內部限制」與「外部保障」概念，「漢父原母」（或客家人與原住民通婚的客父原母）子女的原住民身分，仍須接受人權標準的檢視。

[34] 《原住民族工作權保障法》第1條規定，爲促進原住民就業，保障原住民工作權及經濟生活，特制定本法。同法第2條規定，本法之保障對象爲具有原住民身分者。

次。

第一，國際人權法或各國憲法人權條款所保障個人權利，與少數群體的傳統文化、習俗與普世人權理念相衝突時，應優先適用人權條款。例如，1989年《原住民與部落人民公約》（Indigenous and Tribal Peoples Convention）第8條第2項之規定。[35]

第二，少數群體之權利內涵，應順應國際人權法之發展，與時俱進。例如，臺灣傳統「客家祭祀公業」（少數族群祭祀公業），依《祭祀公業條例》第4條第1項規定，排除女子繼承權，雖同條第2項、第3項規定已有減緩差別待遇之考量，且第5條規定，已基於性別平等原則而為規範，但整體派下員制度之差別待遇仍然存在（司法院釋字第728號解釋理由書）。但隨著《消除對婦女一切形式歧視公約施行法》施行，國家對於女性應負有積極之保護義務，藉以實踐兩性地位之實質平等，對於《祭祀公業條例》施行前已存在之祭祀公業，其派下員認定制度之設計，國家應與時俱進，視社會變遷與祭祀公業功能調整之情形，就相關規定適時檢討修正，俾能更符性別平等原則與憲法保障人民結社自由、財產權及契約自由之意旨（司法院釋字第728號解釋理由書）。

第三，應重視屬於「雙重少數群體」（double minorities）或「三重少數群體」（triple minorities）者之權利保障議題。關於少數群體之研究，已逐漸由「單一少數群體」（single minority）演變為「雙重少數群體」或「三重少數群體」的發展趨勢（Garlick, 1993; Gonzales, Blanton and Williams, 2002）。若先暫將女性視為少數群體，「客家女性」為客家人、女性之雙重少數，「客家女性同性婚姻者」[36]為客家人、女性、同

---

[35] 《原住民與部落人民公約》第8條規定，在對有關民族實施國家的立法和規章時，應適當考慮他們的習慣和習慣法（第1項）；當與國家立法所規定的基本權利或國際公認的人權不相矛盾時，這些民族應有權保留本民族的習慣和各類制度（第2項）。反面解釋，民族的習慣，如與國際人權標準相衝突時，應優先適用國際人權法。

[36] 依《司法院釋字第七四八號解釋施行法》第2條及第4條規定，相同性別之二人，得為經營共同生活之目的，成立具有親密性及排他性之永久結合關係，並向戶政機關辦理結婚登記。祭祀公業多以男系子孫繼承，但如為男性同性婚姻，逝世後並無法進入宗祠及祖塔。

性婚姻之三重少數，在宗族傳統與祭祀習俗中，客家女性、客家女性同性婚姻者，常被客家祭祀公業排除；如何運用實質平等理論以保障客家女性、客家女性同性婚姻者之祭祀權及財產繼承權，並能與宗族傳統取得衡平，為目前《祭祀公業條例》實作上的重要課題。

第四，「少數群體中的少數者」的權利保障，易遭少數群體政策所忽略。原住民族為臺灣少數族群，法定16族別中，各族別占原住民族總人口比例，阿美族接近四成，相對地，卑南族與魯凱族接近3%，賽德克族低於2%，呈現懸殊差距。卑南族、魯凱族、賽德克族等，為「少數群體中的少數者」，惟現行立法委員選舉以「山地原住民」、「平地原住民」為選舉區，受限於席次侷限性，原住民16族中，人口數較少的族別（少數群體中的少數者），不易選出其民意代表。因而，少數族群政策應更加細緻化，進一步關注「少數群體中的少數者」的權利。

若將少數群體權利之探討，進一步聚焦於語言權利，可以觀察到少數群體之語言權利，實與人權理論發展、國際人權法實踐密切相關。事實上，我國法律對於少數族群之語言權利的制度安排，常援引國際人權法；如《原住民族語言發展法》第1條立法說明指出，參考《聯合國原住民族權利宣言》（United Nations Declaration on the Rights of Indigenous Peoples）、《世界語言權利宣言》（Universal Declaration of Linguistic Rights）等，為保障原住民族語言權利，以制定本法。又如《客家語言發展法（草案）》第1條立法說明指出，參考《世界語言權利宣言》、《在民族或族群、宗教和語言上屬於少數群體者權利宣言》揭櫫使用語言權利之保障，以及《公民與政治權利國際公約》第27條少數語言群體使用其固有語言之權利不可被剝奪等規定，制定本法。

參、語言人權

語言權利，係指使用自己語言之權利（the right to speak one's own

language）（Mancini and Witte, 2008: 248），為個人（individual）或集體（collective）擁有選擇自己語言（right to choose one's language）在私領域或公共領域，進行溝通的權利（MRG, 2015）。日籍學者鈴木敏和定義語言權為：自己或自己所屬的語言團體，使用其所希望使用的語言，從事社會生活而不受任何人妨害的權利（施正鋒、張學謙，2003：136）。聯合國少數群體問題特別報告員（United Nations Special Rapporteur on minority issues）於2017年出版的《語言少數群體的語言權利：實用落實指南》（*Language Rights of Linguistic Minorities: A Practical Guide for Implementation*）指出，語言權利可被視為國家機關在多語環境中使用特定語言，或不干涉個人語言選擇及表達之義務（OHCHR, 2017a: 5）。

Skutnabb-Kangas（2012）則將語言權分為：一、消極／非歧視（negative/ non-discrimination）權利，如禁止語言特徵所生的歧視；二、積極／肯定（positive/ affirmative）平權，如促進使用語言權利（right to use their language）。[37]Reynaldo F. Macias提出「免於語言歧視的權利」、「在日常公共活動中使用母語的權利」兩種語言權利（張學謙，2013b）。Heinz Kloss則將語言權區分為「容忍傾向」（tolerance-oriented）和「促進傾向」（promotion-oriented）兩種態樣（張學謙，2013b）。Wenner將語言權分為「容忍權」、「弱的使用」、「強的使用」三類（李憲榮，2004：194-196）。施正鋒、張學謙（2003：140-144）則將語言權分為「強意義與弱意義的語言權」、「消極性與積極性的語言權」、「個人性與集體性的語言權」，並以至高的重要性（paramount importance）、務實可行性（practical）、普遍性（universality）三個標準，探討語言權與人權關係。

---

[37] Skutnabb-Kangas與Phillipson以「同化取向」、「保存取向」為光譜兩端，分為壓制語言權、容忍、非歧視、允許、促進語言權等（施正鋒、張學謙，2003：140）。

一、語言人權為基本人權

　　語言人權的概念，來自普遍人權標準（general human rights standards），尤其是非歧視（non-discrimination）、表意自由（freedom of expression）、私人生活權（right to private life）、語言少數群體成員與群體中的其他人一起使用自己的語言之權（right of members of a linguistic minority to use their language with other members of their community）等（De Varennes, 2001）；因而語言人權具有基本人權（fundamental human rights）性質，國家需承擔語言權利之保障義務（Gromacki, 1991），並積極實現語言使用者之語言人權。[38]至於語言人權體現在母語（mother tongues）上，則為認同母語權利，並以母語獲得教育及公共服務權利（Skutnabb-Kangas and Phillipson, 2017）。[39]

　　語言人權涉及人們享有尊嚴生活的基礎（basic for a dignified life），而不容許受到國家（或個人）之侵害（Skutnabb-Kangas, 2012）；語言人權是維持語言多樣性（linguistic diversity）之必要（但非充分）先決條件（Skutnabb-Kangas and Phillipson, 1988）。

　　依《公民與政治權利國際公約》第26條規定，平等權概念為：（一）人人在法律上一律平等；（二）受法律平等保護；（三）禁止歧視；而國家法律應禁止語言歧視（language discrimination），[40]並保證人人享受平等而有效之保護。語言人權體現在平等權上，依《歐洲保護少數民族框架公約》（Framework Convention for the Protection of

---

[38] 聯合國少數群體問題特別報告員對於語言人權描述，也採類似看法，指出語言人權涉及國際人權公約要求、處理語言或少數群體議題標準、國家語言多樣性等課題，諸如禁止歧視（prohibition of discrimination）、表意自由、私人生活權、教育權（right to education）、語言少數群體成員與群體中的其他人一起使用自己的語言之權等（OHCHR, 2017a: 5）。

[39] 母語之定義為人們首先學習並認同的語言（the language(s) one has learned first and identifies with）（Skutnabb-Kangas and Phillipson, 2017）。

[40] 語言歧視，係指一個人因為她的母語，或其語言使用上特徵，而被差別對待者（a person is treated differently because of her native language or other characteristics of her language skills），（Legal Aid at Work, 2021）。而語言種族主義（linguistic racism）則是因口音、方言、語言使用所產生的歧視（discrimination based on accent, dialect or speech patterns）情況（Ro, 2021）。

National Minorities）第4條的概念，將語言平等分爲二個層次：（一）各語言在法律前平等（equality before the law），並受到法律平等的保護（equal protection of the law）；因而，應禁止對於任何語言的歧視；（二）國家應於必要時，考慮語言使用者的特殊情況，採取適當措施（adequate measures），以促進語言充分有效平等（promoting the full and effective equality）；即積極性平權（優惠性差別待遇）。但應注意者，國家所採取的「適當措施」，應遵行「比例原則」（proportionality principle）。[41]林修澈（2016：85）提出「多元的平等」（pluralist equality）和「積極的平等」（affirmative equality）概念，認爲臺灣語言政策應從「多元的平等」朝向「積極的平等」努力。實務上，語言平等常被用於審查國家行爲是否符合人權標準。意即，一個國家有特定的語言偏好（包含擁有特權之語言爲官方語言），但無法證明語言偏好是合理或正當，可能構成歧視，如《公民與政治權利國際公約》人權事務委員會（Human Rights Committee）之Diergaardt v. Namibia（CCPR/C/69/D/760/1997）案（A/HRC/43/47，段45）。

　　又1996年6月6日至8日由多個非政府組織（NGOs）爲主，在西班牙巴塞隆納（Barcelona）召開世界語言權利大會（World Conference on Linguistic Rights）所通過的《世界語言權利宣言》（FCUDLR, 1988：11），雖非聯合國文件，但其所建構的語言權利，極具參考價值。[42]《世

---

[41] 《歐洲保護少數民族框架公約評註》（*Commentary on the Provisions of the Framework Convention*）指出，比例原則要求國家所採取「適當措施」在時間及範圍上，以達成充分有效平等之必要手段爲限（段39）。聯合國少數群體問題特別報告員於2020年向人權理事會提出「少數群體的教育、語言及人權」報告指出，一般對於私領域活動的語言權利多採自由放任原則（laissez-faire），但考量語言使用者數量、需求、地理上集中程度（numbers, demand and geographic concentration），而可適度採行比例原則（A/HRC/43/47，段47）。

[42] 《世界語言權利宣言》雖不具國際法效力，但臺灣於立法時，常加以援引，如2018年1月4日行政院第3583次會議通過《國家語言發展法（草案）》第4條之立法說明指出：參照《世界語言權利宣言》第3條第1項，本宣言認爲以下權利是可以在任何場合使用，且不可剝奪之權利：「作爲某一語言社群的成員而受到承認的權利，於私人或公衆場合選擇使用自己語言表達之權利。」爰規定國民使用其國家語言應不受政府及任何人之歧視或限制，以保障國民使用國家語言之權利。

界語言權利宣言》第3條第1項規定，不可剝奪的個人權利（inalienable personal right）為：（一）作為特定語言社群成員，並獲得承認權利（the right to be recognized as a member of a language community）；（二）在私人和公共場合使用自己語言的權利（the right to the use of one's own language both in private and in public）；（三）使用自己姓名的權利（the right to the use of one's own name）；（四）與原有語言社群其他成員聯繫與交往權利（the right to interrelate and associate with other members of one's language community of origin）；（五）保存與發展自身文化權利（the right to maintain and develop one's own culture）。又《世界語言權利宣言》第3條第1項規定，語言群體的集體權利（collective rights of language groups）為：（一）教授自身語言及文化權利（the right for their own language and culture to be taught）；（二）取得文化服務權利（the right of access to cultural services）；（三）傳播媒體公平使用自己語言權利（the right to an equitable presence of their language and culture in the communications media）；（四）以自己語言與政府互動權利（the right to receive attention in their own language from government bodies and in socioeconomic relations）。

嗣後，2016年12月17日，諸多非政府組織代表於西班牙巴斯克（Basque）的多若斯迪亞（Donostia）簽署《確保語言權利協議》（Protocol to Ensure Language Rights），進一步實踐《世界語言權利宣言》。依《確保語言權利協議》第6條，協議包含七個領域（domain）、措施（measures）、指標（indicators）等三大部分。[43]

---

43 所稱七個領域，包含原則及歧視暨權利（principles, discrimination, rights）、政府機構（public administration and official bodies）、教育（education）、社會經濟（socioeconomic sphere）、專有名詞（proper names）、通訊及媒體暨新科技（communication, media and new technologies）、文化（culture）等；依據上開七個領域，共列出185項措施，以「原則及歧視暨權利」領域為例，再劃分為語言權利（language rights）、語言歧視（language discrimination）、語言地位（language status: official language）、立法（legislation）、矯正

二、國家承擔實現語言人權義務

　　Hamel（1997）從社會語言學（sociolinguistics）視野，整合語言政策、語言規劃、語言立法，提出語言人權的社會語言學架構（sociolinguistic framework for linguistic human rights），並演繹出語言人權的九項基本指標（basic/ minimal criteria），其中一項為國家負有保障及促進少數群體語言的義務（explicit obligations for the state to adopt measures to protect and promote minority languages）。黃宣範（1993：431-432）指出，影響多語國家內各個語言活力之因素中，「制度上的支持」為「力」的作用。[44]

　　歐洲安全與合作組織（Organization for Security and Co-operation in Europe）的少數族裔事務高級專員（High Commissioner on National Minorities）於1999年的《少數族裔語言權利報告》（*Report on the Linguistic Rights of Persons Belonging to National Minorities in the OSCE Area*）結論中指出，保護語言權利的法律框架（legal framework for protection of linguistic rights）是避免侵害少數群體權利，並為實踐國際標準的第一步。[45]

　　為實現語言人權，除國際人權法外，各國憲法或國內法亦會規範語言人權條款，明定語言權利之保障及實現機制。以芬蘭為例，依《芬蘭憲法》（Constitution of Finland）第17條規定，芬蘭的國家語言為芬蘭語（Finnish）與瑞典語（Swedish），每個人有權在法庭或政府機關使用自己的語言，並以該語言取得官方文件；至於薩米人（原住民）、羅姆人、

措施（corrective measures）、資源（resources）、積極行動（positive actions）、普遍原則（universality principle）、主流觀點（mainstream perspective）、語言核心區及語言喘息空間（language heartlands, language breathing spaces）、歷史記憶（histroical memory）等細項（Kontseilua, 2016: 14-15）。

[44] 黃宣範（1993：431-432）認為多語國家內各個語言活力取決於「制度上的支持」、「人口」之「力」，與「經濟力量」之「利」三個因素。

[45] 但應注意的是，語言權利之法律規範，係為基本要求，國家可提供超越法律要求之語言服務。

其他群體，擁有維持及發展自己語言和文化權利（the right to maintain and develop their own language and culture）；至於使用手語權利，亦應保障。爲實踐憲法之語言權利，芬蘭定有《語言法》（Language Act）、《薩米語言法》（Sámi Language Act）、《手語法》（Sign Language Act）。又爲確保語言人權之實現，芬蘭定有「語言權利追蹤指標」（Follow-up Indicators for Linguistic Rights），就支持語言權利的制度性機制（structures supporting linguistic rights）、促進語言權利（promoting linguistic rights）、語言權利實作經驗（experiences of linguistic rights）三面向以建構指標（Finland Ministry of Justice, 2018: 10-17）。

　　又國家於實現語言人權時，尚須注意可能衍生：（一）國家資源或政策作爲，能否讓所有語言平等使用之課題。雖然多元文化主義者認爲可以找到適當方法，讓所有語言平等；但在同一空間內，不同語種語言可以依序使用，卻甚難同時使用之實作課題，因而衍生出語言選擇之問題（Wright, 2001）。事實上，語言選擇涉及立法政策或語言政策之價值取向，國家應考量整體語言環境，基於實質平等權之實現，優先提供資源予瀕危語言（endangered languages）。[46]例如，本書探討的英國蘇格蘭，選擇蓋爾語爲立法保護的語種；或臺灣《國家語言發展法》第7條規定，優先復振具傳承危機的國家語言；（二）於公共領域指定特定語言之使用，如影響其他語言使用者，特別是攸關基本人權事項，應有相應措施。例如，國軍退除役官兵輔導委員會所轄「苗栗縣榮民服務處」位於苗栗市，雖屬《客家基本法》第4條第2項所定「客語爲主要通行語地區」，但於公共服務或進行聽證、公聽會、說明會時，就應尊重服務對象之語言使用習慣，非必須使用客語；以避免過度的優惠性差別待遇，反而招致

---

[46] 聯合國教科文組織（United Nations Educational, Scientific and Cultural Organization, UNESCO）於2010年的《瀕危語言地圖》（*Atlas of the World's Languages in Danger*）將語言瀕危度（degree of endangerment）分爲安全型（safe）、脆弱型（vulnerable）、確定瀕危型（definitely endangered）、嚴重瀕危型（severely endangered）、極度瀕危型（critically endangered）、滅絕型（extinct）等六類（UNESCO, 2017）。

「逆差別」或「反向歧視」之問題。

三、少數群體語言權利與領土原則

　　聯合國的《語言少數群體的語言權利：實用落實指南》指認語言人權應關注領域爲：（一）少數群體語言及語言少數群體生存威脅（threats to the existence of minority languages and linguistic minorities）；（二）承認少數群體語言及語言權利（recognition of minority languages and linguistic rights）；（三）公共生活中使用少數群體語言（the use of minority languages in public life）；（四）教育中的少數群體語言（minority languages in education）；（五）媒體中的少數群體語言（minority languages in the media）；[47]（六）公共行政及司法中的少數群體語言（minority languages in public administration and judicial fields）；（七）少數群體語言在姓名、地名、公共標誌之使用（minority language use in names, place names and public signs）；（八）參與經濟及政治生活（participation in economic and political life）；（九）以少數群體語言提供資訊及服務（the provision of information and services in minority languages）等九個領域（OHCHR, 2017a: 3）。

　　語言權利之實踐，主要有「個人原則（身分權原則）」（personality principle）及「領土原則」（territoriality principle）兩種態樣（McRai, 1975）。領土原則，以語言人口在地理上的分布情形劃分語區，就地區的主要語言作爲該語區的官方語言；至於個人原則（身分權原則），則由個人決定使用任何法定的官方語言與政府機關溝通，不受地域的限制（張學謙，2007）。一般而言，由領土原則衍生的語言規劃政策

---

[47] Skutnabb-Kangas（2012: 5-6）指出，正式教育（formal education）、大眾傳媒（mass media）等意識產業（consciousness industry）對於語言滅絕（linguistic genocide）有著重大影響。

（territorially derived language planning policies），有助於減少衝突，並使語言少數團體較爲安心（Nelde, Labrie and Williams, 1992）。在實作經驗上，瑞士（Switzerland）、比利時（Belgium）、魁北克等，爲實施「語言領土原則」有成的代表。[48]而本書所探討的威爾斯語、蘇格蘭蓋爾語，亦可謂爲適用領土原則（Pons and Weese, 2021: 19）。

　　領土原則之實踐，形成在國家層次爲多語或雙語（multi- or bilingual），在個別區域（individual regions）則實施單語（monolingual）（Wright, 2001）；例如，加拿大聯邦政府以英語、法語爲雙語官方語言，魁北克以法語爲單一官方語言。又譬如，比利時以法語、荷語（Dutch）、德語（German）三語爲官方語言，《比利時憲法》（Belgian Constitution）第4條將比利時劃分爲四個語言區（linguistic regions），[49]並明定語言區疆界（boundaries of the four linguistic regions）之變更，須經國會兩院各語言群體（linguistic group）多數決通過；讓比利時成爲憲法上領土原則（constitutional principle of territoriality）[50]的代表。

　　又領土原則之實施，雖有助於實現該國語言少數群體之語言人權，但應注意該語言領域內之其他語言使用者之語言權利，如魁北克之英語使用者的語言權利。特別是，爲避免因語言使用而減損其他種類人權，如訴訟權，應尊重當事人於進行訴訟時，使用非該語言領域之語言（或提供通

---

[48] 施正鋒、張學謙（2003：107）指出，對臺灣而言，比較可行的是以領土原則爲主的雙語政策，身分權原則可爲補充領土原則的不足。

[49] 在比利時，法語、荷語亦稱爲瓦隆語（Wallon）、佛拉蒙語（Flemish）；瓦隆語爲法語變體（variant of French），佛拉蒙語爲荷語的變體（variant of Dutch）（BBC, 2014a）。比利時劃分爲荷語區（Dutch-speaking region）、法語區（French-speaking region）、布魯塞爾雙語區（bilingual region of Brussels-Capital）、德語區（German-speaking region）等四個語言區（linguistic regions），並設有聯邦政府、法語語族自治體（French Community）、德語語族自治體（German-speaking Community）、佛拉蒙自治體（合併語族自治體及區域自治體）、瓦隆區域自治體（Walloon Region）、布魯塞爾首都區域自治體（Brussels-Capital Region）等六個政府（王保鍵，2018a）。

[50] Elke（2010）指出，依據憲法上語言領土原則（constitutional principle of territoriality），政府與人民溝通，需使用該語言區語言；而所應使用之語言，非取決於政府設立地點，而係政府行使職權的地點。

譯），以符《公民與政治權利國際公約》第14條第3項意旨。以比利時為例，為保障人民語言人權，對於領土原則設有相應的配套機制；在憲法層次，《比利時憲法》第30條定有語言自由權（freedom of language）保障條款，為領土原則之補充；在實作層次，則以「語言便利特區」（De faciliteitengemeenten/ language facilities）機制，[51]放寬領土原則。

第二節　少數群體權利與國家義務

Thomas Hill Green的權利承認理論（the rights recognition thesis）強調權利透過承認而產生（rights are made by recognition），認為權利是一種能力、權利受到社會或他人之承認、權利有助於促進共同的善（common good）；意即，承認既造就亦認可權利（Boucher, 2013: 108; Gaus, 2005）。聯合國的國際人權法，或各別國家的國內法，對於少數群體權利的承認，一方面建構少數群體權利，一方面也形成國家義務。本節將簡要討論如何界定少數群體（族群），及國家承認少數群體權利所應承擔的義務。

壹、少數群體之界定

Charles Wagley與Marvin Harris定義「少數群體」應具有5個特徵：一、受到不公平對待或處於權力上弱勢地位；二、以膚色、語言等身體或文化特徵，與其他群體區分；三、非自願成為群體成員；四、具從屬意識；五、群體內通婚比例高（Berend, 2019）。然而，如何將學術概念的

---

[51] 比利時在法語語言區及荷語語言區相接壤之語言邊界處，兩種語言使用者交錯而居，為保障少數語言使用者，因而設置「語言便利特區」，就語言區邊界的市鎮（municipality）以少數語言使用者之母語，提供相關公共服務，諸如文化、青年、體育等事項（Willemyns, 2002; Deschouwer, 1988; McRae, 1986: 151）。

少數群體轉化為法律定義（legal definition），並加以操作？

　　1977年，時任聯合國防止歧視及保護少數群體小組委員會特別報告員（Special Rapporteur of the United Nations Sub-Commission on Prevention of Discrimination and Protection of Minorities）[52]的Francesco Capotorti定義少數群體為：

> 一國中，某群體人數少於其餘群體人數，並處於非主導地位（non-dominant）群體，[53]該群體成員為該國國民，但其族群、宗教、語言特徵有別於其他群體，表現出團結精神，以維護其文化、傳統、宗教、語言（OHCHR, 2010a: 2）。

　　1984年，聯合國人權委員會（United Nations Commission on Human Rights）於討論《在民族或族群、宗教和語言上屬於少數群體者權利宣言（草案）》時，要求「防止歧視及保護少數群體小組委員會」重新討論少數群體之定義。案經小組委員會的Jules Deschenes提出以下定義：

> 某群體為一國的公民，人數為該國少數，且處於非主導地位，與多數群體存有族群、宗教、語言之特徵差異，並受集體生存意志驅動（縱使是隱含的）而產生團結意識，以追求與多數群體間之事實上及法律上平等（E/CN.4/Sub.2/1985/31，段181）。

---

[52] 防止歧視及保護少數群體小組委員會（Sub-Commission on Prevention of Discrimination and Protection of Minorities）於1947年設立，1999年改制為增進和保護人權小組委員會少數群體問題工作組（Working Group on Minorities of the Sub-Commission on the Promotion and Protection of Human Rights），2008年再改制為人權理事會諮詢委員會（Human Rights Council Advisory Committee）。

[53] 非主導地位群體概念，易被轉化為「被支配族群為少數族群」之群體擬制式概念，而恐出現忽略「被支配族群中處於較佳支配地位者」之奶油層（creamy layer）（陳盈雪，2014：18-19）議題。

　　基本上，Capotorti與Deschenes對於少數群體的定義，兩者並無本質性區別；但Capotorti與Deschenes定義下的國籍標準（nationality criterion），經常遭到挑戰。至1993年，防止歧視及保護少數群體小組委員會之「促進和平及建設性地解決涉及少數群體問題之可能方式及方法」（Possible Ways and Means of Facilitating the Peaceful and Constructive Solution of Problems Involving Minorities）報告，對於少數群體之工作定義（working definition）爲：

> 少數群體係指居住於一個主權國家內，少於該國人口的半數，其成員具有與其他人不同之族群、宗教、語言之共同特徵的任何群體（E/CN.4/Sub.2/1993/34，段29）。

　　聯合國開發計畫署（United Nations Development Programme）於2010年出版《發展規劃中的邊緣化少數群體》（*Marginalised Minorities in Development Programming*）則以客觀標準（objective criteria）及主觀標準（subjective criteria）描述少數群體：

> 客觀標準爲《公民與政治權利國際公約》第27條及《在民族或族群、宗教和語言上屬於少數群體者權利宣言》之共同特徵；主觀標準著重於自我認同原則（principle of self-identification）及保持團體身分意願（desire to preserve the group identity）（UNDP, 2010: 7）。

　　嗣後，少數群體問題特別報告員於2019年7月15日提報聯合國大會（General Assembly）報告（A/74/160）中，探討少數群體概念之流變，並分析《公民與政治權利國際公約》人權事務委員會見解及其處理《公

約》第27條方式後，[54]提出少數群體之定義爲：

> 族群、宗教、語言少數群體，係指在一國全部領土內人數未達
> 總人口一半之任何群體，其成員在文化、宗教、語言等方面具
> 有共同特徵，或此類特徵之任何組合；一個人可以自由地歸
> 屬爲特定族群、宗教、語言上之少數群體，而毋庸任何公民
> 身分、住所、官方承認或任何其他法定身分（A/74/160，段
> 59）。

　　依《公民與政治權利國際公約》第27條及人權事務委員會第23號之一般性意見（general comments），第27條所欲保障的個人不必是締約國的公民（第5.1點）；因而，演繹上開少數群體之定義時，應注意：國籍本身不得作爲區分標準，將一些人或群體排除於公約或宣言所列各項少數群體權利之外。又有些國家由許多群體所構成，並無任一個單一群體爲多數。[55]

　　此外，聯合國對於原住民（indigenous peoples）[56]權利保障已建構一

---

[54] 聯合國少數群體問題特別報告員報告（A/74/160）指出，人權事務委員會透過一般性意見（general comment）對少數群體描述爲：1.標準具客觀性，是根據事實，而非取決於國家的承認；2.無論是維持個人身分，或在特定領域不具主導地位，皆無主觀的限制；3.不論是國家之公民（citizenship），或與該國僅暫時聯繫（temporal association），皆屬族群、宗教、語言上之少數群體；4.個人爲《公約》第27條權利保障對象，即便所涉及利益爲集體利益；5.族群、宗教、語言少數群體之存在，非由國家決定，亦非需某種形式的承認，而係依據客觀標準所確立（段48）。

[55] 事實上，在多數情況下，少數群體爲人數上的少數（numerical minority）；然而，在特定情況下，存有人數較多的群體自認爲處於少數群體地位（minority-like）或非主導地位，如南非種族隔離制度（apartheid regime）下的黑人；又在某些情況下，在一個國家全境占多數人口的群體，可能在該國特定地區，處於非主導地位（OHCHR, 2010a: 2-3）。

[56] 聯合國人權事務高級專員辦事處出版《少數群體權利：國際標準和執行指南》（*Minority Rights: International Standards and Guidance for Implementation*），定義原住民（indigenous peoples）爲，在殖民之前或國家邊界劃定前，其祖先即已居住於該土地或領土，擁有獨特的社會、經濟、政治體制，及語言、文化、信仰，並願意維護及發揚其獨特身分認同；他們展現出對祖先土地，及土地上自然資源之強烈依戀，且（或）爲社會上的非主導地位團體，並自認爲原住民者（OHCHR, 2010a: 3）。

套國際標準，並設置三個主要機構，以推動原住民族權利事務。[57]原住民
是否適用少數群體權利保障機制？依前揭少數群體問題特別報告員報告
（A/74/160）指出，原住民可視為少數群體，並得享有國際法規定的少數
群體權利。[58]

貳、少數群體權利保障之國家義務

聯合國「以人權為發展路徑」（Human Rights-Based Approach to
Development）[59]概念框架，要求以普遍性（universality）、不可分割性
（indivisibility）、平等和不歧視（equality and non-discrimination）、

---

[57] 原住民保障的國際標準主要為《聯合國原住民族權利宣言》及《國際勞工組織關於獨立國家原住民與部落居民公約》（International Labour Convention (ILO) on the Rights of Indigenous and Tribal Peoples in Independent Countries, No. 169）。至於聯合國原住民權利保障機構，主要有三：1.人權理事會所屬「原住民權利問題特別報告員」（Special Rapporteur on the Rights of Indigenous Peoples）：本報告員原係聯合國經濟及社會理事會之人權委員會（UN Commission on Human Rights, UNCHR）於2001年4月24日第2001/57號決議（E/CN.4/RES/2001/57）所任命的原住民人權和基本自由情況特別報告員（Special Rapporteur on the Situation of Human Rights and Fundamental Freedoms of Indigenous People）；而後人權理事會（UN Human Rights Council, UNHRC）成立（取代原人權委員會職能），延續特別報告員之任務，並將其更名為原住民權利問題特別報告員；2.人權理事會所屬「原住民權利專家機制」（Expert Mechanism on the Rights of Indigenous Peoples）：係由聯合國人權理事會2007年12月14日第6/36號決議（A/HRC/RES/6/36）所設附屬機構（subsidiary body）；其職能為透過研究及調查，向人權理事會提供原住民權相關建議；3.經濟及社會理事會所屬「原住民問題常設論壇」（Permanent Forum on Indigenous Issues）：係由聯合國經濟及社會理事會2000年7月28日第2000/22號決議（E/RES/2000/22）所設附屬機構，為高階諮詢機構（high-level advisory body），其職能為在理事會權限範圍內，討論涉及原住民之經濟、社會發展、文化、環境、教育、衛生、人權等議題。

[58] 關於哪些人屬於《公民與政治權利國際公約》第27條所指少數群體，少數群體問題特別報告員報告（A/74/160）認為：1.原住民在其所處國家，就人數而言，可視為文化、宗教（或語言）少數群體；2.確認特定群體是否為語言、宗教、族群少數群體時，應注意領土（territory）範圍為整個國家，而非國家以下單位；3.人口數為確認特定群體為少數群體之客觀標準，即特定族群、宗教、語言群體之人口數，未達全國人口數之半數者（段52）。

[59] 以人權為本路徑（Human Rights-Based Approach, HRBA）亦為「聯合國永續發展合作框架」（United Nations Sustainable Development Cooperation Framework Guidance）六項指導原則（six guiding principles）之一（UNSDG, 2019: 12）。此六項指導原則為：不讓任何一個人掉隊（leaving no one behind）、以人權為發展路徑、性別平等與婦女賦權（gender equality and women's empowerment）、韌性（resilience）、永續性（sustainability）、課責性等（UNSDG, 2019: 10-12）。

參與性（participation）、課責性（accountability）等人權原則，推動聯合國事務，關注「責任承擔者」（duty-bearers）履行義務的能力，以及「權利擁有者」（rights-holders）主張其權利的能力（UNDP, 2015）。

　　關於少數群體權利保障，聯合國人權事務高級專員辦事處指出，應關注四個領域：一、保護少數群體之存在與生存，包含少數群體的人身健全及避免種族滅絕行為發生；二、保護和增進少數群體之文化和社會特徵，包含個人依本人意願選擇所屬族群、語言、宗教群體之權利，及確保本身集體認同（collective identity），拒絕被同化（assimilation）；三、確保落實不歧視及平等，並終止結構性或體制化之歧視；四、確保少數群體成員可有效地參與公共生活，特別是參與影響少數群體之決策（OHCHR, 2021a）。

　　聯合國人權事務高級專員辦事處2010年出版《國家人權機構：歷史、原則、作用及職責》（*National Human Rights Institutions: History, Principles, Roles and Responsibilities*），及2012年出版《人權指標：測量與執行指引》，暨各國議會聯盟（Inter-Parliamentary Union）、聯合國人權事務高級專員辦事處2016年共同出版《人權：議員手冊第26號》（*Human Rights: Handbook for Parliamentarians N° 26*）等三份文件指出，國際人權條約及國際習慣法，課予國家三種義務（obligation）：一、尊重（respect）義務：國家應避免干預個人或團體所享有之人權，國家的任何作為，不得違反國際公約人權保障規範；二、保護（protect）義務：國家應保護個人權利免受第三方之侵害（第三方包含非國家行為者、外國國家機構、國家機構非執行職務的行為等），國家應採取積極作為，確保個人權利不受侵害；三、實現（fulfill）義務：國家非侷限於預防措施，應採取積極行動（take positive steps beyond mere prevention），確保人權的實現（OHCHR, 2010b: 5; OHCHR, 2012b: 12-13; IPU and OHCHR, 2016: 31-33）。

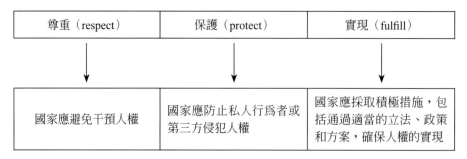

尊重（respect）	保護（protect）	實現（fulfill）
國家應避免干預人權	國家應防止私人行為者或第三方侵犯人權	國家應採取積極措施，包括通過適當的立法、政策和方案，確保人權的實現

圖2-2　人權之國家義務

資料來源：OHCHR, 2012b: 12.

　　上開國家應承擔的三種人權義務，顯示對於少數群體權利的保障，非僅單純要求國家「尊重」少數群體權利，更要求國家應「保護」少數群體權利，並以適當少數群體政策「實現」少數群體權利。實作上，《公民與政治權利國際公約》人權事務委員會處理「強制宰殺薩米人飼養馴鹿」（Paadar v. Finland）申訴案中，部分委員所提出的不同意見書（dissenting），[60]便闡明國家之「保護」義務的實質內涵。

　　按《公民與政治權利國際公約》第2條第2項規定，本公約締約國承允遇現行立法或其他措施尚無規定時，各依本國憲法程序，並遵照本公約規定，採取必要步驟，制定必要之立法或其他措施，以實現本公約所確認之權利。上開《公約》第2條第2項所定國家義務，亦為《公約》締約國所應承擔實現《公約》第27條少數群體權利保障之國家義務。

　　事實上，若以圖2-2的國家義務概念檢視本章第一節所討論的「形式平等」與「實質平等」之平等權，國家積極「實現」少數群體人權義務，

---

[60] 本案（CCPR/C/110/D/2102/2011）審理委員Walter Kälin、Víctor Manuel Rodríguez Rescia、Anja Seibert-Fohr與Yuval Shany等，所共同提出不同意見書指出，縱使宰殺馴鹿不是政府機關直接作為，是艾瓦羅馴鹿畜養合作社之決定，但《公民與政治權利國際公約》第27條並非單純要求國家不實施否定少數群體文化權之措施，尚有要求採取積極保護措施義務，並防止「締約國境內其他人行為」對少數群體權利之侵害（即第23號一般性意見第6.1點末段）。又國家對少數群體中個別成員之權利限制，必須具有合理、客觀之正當理由，且對整個少數群體之發展是有其必要的。本案芬蘭無法證明宰殺馴鹿與實現少數群體整體發展之必要性，因而違反《公民與政治權利國際公約》第27條義務。

似較趨近於「實質平等」的層次。

第三節　公政公約第二十七條與少數群體語言權利

以《世界人權宣言》所揭示個人之人權價值，聯合國陸續通過《公民與政治權利國際公約》、《經濟社會文化權利國際公約》等九部核心人權公約（Core International Human Rights Instruments）。[61]為確保各公約有效實踐，各公約設有委員會（committee）為公約執行之監督機構（monitoring body）。本節將以《公民與政治權利國際公約》第27條為中心，探討少數群體之語言權利。

壹、《公民與政治權利國際公約》第二十七條

關於少數群體權利之國際標準（international standards），聯合國人權事務高級專員辦事處指出，包含：一、聯合國人權條約（UN Human Rights Treaties），聯合國公約所保障的權利，自然亦適用於少數群體，如上開九部核心人權公約；二、特定權利宣言，[62]《在民族或族群、宗

---

[61] 聯合國核心人權公約包含《公民與政治權利國際公約》、《經濟社會文化權利國際公約》、《兒童權利公約》（Convention on the Rights of the Child）、《消除一切形式種族歧視國際公約》（International Convention on the Elimination of All Forms of Racial Discrimination）、《消除對婦女一切形式歧視公約》（Convention on the Elimination of All Forms of Discrimination against Women）、《身心障礙者權利公約》（Convention on the Rights of Persons with Disabilities）、《保護所有移徙工人及其家庭成員權利國際公約》（International Convention on the Protection of the Rights of All Migrant Workers and Members of Their Families）、《禁止酷刑和其他殘忍、不人道或有辱人格的待遇或處罰公約》（Convention against Torture and Other Cruel, Inhuman or Degrading Treatment or Punishment）、《保護所有人免遭強迫失蹤國際公約》（International Convention for the Protection of All Persons from Enforced Disappearance）等九部。

[62] 宣言常見於各種國際文書，端視要確定簽署方是否有意建立具有約束力的義務：1.宣言不具有法律約束力，簽署國僅僅是想要表明某些意願，如1992年《里約宣言》；2.宣言為廣義上的條約，意圖產生國際法上約束力（UNTC, n.d.）。具有約束力的宣言，約略為：1.宣

教和語言上屬於少數群體者權利宣言》；三、區域人權及少數群體權利標準（regional human and minority rights standards），如《非洲人權和民族權憲章》（African Charter on Human and Peoples Rights）、《美洲人權公約》（American Convention on Human Rights）、《阿拉伯人權憲章》（Arab Charter on Human Rights）、《歐洲保護少數民族框架公約》、《歐洲區域或少數民族語言憲章》、《歐洲保護人權與基本自由公約》（European Convention on Human Rights and Fundamental Freedoms）、《歐盟種族平等令》（EU Racial Equality Directive）等（OHCHR, 2021a）。

　　前揭聯合國國際公約中，規範國家承擔保障語言少數群體權利者，以《公民與政治權利國際公約》（ICCPR）第27條及《兒童權利公約》（CRC）第30條最為核心：

> ICCPR第27條：凡有族群、宗教或語言少數群體（ethnic, religious or linguistic minorities）之國家，屬於此類少數群體之人，與群體中其他分子共同享受其固有文化、信奉躬行其固有宗教或使用其固有語言之權利，不得剝奪之。
>
> CRC第30條：在族群、宗教或語言上有少數人民，或有原住民（indigenous）之國家中，這些少數人民或原住民之兒童應有與其群體的其他成員共同享有自己的文化、信奉自己的宗教並舉行宗教儀式，或使用自己的語言之權利，此等權利不得遭受否定。[63]

言為狹義上的條約，如1984年《中英關於香港問題的聯合聲明》（Joint Declaration between the United Kingdom and China on the Question of Hong Kong）；2.解釋性宣言，為附屬於條約的一種文書，其目的是解釋或說明該條約的條款；3.宣言也可是一種關於不太重要事項的非正式協定；4.一系列單邊宣言可以構成有約束力的協定，如《國際法院規約任擇條款》（Optional Clause of the Statute of the International Court of Justice）在宣言者間形成法律關係（UNTC, n.d.）。

[63] 聯合國《兒童權利公約》第30條所定語言少數群體之兒童，有使用自己的語言之權利，經我國《兒童權利公約施行法》賦予國內法效力；且《客家基本法》第12條、《原住民族語言發

　　《公民與政治權利國際公約》第27條及《兒童權利公約》第30條，兩者規範框架相似，本書謹就《公民與政治權利國際公約》及人權事務委員會第23號一般性意見進行探討。按《公民與政治權利國際公約》第28條設置人權事務委員會，作爲「公約的監護人」（guardian of the covenant）角色（陳瑤華，2014：25）。人權事務委員會被賦予執行公約的四項監督職能：一、受理並審查各締約國就落實公約權利所採取步驟之報告，提出結論性意見（concluding observations），並由結論性意見後續追蹤特別報告員（Special Rapporteur on Follow-up to Concluding Observations），持續追蹤處理；二、提出一般性意見，進一步解釋締約國之實質性及程序性規定，俾以協助各締約國落實公約，目前共有37號意見；[64]三、受理締約國的人民主張公約所保障權利受損時，提出的個案申訴（communication）；四、受理某締約國指控另一締約國不履行公約規定義務之申訴（OHCHR, 2005: 14-15）。事實上，人權事務委員會以一般性意見、結論性意見、個案申訴意見，對《公民與政治權利國際公約》之演繹，已進一步豐富了《公約》人權保障之實質內涵。

　　依人權事務委員會1994年所通過第23號一般性意見指出，《公民與政治權利國際公約》第27條確認了賦予屬於少數群體之個人權利（第1點），屬於少數族群的個人不應該被剝奪與他們的群體一起享受自己的文化、信奉自己的宗教、使用自己的語言的權利（第5.2點）。雖然《公約》第27條受到保障的權利是個人的權利，卻又取決於少數群體維持其文化、語言和宗教的能力，故國家應採取積極措施（positive measures），以保障少數群體的身分認同（identity of a minority），以

展法》第18條及第19條、《國家語言發展法》第9條，定有保障嬰幼兒學習國家語言，及學校教育使用國家語言之規範。然而，學前與國民基本教育之國家語言使用，涉及課程規劃、教材設計、師資培育等議題，不易循司法救濟程序要求國家履行義務。而建構健全之國語言監察機制，有利於《兒童權利公約施行法》之實踐，並落實《兒童權利公約》第30條。

[64] 最新一般性意見爲人權事務委員會於2020年7月23日通過（CCPR/C/GC/37）關於和平集會權（第21條）第37號一般意見，闡明和平集會權爲一種「集體行使的個人權利」（an individual right that is exercised collectively）（第4點）。

及其成員享受和發展自己的文化、語言，並與群體內的其他成員一起信奉宗教的權利（第23號一般性意見第6.2點）。意即，國家必須提供具體政策措施予少數群體，以保障少數群體成員所展現維繫與延續少數群體獨特語言、信仰、文化之行為（蔡志偉，2014：366）。上開國家積極措施，包含防止締約國境內其他人的行為（第23號一般性意見第6.1點）、處理不同少數群體之間關係，以及處理少數群體成員與人口中其餘部分之間關係，皆應尊重《公約》第2條第1項及第26條（第23號一般性意見第6.2點）；前述意見亦為人權事務委員會在Paadar v. Finland案（CCPR/C/110/D/2102/2011）中所援引（段7.6）。

又依《公民與政治權利國際公約（第一）任擇議定書》（Optional Protocol to the International Covenant on Civil and Political Rights）第1條及第2條，賦予締約國之個人，[65]得就公約所保障之權利受損，於用盡國內救濟程序後，向人權事務委員會提出申訴。[66]人權事務委員會關於《公約》第27條，已陸續做出「身分證件以烏克蘭語拼寫申訴人姓名」（Bulgakov v. Ukraine）、[67]「仇恨穆斯林社群言論」（A.W.P. v.

---

[65] A.W.P. v. Denmark案中，委員Yuval Shany、Fabian Omar Savlvioli與Victor Manuel Rodríguez-Rescia等共同提出協同意見書（concurring），首段指出：任擇議定書雖僅允許公約權利受損之個人，提出申訴，而不接受群體（actio popularis）提出；然而，若國家的作為或不作為對特定群體造成不利之影響，該群體所有成員若能證明公約所保障權利受損，應有權提出申訴。

[66] 人權事務委員會依先程序、後實體原則，依《人權事務委員會議事規則》第93條進行確定可否受理之審查，經確定可受理後，再進行實質之個案審理。本書討論三個案件，皆為第23號一般性意見公布（1994年）後之個案，其文本資料，可參閱聯合國人權事務高級專員辦事處：https://www.ohchr.org/en/hrbodies/ccpr/pages/jurisprudence.aspx。另陳隆志（2003：77-78）將國際人權救濟之種類，分為政治途徑、國家報告、個人申訴三類。

[67] 本案（CCPR/C/106/D/1803/2008）申訴人（Dmitriy Vladimirovich Bulgakov）為烏克蘭之俄羅斯裔（俄語使用者在烏克蘭為少數群體），居住於有反烏克蘭情緒（anti-Ukrainian senti-ments）的克里米亞（Crimea，2014年由俄羅斯兼併）。烏克蘭於前蘇聯解體後獨立建國，烏克蘭政府所核發身分證件，將申訴人的身分證件姓名由俄語發音Дмітрій Владіміровіч（Dmitriy Vladimirovich）改為烏克蘭語發音Дмитро Володимирович（Dmytro Volodymy-rovych），申訴人於2008年提出申訴，主張公約第17條、第26條、第27條權利受損。案經人權事務委員會審理，於2012年認定烏克蘭片面改變申訴人姓名之行為，違反公約第17條。因人權事務委員會已認定締約國違反公約第17條，遂不再就申訴人主張公約第26條及第27條部分進行審理。

Denmark）、[68]「強制宰殺薩米人飼養馴鹿」（Paadar v. Finland）[69]等具代表性個案意見。

　　此外，在適用《公民與政治權利國際公約》第27條語言權利時，應注意與《公約》其他條文之競合。第一，《公約》第19條所保障言論自由權利，賦予人們可使用其語言發表言論，是所有人皆可享有（right is available to all persons）的一般權利（general right），不限於少數群體；與《公約》第27條專指少數群體的語言權利有別；[70]第二，《公約》第14條第3項第1款及第6款規定，被告被控刑事罪時，享有迅即以其通曉之語言，詳細告知被控罪名及案由；如不通曉或不能使用法院所用之語言，應免費為備通譯協助之。意即，《公約》第14條第3項，並未賦予被告在法庭訴訟中使用或說自己選擇的語言的權利，而是享有免費通譯的權利。[71]惟應注意者，《公約》第14條第3項為被告的最低限度保障

---

[68] 本案（CCPR/C/109/D/1879/2009）由丹麥穆斯林裔A.W.P.於2009年提出申訴，申訴人主張丹麥人民黨（Danish Popular Party）所屬黨員Søren Krarup、Morten Messerschmidt等人發表仇恨穆斯林言論，但丹麥政府怠於採取有效積極行動處理仇恨穆斯林言論，致使申訴人公約第2條、第20條第2項、第27條權利受損。案經人權事務委員會審理，考量申訴人無法證明國家的作為或不作為已妨害其個人權利，亦無法證明其為受害人，於2013年決定不予受理（段6.4）。

[69] 本案（CCPR/C/110/D/2102/2011）由芬蘭薩米裔之Kalevi Paadar等人於2011年提出申訴，主張具公法實體（public law entity）地位的艾瓦羅馴鹿畜養合作社（Ivalo Reindeer Herding Co-operative）強制宰殺渠等所飼養馴鹿，侵害公約第27條與其他薩米人相同之原住民文化權利（段3.2）。案經人權事務委員會審理，認為申訴人屬公約第27條少數群體之成員，馴鹿飼養屬薩米人文化之基本元素，意即，經濟活動為族群社群（ethnic community）的文化基本要素（段7.5）；但申訴人所提出之數據資料，不足以認定申訴人公約第26條及第27條權利受損（段7.7及段8）。

[70] 依《公民與政治權利國際公約》人權事務委員會第23號一般性意見指出，在語言上屬於少數族群者，在相互之間私下或公開使用自己語言的權利，有別於依照《公約》得到保障的其他語言權利；特別是，他應該有別於依照第19條享有得到保障的言論自由的一般權利；所有的人都能夠享有後者權利，不論他們是否屬於少數族群。又依《公約》人權事務委員會第34號一般性意見指出，設若可透過其他不限制言論自由的方式來實現保護特定群體的語言而禁止使用某種語言的商業廣告，則違反必要性的判斷標準（第33點）。

[71] 依《公民與政治權利國際公約》人權事務委員會第23號一般性意見指出，《公約》第27條獲得保障的權利應該有別於《公約》第14條第3項賦予被告對在法庭上使用他們不能懂或不能說的語言提供通譯的特別權利；在任何其他情形下，《公約》第14條第3項並不給予被告在法庭訴訟中使用或說自己選擇的語言的權利（第5.3點）。又依《公約》人權事務委員會第32號一般性意見指出，《公約》第14條第3項第6款規定，如不通曉或不能使用法院所用之語言，應免費為備通譯協助之，係反映刑事訴訟中公平及武器平等原則；然而，設若被告的母

（minimum guarantees），各國得以法律賦予人民更佳的語言權利，如我國《國家語言發展法》第11條第1項。[72]

貳、《在民族或族群、宗教和語言上屬於少數群體者權利宣言》

在1990年代蘇聯解體、東歐民主化，為避免族群衝突（inter-ethnic conflict）的背景因素下（Phillips, 2015: 17），聯合國思考到促進及保護在族群、宗教、語言少數群體者之權利，有利於渠等居住國之政治及社會穩定，且為落實《公民與政治權利國際公約》第27條，聯合國大會於1992年通過《在民族或族群、宗教和語言上屬於少數群體者權利宣言》。上開宣言亦進一步演繹《公約》第27條之權利內涵，成為少數群體權利保障之重要文件，而具有：一、強化少數群體之權利內涵，即第2條、第3條；二、深化國家促進少數群體權利之義務，即第1條、第4條至第7條；三、提升聯合國相關機構實現宣言之義務，即第9條。

又為理解並適用《在民族或族群、宗教和語言上屬於少數群體者權利宣言》，「增進和保護人權小組委員會少數群體問題工作組」（前身為「防止歧視及保護少數群體小組委員會」）於2005年編寫《少數群體問題工作組對「聯合國在民族或族群、宗教和語言上屬於少數群體者權利宣言」評註》（*Commentary of the Working Group on Minorities the UN Declaration on the Rights of Persons Belonging to National or Ethnic, Religious and Linguistic Minorities*）（E/CN.4/Sub.2/AC.5/2005/2），作為關於少數群體議題之指南。以少數群體權利為中心，本書謹就《宣言》第2條，並參照《評註》，進行討論如下：

第一，《宣言》第2條第1項規定，在民族或族群、宗教和語言上屬

語不同於法院的正式語言，但其掌握的正式語言的程度足以有效為自己答辯，則無權免費獲得任何通譯的協助（第40點）。

[72] 《國家語言發展法》第11條第1項規定，國民參與政府機關（構）行政、立法及司法程序時，得使用其選擇之國家語言。

於少數群體之成員，有權私下和公開、自由而不受干擾或任何形式歧視地享受其文化、信奉其宗教並舉行其儀式以及使用其語言。適用本條項，應注意：一、上開條文文字用語，與《公民與政治權利國際公約》第27條相類似；但對於少數群體權利，由《公約》用語「不得剝奪」（shall not be denied the right），調整為《宣言》用語「屬於少數群體之人有權……」（have the right），搭配《宣言》第4條，要求國家採取具體主動措施；[73]二、「自由而不受干擾或任何形式歧視」用語顯示，國家僅不干預少數群體或不歧視特定群體仍有所不足，尚須確保其他第三人（其他個人或組織）不干擾或不歧視少數群體；三、少數群體權利，精確地說，係少數群體成員的權利（rights of persons belonging to minorities），係個人權利，與人民自決權（rights of peoples to self-determination）具集體權性質不同；但少數群體成員可與其群體的其他成員一起行使其權利；四、屬於原住民族之成員（persons belonging to indigenous peoples），亦享有少數群體公約或宣言所保障之權利（E/CN.4/Sub.2/AC.5/2005/2，段33、段34）。

　　第二，《宣言》第2條第2項規定，屬於少數群體之成員，有權有效地參加文化、宗教、社會、經濟、公共生活。適用本條項，應注意：一、廣泛參與大範圍的國家社會生活（right to participate in all aspects of the life of the larger national society），有利於促進少數群體利益及價值觀，並可創造包容及對話的多元社會；二、本條項所稱「公共生活」，應參照《消除一切形式種族歧視國際公約》第1條意涵，除文化、宗教、社會、經濟外，還應包含選舉權、被選舉權、擔任公職、其他政治或行政上的權利（E/CN.4/Sub.2/AC.5/2005/2，段35、段36）。

　　第三，《宣言》第2條第3項規定，屬於少數群體之成員，有權以

---

[73] 國家與少數群體間關係，約略有滅絕（elimination）、同化（assimilation）、容忍（toleration）、保護（protection）、促進（promotion）等五種模式（E/CN.4/Sub.2/AC.5/2005/2，段21）；而對於少數群體之保護，以保護少數群體的存在（protection of the existence）、不排斥（non-exclusion）、不歧視（non-discrimination）、不同化（non-assimilation）等四項為基本要求（E/CN.4/Sub.2/AC.5/2005/2，段23）。

不違反國家法律方式，參加國家和地方關於其所屬少數群體或其所居住區域之政策決定。適用本條項，應注意：一、賦予少數群體參與公共政策之決定，有助於爭端解決、確保多樣性、維持社會動態穩定；二、設計少數群體參與政策決定機制時，應考量少數群體是分散居住或集群居住、少數群體的大小規模、既有的或新的少數群體等；三、有效參加（effective participation），除立法、行政、諮詢機構之少數群體代表外，在公共生活中亦應有少數群體代表，如社團、政黨等；四、選擇有利少數群體之選舉制度，如少數群體集群居住區域採單一選區（single-member district），全國性選舉採比例代表制（proportional representation）；五、以輔助原則（principle of subsidiarity），[74]進行地方分權（decentralization）；六、政府組織機構中，應設立由少數群體參與的諮詢或協商機構；七、各少數群體成員個人，在公共部門，應享有平等之就業機會；八、應降低少數群體成員取得國籍之限制（E/CN.4/Sub.2/AC.5/2005/2，段38至段50）。

第四，《宣言》第2條第4項規定，屬於少數群體之成員，有權成立和保持他們自己的社團。適用本條項，應注意：一、少數群體社團不應侷限於教育、語言、宗教，且其結社權包含國家與國際社團；二、結社權之限制，必須以法律為依據，並限縮於因國家安全、公共秩序、公共健康時，方可限制（E/CN.4/Sub.2/AC.5/2005/2，段51）。

第五，《宣言》第2條第5項規定，屬於少數群體之成員，有權在不受歧視的情況下與該群體的其他成員，及其他少數群體成員，建立並保持自由與和平的接觸，亦有權與在民族、族群、宗教、語言上，與他們有關係的其他國家的公民建立和保持跨國界的接觸。適用本條項，應注意：一、接觸權利（right to contacts），包含少數群體內部接觸（intra-minority contacts）、少數群體之間接觸（inter-minority contacts）、跨

---

74 《聯合國憲章》（United Nations Charter）第2條第7項、《歐洲聯盟條約》（Treaty on European Union）第5條第3項，皆為輔助原則之運用。

疆界接觸（transfrontier contacts）三者；二、跨疆界接觸爲宣言所創設權利，有助於處理少數群體因國家邊界而被分割之不利因素（E/CN.4/Sub.2/AC.5/2005/2，段52）。

　　基本上，關於少數群體權利保障議題，可優先關注於：生存及存在（survival and existence）、促進及保護少數群體之認同（promotion and protection of the identity of minorities）、平等及非歧視（equality and non-discrimination）、有效及有意義的參與（effective and meaningful participation）等四大議題（OHCHR, 2010a: 7）。此外，除上開公約或宣言外，《防止及懲治殘害人群罪公約》（Convention on the Prevention and Punishment of the Crime of Genocide）第2條、《國際刑事法院羅馬規約》（Rome Statute of the International Criminal Court）第6條、《保護和促進文化表現形式多樣性公約》（Convention on the Protection and Promotion of the Diversity of Cultural Expressions）第2條第3項、《維也納宣言及行動綱領》（Vienna Declaration and Programme of Action）第19條、第25條至第27條、《德班宣言和行動綱領》（Durban Declaration and Programme of Action）第28條、第71條及第73條等，則可作爲少數群體權利之補充來源（additional sources of minority rights）。[75]

參、少數群體之語言權利

　　在聯合國人權公約框架下，聯合國機構透過演繹人權公約、宣言，對少數群體之語言人權，建構出一系列國際標準。就少數群體之語言人權而言，國際社會關於語言權利保障之國際標準，除前述的公約及宣言外，尚有《聯合國人權教育及培訓宣言》（United Nations Declaration

---

[75] 另《消除基於宗教或信仰原因的一切形式的不容忍和歧視宣言》（Declaration on the Elimination of All Forms of Intolerance and of Discrimination Based on Religion or Belief）可作爲進一步促進與保護少數群體權利之國際標準。

on Human Rights Education and Training）第3條第3項、《聯合國農民及農村地區其他勞動者權利宣言》（United Nations Declaration on the Rights of Peasants and other People Working in Rural Areas）第11條第2項、[76]聯合國教科文組織的「語言與教育三原則」（Three Principles of Language and Education）、[77]《聯合國秘書長關於種族歧視和保護少數群體的指導說明》（Guidance Note of the Secretary-General on Racial Discrimination and Protection of Minorities），[78]及歐洲安全與合作組織的《關於少數群體的奧斯陸建議》（The Oslo Recommendations regarding the Linguistic Rights of National Minorities）、歐洲理事會（Council of Europe）的《歐洲保護少數民族框架公約》第5條、第9條至第14條，以及《關於框架公約下少數民族語言權利之主題評論第3號》（Thematic Commentary No. 3 on the Language Rights of Persons Belonging to National Minorities under the Framework Convention）。上開國際人權標準，亦成為少數群體之語言人權基礎。

聯合國於2017年《語言少數群體的語言權利：實用落實指南》提出以人權為本解決語言問題的方法（human rights-based approach to

---

[76] 《聯合國人權教育及培訓宣言》第3條第3項，人權教育和培訓應採用適合目標群體的語言及方法，考慮到他們的特殊需要和條件。《聯合國農民及農村地區其他勞動者權利宣言》第11條第2項，國家應採取適當措施，確保農民及農村地區其他勞動者以符合其文化方式之語言、形式和手段取得相關、透明、及時和適當之訊息，以增強他們之權能，並確保他們切實參與對可能影響其生活、土地及生活事務之決策；《宣言》第12條第4項，國家應考慮採取適當措施，加強相關國家人權機構，以促進和保護包括本《宣言》所述權利在內的所有人權。

[77] 語言與教育三原則為：教科文組織支持，1.母語教學（mother tongue instruction），藉此利用學生及教師的知識、經驗，以提高教育質量；2.各級教育實施雙語（bilingual）或多語（multilingual）教育，以促進社會平等、男女平等；3.語言為跨文化教育（inter-cultural education）的主要內容，以增進不同群體間之瞭解，並確保對基本人權的尊重（UNESCO, 2003: 30）。

[78] 聯合國秘書長在2012年3月6日政策委員會（Policy Committee）第2012/4號決議中批准成立「聯合國消除種族歧視和保護少數群體網絡」（United Nations Network on Racial Discrimination and Protection of Minorities），以加強聯合國相關部門及機構間之對話與合作（UNODC, 2015）。隨後，2013年3月聯合國秘書長核定《聯合國秘書長關於種族歧視和保護少數群體的指導說明》，提出解決種族歧視和保護少數群體19點建議。上開指導說明涉及少數群體之語言權者，包含：司法程序（第11點）、語言及身分（第13點）、母語教育（第18點）等。

language issues），以「承認—落實—改進」（recognize-implement-improve）步驟，確保國家法律及政策必須在人權框架內承認語言權利，國家機構應將語言權利融入其行為與活動之中（OHCHR, 2017a: 11）。基本上，以人權為本解決語言問題的方法，應關注四個核心領域：一、尊嚴（dignity）：即《世界人權宣言》第1條所揭示之國際法基本原則；二、自由（liberty）：源自於國際人權條約之言論、結社、宗教自由（freedom of expression, association or religion）、私生活權（right to a private life）、個人與其所屬少數群體之其他成員使用自己語言的權利（right of individuals to use their own language with other members of their minority community）、禁止歧視（prohibition of discrimination）等國際法律義務；三、平等與非歧視（equality and non-discrimination）：每個人皆有權獲得平等且有效的保護，而不受語言歧視，包含官方語言之間，或官方語言與少數群體語言之間；四、身分（identity）：語言能彰顯語言少數群體的身分，國家機構除不干預個人於私人領域中使用其自己姓名外，應接受個人姓名以其母語表現，並在少數群體聚居或與其傳統、文化、歷史繫屬之地區，以少數群體之語言表示地名及街道名稱（OHCHR, 2017a: 11-13）。

又《語言少數群體的語言權利：實用落實指南》指出，語言權利應具體落實於公共教育、私立教育、公共服務（行政、健康及其他）、少數群體語言及身分、司法程序、媒體、民間活動、有效參與公共生活等領域（OHCHR, 2017a: 16-35）。

在臺灣，以往族群性法律，多援引《憲法增修條文》第10條第11項「國家肯定多元文化」（基本國策規定），作為保障族群集體權益之基礎；如2010年《客家基本法》第1條。嗣後，《國家語言發展法》第4條、第9條、第11條，《客家基本法》第3條、第14條，《原住民族語言發展法》第13條、第18條、第19條，《文化基本法》第4條、第6條等法律，援引《憲法》平等權（人權條款規定），建構人民以其國家語言（族群母語）接近使用公共服務、學校學習語言、語言選擇權、語言平等相關

權利。上開法律規範不但具體實踐語言人權，而且課予國家機關「依法行政」義務，以實現少數族群的語言權利。

國家如何以積極作為，實現少數族群之語言權利？依《公民與政治權利國際公約》人權事務委員會第23號一般性意見，所稱國家積極措施，非僅限於立法機關及行政機關，應包含司法機關（第6.1點）；意即，司法機關應依《公民與政治權利國際公約》第2條第3項，確保任何人所享本公約確認之權利或自由如遭受侵害，均獲有效之救濟；因而，當少數群體個別成員自認其少數語言權利受損，但卻苦無有效救濟途徑時，可採第27條搭配第2條第3項方式為之。是以，語言人權之實現，在立法機關通過國家語言相關法律，除行政機關積極作為外，司法機關之權利救濟，實屬必要，亦體現《憲法》第16條訴訟權。然而，司法訴訟以個人主觀公權利或法律上利益受到侵害，方得提出司法救濟，如《訴願法》第1條、《行政訴訟法》第4條、《國家賠償法》第2條及第3條。又司法救濟有其侷限性，可能會發生訴訟曠日費時，易招致遲到正義（justice delayed）擔憂，且少數群體權利受損者，易因訴訟成本高昂，或舉證能力欠缺，影響其權利之救濟；因此，除司法救濟外，其他如監察使等水平課責（horizontal accountability）機制之建構，實有助於國家實現少數群體之語言人權。

第四節　聯合國機構實踐公政公約第二十七條

以《公民及政治權利國際公約》第27條及《在民族或族群、宗教和語言上屬於少數群體者權利宣言》為少數群體語言權利標準，聯合國進一步設置相關機構，[79]以實現少數群體之語言人權。

---

[79] 為協助各界取得聯合國人權監理系統所提出的人權建議，聯合國建置「普世人權索引」（Universal Human Rights Index, UHRI），該索引包含：1.九大核心人權國際公約所設立條約機構（treaty bodies）；2.人權理事會普遍定期審議（universal periodic review）；3.人權

　　聯合國大會於2006年3月15日通過決議（A/RES/60/251），在日內瓦（Geneva）設立人權理事會（UNHRC），由47個會員國組成，取代原爲經濟及社會理事會（Economic and Social Council）附屬機構的人權委員會（UNCHR），並提升爲聯合國大會的附屬機構（subsidiary organ of the General Assembly），職司加強促進及維護人權，包含公民、政治、經濟、社會、文化、發展權（right to development）等。在聯合國人權理事會之附屬機構[80]中，推動少數群體權利語言保障之主要機制，爲少數群體問題論壇及少數群體問題特別報告員，本節謹就上開論壇及特別報告員，加以討論。

理事會特別程序（special procedures）；4.其他由安全理事會（Security Council）、人權理事會、聯合國大會與秘書長（General Assembly and Secretary-general）、人權事務高級專員（High Commissioner for Human Rights）等所設立調查機制（investigative mechanisms）等（UHRI, n.d.）。

[80] 聯合國人權理事會2007年6月18日第5/1號決議（A/HRC/RES/5/1）通過聯合國人權理事會體制建設（Institution-building of the United Nations Human Rights Council），建構普遍定期審議機制（Universal Periodic Review Mechanism）、特別程序（Special Procedures）、人權理事會諮詢委員會、申訴程序（Complaint Procedure）等。基本上，人權理事會之附屬機構有三種類型：1.依上開第5/1號決議之普遍定期審議工作組（Universal Periodic Review Working Group）、諮詢委員會、申訴程序；2.附屬專家機制（subsidiary Expert Mechanisms）及論壇（forums），包含原住民權利專家機制、發展權專家機制（Expert Mechanism on the Right to Development）、少數群體問題論壇、社會論壇（Social Forum）、工商與人權論壇（Forum on Business and Human Rights）、人權民主法治論壇（Forum on Human Rights, Democracy and Rule of Law）；3.不限成員名額政府間工作組（Open-ended Intergovernmental Working Groups），包含發展權工作組（Working Group on the Right to Development）、德班宣言及行動綱領工作組（Working Group on the Effective Implementation of the Durban Declaration and Programme of Action）、兒童權利公約任擇議定書工作組（Working Group on an Optional Protocol to the Convention on the Rights of the Child to Provide a Communications Procedure）、擬定消除一切形式種族歧視國際公約國際補充標準工作組（Ad Hoc Committee on the Elaboration of Complementary Standards）、聯合國人權教育及培訓宣言草案工作組（Working Group on the draft United Nations Declaration on Human Rights Education and Training）、私營軍事和保安公司活動監管框架工作組（Working Group on Regulatory Framework of Activities of Private Military and Security Companies）、聯合國和平權宣言草案工作組（Working Group on a draft United Nations Declaration on the Right to Peace）、聯合國農民及農村地區其他勞動者權利宣言工作組（Working Group on a United Nations Declaration on the Rights of Peasants and Other People Working in Rural Areas）、跨國公司和其他企業人權工作組（Working Group on Transnational Corporations and Other Business Enterprises with Respect to Human Rights）等（HRC, 2020）。聯合國大會、人權理事會相關決議，可至聯合國數位圖書館（United Nations Digital Library）查詢（https://digitallibrary.un.org/record/603041）。

壹、少數群體問題論壇

　　為提供民族、族群、宗教、語言上屬於少數群體者問題之對話及合作平臺，並研擬《在民族或族群、宗教和語言上屬於少數群體者權利宣言》的最佳做法，人權理事會2007年9月28日第6/15號決議（A/HRC/RES/6/15）成立少數群體問題論壇，並規範論壇運作方式為：一、每年舉行兩個工作日會議，進行專題討論；二、論壇主席（chairperson of the Forum）由人權理事會主席（President of the Human Rights Council）依區域輪替原則（regional rotation），就理事會會員國及觀察員所提名的少數群體問題之專家中任命；三、由少數群體問題獨立專家（現為少數群體問題特別報告員），指導論壇工作，並籌備年度會議；四、由人權事務高級專員提供論壇一切必要的支持，並由秘書長（secretary-general）提供論壇所需的服務及設施；五、於4年後審查論壇的工作成果。嗣後，人權理事會2012年3月23日第19/23號決議（A/HRC/RES/19/23）少數群體問題論壇持續運作。

　　少數群體問題論壇歷屆討論主題分別為：教育權（Minorities and the Right to Education）、有效政治參與權（Minorities and Effective Political Participation）、有效參與經濟生活權（Minorities and Effective Participation in Economic Life）、少數群體婦女權（Guaranteeing the Rights of Minority Women）、少數群體權利宣言之積極做法及機會（Implementing the Declaration on the Rights of Persons Belonging to National or Ethnic, Religious and Linguistic Minorities: Identifying Positive Practices and Opportunities）、宗教少數群體權利（Beyond Freedom of Religion or Belief: Guaranteeing the Rights of Religious Minorities）、預防並處理對少數群體的暴力及暴行（Preventing and Addressing Violence and Atrocity Crimes Targeted against Minorities）、少數群體與刑事司法制度（Minorities in the Criminal Justice System）、人道主義危機中的少數群體（Minorities in Situations of Humanitarian

Crises）、少數群體青年（Minority Youth: towards Diverse and Inclusive Societies）、無國籍狀態（Statelessness: A Minority Issue）、少數群體語言教育（Education, Language and the Human Rights of Minorities）、仇恨言論與社群媒體（Hate Speech, Social Media and Minorities）、預防衝突與保護少數群體人權（Conflict Prevention and the Protection of the Human Rights of Minorities）等（OHCHR, 2021b; OHCHR, n.d.）。

　　以2021年12月2日至3日在日內瓦舉行的第十四屆少數群體問題論壇之主題（預防衝突與保護少數群體人權）為例，此次論壇考量在法律和體制框架允許少數群體自由使用其語言（use their language freely）、踐行其文化和宗教，及與其他人口平等地參與政治和經濟生活的社會中，緊張關係惡化為暴力衝突的可能性較小；因而，本屆會議將確定和討論有助於國際和區域人權法成為防止暴力衝突的有力工具的關鍵因素（A/HRC/FMI/2021/1，第3點）。也就是說，透過每屆少數群體問題論壇之主題性討論，進一步發展少數群體權利之理論基礎，並形塑少數群體權利保障機制。

貳、少數群體問題特別報告員

　　少數群體問題特別報告員，其前身為依聯合國人權委員會2005年4月21日第2005/79號決議，由聯合國人權事務高級專員所任命「少數群體問題獨立專家」（Independent Expert on Minority Issues），用以促進執行《在民族或族群、宗教和語言上屬於少數群體者權利宣言》。人權理事會陸續以2008年3月27日第7/6號決議、2011年3月24日第16/6號決議、2014年3月28日第25/5號決議、2017年3月23日第34/6號決議，延長其職能。

　　依2014年3月28日第25/5號決議（A/HRC/25/L.8），將少數群體問題獨立專家更名為少數群體問題特別報告員，並定其職權為：一、促進執行《在民族或族群、宗教和語言上屬於少數群體者權利宣言》，包括與各國政府協商，並考慮到涉及少數群體之現有國際標準和國家立法；二、研究

克服妨礙全面落實少數群體者權利之現有障礙；三、依各國政府的請求，探索與人權事務高級專員辦事處進行技術合作的最佳做法；四、在其工作中採用性別平等原則；五、與現有聯合國有關機構、任務、機制，及區域組織密切合作，並避免工作重疊；六、涉及其任務事項，考慮到非政府組織的意見並與其密切合作；七、依人權理事會第19/23號決議，指導少數群體問題論壇的工作，籌備年度會議，在其報告中列入論壇的專題建議（thematic recommendations），並建議未來的專題議題；八、就其活動情況向人權理事會和大會提交年度報告（annual report），包括提出建議，說明可使用哪些有效策略，以更好地落實少數群體者權利（段11）。

　　上開少數群體問題特別報告員職權中，每年向人權理事會提出的年度報告，分成「特別報告員活動」、「主題報告」、「結論及建議」三個部分。自2006年至2021年，少數群體問題特別報告員向人權理事會所提出年度報告（Reports to the Human Rights Council），依序爲：「特定群體及個人：少數群體」（Special Groups and Individuals: Minorities, E/CN.4/2006/74）、「少數群體、貧困和千禧年發展目標：評估全球性問題」（Minorities, Poverty and the Millennium Development Goals: Assessing Global Issues, A/HRC/4/9）、「少數群體與歧視性否定或剝奪公民權」（Minorities and the Discriminatory Denial or Deprivation of Citizenship, A/HRC/7/23）、「與聯合國機構任務授權機制和區域組織合作促進少數群體的權利」（Cooperation with UN Bodies Mandate Mechanisms and Regional Organizations to Promote the Rights of Minorities, A/HRC/10/11）、「少數群體與有效的政治參與」（Minorities and Effective Political Participation, A/HRC/13/23）、「保護少數群體權利對促進穩定和防止衝突的作用」（The Role of Minority Rights Protection in Promoting Stability and Conflict Prevention, A/HRC/16/45）、「獨立專家的工作重點和少數群體權利宣言二十週年」（Priorities for the Work of the Independent

Expert and the Twentieth Anniversary of the Declaration on the Rights of Persons Belonging to National or Ethnic, Religious and Linguistic Minorities, A/HRC/19/56）、「語言少數群體的權利」（Rights of Linguistic Minorities, A/HRC/22/49）、「確保將少數群體議題納入2015年後發展議程」（Ensuring the Inclusion of Minority Issues in Post-2015 Development Agendas, A/HRC/25/56）、「媒體中對少數群體的仇恨言論和仇恨煽動」（Hate Speech and Incitement to Hatred against Minorities in the Media, A/HRC/28/64）、「種姓制度和類似繼承制度下的少數群體和歧視問題」（Minorities and Discrimination Based on Caste and Analogous Systems of Inherited Status, A/HRC/31/56）、「特別報告員對六年任期的一些思考」（Reflections on the Six-year Tenure of the Special Rapporteur, A/HRC/34/53）、「任務的優先事項和構想」（Priorities and Vision of the Mandate, A/HRC/37/66）、[81]「特別報告員第一份少數群體中無國籍問題專題報告的最新情況」（Update on the Special Rapporteur's First Thematic Report on Statelessness as a Minority Issue, A/HRC/40/64）、「少數群體的教育、語言和人權」（Education, Language and the Human Rights of Minorities, A/HRC/43/47）、「仇恨言論、社交媒體和少數群體」（Hate speech, Social Media and Minorities, A/HRC/46/57）。又少數群體問題特別報告員尚可依人權理事會要求，提出特定主題之專案報告，如2015年依人權理事會第26/4號決議提交「全球羅姆人人權狀況：反吉普賽現象」（The Human Rights Situation of Roma Worldwide, with a Particular Focus on the Phenomenon of anti-Gypsyism, A/HRC/29/24）。

　　至於少數群體問題特別報告員向聯合國「大會」提出的年度報告（Reports to the General Assembly），自2010年至2021年，依序為：

---

[81] 優先議題有四：1.無國籍狀態與少數群體的人權；2.族群衝突，少數群體權利與促進包容及穩定；3.打擊仇恨言論、仇外言論、煽動對少數群體仇恨的行為；4.教育作為一項人權及其對少數群體的影響。

「保護少數群體權利的工作在預防衝突方面的作用」（The Role of Minority Rights Protection in Conflict Prevention, A/65/287）、「國家體制機制在促進和保障少數群體權利方面的作用和活動」（The Role and Activities of National Institutional Mechanisms in Promoting and Protecting Minority Rights, A/67/293）、「少數群體權利：保護和促進宗教少數群體權利的基本方法」（Minority Rights: Based Approaches to the Protection and Promotion of the Rights of Religious Minorities, A/68/268）、「預防和解決對少數群體的暴力和暴行」（Preventing and Addressing Violence and Atrocities Against Minorities, A/69/266）、「少數群體和刑事司法程序」（Minorities and the Criminal Justice Process, A/70/212）、「人道主義危機中的少數群體」（Minorities in Situations of Humanitarian Crises, A/71/254）、「少數群體問題特別報告員六年任期總結報告」（Reflects on the Six-year Tenure as Special Rapporteur on Minority Issues, A/72/165）、「無國籍狀態：少數群體議題」（Statelessness: a Minority Issue, A/73/205）、「少數群體概念研究」（Study on the Concept of A Minority, A/74/160）、「少數群體四類意義和範圍研究」（On the Significance and Scope of the Four Categories of Minorities, A/75/211）、「少數群體、平等參與、社會經濟發展與2030年可持續發展議程」（Minorities, Equal Participation, Social and Economic Development and the 2030 Agenda for Sustainable Development, A/76/162）。

　　綜觀上開年度報告，可以觀察到，少數群體問題特別報告員透過詮釋聯合國公約及宣言，豐富了少數群體權利保障的內涵，並釐清少數群體所面對的問題。例如，少數群體問題特別報告員Rita Izsák於2012年12月31日提交人權理事會報告（A/HRC/22/49）指出，由於國家或國際語言占據主導地位、同化進程、語言少數群體之語言使用者減少等因素，許多語言少數群體之語言，面臨衰落或消失的危險；而應特別關注的領域為（specific areas of linguistic minority concern）：一、少數群體之語言

（minority languages）及語言少數群體（linguistic minorities）生存的威脅；二、承認少數群體之語言及語言權利；三、少數群體語言在公共生活中的使用；四、教育領域中的少數群體語言；五、媒體領域中的少數群體語言；六、公共管理及司法領域中的少數群體語言；七、少數群體語言在姓名、地名和公共標誌之使用；八、經濟和政治生活之參與；九、少數群體語言之資訊和服務的提供（段38至段72）。又上開報告指出，高度邊緣化之語言少數群體，需要政府更積極的作為，以支持其語言權利，如居住於偏遠地區或農村地區者，或婦女、兒童、老年人等（段21及22）。

此外，應依《在民族或族群、宗教和語言上屬於少數群體者權利宣言》第9條履行少數群體權利促進與保護義務之聯合國機構甚多，[82]其中以聯合國人權事務高級專員辦事處之業務相關性最高。人權事務高級專員辦事處為聯合國秘書處（United Nations Secretariat）中的一個機構，總部設於日內瓦，下設專題活動及特別程序暨發展權司（Thematic Engagement, Special Procedures and Right to Development Division）、人權理事會幕僚及條約機制司（Human Rights Council and Treaty Mechanisms Division）、駐地業務及技術合作司（Field Operations and Technical Cooperation Division）、研究及發展權司（Research and Right to Development Division）等四個部門（OHCHR, 2017b）。

基本上，聯合國以《公民與政治權利國際公約》第27條及《在民族或族群、宗教和語言上屬於少數群體者權利宣言》等國際法文件，並由少數群體問題論壇及少數群體問題特別報告員等組織性機制，實現少數群體之語言權利。

---

[82] 如聯合國政治與和平事務部（Department of Political and Peacebuilding Affairs）關於少數群體之選舉援助、防止種族滅絕和保護責任辦公室（Office on Genocide Prevention and the Responsibility to Protect）將少數群體權利納入其分析框架中、聯合國婦女署（UN-Women）處理少數群體之性別不平等、難民事務高級專員辦事處（Office of the United Nations High Commissioner for Refugees）處理具難民身分之少數群體、兒童基金會（United Nations Children's Fund）關注少數群體之兒童，以及開發計畫署（United Nations Development Programme）、國際勞工組織（International Labour Organization）、聯合國教科文組織等（OHCHR, 2012a: 63）。

　　Crystal（2000: 133）於《語言的死亡》（*Language Death*）第五章（What can be done?）所提出六個語言復振要件，其中第三個為：提升瀕危語言使用者在支配社群眼中的法律權力，復振瀕危語言方能進展（An endangered language will progress if its speakers increase their legitimate power in the eyes of the dominant community）。語言法律實為復振語言、促進語言發展之引擎。本書回顧自由權、平等權之理論發展，探索語言人權理論，並檢視國際人權法規範，藉以演繹少數群體語言權利理論，作為本書分析理論（圖2-3）。以本章的理論分析為基礎，就語言法律、語言專責機關、語言監察等國家制度安排，探討英國、加拿大、臺灣對於語言少數群體權利保障之實踐。

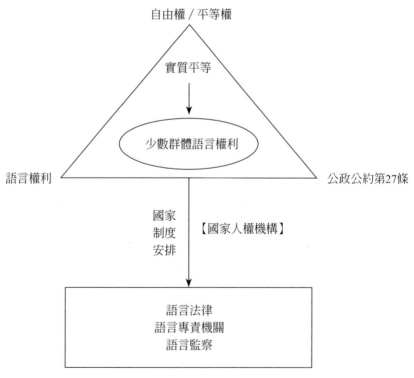

圖2-3　本書分析架構

資料來源：本書整理。

　　在本章少數群體語言權利理論之探討的基礎上，下一章將就國際人權法在國內法之適用（特別爲非聯合國會員國的臺灣），及國家人權機構對少數群體語言權利之實現，進行探討。

基本上，「人權是一組價值，源自於國際共識」，雖然西方國家有時為了政治目的，將人權的概念解釋為主要指公民和政治權利，但是國際法上之人權包含公民、政治、社會、經濟、文化權利，已然是基本事實（財團法人臺灣民主基金會，2005：2）。依據國際實踐經驗，一個國家要實現人權核心價值，至少需要兩個要件：一、建立人權規範（norms），其方式包括國內自行通過人權法案，或透過簽署、加入、存放，將國際人權法加以國內法化；二、建立人權保護機制（mechanisms），這涉及執行與監督機關之設立及運作（監察院國家人權委員會組織法草案總說明）。本章將就《公民與政治權利國際公約》在國內法之實踐、國家人權機構促進語言權利等面向，進行討論。

第一節　聯合國公約在臺灣法律體系之適用

關於國際法與國內法間，究屬同一抑或各自獨立的法律體系，存有二元論（dualistic doctrine or dualism）及一元論（monistic doctrine or monism）兩種觀點（俞寬賜，2006：61）。基本上，採二元論國家，國際條約即便完成批准或加入程序，亦無法直接具有國內法效力，而需另行制定國內法以實踐國際條約；採一元論國家，完成批准或加入國際條約程序，條約便具國內法效力（廖福特，2009：24）。[1]本節謹就《公民與政

---

[1] 依《憲法》第141條規定，臺灣之外交，應尊重條約及《聯合國憲章》；條約之締結，則依《憲法》第38條、第58條第2項、第63條所定程序。司法院釋字第329號解釋，憲法所稱之條

治權利國際公約》在臺灣法律體系之適用，及臺灣依《公約》第40條所提出「國家報告」對《公約》第27條語言少數群體之詮釋，進行討論。

壹、公政公約國內法化

臺灣非聯合國會員國且國際處境特殊，國際公約縱經立法院通過、總統批准，多甚難完成交存聯合國秘書長程序，致條約無法生效；[2]因而，臺灣發展出「國際公約國內法化」模式，以制定國內法，賦予國際公約具有國內法效力。臺灣在聯合國國際公約之實踐上，約略可分爲三種模式：一、制定行爲法，如制定《殘害人群治罪條例》以實踐聯合國《防止及懲治殘害人群罪公約》；二、制定施行法，如制定《公民與政治權利國際公約及經濟社會文化權利國際公約施行法》、《兒童權利公約施行法》，賦予《公民與政治權利國際公約》、《經濟社會文化權利國際公約》、《兒童權利公約》具有國內法效力；三、法律明文援引特定國際公約，如《水下文化資產保存法》[3]第1條、《住宅法》[4]第53條、《商標法》[5]第30條第1項第2款、《著作權法》[6]第106條之1第2項、《溫室氣體減量及管理

約，係指中華民國與其他國家或國際組織所締結之國際書面協定，包括用條約或公約之名稱，或用協定等名稱而其內容直接涉及國家重要事項或人民之權利義務且具有法律上效力者而言。

[2] 2015年7月1日公布《條約締結法》第11條第1項第1款但書規定：「但情況特殊致無法互換或存放者，由主辦機關報請行政院轉呈總統逕行公布」，公布後，依同條第2項規定「自總統公布之生效日期起具國內法效力」，故《條約締結法》施行後，我國如再議決其他人權公約並經總統公布，就可自動併入而發生國內法效力（黃昭元，2015）。

[3] 《水下文化資產保存法》第1條規定，爲保存、保護及管理水下文化資產，建構國民與歷史之聯繫，發揚海洋國家之特質，並尊重聯合國《保護水下文化資產公約》（Convention on the Protection of the Underwater Cultural Heritage）與國際相關協議之精神，特制定本法。

[4] 《住宅法》第53條規定，居住爲基本人權，其內涵應參照《經濟社會文化權利國際公約》、《公民與政治權利國際公約》，及經濟社會文化權委員會與人權事務委員會所作之相關意見與解釋。

[5] 《商標法》第30條第1項第2款規定，相同或近似於中華民國國旗、國徽、國璽、軍旗、軍徽、印信、勳章或外國國旗，或世界貿易組織會員依《巴黎公約》（Paris Convention）第6條之3第3款所爲通知之外國國徽、國璽或國家徽章者。

[6] 《著作權法》第106條之1第2項規定，前項但書所稱源流國依1971年保護文學與藝術著作之《伯恩公約》（Berne Convention）第5條規定決定之。

法》[7]第6條第1款等。

　　申言之，聯合國的九大核心人權國際公約中，臺灣以《公民與政治權利國際公約及經濟社會文化權利國際公約施行法》、[8]《兒童權利公約施行法》、《消除對婦女一切形式歧視公約施行法》、《身心障礙者權利公約施行法》，賦予國際公約所揭示保障人權之規定，具有國內法律之效力。[9]依《公民與政治權利國際公約及經濟社會文化權利國際公約施行法》第3條規定，適用兩公約規定，應參照其立法意旨及兩公約人權事務委員會之解釋。意即，人權事務委員會之解釋，擴大《公民與政治權利國際公約》人權規範內涵，我國又以兩公約施行法，賦予人權事務委員會解釋具有國內法效力。在司法實務上，人權事務委員會的一般性意見，司法院大法官已採用為憲法解釋，如司法院釋字第710號解釋，引用聯合國《公民與政治權利國際公約》第12條及人權事務委員會第15號一般性意見第6點；或如司法院釋字第803號解釋，引用聯合國《公民與政治權利國際公約》第27條及人權事務委員會第23號一般性意見第7點。

　　又兩公約既已具國內法律之效力，若國內法令與上開兩公約牴觸時，何者優先適用？法務部見解（經行政院秘書長2010年3月29日院臺法字第0990006602號函核定）指出，基於兩公約為國際人權價值體系最根本之法源、兩公約施行法第8條規定、我國法令不得低於兩公約人權標準（兩公約為低度標準的基本人權公約）等理由，故國內法令與「兩公約」規定牴觸時，「兩公約」規定應優先適用（法務部，2009：5-8）。上開

---

[7] 《溫室氣體減量及管理法》第6條第1款規定，國家減量目標及期程之訂定，應履行《聯合國氣候變化綱要公約》（United Nations Framework Convention on Climate Change）之共同但有差異之國際責任，同時兼顧我國環境、經濟及社會之永續發展。

[8] 《公民與政治權利國際公約》所保障權利，側重於個人有權對抗來自國家機器的干預與壓制，締約國負有「立即實現」義務；《經濟社會文化權利國際公約》所保障權利，側重要求國家介入以實現個人的福利，締約國承擔「漸進式實現」義務（李永然、陳建佑、田欣永，2012：53-54），但我國將兩公約併同制定施行法，似已無上開區別。

[9] 事實上，部分國際公約，我國雖未制定施行法賦予其國內法效力，但司法院大法官進行憲法解釋時，亦予以援引；如司法院釋字第719號解釋，援引《聯合國原住民族權利宣言》（United Nations Declaration on the Rights of Indigenous Peoples），或如釋字第678號解釋，援引《聯合國海洋法公約》（United Nations Convention on the Law of the Sea）。

見解，亦獲得2013年兩公約初次國際報告結論性意見與建議之確認。[10]是以，《公民與政治權利國際公約》第27條及人權事務委員會第23號一般性意見，透過兩公約施行法，已為我國族群事務、語言政策之重要法源。

貳、公政公約第二十七條與臺灣語言少數族群

在聯合國公約、宣言等人權文獻所架構的國際人權法規範基礎上，以《公民與政治權利國際公約》第27條及《在民族或族群、宗教和語言上屬於少數群體者權利宣言》建構少數群體之國際人權標準；臺灣並依《公民與政治權利國際公約》第40條規定，提出三次國家報告。而臺灣於2020年6月提出「公民與政治權利國際公約第三次國家報告」第275點所指稱的「語言上的少數族群」，包括新住民（外籍配偶）、外籍移工、原住民族、蒙藏族、客家族群等（法務部，2020a：117）。

若就《大眾運輸工具播音語言平等保障法》第6條第1項所定語言種類，與「公民與政治權利國際公約第三次國家報告」的「語言上的少數族群」交互比對，可以觀察到，臺灣語言上少數族群納入我國語言法律規範者，為原住民族、客家族群。

一、臺灣人群類屬

臺灣學界及政治行動者於1980年代探索臺灣族群現象時，受到「文化特性」、「社會位置」兩種界定族群方式之影響（王甫昌，2018：68）。受第三波民主化浪潮影響，臺灣1980年代的民主轉型，逐漸形成閩南族群、客家族群、[11]原住民族、外省族群之四大族群的政治論述，

---

[10] 依2013年3月1日「對中華民國（臺灣）政府落實國際人權公約初次報告之審查：國際獨立專家通過的結論性意見與建議」第10點：專家熱忱歡迎中華民國（臺灣）毫無保留地接受《經濟社會文化權利國際公約》、《公民與政治權利國際公約》及《消除對婦女一切形式歧視公約》，並制定施行法，規定其他法律牴觸公約時，各公約位階均高於法律，但低於憲法。

[11] 關於客家族群源流，呈現多元觀點，諸如羅香林的「客家中原南遷論」；房學嘉的「客家南方起源論」、「南北融合論」；羅肇錦的「畬客同源」等（張維安、謝世忠、劉瑞超、

隨著日益增加的外國移入之新住民族群，已有五大族群的說法。[12]各族群中，以日治時期戶口調查簿（《原住民身分法》第2條），形成原漢之分；國民政府治臺，以《戶籍法》本籍登記，[13]造成省籍之別；但閩客之分，非以戶籍登記資料爲基礎，而係以語言使用爲外顯特徵。至於新住民族群，爲依《國籍法》、[14]《臺灣地區與大陸地區人民關係條例》、《香港澳門關係條例》取得身分證之外裔、外籍配偶、大陸配偶、港澳配偶。[15]

表3-1　臺灣人群類屬

第一層	第二層	第三層
漢民族	閩南族群	泉州人、漳州人
	客家族群	客語腔調（四縣腔、海陸腔、大埔腔、饒平腔、詔安腔）
	外省族群（戰後移民）	省籍

2019：28-29）。許維德（2021）則以文獻回顧建構「客家源流」九種論述，並指出北方漢人說、北方中亞民族主體說、北方漢人主體說、土漢融合說、南方漢人主體說、南方土著主體說等六種較具學術基礎。

[12] 從國族主義的角度，新住民及其子女，被歸類爲「第五大族群」，或許是延續1980年代以四大族群爲基礎的「臺灣國族主義」對抗「中國國族主義」，透過擴大爲五大族群，以佐證臺灣爲多元族群的民主國家（黃應貴，2018：35）。

[13] 1946年1月3日修正公布的《戶籍法》第5條規定，中華民國人民之籍別，以省及其所屬之縣爲依據；同法第17條規定，中華民國人民之本籍，以其父母之本籍爲本籍之原則，且一人同時不得有兩本籍。1973年7月17日修正公布的《戶籍法》，關於本籍之規定，概有：1.第5條規定戶籍登記項目，包含本籍登記、身分登記、遷徙登記、行業及職業登記、教育程度登記等五項；2.第6條規定中華民國人民之本籍，以其所屬之省及縣爲依據；3.第16條關於初次戶籍登記本籍決定之規定；4.第17條規定妻得以夫之本籍爲本籍，贅夫得以妻之本籍爲本籍；5.第18條規定一人同時不得有兩本籍；6.第19條關於因其他原因致無本籍者之設籍登記規定；7.第20條關於除籍及設籍登記之規定；8.第21條關於除籍登記之規定；9.第42條關於本籍登記或遷徙登記申請人之規定（王保鍵，2018：22-23）。又依《憲法》第85條規定，「公務人員之選拔，應實行公開競爭之考試制度，並應按省區分別規定名額」，舊《公務人員考試法》第13條並規定「定額標準」；到了1992年5月28日憲法第二次增修，停止適用《憲法》第85條有關按省區分別規定名額，分區舉行考試之規定。

[14] 臺灣於2005年依《國籍法》第3條第2項規定訂定《歸化取得我國國籍者基本語言能力及國民權利義務基本常識認定標準》第6條歸化測試之口試，參加歸化測試者，得就華語、閩南語、客語或原住民語擇一應試。

[15] 依《新住民就讀大學辦法》第2條規定，本辦法所稱新住民，指本法第25條第1項所定，依《國籍法》第4條第1項第1款至第3款規定，申請歸化許可者。依《新住民發展基金補助作業要點》第2點所界定「新住民」，爲臺灣地區人民之配偶爲未入籍之外國人、無國籍人、大陸地區人民及香港或澳門居民。

表3-1　臺灣人群類屬（續）

第一層	第二層	第三層
原住民族	阿美族（Amis）、泰雅族（Tayal）、排灣族（Paiwan）、布農族（Bunun）、卑南族（Pinuyumayan）、魯凱族（Rukai）、鄒族（Cou/ Tsou）、賽夏族（SaiSiyat）、雅美族（達悟族）（Yami/ Tao）、邵族（Thau）、噶瑪蘭族（Kebalan）、太魯閣族（Truku）、撒奇萊雅族（Sakizaya）、賽德克族（Seediq/ Sediq/ Seejiq）、拉阿魯哇族（Hla'alua）、卡那卡那富族（Kanakanavu）[16]	1. 阿美族以池上、關山為界，以北自稱Pangcah，以南自稱Amis 2. 排灣族之Raval及Vutsulj 3. 卑南族之石生系及竹生系 4. 賽夏族因行政區劃而有不同治理政策，呈現新竹縣五峰鄉的山地原住民（saikilaba'）、苗栗縣南庄鄉的平地原住民（如南庄Binsaewelan群、蓬萊Sairayin群、獅潭Saisawi'群）及都市原住民 5. 賽德克族之德魯固（Truku）、都達（Toda）、德固達雅（Tkdaya） 6. 拉阿魯哇族之排剪（paiciana）、美壠（vilanganɨ）、雁爾（hlihlara）、那爾瓦社（na'ɨvuana）
	平埔族	噶瑪蘭（Kavalan）、凱達格蘭（Ketagalan）、道卡斯（Taokas）、巴宰（Pazih）、拍瀑拉（Papora）、巴布薩（Babuza）、洪雅（Hoanya）、西拉雅（Siraya）
新住民族群	外裔、外籍配偶（國籍法）	原居國
	大陸地區人民（憲法增修條文第11條）	大陸配偶（臺灣地區與大陸地區人民關係條例）、港澳配偶（香港澳門關係條例）[17]

註：依《蒙藏族身分證明條例》第3條第1項規定，本條例所稱蒙藏族，係指具有中華民國國籍，且在臺灣地區設有戶籍之蒙族或藏族。但考量蒙藏族人數較少，暫不列入本表。

資料來源：整理自行政院，2021。

---

[16] 依《原住民身分法》第2條規定，本法所稱原住民，包括山地原住民及平地原住民。上開山地原住民、平地原住民之類屬，成為《憲法增修條文》第4條第1項第2款、《公職人員選舉罷免法》第16條之原住民政治參與的基礎。本表所稱各民族別，係依《原住民身分法》第11條第2項及《原住民民族別認定辦法》規定。又就語言別而言，原住民族的16族，共有42種語言別（可參閱第七章表7-1）。

[17] 依《憲法增修條文》第11條規定，自由地區與大陸地區間人民權利義務關係及其他事務之處理，得以法律為特別之規定。《香港澳門關係條例》以特別立法方式排除兩岸關係條例在1997年、1999年對港澳地區及人民之適用（立法院公報處，1996：492）。

現代民族國家除須符合《蒙特維多國家權利義務公約》（Montevideo Convention on the Rights and Duties of States）第1條所定人民（a permanent population）、領土（a defined territory）、政府（government）、與其他國家來往能力（capacity to enter into relations with the other states）等外，更應將其所轄人民依「文化特性」區分為相互排斥的類別，以達國家治理目的（黃應貴，2018：15）。事實上，除了國家制度規範下之人群分類指標外，人類學與社會科學強調我群與他群「相對社會位置」的族群概念（蔡友月，2012）；而「共享的社會不利位置」有可能取代「共享的文化特質」成為現代社會（特別是有民主制度者）界定族群的重要（甚至為主要）標準（王甫昌，2018：71）。簡言之，上開五大族群分類，揉和了血緣、省籍、語言使用、國籍等多元指標；且臺灣各族群成員間通婚情況普遍，促使「語言使用」逐漸成為族群類屬的重要標準。

二、客家族群與原住民族：語言少數族群

以表3-1人群類屬為基礎，臺灣各族群人口分布，依客家委員會2016年調查結果顯示，閩南族群為69.0%、客家族群為16.2%、外省族群為5.5%、原住民族為2.7%（客家委員會，2017：49），[18]而新住民族群人口數與原住民族人口數相近。[19]依循聯合國少數群體問題特別報告員2019年7月15日提報聯合國大會報告（A/74/160）定義之少數群體，為「在一國全部領土內人數未達總人口一半之任何群體」，則閩南族群為多數族群，客家族群、外省族群、原住民族、新住民族群為少數族群。

---

[18] 2016年調查結果有5.3%受訪者在提示主要族群認定的選項之後，仍堅持自我認定為「臺灣人」，0.3%為其他族群（包括外國人、中國人及居住某地區的人等），另有1.0%民眾無法回答或不願意回答所屬族群（客家委員會，2017：49）。

[19] 2020年底統計資料，原住民族總人口數為57萬6,792人；新住民族群總人口數為56萬5,299人，其中以大陸地區、港澳地區配偶人數最多，合計達36萬9,857人（占新住民族群總人口數之65.43%），其次是越南籍配偶11萬659人（占19.58%），印尼籍3萬840人（占5.46%），另有泰國籍9,328人，菲律賓籍1萬375人，柬埔寨籍4,342人，日本籍5,459人，韓國籍1,965人（行政院，2021）。

　　上開四個少數族群中，原住民族係相對於漢民族，新住民族群則是由國外移居來臺者，皆可依戶籍登記資料予以識別；但除戶籍登記外，原住民、新住民之語言使用及口音（腔調），亦可作爲族群之識別。外省族群，因1992年修正《戶籍法》將「本籍」改爲「出生地」登記，已無戶籍登記資料可供識別；且外省人男性多與臺灣各族群婦女通婚，使得第二代外省人與其他族群間，除語言及腔調仍可供辨識之外，已逐漸模糊（行政院，2021）。客家族群，因1987年《客家風雲雜誌》發行及1988年「還我母語大遊行」所引領的臺灣客家運動，[20]以客語復振爲中心，將客語共同特徵，形塑臺灣客家族群的集體意識，且同屬「漢人／本省人」脈絡下的客家人、閩南人，以語言使用作爲主要識別特徵。[21]是以，如考量聯合國認爲少數群體各類別間不具排他性，[22]並依《公民與政治權利國際公約》第27條類屬指標，客家人、外省人、原住民、新住民等所各自組成族群，具有語言少數群體之性質。

　　事實上，或許可能是因外省族群與其他族群之差異，已日益縮減，[23]臺灣於2020年6月提出「公民與政治權利國際公約第三次國家報告」第275點所指稱的「語言上的少數族群」，並未納入「外省族群」。而本書所討論的語言上少數族群，則爲原住民族、客家族群（圖3-1）。

---

[20] 1976年1月8日制定公布的《廣播電視法》第20條規定，電臺對國內廣播播音語言應以國語（華語）爲主，方言逐年減少。1988年12月28日還我母語運動大遊行，主要訴求之一爲「修改《廣播電視法》第20條對於方言的限制條款爲保障條款」。就此，臺灣客家運動將語言的功能性，加以轉化：客語由過往「溝通」功能爲主之「方言」，轉化爲客家人所屬群體之族群象徵，促使客語兼具「溝通」與「象徵」功能（王保鍵，2021b）。

[21] 劉嘉薇（2019：18）指出，客家人與其他族群最大區別應爲語言，而非外觀。

[22] 聯合國少數群體問題特別報告員2020年7月21日提交大會報告（A/75/211）指出，少數群體各類別間，不具排他性（段33），個人可同時選擇屬於一個以上的族群、宗教、語言群體（段36）。

[23] 1949年國民政府撤守臺灣，政府爲安置隨同來臺之軍公教及其眷屬，興建許多眷村。隨著時代發展，眷村逐漸消失，目前尚能觀察到明顯外省族群聚居者，爲國軍退除役官兵輔導委員會所轄16間榮民之家。蘇國賢與喻維欣（2007）認爲早期外省人的職業分布，與國家語言政策所形成的語言親近性，影響其後代子女科系與職業選擇，爲間接造成族群差異縮減的原因之一。

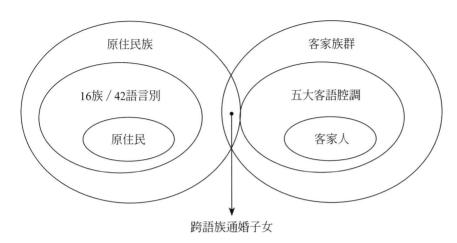

圖3-1　臺灣語言少數族群及其成員：原住民族與客家族群

　　圖3-1以原住民、客家人為中心，向外擴散至原住民族、客家族群；體現《公民與政治權利國際公約》第27條以個人權為基礎，族群成員擁有與族群中其他分子共同使用其固有語言之權利。而從語言權利保障角度，跨語族通婚（原客通婚）之子女，應可同時享有使用原住民語、客語之語言權利。

第二節　臺灣語言少數族群之語言權

　　臺灣語言少數族群權利之保障，除來自國際公約之法源外，國內法之憲法人權條款，亦為重要法源。延續第二章第一節關於語言人權為基本人權之討論，本節進一步以基本人權在臺灣法律秩序之實踐，探討臺灣少數族群之語言權利。

壹、族群語言權利

按基本人權的類型，在聯合國公約層次，以兩公約可劃分為公民、政治、經濟、社會、文化等類型；在我國憲法層次，《憲法》本文共175條，分為十四章，第二章為人民之權利義務，第十三章為基本國策；而《憲法》第二章人權條款，傳統上可劃分為平等權、自由權、受益權、參政權等四類；吳庚（2003）則劃分為平等權、自由權、政治參與權、社會權、程序基本權等五類。

原住民族權利保障，以《憲法增修條文》第10條第11項（後段）及第12項為基礎，透過《原住民身分法》、[24]《原住民族基本法》、《原住民族教育法》、《原住民族傳統智慧創作保護條例》、《原住民族工作權保障法》、《原住民保留地禁伐補償條例》、《原住民族語言發展法》等法律，實現原住民族及其成員權利。客家族群權利保障，以《憲法》第7條及《憲法增修條文》第10條第11項（前段）為基礎，透過《客家基本法》、[25]《客家語言發展法（草案）》等法律，實現客家族群及其成員權

---

[24] 按原住民身分之取得，涉及原住民權益、優惠性差別待遇、族群認同等議題。依《原住民身分法》第4條及第6條規定，原住民身分取得採「血統主義兼採認同主義」，包含：1.完全血統主義：原住民間婚生子女（第4條第1項），以申請登記身分行為彰顯其認同；2.母系血統主義：原住民女子之非婚生子女（第6條第1項），及申請登記身分之認同行為；3.單系血統主義：包含「原住民與非原住民間婚生子女」（第4條第2項）、「原住民女子之非婚生子女經非原住民生父認領」（第6條第2項）、「非原住民女子之非婚生子女，經原住民生父認領」（第6條第3項）等三者，以從原住民之父或母之姓（血統來源者之姓），或從原住民傳統名字，並申請取得原住民身分之認同行為。至於《蒙藏族身分證明條例》第3條第2項，蒙藏族身分之取得，採雙系血統主義（親生父母之一方為蒙藏族者），並以申請登記身分之認同行為。又族群身分「認同」的概念，包含主觀的「認同意識」、客觀的「認同行為」兩個層次，《原住民身分法》及《蒙藏族身分證明條例》關於「認同行為」的展現，包含申請登記身分、申請喪失身分；意即，具原住民、蒙族、藏族身分者，如自認非屬該族群成員，可依《原住民身分法》第9條第1項第3款、《蒙藏族身分證明條例》第5條第1項第3款，於成年後自願拋棄原住民、蒙族、藏族身分。《客家基本法》第2條第1款「自我認同為客家人」規定，僅具「認同意識」效果，如能建構客家人「戶籍身分登記」之「認同行為」（申請登記身分及申請喪失身分），有助於提升客家人之族群認同。事實上，戶籍身分登記實屬行政作業之技術性議題，縱使未有法律依據，戶政機關可依行政規則，辦理身分註記，如在2017年5月24日釋字第748號解釋做出前，桃園市政府便已訂頒《桃園市各區戶政事務所受理同性伴侶註記作業方式》，於2016年3月14日開始受理「同性伴侶註記」。

[25] 2010年制定《客家基本法》，依《憲法增修條文》第10條第11項「國家肯定多元文化」，於

利。至於《憲法增修條文》第10條第11項及第12項「基本國策」規定，如何轉換為「憲法人權條款」課題，司法院釋字第803號解釋，已有所闡明（本書第八章第二節會再討論）。

　　有些國家會於憲法中明定官方語言、國家語言，及其相關語言權利，如本書第一章第一節所討論。我國憲法雖未明文規定族群語言權利，但就Thomas Hill Green的「權利承認理論」，立法者可透過制定法律，以造就並認可人民語言權利。意即，憲法旨在保障人民權利，縱使憲法無明文規定，立法者仍可本於「立法裁量」制定法律，解除原有限制，[26]或賦予人民語言權利。例如，行政院的《文化基本法（草案）》第6條立法說明指出，我國憲法對於人民之語言權利，未有明文規範，為落實人民語言權之保障，爰以第1項規定，人民享有選擇語言進行表達、溝通、傳播及創作之權利。

　　以第二章圖2-3之分析架構，進一步探討臺灣少數族群的語言權利。首先，就平等權而言，依Kymlicka對於少數群體權利之「外部保障」的演繹，少數群體與多數群體間的「語言平等權」，為語言少數族群的重要語言權利。臺灣的《大眾運輸工具播音語言平等保障法》第1條及第2條、《國家語言發展法》第4條、《客家基本法》第3條第1項、《文化基本法》第2條第1項等關於「語言平等」之規定，皆可成為語言少數族群成員，主張其平等權之法律依據。

基本法第1條規定「落實憲法保障多元文化精神」。2018年修正《客家基本法》定客語為國家語言，與各族群語言平等（第3條第1項）；同法第1條配合修正為「落實憲法『平等』及保障多元文化精神」。

[26] 解除原有法律限制，常見於對於人身自由之解除限制，如司法院釋字第803號解釋理由書指出，按立法者就違法行為之處罰，究係採刑罰手段，抑或行政手段，原則上享有立法裁量權限；有鑑於刑罰制裁手段乃屬對憲法第8條所保障之人身自由之重大限制，立法者衡酌系爭規定一所定違法行為之情狀與一般犯罪行為有別，認應予以除罪化而僅須施以行政處罰，此一立法決定，除屬立法裁量之合理範圍外，性質上亦屬對人身自由原有限制之解除，於此範圍內，並不生侵害人身自由之問題。又為避免政府干預族群傳統生活方式，立法者亦可特別保障少數族群權利；例如，《原住民族基本法》第23條規定：「政府應尊重原住民族選擇生活方式、習俗、服飾、社會經濟組織型態、資源利用方式、土地擁有利用與管理模式之權利。」即在避免政府介入原住民族傳統生活，以保障原住民權利。

　　其次，就個人自由權而言，《國家語言發展法》、《客家基本法》、《原住民族語言發展法》等語言法律，建構族群成員享有語言教育權（教學語言及學習語言）、語言選擇權、接近使用公共服務權等語言權利。意即，《國家語言發展法》第11條第1項規定，國民有權選擇特定國家語言參與政府機關行政、立法、司法程序；《客家基本法》第3條第2項，賦予人民以客語作為學習語言、接近使用公共服務及傳播資源等權利；《原住民族語言發展法》第13條第1項，政府機關（構）處理行政、立法事務及司法程序時，原住民得以其原住民族語言陳述意見，各該政府機關（構）應聘請通譯傳譯之。

貳、少數族群語言法律

　　在語言法律框架上，可分為兩個層次：第一個層次，為語言「法律」及「行政命令」之別；客家委員會成立（2001年）至2010年制定《客家基本法》間，所推動客語傳承相關措施，皆依據行政命令，即屬未有語言法律，採語言行政命令；第二個層次，就語言法律以觀，可分為「通用語言法」及「少數族群語言專法」兩種模式；《國家語言發展法》屬「通用語言法」，多數族群與少數族群皆適用之；而《原住民族語言發展法》則屬「少數族群語言專法」。[27]

　　基本上，《客家基本法》、《原住民族語言發展法》、《國家語言發展法》所賦予人民的國家語言權利，包含：一、建構人民法律上權利；二、賦予國家行為之法源依據；三、課予國家保障各族群的國家語言使用

---

[27] 《國家語言發展法》、《原住民族語言發展法》、《客家基本法》三部法律將臺灣國家語言規範，分為兩種模式：1.原則性規定者，即《國家語言發展法》第3條以國家語言應具備「臺灣各固有族群」及「自然語言」兩要件，法律未明定國家語言之語種，係採「通用語言法」模式；2.明定特定族群語言為國家語言，並規範其保障方式者，即《原住民族語言發展法》、《客家基本法》係採「少數族群語言專法」模式。《客家語言發展法（草案）》亦可歸類為「少數族群語言專法」。

權及平等權之義務。又上開法律亦賦予主管機關設置相關機構之組織法的法源，如公共電視設置全程使用閩南語之電視頻道，或設置財團法人客家公共傳播基金會等。

　　若將《大眾運輸工具播音語言平等保障法》、《國家語言發展法》、《客家基本法》、《原住民族語言發展法》四部語言法律置入臺灣族群政治框架內觀察，可以發現：一、《大眾運輸工具播音語言平等保障法》第6條第1項所定五種語言中，客語、原住民族語言已分別由《客家基本法》及《原住民族語言發展法》明定為國家語言；二、《國家語言發展法》第7條及《國家語言發展法施行細則》第4條、第5條、第6條規定，[28]以優先推動面臨傳承危機國家語言之做法，排除具事實上官方語言地位且屬強勢語言之國語（華語）；三、《國家語言發展法》第3條以「臺灣各固有族群使用之自然語言」定義國家語言，排除新住民母語。[29]意即，新住民所使用的原居國母語，及具事實上官方語言地位之國語（華語），皆非《國家語言發展法》優先復振之語種；因而國家語言政策優先關注於閩南語、客語、原住民族語、馬祖語等語言之發展（王保鍵，2021b）。

　　進一步探討四部語言法律之競合關係，可以觀察到《原住民族語言發展法》、《客家基本法》享有適用上的優先性。第一，依《大眾運輸工具播音語言平等保障法》第2條規定，大眾運輸工具之播音服務應依本法之規定為之；其他法律之規定更有利於語言之平等保障者，從其規定。因此，《大眾運輸工具播音語言平等保障法》與《原住民族語言發展

---

[28] 《國家語言發展法》第7條規定，對於面臨傳承危機之國家語言，政府應優先推動其傳承、復振及發展等特別保障措施如下：1.建置普查機制及資料庫系統；2.健全教學資源及研究發展；3.強化公共服務資源及營造友善使用環境；4.推廣大眾傳播事業及各種形式通訊傳播服務；5.其他促進面臨傳承危機之國家語言發展事項。《國家語言發展法施行細則》第4條、第5條、第6條則規範國家語言發展會議、國家語言發展報告、教學資源等機制，優先處理面臨傳承危機之國家語言。

[29] 依《國家語言發展法（草案）》第3條條文說明指出，「臺灣各固有族群」，係指既存於臺灣，且包含各離島地區，並受國家統治權所轄之傳統族群，不包含非本國籍人士取得我國長期居留權及由他國移入我國並取得國籍者（新住民）；而「自然語言」，係指固有族群隨文化演化之語言。

法》第15條第1項規定發生法律競合時，應優先適用《原住民族語言發展法》。[30]

第二，依《國家語言發展法》第1條第2項規定，國家語言之傳承、復振及發展，「除其他法律另有規定外」，依本法之規定。意即，《國家語言發展法》與《原住民族語言發展法》、《客家基本法》發生法律競合時，應優先適用《原住民族語言發展法》、《客家基本法》；惟《原住民族語言發展法》、《客家基本法》未規範之「法律空白地帶」，則可適用《國家語言發展法》。

第三，就國家語言之語言種類，《國家語言發展法》第3條僅定義國家語言，並未明定國家語言之語種，而《國家語言發展法施行細則》亦未規定。相對地，《原住民族語言發展法》第1條明定「原住民族語言為國家語言」；《客家基本法》第3條第1項明定「客語為國家語言之一」。至於文化部委外的「面臨傳承危機國家語言調查：國家語言種類及面臨傳承危機情形」，調查所建議七種國家語言，仍待行政院依《國家語言發展法》第8條第1項及《國家語言發展法施行細則》第5條第1項核定「國家語言發展報告」，方得確定。[31]

此外，依《公民與政治權利國際公約及經濟社會文化權利國際公約施行法》第2條及第3條規定，《公民與政治權利國際公約》第27條及人權事務委員會第23號一般性意見，亦為臺灣語言少數族群語言權利重要法源。

---

[30] 《原住民族語言發展法》第15條第1項規定，原住民族地區之大眾運輸工具及場站，目的事業主管機關應增加地方通行語之播音。

[31] 按《國家語言發展法》第8條第1項規定，政府應定期調查提出國家語言發展報告。依《國家語言發展法施行細則》第5條第2項規定，國家語言發展報告應包含：1.國家語言發展情形及願景；2.面臨傳承危機國家語言之種類、傳承及發展情形；3.面臨傳承危機國家語言之復振措施。復依同條第1項規定，中央主管機關應依本法第8條第1項規定，於本細則施行後2年提出初次國家語言發展報告，後每4年提出國家語言發展報告，並報請行政院核定。

第三節　國家人權機構與少數族群語言權利

　　就少數群體權利保障而言，少數群體通常缺乏發言權，而國家人權機構適可成為少數群體權利保護及促進之倡議者（OHCHR, 2010b: 21）。聯合國人權委員會（UNCHR）第2005/74號決議指出，國家人權機構協同其他促進和保護人權的機制，在打擊種族歧視和其他形式歧視，及促進和保護婦女人權、兒童和身心障礙者等特別弱勢群體權利方面可發揮重要作用（E/CN.4/RES/2005/74）。觀察少數群體語言權利保障之實作，許多國家設置類似國家人權機構性質之語言監察使（language ombudsman/language commissioner），以保護與促進少數群體之語言權利，如本書所欲探討的加拿大安大略法語服務監察使（French Language Services Commissioner，現已併入安大略監察使）、英國威爾斯語言監察使（Welsh Language Commissioner）。

　　就水平課責機制[32]而言，包含法院、人權機構（human rights institution）、監察機構（ombuds institution）、最高審計機構（supreme audit institution）等（Reif, 2019: 5）。獨立於行政權與立法權外之法院，就其核心理念在於審判以觀，存在目的係為保障基本人權（李念祖，2017）。我國《憲法》第16條規定人民有訴訟權，旨在使人民權利獲得確實迅速之保護（司法院釋字第590號解釋理由書）。法院訴訟所建構的標準化原則，不但可為人民帶來更好的生活，而且有助於政府施政目標的達成（Abul-Ethem, 2002）。然而，如欲實現國家保護與促進人權義務，恐無法單憑司法救濟程序。[33]意即，法院訴訟具有「不告不理」、「最

---

[32] 為達成政府善治，政府課責（accountability）是一個重要手段。政府課責機制可分為垂直課責（vertical accountability）與水平課責（horizontal accountability）兩個面向。垂直課責機制關注公民與民選公職人員間之關係，公民透過選舉課予民選公職人員相關責任；水平課責機制則強調權力分立，聚焦於政治體系中，不同機構間的相互監督（Lührmann, Marquardt, and Mechkova, 2017）。

[33] 就臺灣現行法律框架，司法救濟可實現國家「尊重」、「保護」人權義務之履行，如《訴願法》、《行政訴訟法》、《國家賠償法》可保障人民權利，確保國家行政權之合法行使；或如具資訊隱私權性質之個人資料（司法院釋字第603號解釋），如遭非公務機關違侵，可依

後手段」（remedy of last resort）等特性，並受嚴格正當法律程序（due process of law）拘束，恐不易實現國家促進人權之積極性義務；[34]因而，國家人權機構（National Human Rights Institutions）之設置，有助於國家人權保障之實現。本節謹就國家人權機構之意涵、功能，及其對語言人權之促進，加以討論。

壹、國家人權機構之意涵

依《國家人權機構：歷史、原則、作用及職責》所定義的國家人權機構：承擔保護、促進人權之憲法或法律任務的國家機構（state body），其為國家機器（state apparatus）的組成部分，並由國家提供經費（OHCHR, 2010b: 13）。依《歐洲聯盟成立及認證國家人權機構手冊》（*Handbook on the Establishment and Accreditation of National Human Rights Institutions in the European Union*）定義國家人權機構，為依國內法（domestic law）所設置的獨立機關（independent body），以執行保護及促進人權之任務（FRA, 2012: 13）。

在人權保護機制部分，聯合國大會於1993年12月20日第48/134號決議通過「促進與保護人權的國家機構」（National Institutions for the Promotion and Protection of Human Rights）（又稱《巴黎原則》，Paris Principles），是一個重要的聯合國人權文件。

《巴黎原則》所定之國家人權機構應符合「普世人權標準」（universal human rights standards）、「自主性」（autonomy from government）、「獨立性」（independence）、「多元性」

《個人資料保護法》第29條及第31條，訴請司法救濟。

[34] 意即，《客家基本法》或《國家語言發展法》所定國家義務，多屬要求國家以積極性作為，「落實」人權之實現：如《客家基本法》第12條、第14條、第15條、第16條，或如《國家語言發展法》第13條、第14條，以獎勵或補助措施，推動國家語言發展。上開法律所要求之國家積極性義務，如無法由司法機關實現，就須仰賴其他水平課責機構。

（pluralism）、「資源充足」（adequate resources）、「充分調查權」（adequate powers of investigation）等六項標準（ENNHRI, 2018; OHCHR, 2010b: 31）。[35]符合《巴黎原則》的國家人權機構，不但是落實人權的重要基礎，而且逐漸成為國際人權標準與國家之間的中介機制（OHCHR, 2010b: 13）。

又歐洲理事會威尼斯委員會（Venice Commission）[36]於2019年3月通過《保護及促進監察使機構原則（威尼斯原則）》（Principles on the Protection and Promotion of the Ombudsman Institution/ The Venice Principles）。《威尼斯原則》共有25點，可說是監察使機構的第一套獨立國際標準（first, independent, international set of standards for the Ombudsman institution）（IOI, 2019）。聯合國大會2020年3月20日決議（A/C.3/75/L.38）第8(a)點指出，鼓勵現行監察使或監察機構，依據《巴黎原則》及《威尼斯原則》強化其獨立性（independence）及自主性（autonomy），並增強協助會員國促進和保護人權，及促進善治（promotion of good governance）和尊重法治（respect for the rule of law）的能力。

實作上，國家人權機構並無標準化的名稱，諸如護民官（Civil Rights Protector）、專員（Commissioner）、人權委員會（Human Rights Commission）、人權機構或中心（Human Rights Institute or Centre）、監察使（Ombudsman）、國會監察使或人權專員（Parliamentary Ombudsman or Commissioner for Human Rights）、護民官公署（Public Defender/ Protector）、議會監察使（Parliamentary

---

35 依聯合國大會2019年12月18日決議（A/RES/74/156）指出，國家人權機構在財務及行政上必須具有獨立性和穩定性，並促使本國國家機構有更多的自主權及更大的獨立性，包括授予調查職權或強化此類職權（段18）。

36 歐洲理事會威尼斯委員會為歐洲理事會憲法事務的諮詢機構（Council of Europe's advisory body on constitutional matters），常設秘書處設於史特拉斯堡（Strasbourg），每年四次的全體會議在威尼斯召開。

Advocate）等（OHCHR, 2010b: 13-14）；[37]不論其名稱，一般多具實質之監察功能。就國家人權機構之發展，「傳統型」國家人權機構之職能，主要為監督行政部門，促使行政機關依法行政；「混合型」（hybrid）國家人權機構，則具有多重職能（multiple mandates），包含監督政府施政、處理人權議題、打擊貪腐等（OHCHR, 2010b: 17-18）。

　　又在各國監察使制度類型上，依功能為標準，可分為調解糾紛、防貪堵弊、維護人權、財務審計四類；依組織結構為標準，又可依提名方式、通過方式、人數多寡或決策方式等次標準而區分為不同次類型（監察院，2012：14-17）。廣義概念之監察使，[38]可分為一般型監察使及專業型監察使；其中專業型監察使係針對特定的議題、特定的事務，或為了特定目的所設置者，例如兒童、婦女、族群、監獄、消費者、個人資料與隱私（監察院，2012：24）。[39]

---

[37] 依《監察院國家人權委員會組織法（草案）》總說明指出，國家人權機構可歸類如下態樣：委員會（commissions）、監察機關（ombudsman institutions）、混合型機關（hybrid institutions）、諮詢機關（consultative and advisory bodies）、研究單位及中心（research institutes and centres）、民權保護機關（civil rights protectors）、護民官公署（public defenders）、國會（單一領域類）監察使（parliamentary advocates）；其中，以「委員會」及「監察機關」占最多數量。

[38] 葛永光（2016：16）整理相關論述，廣義概念之監察使，約略有：1.周陽山之「北歐監察制度」、「大英國協監察制度」、「獨立監察制度」三種類型；2.張益槐之「議會監察」、「行政司法監察」、「行政機關內部監察」；3.黃越欽之「議會型」與「非議會型」，並將監察使細分為「一般監察使」與「專業監察使」。廖福特（2016）則將國家人權機構區分為人權諮詢委員會、單一職權委員會、混合機制、人權監察使、獨立人權委員會等五種類型。

[39] 在全球化與區域統合的發展下，近一步出現超國家（supranational）、國家（national）、次國家（subnational）三個層次的監察使分類：1.超國家層次者，如歐盟監察使（European Ombudsman）；2.國家層次者，以加拿大聯邦政府為例，如犯罪受害者監察使（Federal Ombudsman for Victims of Crime）、納稅人監察使（Taxpayers' Ombudsman）、政府採購監察使（Procurement Ombudsman）、官方語言監察使（Commissioner of Official Languages）等；3.次國家層次者，以加拿大之省或地區為例，如安大略省監察使（Ontario Ombudsman）、西北地區語言監察使（Languages Commissioner of the Northwest Territories）等（王保鍵，2021b）。

貳、國家人權機構之功能

依聯合國大會第48/134號決議案附件之《關於國家人權機構地位的原則》（Principles Relating to the Status of National Institutions），包含「權限與職責」（competence and responsibilities）、「組成和獨立性及多元化之保障」（composition and guarantees of independence and pluralism）、[40]「業務方法」（methods of operation）、「關於具有準管轄權之委員會的地位的附加原則」（additional principles concerning the status of commissions with quasi-jurisdictional competence）。[41]《巴黎原則》揭示國家人權機構之職責包括：一、追蹤及監督人權侵害事件；二、向政府、國會及主管機關就有關人權保護及促進事項提出意見、建議及方案；三、與區域性或國際性人權組織交流合作；四、協助制定人權教育及研究計畫；五；受理並處理陳情個案（法務部，2013：35）。

《國家人權機構：歷史、原則、作用及職責》指出，《巴黎原則》要求國家人權機構履行兩大核心職責（central roles）：一、促進人權（human rights promotion）：營造合宜的國家人權文化（national culture of human rights），建構寬容、平等、彼此尊重環境；包含受理、調查及解決申訴（complaints）、調解衝突、監測政府活動；二、保護人權（human rights protection）：協助指認（identify）及調查（investigate）侵犯人權行為，促使侵害人權者受到司法制裁，並提供

---

[40] 國家人權機構的組成及其成員的任命，不論是通過選舉產生還是通過其他方式產生，必須按照一定程序予以確定，這一程序應提供一切必要保障，以確保參與促進和保護人權的社會力量之多元代表性（pluralist representation），特別仰賴以下代表的參與，建立有效合作的力量：1.關於人權和對種族歧視進行抗爭之非政府組織、工會、有關的社會和專業組織，例如律師、醫生、新聞記者和著名科學家協會；2.哲學或宗教思想家；3.大學學者及合格專家；4.議會；5.政府部門（代表只能以顧問身分參加討論）（A/RES/48/134）。

[41] 關於具有準管轄權之委員會的地位的附加原則，旨在授權國家機構負責受理和審理個人地位（individual situations）所提出之申訴（complaints）及請願（petitions），包含個人（individuals）、他們的代表（their representatives）、第三方（third parties）、非政府組織（non-governmental organizations）、工會（associations of trade unions）、任何其他替代組織（any other representative organizations）都可向國家人權機構提出（A/RES/48/134）。

受害者救濟（remedy and redress）；透過教育、推廣活動、媒體、出版品、訓練及培力，向政府提供諮詢意見（OHCHR, 2010b: 21, 31; Hood and Deva, 2013: 69-70）。

　　簡言之，國家人權機構之角色功能爲：一、構成堅強國家人權體系（strong national human rights system）之核心要素；二、作爲公民社會與政府間的橋樑（bridge civil society and governments）；三、鏈結國家承擔保障公民權利的責任（link the responsibilities of the State to the rights of citizens）；四、串接國家法律與區域、國際人權體系（connect national laws to regional and international human rights systems）（OHCHR, 2010b: 13）；五、深化公民社會參與，以促使國家實現政府部門的善治。

　　此外，爲統籌協調符合《巴黎原則》的各個國家之國家人權機構在國際社會的活動，1993年在突尼斯（Tunis）成立「國家人權機構國際協調委員會」（International Coordinating Committee of National Institutions for the Promotion and Protection of Human Rights, ICC），並於2016年改制爲「國家人權機構全球聯盟」（Global Alliance of National Human Rights Institutions, GANHRI）；「國家人權機構全球聯盟」爲依瑞士法律（Swiss law）所註冊的法人實體（legal entity）（FRA, 2012: 44; Pace, 2020: 250）。國家人權機構全球聯盟之治理結構，包含：一、大會（General Assembly）；二、主席團（Bureau），由4個區域（four regional networks）[42]的16個A級（A status）[43]國家人權機構所組成；

---

[42] 4個區域（four regional networks），係指歐洲（Europe）、非洲（Africa）、美洲（Americas）、亞太（Asia-Pacific）。

[43] 爲認證（accreditation）國家人權機構是否符合《巴黎原則》，依聯合國人權委員會第2005/74號決議，國家人權機構之認證，由認證小組委員會在人權事務高級專員主持下進行（E/CN.4/RES/2005/74）。認證等級分爲A級（完全符合巴黎原則）、B級（部分符合巴黎原則）、C級（不符合巴黎原則），惟2007年10月後，已不再認證C級；截至2021年1月20日，國家人權機構全球聯盟有84個A級會員、33個B級會員（GANHRI, 2021a）；A級國家人權機構享有參與人權理事會及其附屬機構會議之權利（independent participation rights），並擁有國家人權機構全球聯盟正式成員（有表決權）；B級國家人權機構則無表決權（GANHRI, 2021b）。

三、認證小組委員會（Sub-Committee on Accreditation），由4個區域的4個A級國家人權機構所組成；四、財務委員會（Finance Committee），由4個區域的4個A級國家人權機構所組成（GANHRI, 2021c）。國家人權機構全球聯盟之秘書處工作，由聯合國人權事務高級專員辦事處辦理。

參、國家人權機構促進語言人權

人權機構、監察機構可行使廣泛的調查權（Enright, 2001: 671），[44]且具準司法（quasi-judicial）功能（Harlow, 2018: 76），對於少數群體之語言人權，可發揮積極性的「促進」語言權利功能，並實現國家「保護」語言權利義務。

按《公民與政治權利國際公約》人權事務委員會在解釋及闡述《公約》內容時，積極引用其他國際公約，甚至是聯合國體系內的軟法（soft law）文件，已然實質擴大了《公約》締約國對公約所負擔的義務內容及範圍（張文貞，2012）。《公民與政治權利國際公約》第27條及人權事務委員會第23號一般性意見之闡述，國家負有尊重、保護、落實語言人權之三個層次義務。臺灣《國家語言發展法》、《客家基本法》、《原住民族語言發展法》、《文化基本法》等已建構相關語言權利，若人民上開語言權利受損，[45]雖可依《憲法》第16條所保障「程序基本權」，而依《訴願法》、《行政訴訟法》提起司法個案救濟（judicial review）。然而，就《國家語言發展法》、《客家基本法》、《原住民族語言發展法》之法律框架而言，除語言權利「保障」規定外，尚定有許多語言「促進」

---

[44] 以加拿大安大略為例，有許多申訴案於監察使尚未發動正式的調查程序前，監察使辦公室會先進行初步瞭解，相應機構通常會即刻進行改善。如安大略監察使指出，關於教育委員會（school board）的申訴案件，約有三分之一，在尚未進行正式調查程序前，即由監察使辦公室協助改善完成（Ontario Ombudsman, 2016）。

[45] 《國家語言發展法》、《客家基本法》、《原住民族語言發展法》、《文化基本法》中，僅《文化基本法》第28條明文規定：「人民文化權利遭受侵害，得依法律尋求救濟。」

積極性措施，[46]如獎勵出版、製作、播映多元國家語言之出版品、電影、廣播電視節目等；惟司法救濟採不告不理，恐無法因應當前國家語言法制規範。相對地，國家人權機構可採主動積極干預措施，矯正行政措施，似較能實現國家語言權利保障。又臺灣在五權憲法架構下，監察院行使監察權，已有充分實作經驗，實應善用監察機制來落實國家語言之語言權利。

事實上，臺灣監察院職權之行使，長期以《監察法》為中心，關注公務人員違法失職的彈劾與糾舉，不易觸及公共政策和法律制定、私人場域發生的歧視事件、政府「依法行政」造成之人權侵害（黃嵩立，2014）。為使監察院整體完全符合《巴黎原則》，回應二次國際審查委員會關於政府落實國際人權公約之結論性意見與建議，[47]並落實憲法人權價值，奠定促進及維護人權之基礎條件，確保社會公平正義之實現，並符合國際人權標準建立普世人權之價值及規範，臺灣於2020年1月8日公布《監察院國家人權委員會組織法》，監察院轉型為國家人權機構。

此外，司法院大法官關於原住民狩獵案之釋字第803號解釋，於2021年3月9日進行言詞辯論時，監察院國家人權委員會以2021年3月3日委台權字第1104130114號函提出書面意見，並派請高委員涌誠代表陳訴。上

---

[46] 就我國國家語言法制架構以觀，包含語言權利「保障」與「促進」兩個部分，多數法律條文規範以促進國家語言發展為主。以《客家基本法》為例，第3條第1項及第2項、第14條第1項為客語權利之保障；第9條、第11條、第12條、第13條、第15條、第17條為促進客語之傳承。

[47] 依2013年3月1日「對中華民國（臺灣）政府落實國際人權公約初次報告之審查：國際獨立專家通過的結論性意見與建議」第8點：「許多國家，包括不少亞太地區國家，均體認到在現有憲法架構之外，有成立獨立的國家人權委員會的必要，以符合聯合國大會在1993年所通過關於國家人權機構之地位的巴黎原則就獨立性與自主性之要求。此種委員會特別可以在廣泛的公民、文化、經濟、政治與社會等權利方面發揮諮詢、監督與調查的功能，亦應對於《促進與保護人權的國家行動計畫》的制定發揮作用。」同報告第9點：「專家建議政府訂出確切時間表，把依照巴黎原則成立獨立的國家人權委員會列為優先目標。」又依2017年1月20日「對中華民國（臺灣）政府關於落實國際人權公約第二次報告之審查：國際審查委員會通過的結論性意見與建議」第9點：「審查委員會於2013年曾建議將依巴黎原則成立獨立的國家人權委員會列為優先目標。儘管在本次審查涵蓋期間提出許多不同的方案，中華民國（臺灣）卻仍未決定究應成立完全獨立的機構，抑或是設置於總統府或監察院之下。委員會建議應全面遵循巴黎原則，盡速成立完全獨立且多元的國家人權委員會。」從兩次落實國際人權公約國際審查之結論性意見與建議，皆呼籲應盡速依巴黎原則成立獨立的國家人權委員會，顯見獨立行政權外之水平課責機制，有助於落實人權條款。

開監察院國家人權委員會書面意見，開宗明義即以「本會將就爭點題綱可能涉及之國際公約規範，特別是公民與政治權利國際公約第27條及人權事務委員會第23號一般性意見、經濟社會文化權利國際公約第15條及其第21號一般性意見、生物多樣性公約等，另參監察院過往相關調查報告及相關文獻，提出意見。」（監察院國家人權委員會2021年3月3日委台權字第1104130114號函），顯見臺灣的國家人權機構已積極運用《公民與政治權利國際公約》第27條，作爲少數群體權利保障之法源。

　　臺灣在國家語言法律已建構客家族群、原住民族之少數族群的語言權利，爲落實國際法上語言人權，打造充分符合《巴黎原則》之語言監察機制，有助於實現臺灣少數族群語言權利。

　　一國的憲政體制（constitutional system）以其憲法（成文或不成文）為規範基礎，包含，一、國體：君主國（Monarchy）與共和國（Republic）；二、國家與其內部次級統治團體關係：聯邦國（Federal）與單一國（Unitary）；三、行政權與立法權關係：內閣制（Parliamentary government）、總統制（Presidential government）、雙首長制（Semi-presidential government）。加拿大為君主國、聯邦國，實施內閣制；英國為君主國、單一國，採行內閣制；臺灣為共和國、單一國，施行雙首長制。加拿大、英國、臺灣的憲政體制發展，形塑了三個國家的語言少數群體權利保障機制，本章將就上開三個國家的憲政體制，加以探討。

第一節　加拿大憲政體制與少數群體語言

　　加拿大歷史發展脈絡，可分成殖民時期、英國統治時期、現代時期（Cole, 1993）。1627年，法國以新法蘭西公司（Company of New France）在加拿大進行殖民統治，英國則於1670年設立哈德遜海灣公司（Hudson's Bay Company）；1763年，英法七年戰爭（Seven Years' War）結束，兩國簽署《巴黎條約》（Treaty of Paris），法國勢力退出北美洲，英國發布《皇家宣言》（Royal Proclamation of 1763）（BBC, 2018a; Office of the Historian, 2017），加拿大由英國治理。受上開歷史發展影響，導致加拿大成為一個雙元國家（Bijural country），本節謹就加拿大憲政體制與語言權利，進行討論。

壹、憲法主權與雙元社會

在英國統治下，1774年，英國國會制定《魁北克法》（Quebec Act of 1774）承認法語及羅馬天主教之地位（BBC, 2018a）。1867年，英國國會制定《不列顛北美法》（British North America Act），將紐布朗斯維克省（New Brunswick）、諾瓦斯科西亞省（Nova Scotia）、魁北克省及安大略省等結合，並賦予其加拿大自治領（dominion）地位；1870年代則陸續納入曼尼托巴省（Manitoba）、卑詩省（British Columbia）、愛德華王子島（Prince Edward Island）等（BBC, 2018a）。至1931年，英國國會制定《西敏寺法》（Statute of Westminster 1931），加拿大擁有充分的主權，並成為大英國協（British Commonwealth of Nations）成員國（BBC, 2018a）。

按1931年《西敏寺法》施行前，加拿大國會可制定法律規範國內事務，但涉外事務仍須經英國的認可，條約締結權仍保留在英國手上。《西敏寺法》本欲賦予加拿大完整的主權，惟因聯邦政府與各省（特區）間，無法就修憲權規範達成共識，致使英國國會仍保有部分立法權。1980年魁北克獨立公投後，英國國會於1982年制定《加拿大法》（Canada Act 1982），賦予其具憲法效力，《加拿大法》即為1982年憲法（Constitution Act 1982）。[1]依《加拿大法》第2條，本法施行後，英國在加拿大立法權終止。1982年4月17日，英國女皇伊莉莎白二世（Elizabeth II）與加拿大總理杜魯道（Pierre Trudeau）在渥太華（Ottawa）共同簽署憲法（LAC, 2017），憲法主權正常化

---

[1] 加拿大1982年憲法共有八章，包含加拿大權利與自由憲章（Canadian Charter of Rights and Freedoms）、加拿大原住民權利（Rights of the Aboriginal Peoples of Canada）、平等化與區域差異（Equalization and Regional Disparities）、修憲程序（Procedure for Amending Constitution of Canada）、1867年憲法修正（Amendment to Constitution Act 1867）、一般規定（General）；另憲法第四章及第四章之一的憲法會議（Constitutional Conferences）已廢止（Department of Justice, 2019）。在加拿大，關於憲法的討論，存有「視憲法為改造社會工具」、「視憲法為協商場域」兩個相異的觀點（Gagnon and Iacovino著、林挺生譯，2014：45）。

（patriation）[2]於焉完成。

　　一個國家的社會組成，可從其人口組成之族群結構予以觀察。加拿大的族群結構，粗略來看，分爲英裔（英語使用者）、法裔（法語使用者）、原住民、新移民四大族群（施正鋒，2017：156-157）。惟就人群分類指標進一步檢視，族群類屬呈現多元風貌。第一，以族群源屬（ethnic origin）來看，加拿大聯邦統計局（Statistics Canada）定義「族群源屬」爲受調查者祖先之族群或文化源起，通常使用ethnic origin、ethnic group或ethnic ancestry等名詞，各名詞可相通使用（Statistics Canada, 2019a）。依2016年人口統計資料，加拿大族群源屬人口數較高者，依序爲加拿大（Canadian）的32.3%、英國（English）的18.3%、蘇格蘭（Scottish）的13.9%、法國（French）的13.6%、愛爾蘭（Irish）的13.4%、德國（German）的9.6%、華人（Chinese）的5.1%、義大利（Italian）的4.6%、第一民族（First Nations）的4.4%（Statistics Canada, 2019b）。但因人口調查統計上，族群源屬接受多重自我認定（multiple ethnic origin responses），致使族群源屬統計總數高於總人口數。

　　第二，以法律規範爲基礎，加拿大人群分類指標，可分爲「族裔屬性」與「語言屬性」兩類。「族裔屬性」者，爲《就業平等法》（Employment Equity Act）所規範「原住民」（aboriginal peoples）與「可識別少數族裔」（visible minority）。《就業平等法》第3條定義「原住民」包含印地安人（Indians）、[3]因紐特人（Inuit）、梅蒂斯人

---

[2] 按加拿大憲法包含1867年憲法（即《不列顛北美法》）及1982年憲法兩個部分，兩者構成加拿大的雙元法律體系（Department of Justice, 2017），在1867年憲法架構下，加拿大並未有完整的主權，直至英國女皇簽署1982年憲法，加拿大的主權完整性始確定，且patriation具有帶回家（bring home）之意（Knopff and Sayers, 2005: 106），故本書譯爲「憲法主權正常化」。

[3] 印地安人帶有歧視性色彩，已改稱爲第一民族（First Nations），如《第一民族選舉法》（First Nations Elections Act）定義「第一民族」爲《印地安法》（Indian Act）第2條第1項的部落（band）。又第一民族在身分規範上，可細分爲具身分地位者（Status Indians）及無身分地位者（Non-status Indians），具身分地位者係依1867年《印地安法》登記者。

（Métis）等三種；依2016年人口統計資料，加拿大原住民有1,673,785人，占總人口4.9%（Statistics Canada, 2018）。[4]至於「可識別少數族裔」，爲加拿大特有之人群類屬，依《就業平等法》第3條定義「可識別少數族裔」，係指原住民以外，非高加索、非白人者（persons, other than Aboriginal peoples, who are non-Caucasian in race or non-white in colour）；實作上主要包含南亞、華人、黑人、菲律賓、拉丁美洲、阿拉伯、東南亞、西亞、韓國、日本等（Statistics Canada, 2021）。依2016年人口統計資料，加拿大可識別少數族裔約有7,674,580人，占總人口22.3%，其中，人口數較高者爲南亞（5.6%）、華人（4.6%）、黑人（3.5%）等；在地區上，可識別少數族裔聚居於多倫多（Toronto）、溫哥華（Vancouver）、蒙特利爾（Montréal），分別爲39.2%、15.4%、11.8%（Statistics Canada, 2019b）。

　　「語言屬性」者，爲依《官方語言法》（Official Languages Act）所定官方語言（英語及法語），就官方語言的知識（knowledge of official languages）、第一官方語言的使用（first official language）、母語使用、家庭語言（home language）、工作場所語言（language of work）等面向，調查統計英語爲官方語言使用者、法語爲官方語言使用者、非官方語言使用者之人數。上開官方語言使用統計資料，爲界定法語群體（Francophone）與英語群體（Aanglophone）之依據，[5]亦爲政府制定人

---

[4] 2016年原住民占總人口4.9%，相較於2006年的3.8%、1996年的2.8%，人口增長快速原因有二：1.人口自然增加，包含預期壽命及出生率增加；2.自我認同爲原住民者增加（Statistics Canada, 2018）。

[5] 名詞使用上，French-Canadian具有族群意涵，English-Canadian則與Europen-American相類似；Francophone指涉使用法語的少數群體（French-speaking minority），Anglophone則是相對於Francophone時使用（Eller, 1999: 298-299）。又界定標的人口（target population）與認定政策問題（policy problem）密切相關；實作上，法語政策之標的對象，由嚴而寬，可分爲法語使用者（Francophones）、戀法人士（Francophiles）、法國文化好奇者（Franco-Curious）三個層次。一般而言，法語使用者之定義，較法語爲第一官方語言（first official language）爲寬廣，如曼尼托巴省2016年通過《強化暨支持法語社區法》（The Francophone Community Enhancement and Support Act）第1條第2項定義「曼尼托巴法語社群」（Manitoba's Francophone community），係由母語爲法語者、母語非法語但對法語有特殊情感者、日常生活能使用法語者等人士所構成。

事行政、基礎教育、健康醫療、社會福利、語言服務等相關政策之重要基礎資料。

官方語言的使用，不但落實國家語言平等權，而且亦彰顯加拿大雙元（bijural）社會的發展脈絡。加拿大社會的雙元性體現於「雙元法律體系」（bijuralism）及「雙語語言政策」（bilingualism）：一、由普通法（English common law）及大陸法（French civil law）共同構成之雙元法律體系（Saha, 2010: 11）；即魁北克採大陸法系，其他9個省及3個特區採普通法系；聯邦法律同時尊重兩種法系（Department of Justice, 2017）；二、實施英語、法語為雙語官方語言，兩種語言具有平等地位。

事實上，具有雙元法律體系特徵者，在次國家層次，尚有美國路易斯安納州（Louisiana）、英國蘇格蘭（Scotland）等（王保鍵，2022）。[6] 而在語言規劃上，路易斯安納州以英語為官方語言，蘇格蘭以英語、蘇格蘭蓋爾語為官方語言。雖然諸多次國家政府亦具雙元法律體系，惟法律體系與語言政策的雙元性，成為諸多其他政府政策產出基礎，影響人民生活者，以加拿大為代表。曾任加拿大最高法院（Supreme Court of Canada）法官的Claire L'Heureux-Dubé（2002）認為，英法雙語對雙元法律體系的存續，扮演重要功能，並形塑出加拿大的雙元社會。[7]

---

[6] 路易斯安納州曾為法國殖民地，實施大陸法（French civil law），美國購得路易斯安納州，因聯邦憲法第10條修正案（Tenth amendment），各州保留其立法權，路易斯安納州保留大陸法，與聯邦政府的英美法共存（Department of Justice, 2018）。英格蘭與蘇格蘭於1707年以合併法案（Union with Scotland Act/ the Union with England Act）合併，因合併法案規定蘇格蘭可保留私法（private law），形成雙元法律體系（English common law and the Scottish civil law coexist）（Department of Justice, 2018）。

[7] 以提供雙元法律課程的渥太華大學（University of Ottawa）為例，其法律人才的養成教育，除大陸法系與普通法系的法律知識外，英語、法語的學習，也是必須的。

貳、政府體制與語言權

　　加拿大爲君主立憲（constitutional monarchy）國家，外觀上以英國女皇爲國家元首（head of state），但實際上由任期5年的總督（Governor General）行使國家元首的職能（Library of Parliament, 2016: 3）。又加拿大爲聯邦國，由10個省（province）及3個特區（territory）構成，在政治制度設計上，分爲聯邦政府（federal government）、省及特區政府（provincial and territorial government）、市政府（municipal and city government）等三個層級：一、聯邦政府擁有郵政、稅捐、貨幣、銀行、運輸、鐵路、管路、電訊、刑事、外交、國防、就業保險、原住民土地及權利等權限；二、省及特區政府擁有教育、衛生保健、道路規則等權限；三、市政府擁有公園、停車、道路、地方警察、消防、大衆運輸、社區供水等權限（Government of Canada, 2017）。[8]加拿大聯邦政府承襲英國西敏寺（Westminster）政治傳統，實施議會內閣制（parliamentary system），立法部門（legislative branch）採二院制（bicameral）國會，由105位官派參議院（House of Lords）及338位民選衆議院（House of Commons）議員組成，由衆議院多數黨組織內閣（cabinet），組成政府（executive branch），總理（Prime Minister）爲政府首長（head of government）。[9]至於省級政府部分，省政府設有省督（Lieutenant Governor）代表英女皇，爲虛位性質；實際政治實權由取得省議會（provincial and territorial legislatures）多數席次的省長（Premier）所掌握，省議會早期爲「一院制」（unicameral）與「兩院制」（bicameral）並存，隨著時代演進，各省陸續廢除上議院，改採一院制議會。至於市政府之權力來自於省政府的授權，非載於憲法；以加

---

[8] 省層級以下地方政府，除傳統的縣（市、鎮）外，近代因應跨域事務之需要，設立由縣（市、鎮）組成之區域政府（regional government），形成省以下地方政府，出現多層級體制（multi-tiered system）及單一層級體制（single-tier system）並存。

[9] 衆議院議事程序中，一個政黨必須擁有至少12席，方可成爲有實質影響力政黨（recognized party）。

拿大的最大城市多倫多為例，安大略省議會（Legislative Assembly of Ontario）制定《多倫多市法》（City of Toronto Act）賦予多倫多市自治權，由全市選出的市長，及第一名過關制（first-past-the-post）選出的25名議員共同組成多倫多市議會（city council），治理市政。[10]

一、1982年憲法以語言權團結加拿大

作為加拿大憲法重要部分的《加拿大權利與自由憲章》（Canadian Charter of Rights and Freedoms of 1982）之產生，反映出時任總理Pierre Trudeau擬以雙語主義模式之語言權團結加拿大的企圖（Brodie, 2002: 326）。回顧當時政治局勢，魁北克1960年代寧靜革命（quiet revolution），省長Jean Lesage推動教育世俗化、經濟公有化等改革，確立法語地位，強化法語裔的政治認同，促使1980年代的政治運動發生（Linteau et al., 1991: 307）。又1970年代晚期，省長René Lévesque提出「主權聯繫」（sovereignty-association）方案，擬以公民投票，打造魁北克為獨立國家，但與加拿大保持密切聯繫（Forsey, 2012: 347; Johnston, 2013: 185-186）。總理Pierre Trudeau則提出「更新聯邦制度」（renewed federalism）爭取魁北克選民投下反對票，投票結果顯示，魁北克人民願意給聯邦制另一次機會（Mahler, 1987: 68; Whitaker, 1992: 295）。魁北克公民投票結束後，總理Pierre Trudeau與各省經過一年多的協商，獲致憲法草案，雖然魁北克因長刀之夜（night of the long knives），[11]拒絕簽署憲法草案，並向最高法院提起救濟，最高法院於

---

[10] 市議會的角色及權力，規範於《多倫多市法》第131條及第132條。市長依《多倫多市法》第133條為議會首長（Head of council），同時依《多倫多市法》第133條為市執行長（chief executive officer）。市議會開會時由市長擔任主席，自2006年起另行選出議長（Speaker）及副議長（Deputy Speaker），由議長代理市長主持會議，讓市長可充分地參與會議，但市長有權隨時取代議長主持會議（City of Toronto, 2010）。又多倫多市議會之下劃分有4個社區會議（community council），由市議員兼任。

[11] 1981年全國首長會議（First Ministers' Conference）討論1982年憲法草案，1981年11月4日夜晚會議，在魁北克省長René Lévesque未參與，聯邦總理Pierre Trudeau與其他9位省長達成憲法草案協議，後來便以長刀之夜稱之（Krishnamurthy, 2009）。

1982年12月6日判決（Re: Objection by Quebec to a Resolution to amend the Constitution, [1982] 2 S.C.R. 793），認定魁北克並無憲法修正案的否決權（no conventional power of veto over constitutional amendments）（Mahler, 1987: 60-70; Leclair, 2017: 1015），憲法遂於1982年4月簽署。在此背景下，《加拿大權利與自由憲章》第16條至第22條（定英語及法語為官方語言，並賦予相關語言權利），及第23條（少數群體語言教育權），對團結加拿大雙元社會之法語群體與英語群體，產生相當功能。特別是，憲章第23條所創設少數語言群體教育權利，可實質保障法語使用者，促使法語群體願意留在聯邦體制架構下。[12]

　　但1982年憲法未能取得魁北克同意，亦成為後續政治爭議之根源，聯邦政府曾試圖讓魁北克簽署憲法，例如1987年《米奇湖協定》（Meech Lake Accord），但未能在期限內通過（戴正德，2008）；又如1992年的《夏洛城協議》（Charlottetown Accord），則經公民投票否決（李憲榮，2004）。[13]除聯邦政府努力讓魁北克加入憲法外，魁北克在1995年獨立公投失敗後，也多次意欲與聯邦政府進行憲法協商；如2017年省長Philippe Couillard所提出《魁北克人：加拿大人之道》（*Quebecers: Our Way of Being Canadians*），但遭到總理Justin Trudeau的拒絕。1982年憲法施行迄今，已三十餘年，但魁北克正式加入憲法程序仍未完成，顯見在加拿大英語群體及法語群體為主的雙元社會中，憲政體制、族群政治、語言政策之複雜性（王保鍵，2022）。

二、內閣制與語言權保障

　　在政府體制設計上，就行政權與立法權互動，可分為總統制與內

---

[12] 加拿大最高法院1990年Mahe v. Alberta案指出，依1982年憲法第23條意旨，少數語言群體的父母有權管理少數語言教育機構，藉以維繫少數群體語言及其文化認同；此項司法判決，對法語群體的發展極為重要。

[13] 1987年《米奇湖協定》產生了法語魁北克與英語剩餘地區（French Quebec/ English Rest-of-Canada）爭議，而1992年的《夏洛城協議》公民投票，有58%的魁北克人投票反對（OCOL, 1992; Albert, 2016）。

閣制兩種主要制度（其他另有雙首長制、委員制等分類）。以權力分享（power sharing）程度來比較總統制與內閣制，一般認為議會內閣制之制度安排，較容易分享政治權力（Butenschøn et al., 2016: 26; Lijphart, 2008: 69）。法語裔魁北克議題既然是加拿大憲政發展重要課題，聯邦政府體制採內閣制運作，透過權力分享機制，分享政治決策權，較有助於語言權之保障。本書所探討的加拿大及英國，依Arend Lijphart的多數決（majoritarian）與共識型（consensus）民主分析架構，Lijphart認為加拿大較偏向多數決民主模式（Lijphart, 1999: 10）。[14]但亦有學者從加拿大處理族群、語言分歧角度，認為加拿大應屬半協商式（semi-consociational）民主模式（Cannon, 1982; Noel, 1993: 51）。進一步分析加拿大政府體制運作，可從聯邦國會、聯邦政府（內閣）兩個面向討論。

（一）聯邦國會

在聯邦國會部分，可從官方語言使用、常設委員會、語言監察機構等三個構面討論。第一，受到加拿大歷史發展的影響，1867年《不列顛北美法》第133條即已規定英語、法語皆為官方語言，如聯邦國會的法案及議事錄，以英語及法語刊行；在國會討論議案，及聯邦法院司法案件之進行，可選擇使用英語或法語。1982年憲法關於語言權規範，是加拿大語言權利保障之里程碑（Hudon, 2016），憲法第16條規定，英語及法語為聯邦行政部門、聯邦國會、紐布朗斯維克省之官方語言，具平等地位。1982年憲法第17條、第18條、第19條規定，英法兩種官方語言在聯邦政府、紐布朗斯維克省政府之立法機關議事、文件，暨公眾公事語言等，具有平等地位。

第二，國會中設有參議院官方語言委員會（Standing Senate

---

[14] Studlar與Christensen（2006）以Lijphart的10項標準，分析加拿大政治運作，認為符合多數決民主標準有6項，符合共識型民主標準有4項，但數十年來的政治發展，多數決民主的特色呈現逐漸減少之趨勢。

Committee on Official Languages）及眾議院官方語言委員會（House of Commons Standing Committee on Official Languages），依《官方語言法》第88條監督《官方語言法》之執行，並審查官方語言監察使、國庫委員會主席（President of the Treasury Board）、文化遺產部（Minister of Canadian Heritage）所提交報告。

第三，依《官方語言法》第49條由國會任命的官方語言監察為國會所轄機構（agent of Parliament/ officer of Parliament），而向國會負責，不向行政部門的總理或部長負責（Barnes et al., 2009）。

（二）聯邦政府

在聯邦政府（內閣）部分，可就地區平衡性（regional balance）原則、區域部長（regional minister）機制、法語裔國會議員出任官方語言部長等三個構面，討論透過保障魁北克（法語裔）之參與內閣決策權，以利聯邦政府法語政策之興革。第一，「地區平衡性原則」，指總理組成內閣時，須考慮內閣成員之各省的地區代表性（Johnson, 2011: 120）。加拿大於2019年10月21日進行聯邦國會改選，選舉結果由自由黨總理Justin Trudeau繼續執政，選後新內閣共有37位部長，分別來自卑詩省4人、草原三省（Prairies）1人、安大略17人、魁北克11人、大西洋四省（Atlantic）4人（Globe and Mail, 2019）。就魁北克人口數比例（占全國約23%）、魁北克在眾議院席次比例（魁北克應選78席，占總席次23%）、自由黨在魁北克取得席次（35席），與來自魁北克的部長人數相較，魁北克享有較顯著的政治參與決策權。[15]

第二，「區域部長機制」，為總理指定特定內閣成員或國會議員，賦予其區域部長角色，就聯邦政府與省政府相關政策，進行協調；聯邦政府各部門涉及該省事務者，各部長應先諮詢該區域部長（Bakvis,

---

[15] 聯邦國會於2021年9月20日改選，選後由Justin Trudeau續任總理，新內閣有38位部長，來自魁北克的部長有10人（MacCharles, 2021）。又2021年選後新內閣的38位部長中，包含19位女性、7位可識別少數族裔、1位梅蒂斯人、3位LGBTQ（Perez, 2021）。

1998; OECD, 2010: 240）。2019年10月總理Justin Trudeau組織新內閣，由Pablo Rodriguez出任政府議會領袖（Leader of the Government in the House of Commons），並指定Pablo Rodriguez為魁北克區域部長（Quebec Lieutenant）。聯邦國會於2021年9月20日改選，Pablo Rodriguez為文化遺產部部長（Minister of Canadian Heritage）及魁北克區域部長。

第三，《官方語言法》規定所有聯邦機構都需提供英法雙語服務，並規範特定部門承擔較高的義務，如《官方語言法》第41條至第44條所明定之文化遺產部，及《官方語言法》第46條關於國庫委員會權責等。官方語言的推動，涉及各部門的協調、整合，為進行官方語言事務的跨部門協調，2001年起設置官方語言部長（minister responsible for official languages），實作上，官方語言部長多由法語裔出任，如首任部長為Stéphane Dion；現任部長（Minister of Official Languages）為Petitpas Taylor。

三、司法權與語言權保障

加拿大司法體系為四級制（four-tiered structure），分為聯邦法院、省級法院兩個體系，聯邦最高法院具「總上訴法院」（General Court of Appeal for Canada）地位（Parent, 2014: 93-94; Turner, 2014: 277），受理軍事上訴法院（Court Martial Appeal Court）、省及特區上訴法院（Provincial/ Territorial Courts of Appeal）、聯邦上訴法院（Federal Court of Appeal）案件。

司法權以「訴訟」為中心，具有「不告不理」特性，最高法院對於語言權保障，可從「法官組成」、「個案訴訟」、「特殊司法程序」（special jurisdiction）等三個面向加以觀察。第一，依《最高法院組織法》（Supreme Court Act）第4條規定，最高法院由首席大法官（Chief Justice）1人、法官（puisne judges）8人，共9人組成，由總理提請總

督任命。同法第6條明定，最高法院法官至少3人須來自魁北克。[16]就最高法院法官的選任，2016年起，設置獨立公正委員會（Independent and Non-partisan Advisory Board）審查法官人選之法學術素養、雙語能力等（FJA, 2018）。而關於最高法院中3人來自魁北克法官的任命程序，2019年進一步納入魁北克參與推薦及審查的機制。最高法院Clément Gascon法官於2019年申請退休，為任命新法官，同年5月15日總理Justin Trudeau與魁北克省長François Legault共同簽署填補新法官任命程序協議（arrangement concerning the appointment process to fill the seat that will be left vacant on the Supreme Court of Canada following the departure of Justice Clément Gascon），依上開協議第1點、第3點、第5點，創設由8人組成的獨立委員會（Independent Advisory Board for Quebec），委員會以法語為工作語言。聯邦政府將魁北克納入最高法院法官任命程序，反映出魁北克獨特的大陸法體系，並給予魁北克政府實質人事影響力，對於深化法語裔相關權利保障，產生一定程度的助力。

第二，最高法院不僅受理聯邦法院的上訴案件，亦受理省（特區）級法院的上訴案件。透過個案爭訟，上訴至最高法院，可獲致：（一）保障人民憲法上權利，如1998年魁北克使用英語商店招牌而被裁罰案（Devine v. Quebec [attorney general], [1988] 2 S.C.R. 790）判決魁北克政府侵害上訴人《加拿大權利與自由憲章》所保障的言論自由；（二）釐清省級法律之合憲性疑慮，如2005年魁北克英語為教學語言案（Gosselin [Tutor of] v. Quebec [Attorney General], [2005] 1 S.C.R. 238, 2005 SCC 15）認為《法語憲章》第73條並非排除（not exclude），而是落實保障少數語言權利，駁回上訴。

第三，最高法院除受理個案司法救濟外，尚有特殊的諮詢意見（Reference Jurisdiction）機制。依《最高法院組織法》第53條規定，

---

[16] 其他6名法官，慣例上，3名來自安大略、2名來自西部省份或北部地區、1名來自大西洋省份。

行政部門（References by Governor in Council）或國會（References by Senate or House of Commons）提出諮詢問題，交由最高法院綜合判斷，做出諮詢意見。《最高法院組織法》第53條第1項至第4項，賦予內閣就憲法解釋、聯邦或省級法律合憲性、教育事項上訴管轄權、國會或省議會權力、其他重要事項等，請求最高法院做出諮詢意見。實作上，聯邦政府對重大憲法、法律爭議，或涉及中央與地方權限議題，多會提出諮詢問題：例如，1985年關於曼尼托巴省英法雙語使用案（Reference re Manitoba Language Rights, [1992] 1 S.C.R. 212）、1998年關於魁北克脫離加拿大聯邦案（Reference re Secession of Quebec, [1998] 2 S.C.R. 217）、2014年關於來自魁北克的最高法院法官資格案（Reference re Supreme Court Act, ss. 5 and 6, 2014 SCC 21, [2014] 1 S.C.R. 433）等。

　　然而，聯邦政府有時亦基於特定政治考量，不循向最高法院提出諮詢問題之手段，而採取等待或鼓勵人民以個案訴訟方式，上訴至最高法院。例如，魁北克於1977年制定《法語憲章》，實施法語為該省單一官方語言，聯邦政府原欲以諮詢意見提請最高法院判斷《法語憲章》之合憲性，但總理Pierre Trudeau為避免產生聯邦政府聯合（ganging up）干預魁北克而引發衝突，遂改採創設法律扶助計畫（court challenge program），對有意以司法訴訟挑戰省級語言法律的個人（即魁北克英語使用者），提供經費補助（Kheiriddin, 2007; Brodie, 2002: 326）。但法律扶助計畫若涉及爭議性高的案件，亦會衍生出政治風暴；如法律扶助計畫就魁北克《尊重宗教退出政治法》（An Act Respecting the Laicity of the State，即Bill 21）禁止教師穿戴具宗教象徵服飾，補助經費予蒙特利爾英語學校委員會（English Montreal School Board）事件。[17]

　　此外，民眾可就政府部門侵害其語言權利，或未依法提供語言服

---

[17] 法律扶助計畫基於《尊重宗教退出政治法》存有違反《加拿大權利與自由憲章》第23條少數群體語言教育權之疑慮，而同意補助經費（EMSB, 2020）。但魁北克省長François Legault認為聯邦政府補助蒙特利爾英語學校委員會以控告魁北克政府，是不能接受的（CTV News, 2020）。

務，向官方語言監察使提出申訴；若申訴人不服官方語言監察使處理結果，可依《官方語言法》第76條規定，向法院提出司法救濟。如最高法院2002年關於官方語言監察使拒絕提供調查筆錄給申訴人案（Lavigne v. Canada [Office of the Commissioner of Official Languages], [2002] 2 S.C.R. 773, 2002 SCC 53）；[18]或如聯邦法院2008年關於眾議院委員會拒絕證人所提英語文件案（Knopf v. Canada [Speaker of the House of Commons], 2006 FC 808）；[19]或如2009年關於語言平等權與公共服務提供案（DesRochers v. Canada [Industry], 2009 SCC 8, [2009] 1 S.C.R. 194）[20]等。

參、語言政策議題

　　加拿大的語言群體約略可分為英語、法語、原住民語及其他；「其他」指非英語、非法語、非原住民語，而擁有自己傳統語言（heritage languages）者（Edwards, 1994）。在加拿大憲政體制下，語言政策分為

---

[18] 本案申訴人Lavigne為聯邦政府公務員，主張其《官方語言法》規定語言權利受損，向官方語言監察使提出申訴。官方語言監察使辦公室進行調查過程中，相關證人擔心日後遭到報復，而不願作證，官方語言監察使辦公室承諾將調查筆錄列為機密，以換取相關證人的合作。

[19] 本案提告人Knopf以其選擇的語言（英語）於眾議院文化遺產委員會（Standing Committee on Canadian Heritage Committee）作證，並同時提出書面文件，但書面文件僅以英文撰寫，委員會主席以文件須以雙語書寫為由，拒絕將Knopf的書面文件分發給與會者。Knopf向官方語言監察使提出申訴，官方語言監察使認為眾議院委員會的做法並無違失。Knopf再依《官方語言法》向法院提起救濟。本案在聯邦法院審理時，主要爭點有二：1.眾議院委員會拒絕分發Knopf書面文件是否違反《官方語言法》？法院認為Knopf在委員會作證已選擇其偏好語言，進行說明（speak），其語言權已獲保障，拒絕分發其書面文件，並未侵害其語言權；2.眾議院委員會決定是否屬國會特權（parliamentary privilege）領域？聯邦法院認為依據最高法院對國會特權的解釋（Canada [House of Commons] v. Vaid, [2005] 1S.C.R.667, 2005 SCC 30），聯邦法院無權審查眾議院委員會的決定。

[20] 加拿大最高法院在本案對於《加拿大權利與自由憲章》第20條及《官方語言法》第四章溝通與公共服務規定，闡明了語言平等（linguistic equality）的原則為：1.《官方語言法》第四章並非要求政府公共服務須達到最低水平或實際滿足官方語言團體的需求；意即公共服務的不足（poor quality），有可能仍符合語言平等；2.語言平等非僅要求須有相同的結果，須綜合考量導致結果不平等（即本案的法語群體經濟發展）之多元因素。

兩個層次，就政府層級，分爲聯邦政府語言政策、省（特區）政府語言政策：一、聯邦政府定英語、法語爲官方語言；二、省（特區）政府因地制宜實施不同語言政策，包含單一官方語言（如魁北克法語）、英法雙語爲官方語言（如紐布朗斯維克）、多元語種爲官方語言（如西北特區）等模式，如表4-1。

表4-1　加拿大各省（特區）法語保障措施

	政策工具	具體措施
著重法語	卑詩省法語事務計畫（Francophone Affairs Program of British Columbia）	以法語爲第一官方語言者，有64,325人，占該省人口1.4%。[21] 法語事務計畫（Francophone Affairs Program）係依據聯邦政府與卑詩省政府間所簽署法語服務協議（最新爲Canada-British Columbia Agreement on French-Language Services 2018-2019 to 2022-2023），辦理政府機構法語服務、每年3月辦理法語日（B.C. Francophonie Day）、參加法語部長會議（Ministerial Conference on the Canadian Francophonie）等。
	亞伯達法語秘書處（Francophone Secretariat of Alberta）	以法語爲第一官方語言者，有79,838人，占該省人口2%。亞伯達省法語秘書處（Francophone Secretariat）設立於1999年，現隸屬於多元文化及婦女地位部（Minister of Culture, Multiculturalism and Status of Women）。爲強化政府法語服務措施，亞伯達政府於2017年6月公布《法語政策》（Government of Alberta French Policy），宣示承認法語使用者歷史及貢獻、促進法語發展及活力、法語服務的可及性、重視法語社群等政府施政指導原則（Francophone Secretariat, 2017: 4）。爲落實《法語政策》，2018年12月進一步公布《法語政策2018年至2021年行動方案》（French Policy: 2018-2021 action plan）。

---

[21] 本表格關於法語爲第一官方語言比例，皆引自官方語言監察使辦公室官網（https://www.clo-ocol.gc.ca/en/statistics/infographics）之Infographics on the official language minority communities in Canada（2018年9月13日更新）資料。

表4-1　加拿大各省（特區）法語保障措施（續）

	政策工具	具體措施
著重法語	沙士卡其灣法語事務處（Francophone Affairs Branch of Saskatchewan）	以法語為第一官方語言者，有14,440人，占該省人口1.3%。沙士卡其灣省法語事務處（Francophone Affairs Branch）設立於1990年，現隸屬於公園及文化暨體育部（Ministry of Parks, Culture and Sport）；沙士卡其灣省法語單一窗口之法語服務中心（French-language Services Centre），由法語事務處負責營運。為促進沙士卡其灣省之語言雙元性（linguistic duality），沙士卡其灣省政府於2003年公布《法語服務政策》（French-language Services Policy）聚焦於法語溝通與公共標示、法語服務提供與發展、法語事務諮商等（Francophone Affairs Branch, 2009: 2-3）。
	諾瓦斯科西亞（Nova Scotia）《法語服務法》	以法語為第一官方語言者，有29,370人，占該省人口3.2%。諾瓦斯科西亞省於2004年制定《法語服務法》，在社區及文化暨遺產部（Department of Communities, Culture and Heritage）下設置阿卡迪亞事務辦公室（Office of Acadian Affairs），協助各政府部門推動法語服務，並執行《法語服務法》。
	愛德華王子島（Prince Edward Island）《法語服務法》	以法語為第一官方語言者，有4,668人，占該省人口3.6%。愛德華王子島的《法語服務法》第3條指定服務（designated services）措施，要求政府機構依民眾個人選擇，提供英語或法語服務，並由第7條第3項規定所設立阿卡迪亞和法語事務秘書處（Acadian and Francophone Affairs Secretariat of Prince Edward Island）處理語言相關服務措施。指定服務措施為：1.由民眾決定英語或法語服務之提供；2.英語及法語提供服務之品質須一致；3.採取適當措施讓民眾知悉雙語服務之提供（AFAS, 2016）。
	紐芬蘭暨拉布拉多（Newfoundland and Labrador）法語辦公室	以法語為第一官方語言者，有2,430人，占該省人口0.5%。紐芬蘭暨拉布拉多省於1998年在行政會議人力資源秘書處（Executive Council's Human Resource Secretariat）下設法語辦公室（Office of French Services），協調政府部門提供法語服務。
英法雙語	曼尼托巴（Manitoba）《雙語服務中心法》	以法語為第一官方語言者，有40,973人，占該省人口3.2%。曼尼托巴早期以法語使用者居多，隨著英語使用者（Anglophones）移入，法語使用者成為少數。曼尼托巴於1981年設立法語事務處（Francophone Affairs Secretariat），推動省政府之法語服務，並受理法語服務不佳之申訴案件。以1989年制定並多次修正之《法語服務政策》（French-Language Services Policy）所界定6個法語活力區域為基礎，曼尼托巴2012年的《雙語服務中心法》（Bilingual Service Centres Act）及2013年的《雙

表4-1　加拿大各省（特區）法語保障措施（續）

	政策工具	具體措施
英法雙語	紐布朗斯維克（New Brunswick）《官方語言法》	語及法語設施與計畫指定辦法》（Bilingual and Francophone Facilities and Programs Designation Regulation），建構「雙語指定區」（designated bilingual areas）機制，要求16個雙語指定區內的政府部門應依民眾的選擇提供英語或法語之服務。
		以法語為第一官方語言者，有234,055人，占該省人口32%。紐布朗斯維克省於1969年制定《官方語言法》成為第一個實施英法雙語的省政府。1981年制定《承認兩種官方語言社群平等法》（Act Recognizing the Equality of the Two Official Linguistic Communities in New Brunswick）。2002年修正《官方語言法》，設置紐布朗斯維克省官方語言監察使（Commissioner of Official Languages for New Brunswick）。[22]2013年制定《關於官方語言法》（An Act Respecting Official Languages），藉以增修2002年《官方語言法》，將官方語言監察使任期調整為7年，不得連任。
多元語言	西北特區（Northwest Territories）《官方語言法》	以法語為第一官方語言者，有1,240人，占該省人口3%。西北特區自1892年起，英語是唯一官方語言，嗣後，西北特區議會於1984年通過《官方語言法》，賦予法語及原住民族語言具官方語言地位，目前承認9種原住民族官方語言（official aboriginal languages），計11種官方語言。1990年修正《官方語言法》，設立西北特區語言監察使（Languages Commissioner for the Northwest Territories），由議會任命，任期4年。2004年修正《官方語言法》，限縮語言監察使之權力，語言監察使轉型為單純監察使功能；將推動官方語言保存與復振工作，移轉給新設官方語言部長（Minister Responsible for Official Languages），並在部長下設官方語言理事會（Official Languages Board）及原住民語言復振理事會（Aboriginal Languages Revitalization Board）兩個部門（OLC, 2017: 2）。

---

22 依2002年《官方語言法》第43條規定，紐布朗斯維克官方語言監察使由省議會提請省督任命，任期5年，可連任。又2002年《官方語言法》第35條建構城市語言義務（language obligation）機制，即特定城市之官方語言少數人口（official language minority population）占該城市總人口的20%，就須以雙語提供公共資訊與服務，如交通標誌、回覆民眾申請書等。另設有法語暨官方語言事務處（Francophonie and Official Languages Branch）處理法語之府際合作與跨域事務。

表4-1　加拿大各省（特區）法語保障措施（續）

	政策工具	具體措施
多元語言	努納福特特區（Nunavut）《官方語言法》及《因紐特語言保護法》	以法語為第一官方語言者，有825人，占該省人口1.8%。努納福特特區於1999年4月1日由西北特區分割出，成為新特區時，繼續適用西北特區的《官方語言法》，並於1999年11月由Eva Aariak擔任首任語言監察使（Languages Commissioner of Nunavut）。努納福特之特區議會於2008年通過《官方語言法》及《因紐特語言保護法》（Inuit Language Protection Act），定因紐特語、英語、法語三種語言為官方語言。
	育空特區（Yukon）《語言法》	以法語為第一官方語言者，有1,575人，占該省人口4.4%。為推動法語事務，1998年設置法語服務局（Bureau of French Language Services），2006年改制為法語服務專署（French Language Services Directorate）。育空特區《語言法》（Languages Act）承認法語及英語為官方語言，重視原住民語言復振；每個人有權在議會中使用英語、法語、原住民語。

註：魁北克及安大略於第五章探討，不列入本表。
資料來源：整理自OCOL, 2020。

　　加拿大當前語言政策問題，主要是特定區域之官方語言少數群體（official language minority communities）之語言權保障議題，特別是法語區之英語使用，或英語區之法語使用。以法語區之魁北克為例，表4-2顯示出兩個值得關注的議題：一、在語言能力上，魁北克居民之英法雙語之語言能力比例（44.5%），雖遠高於全國比例（17.9%），但該省有4.6%居民僅能使用英語；二、在官方語言使用上，近100萬的使用法語為官方語言者，係居住在魁北克以外的地區；但也有近100萬的使用英語為官方語言者，居住在魁北克境內。此外，依官方語言監察使辦公室2018年的資料，加拿大人所使用語言的前五名，依序為英語、法語、華語、廣東話、旁遮普語（Punjabi）（OCOL, 2018a）。因此，如何保障並促進少數語言使用者之語言權，成為當前加拿大政府的重點施政項目。

表4-2 加拿大官方語言能力與使用（2016年）

		全國		魁北克	
		人數	比例	人數	比例
語言能力	總數	34,767,255	100%	8,066,560	100%
	僅使用英語	23,757,525	68.3%	372,445	4.6%
	僅使用法語	4,144,685	11.9%	4,032,640	50.0%
	英法雙語	6,216,065	17.9%	3,586,410	44.5%
	非英語或法語	648,970	1.9%	75,065	0.9%
官方語言之使用	總數	34,767,250	100%	8,066,555	100%
	英語	26,007,500	74.8%	964,120	12.0%
	法語	7,705,755	22.2%	6,750,945	83.7%
	英法雙語	417,485	1.2%	278,710	3.5%
	非英語或法語	636,515	1.8%	72,775	0.9%

資料來源：OCOL, 2018b; OCOL, 2018c.

　　爲進一步促進官方語言少數群體社區之語言發展，加拿大於2018年公布「2018至2023年官方語言行動計畫：投資於我們的未來」（Action Plan for Official Languages 2018-2023: Investing in Our Future），預計5年投入近5億經費，以促進官方語言少數群體社區之發展（Canadian Heritage, 2018）。「2018年至2023年官方語言行動計畫：投資於我們的未來」規劃就社區、公共服務、雙語環境三個面向，以賦權社區、社區聚會空間、幼兒教育、文化投資、移民友善環境、少數語言教育、司法接近權、健康服務接近權、雙語教師聘用等方式，保障並促進官方語言少數群體之語言權（Government of Canada, 2018）。

第二節　英國分權政府與少數群體語言

　　英國係由英格蘭（England）、威爾斯（Wales）、蘇格蘭（Scotland）及北愛爾蘭（Northern Ireland）四大區域所構成；英國的

發展與成形，係以英格蘭爲中心，先後以三個合併法案陸續合併威爾斯（Act of Union 1536）、蘇格蘭（Act of Union 1707）、愛爾蘭（Act of Union 1801）而形成目前的領土（王保鍵，2015a）。

　　一般多認爲英國西敏寺爲議會內閣制的代表；學界對於內閣制理論及英國政府體制的研究是非常豐富的，如Giovanni Sartori（1997: 101）稱英國內閣制爲首相制（Premiership system）；Baron與Diermeier（2001）從選舉、內閣、國會三方建構數理模型探討內閣制的動態關係；Croissant與Merkel則關注政府結構與政黨體系間關係；R.A.W. Rhodes（2012）從主要政府機關的運作說明英國政府體制；Micael O'Neill（2004）從政治認同與分權解釋英國政治運作。

　　英國內閣制主要源於「國會主權」（parliamentary sovereignty）原則。國會主權原則爲英國會憲法之核心原則，指涉國會爲英國的最高法律權威（supreme legal authority），包含：一、國會可以制定或廢止任何法律；二、法院不可推翻國會所通過的法律；三、「目前」國會所通過的所有法律，可由「未來」的國會加以變更（王保鍵，2015b）。[23]然而，近年英國國會陸續通過許多重要法律，限制國會主權原則之適用（limit the application of parliamentary sovereignty），包含：一、委任分權所設置委任分權政府（devolved government），如蘇格蘭議會（Scottish Parliament）、威爾斯議會（Welsh Parliament/ Senedd Cymru）；二、人權法案（Human Rights Act 1998）；三、2009年設置最高法院（UK Supreme Court），並終止上議院（House of Lords）爲終審法院職能（UK Parliament, 2021a）。而威爾斯、蘇格蘭、北愛爾蘭依委任分權安排（devolution settlement）所設立三個「委任分權政府」，對少數群體語言之保障及發展，扮演重要角色。本節謹就分權政府的制度設計，及其對少數群體語言權利之促進功能，加以討論。

---

[23] 展現英國國會主權之案例，如英國爲推動國會改革，於2011年制定《國會任期固定法》（Fixed-term Parliaments Act 2011），依規定2017年選出國會議員，應於2022年改選；但因脫離歐盟之爭議，國會於2019年制定《提前國會改選法》（Early Parliamentary General Election Act 2019），並於2019年12月12日改選國會。

壹、三個分權政府之設置

　　所謂「委任分權政府」，係有別於傳統郡（county council）、市（city council）、區（borough council/ district council）等地方政府（local councils）。兩者最主要差別在於：郡（市、區）係以地方自治理念，由地方之人，處理地方事務；相對地，委任分權政府則是將原屬中央政府（UK parliament）[24]的部分權力，移轉給三個分權議會（devolved parliament）。

　　英國於1997年5月國會改選，布萊爾（Tony Blair）以新工黨（New Labour）為政治訴求，選舉勝選後，隨即於1997年9月辦理蘇格蘭與威爾斯分權政府的公民投票，並於1998年5月就北愛爾蘭問題，辦理《貝爾法斯特協議》（Belfast Agreement）公投；三個地區的公投案通過後，英國國會制定《威爾斯政府法》（Government of Wales Act 1998）、《蘇格蘭法》（Scotland Act 1998）、《北愛爾蘭法》（Northern Ireland Act 1998），以此三部法律，威爾斯議會（National Assembly for Wales）、[25]蘇格蘭議會（Scottish Parliament）和北愛爾蘭議會（Northern Ireland Assembly）等三個受中央政府委任而享有高度「自主決定權」之「委任分權政府」於1999年設立，但英格蘭未設立「委任分權政府」（王保鍵，2015a）。

　　按委任分權者，係將原屬中央政府之部分權力，移轉給委任分權政府（Devolved Parliaments and Assemblies）；各委任分權政府雖享有不同程度的分權，但於其獲分權領域內，擁有自主決定權（Nidirect, 2014: ICPS, 2012）。基本上，英國國會制定個別法律，以個別授予方

---

[24] 英國國會為兩院制國會：1.下議院（House of Commons）議員650人，以第一名過關制選出；2.上議院（House of Lords），即第二院（second chamber），議員約有800人，《終身貴族法》（Life Peerages Act 1958）施行後，多數為非世襲的終身貴族（Life Peers）。

[25] 因應威爾斯議會取得自主之立法權及財群權，威爾斯議會自2020年5月6日起，由National Assembly for Wales更名為Senedd Cymru / Welsh Parliament，採取雙語名稱（bilingual name）（王保鍵，2021a：196-197）。

式，將原屬英國國會權力移轉予威爾斯議會、蘇格蘭議會、北愛爾蘭議會三個議會，故卡地夫（Cardiff）、愛丁堡（Edinburgh）、貝爾法斯特（Belfast）三者所享有的權力，不盡相同。本書以威爾斯語、蘇格蘭蓋爾語（Gaelic）為探討標的，遂整理威爾斯及蘇格蘭之分權機制如表4-3。

表4-3 英國委任分權（Devolution settlement）：威爾斯及蘇格蘭

地區	依據	分權方式	內容
威爾斯	1988年、2006年《威爾斯政府法》及2014年、2017年《威爾斯法》	保留於國會的權力（Reserved matters）	1. 一般保留（General Reservations）：包含憲法（constitution）、公共服務（public service）、政黨（political parties）、單一法律管轄（single legal jurisdiction of England and Wales）、特別法庭（tribunals）、外交事務（foreign affairs）、國防（defence）。 2. 特別保留（Specific Reservations）：包含財政（financial and economic matters）5項、內政（home affairs）22項、貿易（trade and industry）17項、能源（energy）6項、交通（transport）6項、社會福利（social security, child support, pensions and compensation）5項、專業人士（architects, auditors, health professionals and veterinary surgeons）、就業（employment）3項、衛生醫療（health, safety and medicines）6項、媒體文化（media, culture and sport）5項、司法（justice）14項、土地（land and agricultural assets）3項、雜項（miscellaneous）7項。[26]

---

[26] 保留於國會的權力採取明確列舉方式，如財政事務（financial and economic matters），包含財金政策（fiscal, economic and monetary policy）、貨幣（currency）、金融服務（financial services）、金融市場（financial markets）、靜止戶（dormant accounts）等五項（Welsh Parliament, 2021a）。

表4-3 英國委任分權（Devolution settlement）：威爾斯及蘇格蘭（續）

地區	依據	分權方式	內容
		委任分權予威爾斯的權力（devolved matters）	未列入保留國會事項，皆屬威爾斯議會之權。
蘇格蘭	1988年、2012年、2016年《蘇格蘭法》	保留於國會的權力（Reserved matters）	憲法（constitution）、外交（foreign affairs）、國防（defence）、國際關係（international development）、公務員制度（the civil service）、財政（financial and economic matters）、移民（immigration and nationality）、藥物濫用（misuse of drugs）、貿易（trade and industry）、能源（energy）、交通（air services, rail and international shipping）、就業（employment）、社會安全（social security）、墮胎與代孕（abortion, genetics, surrogacy, medicines）、廣播（broadcasting）、平等權（equal opportunities）。
		委任分權予蘇格蘭的權力（devolved matters）	衛生福利（health and social work）、教育訓練（education and training）、地方政府與住宅（local government and housing）、司法與警政（justice and policing）、農林漁業（agriculture, forestry and fisheries）、環境（environment）、觀光（tourism, sport and heritage）、經濟發展與交通（economic development and internal transport）。2016年《蘇格蘭法》新增所得稅（income tax）、加值型營業稅（value added tax）、機場稅（air passenger tax）、砂石稅（aggregate tax）、借款（power to borrow）、裁罰收入（destination of fines, forfeitures and fixed penalties）、更廣泛社會福利（extensive welfare powers）。

資料來源：GOV.UK, 2018a; GOV.UK, 2019; Welsh Parliament, 2021a.

英國自1999年開始設置委任分權政府，國會陸續通過法律，擴大授權事項，許多原屬中央政府的權力已逐漸移轉予分權政府。如2017年《威爾斯法》（Wales Act 2017）將英國國會與威爾斯議會間委任分權關係，由「權力授予模式」（conferred powers model）調整為「權力保留模式」（reserved powers model），讓威爾斯議會可就非保留於英國國會事項，制定法律（Acts of the Senedd）（王保鍵，2021a：196）。

貳、分權政府驅動少數群體語言權利發展

觀察西方國家實施特定語言為通行語之經驗，「次國家政府」自行實施的語言政策，對特定語言之發展，扮演重要驅力；甚至，「次國家政府」基於高度自治權，可實施地方自己的語言法律，較中央政府的語言法律優先適用。例如，加拿大聯邦政府以英語、法語雙語為官方語言，但魁北克以法語為單一官方語言。

相對於加拿大之聯邦國體制，英國長期被認為是單一國體制；然而，英國1990年代末期的委任分權機制所創建威爾斯分權政府、蘇格蘭分權政府，不但重新形塑英國之中央與地方關係，而且成為驅動語言權利之引擎。

一、威爾斯及蘇格蘭分權政府之結構

2020年開始大規模散布的「嚴重特殊傳染性肺炎」（COVID-19），對人們的健康安全產生重大衝擊，各國政府為避免病毒擴散，採取封城（lockdown）之高強度管制措施。在英國，中央政府的封城管制措施，侷限於英格蘭地區；威爾斯、蘇格蘭、北愛爾蘭地區，則需分別由各該分權政府訂頒各該地區之封城管制措施。為何英國政府（UK Government）之封城管制措施，無法擴及威爾斯、蘇格蘭、北愛爾蘭？其原因為COVID-19之封城管制措施，屬公共衛生事務，為委任分權

表4-4　英國治理機制

	立法權	行政權
中央政府	英國國會（UK Parliament）	英國政府（UK Government），由首相（Prime Minister）領導
委任分權政府	威爾斯議會（Welsh Parliament）	威爾斯政府（Welsh Government）
	蘇格蘭議會（Scottish Parliament）	蘇格蘭政府（Scottish Government）
	北愛爾蘭議會（Northern Ireland Assembly）	北愛爾蘭政府（Northern Ireland Executive）

資料來源：本書整理自BBC, 2021。

事項（devolved matter），應由三個分權政府自行處理（Institute for Government, 2021）。就此，可觀察到當前英國的治理機制，以傳統四大地區（countries），由英國政府及三個分權政府各依權責主政，並運用府際合作機制，[27]共同治理英國。

　　就表4-4，威爾斯、蘇格蘭、北愛爾蘭除以委任分權機制，成立自己分權議會及政府外，並可選出國會下議院議員，參與西敏寺之政策決定。惟應注意者，英格蘭人口占全英國總人口84%，國會下議院650席中，英格蘭占533席（House of Commons Library, 2020: 6; CIA, 2021），威爾斯及蘇格蘭選出國會議員席次遠遜於英格蘭；[28]因而，若無委任分權機制，威爾斯語、蘇格蘭蓋爾語等少數群體語言法律，恐不易受到國會重視而完成立法程序。以下謹就威爾斯及蘇格蘭分權政府之結構，簡要說明。

（一）威爾斯

　　威爾斯分權政府，採議會內閣制，包含立法部門（威爾斯議

---

[27] 2013年英國政府與三個分權政府簽署備忘錄（Memorandum of Understanding and Supplementary Agreements: Between the United Kingdom Government, the Scottish Ministers, the Welsh Ministers, and the Northern Ireland Executive Committee）建構部長級聯合委員會（Joint Ministerial Committee）以協調、處理涉及四個政府間之事務。

[28] 英國總人口約6,600萬人，英格蘭84%、蘇格蘭占8%、威爾斯占5%、北愛爾蘭占3%（CIA, 2021）。國會下議院議員共650席，英格蘭占533席、威爾斯占40席、蘇格蘭占59席、北愛爾蘭占18席（House of Commons Library, 2020: 6）。

會）及行政部門（威爾斯政府）。威爾斯議會議員（members of the Senedd）共有60名，任期5年，[29]以單一選區兩票制產生：1.40名選區議員（constituency），以第一名過關制選出，各選區劃分與國會議員（Westminster MP）相同；2.20名政黨名單議員（regional），將威爾斯劃分為5個比例代表選區（electoral region），[30]每一比例代表選區各有4名議員，以政黨名單比例代表（proportional representation）之附帶席位制（additional member system）方式選出（Welsh Parliament, 2021b）。本屆議會於2021年5月6日投票，選舉結果：工黨（Labour）為30席、保守黨（Conservatives）為16席、威爾斯黨（Plaid Cymru）為13席、自由民主黨（Liberal Democrat）為1席（Senedd Research, 2021），由工黨持續執政。

威爾斯議會選舉後，由掌握議會多數席次的政黨或政黨聯盟組閣，經女皇任命首席部長（First Minister），組成政府。依2006年《威爾斯政府法》第45條規定，威爾斯政府之內閣組成為：1.首席部長；2.部長（Ministers），如財政部長、教育部長；3.法律長（Counsel General to the Welsh）；4.副部長。[31]

（二）蘇格蘭

蘇格蘭分權政府，採內閣制，包含立法部門（蘇格蘭議會）及行政部門（蘇格蘭政府）。蘇格蘭議會議員（members of the Scottish Parliament）共有129名，任期5年，以單一選區兩票制產生：1.73名選區議員，以第一名過關制選出；2.56名政黨名單議員，將蘇格蘭劃分為8

---

[29] 威爾斯議會議員任期原為4年，配合《固定任期制國會法》（Fixed-term Parliaments Act 2011）實施，以2014年《威爾斯法》第1條將議員任期調整為5年。2014年《威爾斯法》第4條並將威爾斯議會政府（Welsh Assembly Government）更名為威爾斯政府（Welsh Government）。

[30] 此5個比例代表選區分別為：North Wales、Mid and West Wales、South Wales East、South Wales West、South Wales Central，而這5個選區與歐洲議會議員選區（European parliamentary constituencies）相同。

[31] 依2006年《威爾斯政府法》第48條及第51條規定，部長及副部長由首席部長從議會議員中選任，提請女皇任命，最多不得超過12人。

個比例代表選區，[32]每一比例代表選區各有7名議員，以附帶席位制方式選出（Scottish Government, 2021a）。本屆議會於2021年5月6日投票，選舉結果：蘇格蘭民族黨（Scottish National Party）爲64席、保守黨爲31席、工黨爲22席、綠黨（Green）爲8席、自由民主黨爲4席（Scottish Parilament, 2021），由蘇格蘭民族黨持續執政。

　　蘇格蘭議會選舉後，依《蘇格蘭法》（Scotland Act 1998）第44條至第47條規定，由掌握議會多數席次的政黨或政黨聯盟組閣，經女皇任命首席部長，組成政府。[33]蘇格蘭政府之內閣由首席部長、內閣部長（Cabinet Secretary）、部長（Minister for Parliamentary Business and Permanent Secretary）組成。

二、分權政府建構制度性框架推動少數群體語言事務

　　英國以法律保障語言少數群體權利，目前有《威爾斯官方語言法》（National Assembly for Wales (Official Languages) Act 2012）及《蓋爾語（蘇格蘭）法》（Gaelic Language (Scotland) Act 2005），此兩部保障威爾斯語、蓋爾語之法律，並非由英國國會所制定，而係分別由威爾斯議會、蘇格蘭議會所制定。

　　在委任分權制度下，威爾斯議會、蘇格蘭議會、北愛爾蘭議會三個議會，已取得制定法律（Acts）之權，而議會通過法律，與英國國會通過法律相同，亦應經國家元首（英女皇）御准（Royal Assent）生效。意即，在英國，以往立法權專屬於國會，但現在三個議會就委任分權事項，享有立法權，而出現國會法律（Acts of the Parliament）、威爾斯法律（Acts of Senedd Cymru/ Acts of the Wales Parliament）、蘇格蘭法律（Acts of the Scottish Parliament）、北愛爾蘭法律（Acts of the Northern Ireland

---

[32] 此8個比例代表選區分別爲：Central Scotland、Glasgow、Highlands and Islands、Lothians、Mid Scotland and Fife、North East Scotland、South of Scotland、West of Scotland。

[33] 原稱Scottish Executive，2012年《蘇格蘭法》（Scotland Act 2012）第12條將Scottish Executive更名爲Scottish Government。

Assembly）等型態，皆爲法秩序位階中的法律（primary legislation）。而威爾斯議會、蘇格蘭議會以制定法律，推動威爾斯語、蓋爾語之復振，其規範對象，除分權政府各部門外，分權政府轄區內之中央政府部門，亦受規範。

因此，以委任分權制度建構威爾斯及蘇格蘭分權政府後，兩個分權政府成爲推動少數群體之語言權利發展之引擎。意即，威爾斯及蘇格蘭分權政府透過制定少數群體之語言權利法律，設置語言事務機關、語言監察使，不但對於少數群體之語言復振，產生制度性驅力，而且進一步強化了少數群體之自我認同。

此外，或許是看到威爾斯語、蓋爾語之復振經驗，位於英格蘭地區之康瓦爾，相關意見領袖遂推動康瓦爾分權議會運動（campaign for Cornish Assembly），期盼比照威爾斯、蘇格蘭設立委任分權政府（Cornish Constitutional Convention, n.d.）。

第三節　臺灣憲政體制與少數族群語言

依《國民政府建國大綱》第5點，建設程序分爲軍政、訓政、憲政三個時期。1931年6月1日公布《中華民國訓政時期約法》，隨後於1936年5月5日公布《中華民國憲法（草案）》（五五憲草）；惟中日戰爭爆發，制憲工作停滯。1945年，中日戰爭結束，各黨代表於1946年召開政治協商會議，獲致修正憲法草案的12條協議。1936年於南京召開制憲國民大會，12月25日憲法三讀通過，1947年元旦公布《中華民國憲法》（以下或稱《憲法》）。但憲法公布未久，國共內戰戰事日趨激烈，爲同時行憲與戡亂，1948年公布《動員戡亂時期臨時條款》；至1991年公布《憲法增修條文》。依《憲法》第1條、第53條、第111條，及《憲法增修條文》第2條、第3條規定，我國爲民主共和國、中央與地方間實施均權制，總統與行政院長共享行政權。本節謹就臺灣的憲政體制變遷所反映出

族群政治發展，及少數族群語言法律框架（以區域通行語爲中心），進行討論。

壹、憲政體制與族群政治

《憲法》兼採孫中山先生政治理念[34]及西方權立分立精神，實施行政院、立法院、司法院、考試院、監察院之五權分治、彼此相維的憲政體制。縱使歷經七次修憲，五權分立之憲政體制，仍予以保留。例如，司法院釋字第325號解釋指出，憲法設立五院分掌行政、立法、司法、考試、監察五權，均爲國家最高機關，彼此職權，並經憲法予以劃分，與外國三權分立制度，本不完全相同；而《憲法增修條文》施行後，監察院地位及職權有所變更，但憲法之五院體制並未改變。又如司法院釋字第750號、第682號解釋理由書，於涉及行政院（衛生主管機關）、考試院職權時，以「憲法五權分治彼此相維之精神」尊重主管機關決定。另司法院釋字第419號解釋理由書指出，現行憲法以五權分立架構，分別採取內閣制與總統制下之若干建制融合而成。

若就行政權與立法權關係，在議會內閣制、總統制、雙首長制類型中，臺灣憲政體制可說是從內閣制轉型爲雙首長制。依《憲法》第53條至第57條規定，行政院爲國家最高行政機關，行政院院長由總統提名，經立法院同意任命之，並向立法院負責；因而，憲法本文所設計之政府體制，偏向內閣制。但因《動員戡亂時期臨時條款》凍結憲法部分條文，擴張總統權力，長期運作，致使臺灣的政府體制亦帶有總統制色彩。1947年開始的第三波民主化浪潮，於1980、1990年代席捲全球，臺灣於1980年代開始進行民主轉型。1987年，解除戒嚴；1991年5月1日仿效美國聯邦憲法增修條文，公布《憲法增修條文》，同時廢止《動員戡亂時期臨

---

34 《憲法》前言，中華民國國民大會受全體國民之付託，依據孫中山先生創立中華民國之遺教，爲鞏固國權，保障民權，奠定社會安寧，增進人民福利，制定本憲法。

時條款》及宣告動員戡亂時期終止，結束威權統治時期。[35]《憲法增修條文》第2條規定，總統享有國防、外交、國家安全等領域之行政權，我國政府體制轉型爲雙首長制，司法院釋字第627號解釋理由書可資參照。[36]

　　1980年代民主轉型，除帶來憲政體制變革外，民間社會力解放，臺灣本土意識漸成政治主流，原住民運動、客家運動之族群運動興起，四大族群概念成爲族群政治的共識。又隨著解除戒嚴，入出境管制鬆綁，國人與大陸、外籍人士通婚日益增加，許多婚姻移民來臺，逐漸形成「新住民族群」之第五大族群。事實上，臺灣在傳統「四大族群」基礎上，已逐漸視「新住民」爲「第五大族群」，將新住民從「社會問題」轉化爲「社會資產」，反映出自由主義全球化下，各國和區域在世界體系中之位置變動（夏曉鵑，2018：346）。

　　在族群政治發展下，《憲法增修條文》第10條第11項後段、第12項定有原住民族語言、文化、地位、政治參與、教育文化、交通水利、衛生醫療、經濟土地、社會福利事業等保障扶助規範。《憲法增修條文》第10條第11項前段「國家肯定多元文化」規定，則成爲其他族群權利保障之法源，如《客家基本法》。若將五權分立政府與族群政治放在一起來看，五院中的行政院、立法院、考試院、監察院已在制度或慣例上，保障特定少數族群代表；如原住民族委員會主任委員、原住民立法委員、原住民監察委員、原住民考試委員。

　　又在族群保障及發展之制度性機制上，逐漸發展出：一、族群性專責機關：設置客家委員會、原住民族委員會、內政部移民署，分別推動客

---

[35] 依《促進轉型正義條例》第3條第1款定義「威權統治時期」，指自1945年8月15日起至1992年11月6日止之時期。意即，《促進轉型正義條例》定威權統治時期開始，爲日本統治時期結束；定威權統治時期結束，爲金門、馬祖、東沙及南沙地區宣告解嚴前一日。

[36] 司法院釋字第627號解釋理由書指出，自1995年10月27日以來，歷經多次修憲，我國中央政府體制雖有所更動，如總統直選、行政院院長改由總統任命、廢除國民大會、立法院得對行政院院長提出不信任案、總統於立法院對行政院院長提出不信任案後得解散立法院、立法院對總統得提出彈劾案並聲請司法院大法官審理等；然就現行憲法觀之，總統仍僅享有憲法及憲法增修條文所列舉之權限，而行政權仍依憲法第53條規定概括授予行政院，憲法第37條關於副署之規定，僅作小幅修改。

家人、原住民、新住民之族群事務；二、族群性基本法：以《客家基本法》、《原住民族基本法》，建構客家族群、原住民（族）之權利保障及發展框架；[37]三、族群性行政區域：以原住民族地區、客家文化重點發展區，作為主要政策推動場域；四、族群事務公務人員考試：以公務人員特種考試原住民族考試、公務人員高等考試三級考試暨普通考試「客家事務行政」類科、特種考試移民行政人員考試等考選公務人員，並分發至族群專責機關、族群行政區域內機關、涉及族群事務等機關；[38]五、國家語言：以《客家基本法》、《原住民族語言發展法》明文規定，客語、原住民族語為國家語言，並為區域通行語。

---

[37] 目前涉及新住民族群之法律散見於《入出國及移民法》、《人口販運防制法》、《國籍法》、《就業服務法》、《臺灣地區與大陸地區人民關係條例》、《香港澳門關係條例》、《護照條例》、《外國護照簽證條例》、《涉外民事法律適用法》、《民法親屬編》等。立法院已有制定《新住民基本法》之倡議，如立法委員林麗蟬等所提出《新住民基本法（草案）》。

[38] 「特種考試原住民族考試」為獨立之單項考試，報考人應有原住民身分，且須取得原住民族委員會核發之原住民族語言能力認證初級以上合格證書，筆試及格者分發機關包含：1.原住民族專責機關，如原住民族委員會；2.原住民族地區內機關，如新竹縣尖石鄉公所；3.涉及原住民事務之機關，如新北市政府違章建築拆除大隊（辦理新北市原住民族地區違章建築認定、拆除等相關業務）。「客家事務行政」為高普考試中的一個類科，非獨立的單項考試；報考人不限客家人，但須通過第二試客語口試；筆試及口試者分發機關包含：1.客家專責機關，如客家委員會；2.客家文化重點發展區內機關，如苗栗縣苗栗市公所。又「特種考試退除役軍人轉任公務人員考試」及「國軍上校以上軍官轉任公務人員考試」為國軍退除役官兵輔導委員會進用人員重要管道，但現行報考上開軍轉文考試之基本資格為具退除役官兵身分，且領有榮譽國民證者，並未侷限外省族群。另「特種考試移民行政人員考試」為內政部移民署進用人員重要管道，但報考移民行政特考者，未有任何身分限制，三等考試之第一試筆試科目中的外國文可選試英文、法文、德文、日文、西班牙文、葡萄牙文、韓文、俄文、越南文、泰文、印尼文等語文。事實上，與其他考試相比，「客家事務行政」考試存有：1.「特種考試原住民族考試」、「特種考試退除役軍人轉任公務人員考試」之職系、類科多元，錄取總名額多，如原住民族考試中的法警、監所管理員、外交行政人員、僑務行政、博物館管理等；但「客家事務行政」僅為一個類科，錄取名額較少，致使客家專責機關在工程營造、文化館舍經營管理上，須以高普考其他類科進用，產生客家語言、文化素養不足之議題；2.「特種考試原住民族考試」與「特種考試移民行政人員考試」已分別採取原住民族語能力認證、英文能力認證；但以推廣性質之客語能力認證，因考選部擔憂考試公平性，經2013年10月17日考試院第十一屆第256次會議討論，最終決定不採客語能力認證，進行第二試（客語口試）。為落實代表性官僚（representative bureaucracy）理論，並深化客家事務之治理，建議應開辦「特種考試客家文化重點發展區考試」，以利客家文化重點發展區內各機關之各職系，進用具客家背景者。

貳、少數族群語言法律框架：區域通行語

　　本書前已討論《國家語言發展法》、《客家基本法》、《原住民族語言發展法》等法律對少數族群語言權利之保障。而爲進一步實現少數族群語言權利，並深化少數族群語言復振，《國家語言發展法》、《原住民族語言發展法》、《客家基本法》設有「區域通行語」機制。以「法律位階理論」爲基礎，就「憲法／法律／命令」三個層次，整理國家語言關於地方通行語之法律架構，如表4-5。

表4-5　國家語言關於區域通行語之法律架構

場域		客家文化重點發展區	族群聚集地區	原住民族地區
憲法		憲法增修條文第10條第11項		憲法增修條文第10條第12項[39]
法律	基本法	客家基本法	N/A	原住民族基本法第9條第3項（日出立法）
	一般法律	客家語言發展法草案	國家語言發展法第12條	原住民族語言發展法第2條、第14條至第16條
命令	法規命令	客語爲通行語實施辦法、客家知識體系發展獎勵補助辦法、客語能力認證辦法、高級中等以下學校及幼兒園客語師資培育資格及聘用辦法、推動客語教學語言獎勵辦法	國家語言發展法施行細則、高級中等以下學校及幼兒園客語師資培育資格及聘用辦法、高級中等以下學校及幼兒園閩南語師資培育資格及聘用辦法	原住民族語言推廣人員設置辦法、原住民族語言能力認證辦法、高級中等以下學校及幼兒園閩南語師資培育資格及聘用辦法
	行政規則	客家文化重點發展區鄉（鎮、市、區）公告作業要點、客家委員會獎勵客語績優公教人員作業要點、客家委員會推動客語深根服務計畫補助作業要點	文化部語言友善環境及創作應用補助作業要點	原住民族委員會原住民族語言發展會設置要點、原住民族地方通行語及傳統名稱標示設置原則

資料來源：修改自王保鍵，2020a。

---

[39] 《客家基本法》第1條及《國家語言發展法》第1條皆揭示國家尊重多元文化精神。至《原住民族基本法》第1條立法說明指出，本法之制定，係爲落實《憲法增修條文》第10條第12項規定及總統政見之「原住民族與臺灣政府新的夥伴關係」、《原住民族政策白皮書》。

　　表4-5法律框架所建構出的「區域通行語」機制略為：一、客語依
《客家基本法》及《客語為通行語實施辦法》等，於「客家文化重點發展
區」（客語為通行語地區）實施客語為通行語；二、原住民族語依《原住
民族語言發展法》及《原住民族地方通行語及傳統名稱標示設置原則》
等，於「原住民族地區」實施通行語；三、客語、原住民族語依《國家語
言發展法》第12條及《國家語言發展法施行細則》第8條，經地方立法機
關議決後，可於「族群聚集」地區（如新北市三峽區五寮里或鶯歌區南靖
里）[40]實施通行語；四、若多數族群語言閩南語欲實施區域通行語，亦可
依《國家語言發展法》第12條規定，由直轄市、縣（市）政府，洽請各
該地方議會通過後指定之；但目前未見實例。

　　按客語、原住民族語已分別依《客家基本法》第4條、《原住民族語
言發展法》第14條至第16條規定，實施區域通行語。本書考量《公民與
政治權利國際公約》第27條及人權事務委員會的解釋所建構少數群體語
言標準，已具有國內法效力，並慮及國家語言法律規範對象、強勢語言或
弱勢語言、多數族群或少數族群、是否已實施區域通行語等因素，聚焦於
客語、原住民族語之少數族群語言的探討，並於第七章第三節詳細討論客
語、原住民族語之區域通行語相關議題。

---

[40] 新北市三峽區五寮里之客家人口比例約為60%，為北部客家二次移民人口最多的客家庄（新
　　北市政府客家事務局，無日期），但因新北市並無客家文化重點發展區，無法實施客語為通
　　行語。新北市鶯歌區南靖里為原住民都市聚落重要據點，該里有「新三鶯部落」、「吉拉簡
　　賽部落」、「福爾摩沙部落」等（原住民族委員會，2015）。事實上，在臺灣客家族群發展
　　及遷徙變遷中，存有孤立於其他族群人口之群聚區域，以散村形式存在之客家聚落，而形成
　　「孤島型客家聚落」；例如，彰化縣的「源成七界」、南投縣魚池鄉的「五城村」、新北市
　　三峽區的「五寮里」、宜蘭縣蘇澳鎮的「南強里」及「朝陽里」等。

　　加拿大的原住民、英語使用者、法語使用者、其他族裔新移民等，構成人口結構的多元性，在歷經法國、英國殖民統治，及憲法主權正常化的演展，發展出大陸法與普通法並存、英語與法語為官方語言的雙元主義，並形塑出加拿大雙元社會。英語及法語雖皆為加拿大之官方語言，但全國使用英語為官方語言比例（74.8%），遠高於使用法語為官方語言（22.2%）者（見第四章之表4-2）。又加拿大各省之法語使用人口較多者，依序為魁北克、安大略、紐布朗斯維克、亞伯達（Alberta）（Francophone Secretariat, 2018: 5）。本章先簡要說明加拿大聯邦政府之英法雙語保障機制，再從官方語言少數群體之保障與促進角度，就法語人口前二高之省（魁北克及安大略），探討少數群體之語言使用（法語）之制度設計。

第一節　聯邦官方語言法

　　1969年，依「皇家雙語與雙文化委員會」（Royal Commission on Bilingualism and Biculturalism）的建議，加拿大聯邦國會制定《官方語言法》（Official Languages Act），賦予英語及法語在聯邦機構平等的地位，實現國民的語言人權。本節謹就《官方語言法》所建構的語言權利、語言專責機構、語言監察機制，進行討論。

壹、法律架構及語言權利

　　2017年修正的《官方語言法》共110條，整部法律之架構爲：第1條爲簡稱；第2條立法目的，旨在確保聯邦政府機構中使用英語、法語之平等權利，並促進語言少數群體社區之發展；第3條爲用詞定義。《官方語言法》自第4條以下，分爲十四章，包含國會議事程序、立法及其他措施、司法程序、溝通與公共服務、聯邦機構工作語言、雙語群體公平參與、促進英語及法語發展、國庫委員會（Treasury Board）之官方語言責任、官方語言監察使（Commissioner of Official Languages）、不服申訴之司法救濟、一般性規定、過渡條款等。

　　基本上，《官方語言法》所建構的語言權利，包含：一、國會議事過程中，英語、法語的平等（equality of English and French in parliamentary proceedings）；二、在法庭的官方語言選擇權（right of every Canadian to be heard and understood by a judge in the official language of their choice before federal courts）；[1]三、與政府溝通往來的官方語言選擇權（communicate with and receive services from every federal institution in the official language of their choice）；四、聯邦公共機構員工，提供服務時，享有官方語言選擇權（right to work in the federal public service in the official language of one's choice in certain regions）；五、英語使用者與法語使用者在聯邦政府機構，擁有平等的職涯發展機會（Anglophones and Francophones have equal opportunities to pursue careers in federal institutions），聯邦政府機構人員組成，應反映加拿大語言使用者的人口結構（composition of the federal public service reflects the linguistic make-up of the Canadian population）等

---

[1] 按《公民與政治權利國際公約》第14條第3項規定，及人權事務委員會第23號一般性意見第5.3點指出，《公約》第14條第3項並未賦予被告在法庭訴訟中使用或說自己選擇的語言的權利，意即，《公約》第14條第3項僅規範基本語言權利保障，並未賦予被告語言選擇權；惟加拿大《官方語言法》以優於《公約》第14條第3項的國家義務，賦予人民語言選擇權。

（Canada.ca, 2021: 7）。

又2020年9月23日御座演說（Speech from the Throne）[2]指出，保障魁北克外的法語使用者（the rights of Francophones outside Quebec），及魁北克內的英語使用者（the rights of the Anglophone minority within Quebec）之少數群體權利，是政府優先事項（Canada.ca, 2021: 9）。聯邦政府於2021年2月由Mélanie Joly[3]公布《英語和法語：實現加拿大官方語言的實質平等》白皮書，提出6個修正聯邦《官方語言法》原則，以打造官方語言的新語言平衡（new linguistic balance）（Authier, 2021; Canada.ca, 2021: 11）。

《英語和法語：實現加拿大官方語言的實質平等》所提出6個修正聯邦《官方語言法》原則為：一、認可各省（特區）語言活力，及原住民語言既有權利；二、提供學習兩種官方語言機會；三、建構支持官方語言少數群體之制度；四、在加拿大全境（包含魁北克）保障並促進法語；五、擴大聯邦政府機構適用本法；六、法律及執行措施之定期審查（Canada.ca, 2021: 11）。

貳、語言專責機構

加拿大聯邦政府的官方語言政策之制定與執行，目前由官方語言部長（Minister of Official Languages and Minister responsible for the

---

2　英國國會每年開議（State Opening of Parliament ceremony）時，英女皇演說（Queen's Speech）揭示首相的年度施政重點，加拿大則為御座演說（Speech from the Throne）。除1957年及1977年由英女皇親自發表演說外，加拿大歷來御座演說由總督（Governor General）朗讀內閣的施政計畫（Canada.ca, 2020）。
3　加拿大聯邦國會（眾議院）於2019年10月21日進行第四十三屆議員改選投票，選後由Mélanie Joly出任官方語言部長（Minister of Economic Development and Official Languages）。2021年9月20日進行第四十四屆眾議員改選投票，選後由Petitpas Taylor出任官方語言部長（Minister of Official Languages and Minister responsible for the Atlantic Canada Opportunities Agency）。總理Justin Trudeau於2021年12月16日交付Petitpas Taylor的任務（Minister of Official Languages and Minister responsible for the Atlantic Canada Opportunities Agency Mandate Letter）中，優先推動者為落實《英語和法語：實現加拿大官方語言的實質平等》白皮書（Office of the Prime Minister, 2021）。

Atlantic Canada Opportunities Agency）主責，現任部長爲Petitpas Taylo。官方語言部長爲內閣閣員，除代表加拿大參加「法語國家國際組織」（International Organisation of La Francophonie）外，亦代表聯邦政府參與「加拿大法語部長會議」（Ministers' Council on the Canadian Francophonie）。

　　爲確保《官方語言法》有效執行，特設官方語言監察使，於1970年任命Keith Spicer爲首任的監察使，並由官方語言監察使辦公室（Office of the Commissioner of Official Languages）協助推動相關語言監察事項（OCOL, 2018d）。依《官方語言法》第49條規定，官方語言監察使之任期爲7年，由國會二院共同任命，並向國會負責。現任監察使爲Raymond Théberge，於2018年1月29日就任。

　　就語言權利保障而言，官方語言監察使應確保：一、人民有權使用英語或法語，與聯邦機構進行溝通和接受服務；二、聯邦政府人員有權在指定地區以自己選擇的官方語言工作；三、不分英語使用者或法語使用者，每個人在聯邦機構有平等的受僱及晉升機會（OCOL, 2018e）。又就官方語言監察使之法定職責而言，官方語言監察使應：一、確保國會及政府部門落實《官方語言法》，保障英語及法語之平等；二、執行語言監察，[4]保護並支持官方語言少數群體之發展；三、確保加拿大社會之英語及法語的平等，並促進語言二元性（linguistic duality）及雙語主義（OCOL, 2018d）。

　　爲執行《官方語言法》相關規範，官方語言監察可運用之工具爲：一、依本法第57條規定，就相關行政命令或措施進行審查（review of regulations and directives）；二、依本法第58條至第63條規定，進行申訴案（complaints）之調查；[5]三、依本法規定向國會提交報告，包含第66條所定年度報告，或第67條所定特別報告，提出政策建議；

---

[4] 此處係指執行ombudsman的角色。

[5] Hicks（2019: 249）指出，官方語言監察使透過受理申訴案，進行調查及解決過程，落實保障群體集體、群體成員（個人）之語言權，並穩固語言雙元性原則。

四、向聯邦法院提起司法訴訟，即對於政府部門或政府機構援引特定法律，主張不受官方語言監察使干預時，透過司法訴訟以釐清爭議。如聯邦法院（Federal Court）2012年關於加拿大廣播公司受《廣電法》（Broadcasting Act）或《官方語言法》規範案（Canada [Commissioner of Official Languages] v. CBC/ Radio-Canada, 2012 FC 650）。[6]

又在權力分立及法律框架規範下，人民對於官方語言監察使申訴案件之處理不服，可向法院提起司法救濟，為使司法個案訴訟能帶來語言權保障或促進之新做法，《官方語言法》第82條第2項規定，法院就本法第77條所提訴訟，認為當事人提出與本法相關的重要新原則（an important new principle）時，可豁免訴訟費，縱使當事人敗訴，亦可豁免。

此外，為促進法語事務之府際合作，在制度機制設計上，則有：一、成立府際合作組織（intergovernmental organization），1994年由聯邦政府、各省（特區）政府負責法語或官方語言事務之部長，共同組成「加拿大法語部長會議」（MCCF），[7]每年召開會議，討論涉及法語之跨域事務；二、簽署合作協議，可分為聯邦政府與省政府間共同簽署者，如2018年6月28日加拿大聯邦政府與卑詩省簽署法語服務協議（Canada-British Columbia Agreement on French-Language Services 2018-2019 to 2022-2023）；或省政府與省政府間共同簽署者，如2017年11月14日

---

[6] 本案係加拿大廣播公司刪減預算，將安大略西南部法語電臺員工從10人降為3人，因而減少法語節目的製播，涉及《官方語言法》第41條促進英語及法語少數群體活力及發展之規範。加拿大廣播公司主張節目內容製播（programming）受《廣電法》拘束，非節目內容製播（non-programming）事務，方適用《官方語言法》。

[7] 加拿大法語部長會議（Ministers' Council on the Canadian Francophonie）為政府間論壇（intergovernmental forum），2021年9月20日國會改選後，共同主席（Co-Chair）之聯邦共同主席（Federal Co-Chair）由聯邦政府官方語言部長Petitpas Taylor擔任，省/特區共同主席（Provincial/ Territorial Co-Chair）由沙士卡其灣（Saskatchewan）法語事務聯絡員（Legislative Secretary to the Minister of Parks, Culture and Sport and Francophone Affairs Liaison）Todd Goudy擔任；而法語使用者較多之省的參與者為：魁北克的法語部長（Minister Responsible for Canadian Relations and the Canadian Francophonie）Sonia LeBel（亦為前任共同主席）、安大略的法語部長（Minister of Francophone Affairs）Caroline Mulroney、紐布朗斯維克的法語部長（Minister Responsible for La Francophonie）Glen Savoie、亞伯達的法語部長（Minister Responsible for the Francophone Secretariat）Ron Orr（MCCF, 2021）。

沙士卡其灣省（Saskatchewan）與魁北克省簽署法語事務合作交流協議（Agreement for Cooperation and Exchanges in Matters of the Canadian Francophonie）。

第二節　魁北克法語憲章

　　進入魁北克，以英語溝通雖尚無障礙，但整個環境氛圍充滿法語之語言景觀（linguistic landscape），諸如路標為法語、店家招牌為法語、餐廳的菜單為法語（菜單如為英法雙語，英語字體遠小於法語）。在加拿大聯邦《官方語言法》建構英法雙語平等架構下，魁北克卻可獨樹一格，以法語為單一官方語言（only official language），彰顯出魁北克政府語言政策強度及人民的政治態度。

　　魁北克之政體採議會內閣制，立法權在1687年至1968年間為兩院制（上議院為Legislative Council，下議院為Legislative Assembly）；1968年廢除上議院，改採一院制，由125名議員組成省議會（National Assembly），任期5年；議員採第一名過關制，由公民直選產生（National Assembly, 2014）。取得議會過半席次的政黨領袖，經省督（Lieutenant Governor）任命為省長（Premier），由省長組織內閣（Cabinet）。本屆議員於2018年10月1日投票，選舉結果為：魁北克未來聯盟（Coalition Avenir Québec）74席、魁北克自由黨（Quebec Liberal Party）31席、魁人黨（Parti Québécois）10席、魁北克團結黨（Québec Solidaire）10席（Élections Québec, 2018）。此次議會改選，由2011年創建的「魁北克未來聯盟」組閣執政，黨魁François Legault出任省長，為魁北克五十餘年來，由魁北克傳統兩大黨（自由黨、魁人黨）以外之政黨取得執政權。

　　加拿大《官方語言法》為聯邦法律，僅適用於聯邦政府機構，不適用於省（特區）、市之自治政府，亦不適用於民間部門或企業。各省

（特區）可制定自己的語言法案，魁北克於1977年制定《法語憲章》
（Charter of the French Language, Bill 101），成為魁北克推動法語的主
要準據法。本節謹就《法語憲章》所建構的語言權利、語言專責機構、語
言監察機制，進行討論。

壹、獨尊法語政策

　　魁北克為推動法語為該省的官方語言，在1969年《魁北克推廣法語
法》（Act to Promote the French Language in Québec, Bill 63）及1974
年《官方語言法》（Official Language Act, Bill 22）基礎上，於1977年
制定《法語憲章》（Bill 101），深刻形塑魁北克四十多年來法語發展。

　　按《法語憲章》分為七篇（titel）：[8]一、第一篇為法語地位（第
1條至第98條），包含魁北克官方語言、基本語言權、立法部門及法院
語言、民政部門語言、準官方機構（semi-public institutions）語言、
勞動關係語言、商業和交易行為語言、教學語言、大學機構關於法語
使用及品質政策、其他等十章；二、第二篇為語言官方化及地名暨法
語化（Linguistic Officialization, Toponymy and Francization）（第
99條至第164條），包含語言官方化、地名委員會（Commission de
toponymie）、[9]民政部門法語化、企業部門法語化等四章（原有五章，
第一章已廢止）；三、第三篇為魁北克法語辦公室（Office Québécois de
la Langue Française）（第165條至第165條之14），包含建立、任務與權
力、組織等三章，第三章組織又分為一般規定，以及語言官方化委員會
（Comité d'officialisation linguistique）與語言監測委員會（Comité de

---

[8] 《法語憲章》經歷多次修正，本書以魁北克政府出版中心（Les Publications du Québec）於
　　2021年3月18日更新版本為依據（http://www.legisquebec.gouv.qc.ca/en/pdf/cs/C-11.pdf）。
[9] 依《法語憲章》規定，地名委員會由7位省政府任命之委員組成，任期5年（第123條），職
　　掌地名標準化，諸如地名拼寫標準、地名編目與保存、地名更改等事項（第125條及第126
　　條），藉以彰顯法語地名的故事及歷史意義。

suivi de la situation linguistique）兩節；四、第三篇之一規範檢查與詢問，第166條至第177條（第178條至第184條已廢止），未分章；五、第四篇爲法語高階諮議會（Conseil supérieur de la langue française），[10]第185條至第198條（第199條至第204條已廢止），未分章；六、第五篇爲罰則，第205條至第208條之5，未分章；七、第六篇爲過渡條款及其他，第209條至第214條。

　　在《法語憲章》施行前，魁北克菁英階層多以英語溝通，中大型企業的管理階層亦多使用英語，但《法語憲章》實施後，改變英語之主導地位（Kelly, 2014）。《法語憲章》第1條明定法語爲魁北克官方語言，確立法語特殊地位。《法語憲章》第2條至第6條所賦予人民的語言基本權利爲：一、法語接近使用公共服務權，諸如在民政、健康、社會、公用事業服務、企業經營等，皆可使用法語；二、法語表意自由；三、法語爲工作場域之語言；四、法語爲消費者購買商品或服務之語言；五、法語爲學習語言。意即，魁北克的《法語憲章》讓法語成爲魁北克單一官方語言（only official language of Quebec）（Canada.ca, 2021），英語被降級與其他語言同等之地位。

　　然而，魁北克獨尊法語之措施，亦招致英語使用者（Anglophones）的擔憂，如2015年朗基爾市（Longueuil city）議會議事官方語言之爭議事件。[11]聯邦政府2021年以《英語和法語：實現加拿大官方語言的實質平等》宣示修正《官方語言法》時，亦強調魁北克英語少數群體（Quebec's

---

[10] 依《法語憲章》規定，法語高階諮議會之任務爲就本法相關措施，向部長提出建議（第187條）；法語高階諮議會由主席1人及委員7人組成，任期5年，由政府諮商消費者團體、教育團體、文化團體、工會及管理階層後，任命適當人員擔任之（第189條）。另《法語憲章》第195條規定，法語高階諮議會之職員，依《公務員法》（Public Service Act）派任之。

[11] 2015年，由英語使用者居多的綠田公園區（Greenfield Park borough）選出之市議員Robert Myles在朗基爾市議會發言，因Myles使用英語比例高於法語，遭到市長Caroline St-Hilaire批評（St-Hilaire主張魁北克省議會應修正《法語憲章》讓市議會僅能使用法語）（CBC, 2015a; CBC, 2015b）。另朗基爾市劃分爲Greenfield Park、Saint-Hubert、Vieux-Longueuil三個區，依《朗基爾市憲章》（Charter of Ville de Longueuil）第15條規定，市議會由市長及15名市議員組成；市議員並爲區議員（第17條及第18條），但綠田公園區議會（Greenfield Park borough council）由1名市議員及2名區議員組成（第18條之1），Robert Myles兼具市議員及區議會主席雙重身分。

English-speaking community）權利，爲聯邦政府關注重點（Authier, 2021）。

貳、憲法但書條款與《法語憲章》

　　加拿大聯邦政府1969年《官方語言法》規範對象爲聯邦政府，各省（特區）並不受本法拘束。但1982年憲法施行，賦予人民基本自由權（第2條）、平等權（第15條）、官方語言權（第16條至第22條）、少數語言教育權（第23條）等，又依憲法第32條第1項憲法適用範圍及於省，及第52條憲法具最高法律（supreme law of Canada）地位，魁北克如何維持《法語憲章》之法效性？

　　1982年憲法於1982年4月17日生效，但憲法本身規範具有「過渡條款」性質之「特別」規定；如依憲法第32條第2項規定，第15條平等條款須延遲3年生效，而於1985年4月17日生效；又如憲法第59條規定，關於第23條第1項a款之施行，應尊重魁北克。惟對法規範架構、省立法權保障產生深刻影響者，應爲憲法第33條「但書條款」（notwithstanding clause）機制。

　　依憲法第33條規定，國會或省議會於制定法律時，可明定特定法律不適用憲章第2條或第7條至第15條關於基本自由（fundamental freedoms）、法律權利（legal rights）、平等權（equality rights）之規定；惟使用此但書條款有5年的限制，5年期滿，立法部門可再次使用但書條款（期限亦爲5年）。意即，憲法第33條但書條款具有改變憲法規範（override）效果，而此改變爲暫時性，但可再適用（temporary but renewable basis）性質（Hibert, 2011: 300）。

　　1982年6月23日，魁北克省議會制定《關於1982年憲法施行法》（Act Respecting the Constitution Act 1982），以兩種方式，將已施行的魁北克法律適用憲法第33條但書條款：一、1982年4月17日憲法生效前

已施行的法律，納入但書條款機制，並回溯至1982年4月17日適用但書條款；二、1982年4月17日至1982年6月23日，納入但書條款機制，依各部法律生效日而適用但書條款。事實上，魁北克全面性將所有法律予以適用但書條款，具有表達憲法未經魁北克同意之政治抗議（Hibert, 2017: 698; Hishon, 2017）。

　　對於魁北克將許多法律適用憲法第33條但書條款，以推動法語為單一官方語言政策，招致許多司法訴訟，最高法院做出相關判決，指出違憲性問題後，魁北克政府回應法院判決之處理方式，可分為「挑戰法院判決」（再次援引但書條款）、「尊重法院判決」兩種做法。「挑戰法院判決」者，如1988年法語標誌案（Ford v. Quebec (a. g.), [1988] 2 S.C.R. 712c），加拿大最高法院認定魁北克所實施「禁用英語，僅限法語標誌」（French-only signs）的措施違反1982年憲法第2條表意自由。[12]面對最高法院的判決，魁北克省議會於1988年通過《法語憲章修正法》（Act to Amend the Charter of the French Language, Bill 178），援引1982年憲法第33條但書條款，繼續實施僅限法語標誌措施（Oakes and Warren, 2007: 87）。然而，因但書條款有5年的限制（5年期滿可再次使用），魁北克於1993年修正法律（Act to Amend the Charter of the French Language, Bill 86），讓商業廣告招牌不限法語，可以使用其他語言，但法語須「顯著標示」（markedly predominant）（Canadian Press, 2011; Burns, 2011）。

　　「尊重法院判決」者，如1984年英語受教權案（Attorney General of Quebec v. Quebec Association of Protestant School Boards et al., [1984] 2 S.C.R. 66），加拿大最高法院認定《法語憲章》第72條、第73條，違反1982年憲法第23條，判決受英語教學的父母有權將孩子送入魁北克的英語學校。魁北克尊重加拿大最高法院判決，隨後修正《法語憲章》，現

---

[12] 《魁北克權利與自由憲章》亦規範表意自由之保障，並成為魁北克上訴法院在本案（Ford v. Quebec）判決魁北克政府敗訴的考量因素之一。

行《法語憲章》第73條，已規範孩童可接受英語教學的特定條件。[13]

此外，魁北克省級法院面對援引憲法第33條但書條款之省法律，多數司法判決是尊重省議會之立法權。以2019年6月16日生效的魁北克《尊重宗教退出政治法》爲例，該法第五章（第18條至第30條）修正《魁北克權利與自由憲章》（Quebec Charter of Rights and Freedoms）及《宗教中立法》（An Act to Foster Adherence to State Religious Neutrality and, in particular, to Provide a Framework for Requests for Accommodations on Religious Grounds in Certain Bodies）部分條文，並於第34條明定：本法及本法第五章所修正相關法律，排除1982年憲法第2條、第7條至第15條之適用。因《尊重宗教退出政治法》關於禁止公職人員在工作時穿戴具有宗教意義服飾之規定，涉及文化上少數群體（cultural minority）權利保障議題，特別是必須穿戴頭巾（hijab）的穆斯林女性，被迫在宗教信仰與工作權兩者間選擇，引發政治爭議及司法訴訟。魁北克上訴法院（Court of Appeal of Quebec）於2019年12月12日做出裁定，雖然穆斯林女性權利恐有受侵害之虞，但本法明定適用憲法第33條但書條款，《尊重宗教退出政治法》之規定，仍應有效（CBC, 2019a）。

參、魁北克法語事務機關

魁北克法語事務機關，可分爲「政策規劃與決定」及「法律執行與監察」兩個層次。前者，由「法語事務部長」（Minister Responsible for

---

[13] 《法語憲章》第72條規定，除本章另有規定外，幼兒園、國小、中學之教學，應使用法語。《法語憲章》第73條規定，例外可採英語教學（進入英語學校就讀）爲：1.父母爲加拿大公民，父母在加拿大就讀小學時，接受英語教學；2.父母爲加拿大公民，孩子在加拿大就讀小學、中學時，接受英語教學；3.前述第2點孩子之兄弟姊妹。另大學、學院、未接受政府補助之私立學校，則不適用《法語憲章》第72條。在實作上，暫時居住魁北克的孩子、學習障礙的孩子、經歷嚴重家庭問題的孩子等，可進入英語學校。

the French Language）爲之；後者，由「魁北克法語辦公室」主責。

一、法語事務部長

　　基本上，魁北克政府內閣各部長之業務，都會涉及法語事務，如魁北克加拿大關係及法語部長（Minister Responsible for Canadian Relations and the Canadian Francophonie）、國際關係及法語部長（Minister of International Relations and La Francophonie）等。[14]但核心主責部長爲「法語事務部長」，現任部長爲Simon Jolin-Barrette，對法語政策之規劃，扮演重要角色。[15]

　　爲修正《法語憲章》，強化法語措施，Simon Jolin-Barrette於2021年以法語事務部長身分，向議會提出《關於魁北克法語及官方語言暨通用語言法（草案）》（An Act respecting French, the Official and Common Language of Québec, Bill 96）。上開法律（草案），不但確認法語爲魁北克的唯一官方語言（the only official language of Quebec is French），而且打造法語爲魁北克國族的共同語言（French is the common language of the Quebec nation），並強化法語在教育、移民、法院、工作場所等之使用；例如，強制員工數在25人至49人之企業（現行《法語憲章》第139條規定爲50人以上），應向法語辦公室登記，並取得法語認證（French certification）（Nerestant and Cabrera, 2021）。[16]

---

[14] 現任魁北克加拿大關係及法語部長爲Sonia LeBe；現任國際關係及法語部長爲Nadine Girault。

[15] Simon Jolin-Barrette同時擔任司法部長（Minister of Justice）、法語事務部長、政教分離及議會改革部長（Minister Responsible for Laicity and Parliamentary Reform）、議會執政黨領袖（Government House Leader）、蒙特雷吉地區事務部長（Minister Responsible for the Montérégie Region）等職務（Gouvernement du Québec, 2021）。

[16] 爲避免《關於魁北克法語及官方語言暨通用語言法（草案）》招致違憲爭議，本法援引聯邦憲法但書條款，排除1982年憲法第2條、第7條至第15條之適用（This Act has effect notwithstanding sections 2 and 7 to 15 of the Constitution Act, 1982 [Schedule B to the Canada Act, chapter 11 in the 1982 volume of the Acts of the Parliament of the United Kingdom]）。

二、魁北克法語辦公室

　　《法語憲章》建置地名委員會、魁北克法語辦公室、法語高階諮議會等三個機構。目前主要推動法語事務的魁北克法語辦公室（OQLF），係於2002年合併舊法語辦公室（Office de la langue française）及法語保護委員會（Commission de protection de la langue française）。[17]魁北克法語辦公室受法語事務部長Simon Jolin-Barrette管轄。依《法語憲章》第165條規定，魁北克法語辦公室由8位委員組成，包含：（一）主席（President）兼秘書長（Director General）1人，任期5年；（二）委員6人，任期5年；（三）負責執行語言政策之助理副部長（Assistant Deputy Minister）爲常任無投票權委員（permanent non-voting member），助理副部長可指派代理人。現任委員爲Ginette Galarneau、Alain Bélanger、Chantal Gagnon、Denis Bolduc、Tania Longpré、Juliette Champagne、Frédéric Verreault、François Côté等八人，Ginette Galarneau爲主席兼秘書長（Présidente-directrice générale），亦爲地名委員會主席（Office québécois de la langue française, 2021）。

　　依《法語憲章》第165條之11規定，法語辦公室下設「語言官方化委員會」（Comité d'officialisation linguistique）及「語言監測委員會」（Comité de suivi de la situation linguistique）兩個委員會（committees），各該委員會由5人組成，委員會召集人（committee chair），由法語辦公室委員擔任。目前擔任語言官方化委員會召集人爲Chantal Gagnon；擔任語言監測委員會召集人爲Alain Bélanger（Office québécois de la langue française, 2021）。

　　《法語憲章》第161條規定，法語辦公室應確保法語爲政府部門及企業之工作、溝通、商業日常語言，並採取適當措施促進法語。實作上，法語辦公室除監督自然人與民間企業外，亦會監督政府部門是否落實《法

---

[17] 法語辦公室設立於1961年；法語保護委員會設立於1977年。

語憲章》之執行。例如，蒙特利爾人口最多的自治區（Côte-des-Neiges-Notre-Dame-de-Grâce borough）以英法雙語提供公共服務、標誌等，市長及市議員名片亦以英法雙語呈現，經法語辦公室介入干預，市長Sue Montgomery同意改採單一法語（French only），以符合法語辦公室要求（CBC, 2019b; Montreal Gazette, 2019）。

　　魁北克法語辦公室之職權行使，約略可分為「界定政策執行範圍」、「執行法律」、「調查申訴案」三類。第一，在「界定政策執行範圍」面向，《法語憲章》第159條第1項規定，魁北克法語辦公室有權就政府機構及民間企業之語言官方化、法語名稱（terminology）、法語化等事項界定政策範圍，並執行之。

　　第二，在「執行法律」面向，《法語憲章》第159條第2項規定，魁北克法語辦公室確保本法之執行。依《法語憲章》第160條規定，魁北克法語辦公室應監測魁北克語言使用情況，並至少每5年向政府提交法語使用及地位之報告。為落實《法語憲章》規定之執行，魁北克法語辦公室會派出語言檢查員（language inspector）就商店廣告招牌之法文字體大小、餐廳菜單的法語名稱等日常生活事務進行檢查，因而被認為具有語言警察（language police）角色（BBC, 2013a; The Week, 2017）。[18]

　　第三，在「調查申訴案」面向，民眾對於政府部門、民間企業、商店等法語措施未符合《法語憲章》規定者，可提出申訴（file a complaint），由魁北克法語辦公室進行調查。案經調查後，如申訴成立，魁北克法語辦公室將要求違法者定期改正其行為；逾期未改正者，魁北克法語辦公室得依相關程序移送。依《法語憲章》第177條規定，如法語辦公室認定特定人或法人違反本憲章規定，應先給予相對人正式通知，要求定期改善；逾期，移送犯罪和刑檢主任辦公室（Director of Criminal

---

[18] 依法語事務部長Simon Jolin-Barrette於2021年向議會提出的《魁北克法語和地名委員會年度報告》（Annual Report of Office Québécois de la Langue Française and Toponymie Commission）指出，2019年至2020年的一年間，魁北克法語辦公室（OQLF）共進行5,025次的法語檢查（Kovac, 2020）。

and Penal Prosecutions of Quebec）處理。

　　此外，《法語憲章》第15條第2項定有可使用法語以外語言（a language other than French）之特殊情況，如魁北克境外人士、新聞媒體、自然人等與政府溝通時。英語使用者在魁北克為少數語言群體，如上開使用英語之權利受損，可向監察使（Quebec Ombudsman）[19]提出申訴。

肆、法語權利之實現

　　《法語憲章》建構人民使用法語權利，除規範公部門之政府機構所應履行法語義務外，並以法律規範介入私部門，要求民間商業行為及私法人（企業）應履行相關法語義務，違反法律之私法人或自然人，將受到處罰。

一、法語權利

　　《法語憲章》第1條明定法語為魁北克官方語言。依《法語憲章》規定法語使用權，包含：（一）每個人有權使用法語，與政府部門、公營企業、公會（professional orders）、工會（associations of employees）、在魁北克經營業務企業（all enterprises doing business in Quebec）進行溝通（第2條）；（二）各類型會議，有權使用法語（第3條）；（三）受僱者有權在工作場所使用法語（第4條）；（四）消費者有權以法語購買商品或接受服務（第5條）；（五）每個人有權以法語為教學語言（第

---

[19] 魁北克於1968年制定《公共護民法》（Public Protector Act）建構監察使制度，首任監察使Louis Marceau於1969年5月1日就任（Frank, 1970）。魁北克監察使除以《公共護民法》為工具外，尚可依《健康與社會服務監察法》（Act Respecting the Health and Social Services Ombudsman）、《提升政府不法行為透明度法》（Act to Facilitate the Disclosure of Wrongdoings Relating to Public Bodies）、《公共調查委員法》（Act Respecting Public Inquiry Commissions）等法律行使職權。

6條）。

　　在實施場域上，《法語憲章》規定，法語為立法部門、法院、行政部門之使用語言（第7條及第14條）。又《法語憲章》規定，行政部門與其他政府機構間之書面溝通（written communications）、會議通知及記錄、契約文件、公共標示及公告等，應使用法語（第16條、第19條、第21條、第22條）。

　　事實上，《法語憲章》第2條所建構法語使用權，非僅限於政府機關，更擴及公會、工會、民間企業等。

二、法語權利與私經濟行為

　　為確保法語使用權實現在日常生活中，除人民以法語接近使用公共服務權外，《法語憲章》更高度介入私經濟之商業行為，運用政府公權力作為，以營造法語使用場域，並提升法語能見度。依《法語憲章》第51條規定，商品的容器、包裝、說明書等須使用法語，菜單（menus）與酒單（wine lists）亦應使用法語；商品、菜單、酒單雖可同時使用法語及其他語言，但其他語言不得比法語顯著。《法語憲章》第52條規定，商品目錄、廣告小冊子、印刷品等類似出版品，須使用法語。《法語憲章》第52條之1規定，所有電腦軟體，包含遊戲軟體及操作系統，不論安裝或卸載，都應使用法語。《法語憲章》第54條規定，玩具或遊戲須使用法語，方可在魁北克銷售。

　　除商業行為外，《法語憲章》並規範民間企業之法語使用。依《法語憲章》第135條及第136條規定，魁北克公私企業之員工數超過100人者，皆須設立法語化委員會（francization committee）；法語化委員會應定期就該企業法語使用情況向法語辦公室提出報告，並在企業內推動「法語化計畫」（francization program）。依《法語憲章》第141條規定，法語化計畫在促使各企業內部各階層人員具備法語使用能力、法語為工作語言、企業文件使用法語、使用法語與政府部門及顧客溝通、公共標誌及海報暨商業廣告使用法語等。依《法語憲章》第145條規定，企業充分實

踐法語化計畫，並經法語辦公室認可後，由法語辦公室發給法語化證書
（francization certificate）。依《法語憲章》第151條之1規定，民間企業
違反本法第136條至第146條及第151條關於「法語化計畫」規定，得依本
法第205條規定處罰。

三、處罰權

　　魁北克《法語憲章》相關規範能有效落實，裁罰權所形成的強制
力，實為重要關鍵。依《法語憲章》第205條規定，就違反本法規定者，
自然人得處罰600元至6,000元，法人得處罰1,500元至20,000元；再犯
者，處罰金額加倍。如2017年12月，食品公司（Johnvince Foods）因在
其官方網頁拒絕使用法語，遭處罰3,000元（France-Amérique, 2018）。
又依《法語憲章》第205條之1規定，違反本法第51條至第54條者，或向
公眾展示不符合第51條規定的菜單或酒單之餐廳場所經營者，亦應依本
法第205條規定處罰。

　　以商店廣告招牌之「法語顯著標示」措施為例，按《法語憲章》規
定公共標示、標語、商業廣告必須使用法語（第58條第1項），而在法語
顯著標示情況下，可並列其他語言（第58條第2項）。[20]又依《法語憲章
顯著標示適用辦法》（Regulation Defining the Scope of the Expression
"Markedly Predominant" for the Purposes of the Charter of the French
Language）第2條規定，法語與其他語言在同一標誌內，法語字體須為其
他語言之兩倍大。在新法（Bill 86）實施後，蒙特利爾（Montreal）的
商店（Lyon and the Wallrus）招牌因英文與法文字體大小一樣，法語未
有顯著標示而招致裁罰；受裁罰之商店老闆（Gwen Simpson and Wally
Hoffman）不服，提出司法救濟，初審法院（Court of Quebec）認為除

---

[20] 《法語憲章》第58條第3項規定，在特定條件下，政府可決定「僅用法語」、「法語不用顯
著標誌」、「單獨使用其他語言」。在實作上，關於公共健康或公共安全的標誌、廣告，法
語僅需與其他語言同樣明顯（equally prominent）即可。又對特定語言群體所召開會議之標
誌、廣告，可單獨使用該群體語言。

非魁北克政府能證明法語的脆弱性，否則不能限制法語以外語言的使用；惟高等法院（Superior Court）認為魁北克屬被英語包圍的特殊地區（enclave），推翻初審法院的判決；上訴法院（Court of Appeal）基本上支持高等法院的判決；商店老闆再向加拿大最高法院提起救濟，但未獲受理（CBC, 2009）。

又除金錢的處罰外，《法語憲章》尚有：（一）經檢察長提請，法院於判決後8天內可下令拆除海報、廣告招牌、標誌，費用由違法者負擔（第208條）；（二）就違反本法第78條及第78條之1者，剝奪擔任學區委員（school board commissioner）資格（第208條之1）；（三）學校人員違反本法第78條及第78條之1者，停職6個月（第208條之2）。

事實上，《法語憲章》以政府公權力干預私經濟業行為及民間企業，以處罰權強制民間部門推動法語，實為民主國家少有的案例。但就歷次魁北克省議會選舉以觀，魁北克人民多能支持魁北克政府的法語政策，呈現加拿大政治發展中，魁北克人民所特有之政治態度（political attitude）。

第三節　安大略法語服務法

安大略為加拿大人口最多之省，政府體制採議會內閣制，由選民以第一名過關制選出124名議員組成一院制的省議會（Legislative Assembly），任期4年；取得議會過半席次的政黨領袖，經省督任命為省長，由省長組織內閣。本屆議員於2018年6月7日投票，選舉結果為：進步保守黨（Progressive Conservatives）76席、新民主黨（New Democratic Party）40席、自由黨（Liberals）7席、綠黨（Green）1席（Globe and Mail, 2018）。此次議會改選，執政長達15年的自由黨大

敗，並失去議會的政黨黨團地位（official party status），[21]由進步保守黨組閣執政，黨魁Doug Ford出任省長，並宣示推動法語事務三項新政。[22]本節謹就《法語服務法》所建構的語言權利、語言專責機構、語言監察之變革、法語指定機制等，進行探討。

壹、安大略法語人口與法語政策

　　溯及1613年，法籍探險家Samuel de Champlain在安大略留下其足跡，1639年傳教士在安大略設立Sainte-Marie among the Hurons教會，安大略省政府於2015年辦理Champlain探險400年慶祝活動（Ontario Parks, 2015），顯見法語歷史在安大略省，有著長遠發展軌跡。

　　法語人口統計，涉及如何界定法語使用者。安大略省政府於2009年6月4日改採「法語使用者包容性定義」（Inclusive Definition of Francophone），除舊有「母語為法語」標準外，增加「母語非法語及英語，但法語是家庭使用語言之一」（French Language Health Services Network of Eastern Ontario, 2013: 5）。依「法語使用者包容性定義」所進行的法語人口調查，包含使用法語為母語、家庭使用法語（language spoken at home）、法語官方語言的知識（knowledge of official languages）等三項，2016年的調查顯示，法語人口為622,415人，占安大略總人口（13,312,865人）的4.7%，多數居住在安大略東部；多倫多的法語使用者人數為63,055人，占多倫多總人口的2.3%（Ontario Ministry of Francophone Affairs, 2020）。

---

[21] 2018年選舉投票時，安大略省議會取得議會政黨黨團地位（official party status）之門檻為8席議員；嗣後，調整為12席（McQuigge, 2018; Loriggio, 2018）。

[22] 省長Doug Ford於2018年11月23日提出法語事務三項新政為：1.推動《重建信任、透明及問責法》，將法語服務監察使（French Language Services Commissioner）併入監察使辦公室（Office of the Ombudsman）；2.將法語事務辦公室升格改制為法語事務部；3.省長辦公室（Office of the Premier）聘任資深政策顧問，協助法語事務（Ontario.ca, 2018）。

表5-1　安大略法語使用者概況

	法語使用者人數			法語家庭		使用法語的可識別少數族裔	
	2011年（人數）	2016年		同語族	跨語族	人數	占法語人口
		人數	占該區人口				
總數	611,510	622,415	4.7%	30.5%	69.5%	98,925	16.1%
東部	257,870	268,070	15.4%	39.6%	60.4%	37,405	14.1%
中部	183,605	191,375	2.1%	20.2%	79.8%	55,935	29.7%
西南	35,160	33,555	2.1%	15.9%	84.1%	4,425	13.4%
東北	127,265	122,360	22.6%	41.6%	58.4%	995	0.8%
西北	7,610	7,055	3.1%	14.9%	85.1%	165	2.4%

註：本表數據資料，除法語使用者人數以2011年及2016年對照外，餘皆爲2016年統計數據。

資料來源：Ontario Ministry of Francophone Affairs, 2020.

　　加拿大法語、英語群體間跨語族通婚情況頻繁，表5-1顯示有近七成的法語家庭是父或母，其中1人爲法語使用者的跨語族家庭（exogamous families）。[23]又加拿大人口調查統計，定有使用法語的「可識別少數族裔」指標，表5-1顯示法語使用者中有相當比例爲其他族裔，呈現出法語群體的族裔多元性（王保鍵，2021b）。

　　關於安大略法語政策發展，約略爲：一、於1986年制定《法語服務法》（French Language Services Act），並設置法語事務辦公室（Office of Francophone Affairs）；二、於1987年開播法語頻道（TV Ontario's La Chaîne Française）（現已改制爲TFO）；三、於1997年設置12個法語學校委員會（French-language School Boards）；[24]四、於2001年制定

---

[23] 同語族家庭（endogamous families）指父母雙方皆爲法語使用者；跨語族家庭指父或母之中1人爲法語使用者（王保鍵，2021b）。

[24] 12個法語學校委員會分爲兩類：1.公立學校委員會（Public school boards），包含Conseil scolaire de district du Centre Sud-Ouest、Conseil des écoles publiques de l'Est de l'Ontario、Conseil scolaire public de district du Nord-Est de l'Ontario、Conseil scolaire du district du Grand Nord de l'Ontario等四個；2.教會學校委員會（Catholic school boards），包含Conseil scolaire de district catholique Centre-Sud、Conseil scolaire de district catholique de l'Est Ontarien、

《安大略法語象徵法》（Franco-Ontarian Emblem Act 2001），規範安大略法語旗（Franco-Ontarian flag）統一樣式；五、於2005年設置法語貢獻獎（Ontario Francophonie Awards），[25]首次頒發爲2006年；六、於2007年修正《法語服務法》，創設法語服務監察使，任期5年，隸屬於法語事務部；七、於2010年制定《安大略法語日法》（Franco-Ontarian Day Act），定每年9月25日爲安大略法語日，以彰顯法語群體對安大略社會、經濟、政治的貢獻；八、於2014年法語服務監察使改制爲獨立機關（independent body），並改隸屬於省議會（Legislative Assembly of Ontario）；九、於2018年12月6日，省議會通過《重建信任、透明及問責法》（Restoring Trust, Transparency and Accountability Act），將法語服務監察使整併入安大略監察使（王保鍵，2021b）。上開政策作爲，建構了法語之語言權利、法語專責機構、法語媒體，並形塑法語群體之集體記憶（collective memory）。

貳、法語服務法之制定

安大略省曾基於平等權理由，取消法語學校的特殊地位，嗣後，又基於少數語言群體之保障，以制度性機制促進法語的使用（王保鍵，2022）。1912年，以平等爲名，安大略省政府發布《第十七號行政命令》（Regulation 17, Roman Catholic Separate Schools and English-French Public and Separate Schools），取消天主教法語公立學校的特殊

Conseil des écoles catholiques de langue française du Centre-Est、Conseil scolaire de district des écoles catholiques du Sud-Ouest、Conseil scolaire catholique du Nouvel-Ontario、Conseil scolaire catholique Franco-Nord、Conseil scolaire catholique de district des Grandes Rivières、Conseil scolaire de district catholique des Aurores boréales等八個（Ontario Ministry of Education, 2016）。

25 實作上，法語貢獻獎之受獎者爲「法語使用者」、「戀法人士」、「年輕的法語使用者或戀法人士」三類；所稱「戀法人士」，係指特定人雖非法語使用者，但致力於推動法語及文化；「年輕的法語使用者或戀法人士」需年齡在25歲以下（王保鍵，2021b）。

地位。依《第十七號行政命令》第1條及第3條第1項規定，僅在特定經許可的情況下，法語方可作為教學與學習語言。意即，公立學校必須以英語為教學語言。因應安大略公立學校英語化之政策，法語團體除創立獨立學校（separate school）[26]外，並積極進行政治動員，促使政府於1927年終止《第十七號行政命令》之實施，並於1986年11月19日公布《法語服務法》。

　　《法語服務法》經歷多次修正，現行法（2018年修正）包含定義、權利及義務、部長及職員、監察使（Ombudsman）、法語服務協調員（French Language Services Coordinators）、各市、附則等章。關於法語權利及義務規範於《法語服務法》第2條至第10條，包含：一、政府依本法提供法語服務（第2條）；二、任何人有權在省議會使用英語或法語進行辯論與相關程序，省議會在1991年1月1日後的法案須使用英法雙語（第3條）；三、檢察總長（Attorney General）應於1991年12月31日前，將安大略公共法規翻譯為法語（第4條）；四、任何人可依本法享有使用法語之接近使用公共服務權（right to services in French）（第5條第1項）；五、維持現有機制（existing practice protected），即本法不應被解釋為限制本法適用範圍外的英語或法語的使用（第6條）；六、政府機構應採取合理措施及計畫，以實踐本法所定政府義務（第7條）；七、省督（Lieutenant Governor in Council）得依本法第1條定義「政府機構」（government agency），增加指定適用本法之機構；或修正本法附表，以增加指定區域；或在合理與必要情況下，豁免本法第2條及第5條之適用（第8條）；八、法語指定機制（第9條至第10條）。

　　安大略實施英語、法語為官方語言，在法院體系及政府機構內，人

---

[26] 加拿大學校教育系統，分為公立學校（public school）及獨立學校（separate school）兩大類。獨立學校多為接受政府補助之教會學校，其法源為憲法第93條規定，目前安大略、沙士卡其灣、亞伯達等省仍有獨立學校系統。以安大略為例，政府經費補助法語公共學校（French Public system）、法語天主教學校（French Catholic system）、英語公共學校（English Public system）、英語天主教學校（English Catholic system）等四種學校系統（Ontario Ministry of Education, 2018）。

民可使用任一官方語言。就教育系統而言，超過450所學校實施法語為教學語言（French-language schools）；而受政府經費補助的「英語為教學語言學校」（English-language schools）之學生，則需修習法語為第二語言（French as a second language）[27]相關課程（Ontario Ministry of Education, 2018）。

　　基本上，安大略的法語使用者為語言上的少數群體，省議會以《法語服務法》承認並創設法語使用者的語言權利，體現了實質平等理論，不但彰顯《公民與政治權利國際公約》第27條少數群體權利保障精神，而且也實現了加拿大1982年憲法所保障的語言人權。

參、安大略法語事務機構

　　《法語服務法》所建構法語保障與促進措施中，法語事務機構及法語指定（designation）機制，對於促進法語復振，產生重要的制度引導功能。依《法語服務法》第11條至第12條，推動安大略法語事務之政府機構，包含主責部長（Responsible Minister）、法語事務辦公室（Office for Francophone Affairs）；同法第12條之1至第12條之8為監察使（Ombudsman）；同法第12條之9為法語服務監察使；同法第13條為法語服務協調員。事實上，安大略省政府於2017年有意將法語事務辦公室升格改制為法語事務部（Ministry of Francophone Affairs），但各方反應不一，至2018年省議會改選，省長Doug Ford推動的法語事務三項新政之一，就是改制法語事務辦公室為法語事務部（CBC, 2017; Ontario.ca, 2018）。因此，安大略法語事務機構，包含：一、負責政策制定及執行

---

[27] 英語學校教授法語，可分為三個層次：1.核心法語課程（Core French），法語為一個學習科目；2.延伸法語課程（Extended French），法語為一個學習科目，即法語課，並另有一個科目以法語教學，如以法語教數學；3.法語沉浸式課程（French Immersion），法語為一個學習科目，並另有兩個以上的科目以法語教學（Ontario Ministry of Francophone Affairs, 2019a）。

之「法語事務部」；二、職司申訴調查、監察法語事務，並提出政策建議之「監察使」；三、各部門之法語服務協調員。

一、法語事務部

安大略省政府內閣共22人（包含省長），[28]分別主管25個部（ministry）事務，各部事務由部長（Minister）推動，視需要設置由議員兼任的政務副部長（Associate Minister），或由議員兼任的助理部長（Parliamentary Assistant），並由資深公務員出任常務副部長（Deputy Minister）協力推動。

安大略法語政策之主責機關為安大略法語事務部，現任安大略法語事務部部長（Minister of Francophone Affairs）為Caroline Mulroney。[29]安大略法語事務部主要分為三個層次：（一）部長，並設助理部長（Parliamentary Assistant to the Minister of Francophone Affairs），現任助理部長為Natalia Kusendova，襄助部長；（二）常務副部長（現任者為Marie-Lison Fougère），下設副部長行政助理（Executive Assistant to the Deputy Minister），以及人力資源（Human Resources）、財務（Corporate Finance）、區域服務（Regional Services and Corporate Support）、政策規劃（Strategic Policy Development and Planning）等四個部門；（三）助理副部長（Assistant Deputy Minister），現任者為Jean-Claude Camus，助理副部長同時為行政長（Chief Administrative Officer），下設政策研究與服務（Policy Research and Services）、策略傳播（Strategic Communications Branch）兩個部門（Ontario Ministry of Francophone Affairs, 2021; Ontario.ca, 2021）。又為處理COVID-19所帶來的經濟衝擊，安大略法語事務部設立「後嚴重特殊傳染性肺炎法語經濟

---

[28] 省長Doug Ford同時兼政府關係部長（Premier and Minister of Intergovernmental Affairs）。

[29] Caroline Mulroney為進步保守黨，屬York-Simcoe選區，現同時任法語事務部及交通部部長（Minister of Transportation）。

復甦部長級諮詢委員會」（Ministerial Advisory Council on Francophone Economic Recovery Post COVID-19）以蒐集法語企業及社區組織受疫情之影響，以創新方法恢復企業的營運能力（Ontario Ministry of Francophone Affairs, 2021）。[30]

　　依《法語服務法》第11條規定，法語事務部部長之職能爲制定法語政策，並向議會提報法語事務年度報告。復依《法語服務法》第12條第2項規定，爲確保法語服務之取得和品質，法語事務辦公室可提出「法語指定區」（designated area）之建議，及在本法附表（schedule）中增列「法語指定機構」（designated agency）等。

　　安大略政府推動法語事務之具體政策作爲，依法語事務部2021年至2022年的年度報告（Published Plans and Annual Reports 2021-2022: Ministry of Francophone Affairs），法語事務部將關注的核心工作（key activities）爲：以經費支持法語非營利組織（COVID-19 Relief Fund for Francophone Non-Profit Organizations）及法語社區補助計畫（Francophone Community Grants Program），[31]與其他部門合作推動法語新創事業（Francophone entrepreneurship and innovation）、提升政府部門第一線法語服務品質（improve access to and the quality of front-line French-language government services）、簡化法語指定機制（streamline the designation process under the French Language Services Act）、持續推動安大略／魁北克合作交流協議（Ontario-Quebec cooperation and exchange agreement with respect to the Francophonie）等事務（Ontario

---

[30] 劉阿榮（2021）指出，嚴重特殊傳染性肺炎對經濟衝擊略有：1.經濟成長放緩，失業率上升；2.觀光旅遊相關產業受疫情衝擊最大，民間消費成長趨緩；3.利率下降，財政寬鬆，外資匯入，引發臺灣房地產交易熱絡，將形成資源分配的扭曲；4.全球經濟前景不確定性增高，抑制經濟成長力道，而各國加強疫苗研發與數位化投資。

[31] 爲強化法語群體的文化及商業活力，法語事務部自2017年起實施「法語社區補助計畫」，採行兩個路徑（stream）：1.社區與文化（community and culture），以非營利組織爲補助對象；2.經濟發展（economic development），以銷售產品或服務之營利組織爲對象（Government of Ontario, 2019）。

Ministry of Francophone Affairs, 2022）。[32]

　　又為建構法語事務政策建議之制度性機制，安大略設有省級法語事務諮詢委員會（Provincial Advisory Committee on Francophone Affairs），該委員會由12人組成，任期3年（Public Appointments Secretariat, 2020）。[33]

二、法語服務協調員

　　依《法語服務法》第13條規定，政府各部（each ministry）皆須設置法語服務協調員，其職能為：（一）代表該部組成跨部門的委員會（Committee）以協調、推動法語事務，此委員會的主席由法語事務辦公室高階官員擔任；（二）法語服務協調員可直接向所屬各部的副部長就法語服務等議題，進行討論，副部長負責本法之執行及該部法語服務之品質。

　　就《法語服務法》之設計，法語服務協調員為該部高階官員，可參與該部政策規劃、制定，以確保提供高品質的法語服務；然而，實作的結

---

[32] 法語事務部2019年至2020年計畫及年度報告（Published Plans and Annual Reports 2019-2020: Ministry of Francophone Affairs）指出，該部的三大關鍵策略（key strategy）為：1.加強法語服務，包含法語服務能力建構、結果課責、法語社區的高品質法語服務等；2.提升安大略法語事務之能見度，包含參與加拿大法語部長會議（Ministerial Conference on the Canadian Francophonie），並與魁北克簽訂合作協議之府際合作、法語國家國際組織（Organisation internationale de la Francophonie）等；3.促進更強大的安大略法語社區，聚焦於醫療、社區和兒童服務、經濟發展、移民、教育和司法等領域（Ontario Ministry of Francophone Affairs, 2019b）。法語事務部2020年至2021年計畫及年度報告（Published Plans and Annual Reports 2020-2021: Ministry of Francophone Affairs）指出，2020年至2021年該部將關注的核心工作為：1.持續支持法語非營利社區組織，以加強法語服務和項目，促進法語和文化的推廣；2.依「後嚴重特殊傳染性肺炎法語經濟復甦部長級諮詢委員會」之反饋，支持法語企業（Francophone-owned businesses）；3.簡化《法語服務法》指定機制之流程；4.在嚴重特殊傳染性肺炎大流行背景下，探索促使《法語服務法》現代化之可能方式；5.持續與加拿大政府（Government of Canada）及高等教育部（Ministry of Colleges and Universities）合作，以解決安大略省法語高等教育需求，並回應對雙語勞動力短缺問題（Ontario Ministry of Francophone Affairs, 2021）。

[33] 除省級法語事務諮詢委員會外，省以下的市，亦會視需要成立諮詢委員會，如多倫多法語事務諮詢委員會（Toronto Francophone Affairs Advisory Committee），該委員會由市議員1人、法語團體代表4人、公民代表4人組成，任期4年（City of Toronto, 2020）。

果，部分部門的法語服務協調員並非由高階官員擔任，無法與副部長直接溝通，職能也弱化為處理法語監察使辦公室轉交的申訴案件；因而，改制前的「法語服務監察使」之2015年至2016年的年度報告（Annual Report 2015-2016）中建議：修正《法語服務法》以重新界定法語服務協調員的角色，賦予其更大的權力，讓法語服務協調員於各機關政策規劃時，能發揮影響力（OFLSC, 2016: 58-60）。意即，各部之內部所設法語服務協調員，本欲提升各部於執行業務時，注意法語少數群體之權利；然而，法語服務協調員之功能遭弱化議題，顯示若行政機關未能善盡《法語服務法》所定義務，法令規範恐形同具文，彰顯建構完善的水平課責（horizontal accountability）機制，有其必要性（王保鍵，2021b）；而監察使之設置，能落實水平課責機制，保障法語使用者之語言權利。

三、監察使

　　加拿大各省及地區之語言監察機制，可分三種態樣：（一）由「一般監察使」處理者，包含卑詩省監察使（British Columbia Ombudsperson）、亞伯達省監察使（Alberta Ombudsman）、沙士卡其灣省監察使（Ombudsman Saskatchewan）、曼尼托巴省監察使（Manitoba Ombudsman）、安大略省監察使（Ontario Ombudsman）、諾瓦斯科西亞省監察使（Nova Scotia Ombudsman）、紐芬蘭暨拉布拉多省監察使（Newfoundland and Labrador Citizens' Representative）、育空地區監察使（Yukon Ombudsman）；（二）專設「語言監察使」處理者，包含紐布朗斯維克省官方語言監察使（Commissioner of Official Languages for New Brunswick）、努納福特地區語言監察使（Languages Commissioner of Nunavut）、西北地區語言監察使（Languages Commissioner of the Northwest Territories）；（三）設置專門機構處理者，包含魁北克法語辦公室、愛德華王子島「法語服務協調員」。[34]

---

[34] 當愛德華王子島的民眾無法取得法語服務，或法語服務品質劣於英語時，民眾可依《法語服

　　《法語服務法》設有監察使，依《監察使法》（Ombudsman Act）及《法語服務法》規定監察法語事務之執行（第12條之1）。按《法語服務法》第12條之2規定，監察使之職能包含：（一）依申訴人所提申訴案，或監察使自行發動，進行違反本法行為之調查；（二）申訴案之調查報告，及提升法語服務之建議；（三）對政府部門提供之法語服務，進行監察；（四）就本法行政推動事宜，向法語事務部部長提出政策建議；（五）執行省督交付予監察使之事務。

　　事實上，安大略省之《法語服務法》施行後，歷經多次修正，關於法語服務監察及申訴處理，可分為前期及後期兩個階段；前期係由法語事務部處理，後期增設法語服務監察使，由法語服務監察使專責處理。就制度變革而言，法語服務監察使之性質，可分為「省政府所屬機關」、「省議會所轄獨立機關」、「納入一般監察使辦公室」三個階段（王保鍵，2022）。1989年施行《法語服務法》時，民眾如無法在省政府所轄機構取得法語服務，可向法語事務辦公室提出申訴。2007年修正《法語服務法》，創設「法語服務監察使」，任期5年，隸屬於省政府，申訴案件改由法語服務監察使受理。2013年修正《法語服務法》，自2014年1月1日起法語服務監察使改制為獨立機關，並改隸屬於省議會。2018年12月6日，省議會通過《重建信任、透明及問責法》，進行獨立監察機構的再造，將法語服務監察使、兒童及青少年權益辦公室（Provincial Advocate of Children and Youth's office）[35]整併入安大略監察使。

　　自2019年5月1日起，依《法語服務法》第12條之8及第12條之9規定，法語服務監察使由安大略監察使任命，法語服務監察使同時為安大略副監察使（Deputy Ombudsman）；本法有關安大略監察使之職權，得由法語服務監察使行使，並將法語服務監察使辦公室改隸監察使。2019

務法》第12條規定，於60天內向法語服務協調員提出申訴。而法語服務協調員係依《法語服務法》第9條規定，設立於每個政府機構，如農業漁業部、經濟發展與觀光旅遊部等。

[35] 依《省兒童及青少年權益法》第3條、第5條、第6條規定，兒童及青少年權益保障官由省議會提請省督任命，任期5年，為省議會所轄機關。

年5月1日改制，改制初期，法語服務監察使由安大略副監察使Barbara Finlay暫代，2020年1月13日由Kelly Burke出任改制後的新任法語服務監察使（Deputy Ombudsman and Commissioner of French Language Services）。意即，Kelly Burke同時執行《法語服務法》關於安大略監察使及法語服務監察使之法定權責（王保鍵，2021b）。

　　申言之，2018年修正《法語服務法》，整合了「監察使」與「法語服務監察使」功能：（一）安大略監察使（Ombudsman）[36]職掌法語服務申訴及調查（第12條之2至第12條之4），並依《法語服務法》第12條之6規定，監察使可隨時就本法相關事項，向省議會提出相關報告（other reports）；（二）監察使得以法語服務監察使（Commissioner）建議，依《法語服務法》第12條之5規定，向省議會議長（Speaker of the Assembly）提出法語服務監察使年度報告（Annual Report of the French Language Services Commissioner）；監察使得視情況將法語服務監察使年度報告，納入監察使依《監察使法》第11條規定年度報告中。

　　監察使（法語服務監察使）之職權行使，約略可分為「申訴案調查」及「政策建議」兩類。首先，在申訴案調查面向，民眾可就法語公共服務之提供提出申訴，包含：（一）法語服務未達一定品質；（二）未提供法語服務。法語服務監察使收到申訴案，需先進行形式審查，分為可受理的申訴（admissible complaints）及無法受理的申訴（inadmissible complaints）[37]兩類；經形式審查後，再就可受理的申訴案進行調查。法語服務監察使除處理申訴個案外，亦會對於所有申訴案進行系統性分析，

---

[36] 安大略監察使係依《監察使法》於1975年10月30日設立，是繼亞伯達及紐布朗斯維克（1967）、魁北克（1968）、曼尼托巴及諾瓦斯科西亞（1970）、沙士卡其灣（1972）等省，第六個設立監察使之省（Ontario Ombudsman, 2019）。安大略監察使由省議會任命，任期5年。另自2007年8月擔任法語服務監察使的François Boileau，於議會通過《重建信任、透明及問責法》後表示：法語服務監察使改由副監察使兼任，減損法語服務監察之獨立性；惟從另一個角度來看，由副監察使處理法語服務監察工作，在政策工具選擇上，除《法語服務法》外，增加《監察使法》所賦予之權力（王保鍵，2021b）。

[37] 無法受理的申訴，依法語服務監察使第十二次年度報告可細分為聯邦政府、市政府、民間企業、不在法語指定區、惡意申訴、資料不全、其他等七類（OFLSC, 2019: 54）。

經諮詢專家意見後，再與行政部門協商提升法語服務（Amon, 2019: 179-180），以精進法語保障措施。

其次，在政策建議面向，法語服務監察使透過提交年度報告，界定政策問題，並提出政策建議。例如，法語服務監察使第一次年度報告（Annual Report 2007-2008: Paving the Way）的首項建議爲：建議安大略政府檢視法語使用者之定義，以符現行實際狀況。安大略政府隨即依法語服務監察使的建議，於2009年改採「法語使用者包容性定義」。[38]又譬如，法語服務監察使第十二次年度報告（Annual Report 2018-2019: Epilogue of a Franco-Ontarian Institution）界定了法語指定機制之待處理政策問題，並提出「強化法語指定機制之功能」、「審視法語指定機制之標準」、「審視法語指定之時程」、「指定前與指定後的協助措施」等政策建議（OFLSC, 2019: 29）。

法語服務監察使於2019年5月併入監察使辦公室後，2020年12月由監察使Paul Dubé及法語服務監察使Kelly Burke共同提出第一次法語服務監察使年度報告（2019-2020 Annual Report of the French Language Services Commissioner of Ontario），以「兩個監察機構，一個接入點」（two watchdogs, one access point）描述改制後法語服務監察使的角色功能（Ontario Ombudsman, 2021）。

肆、安大略省法語指定機制

《法語服務法》定有法語指定（designation）機制，於族群聚居區（ethnic enclaves）或雙語區（bilingual district）提供法語服務，以鼓勵法語使用者積極參與省級公共事務，並傳承法語（Boberg, 2010: 4;

---

[38] 2016年依「法語使用者包容性定義」所進行的法語人口調查結果顯示：1.法語人口622,415人，占安大略總人口的4.7%，多數居住在安大略東部；2.法語人口高齡化程度較高，即法語人口平均年齡爲44.6歲，高於總人口平均年齡之41歲，且法語人口65歲以上爲19.5%，高於總人口65歲以上之16.2%（Ministry of Francophone Affairs, 2020）。

Mackey, 2010: 68）。《法語服務法》之法語指定機制，包含「法語指定區」（designated area）及「法語指定機構」（designated agency）兩個部分：法語指定區明列於《法語服務法》之附表；法語指定機構則規範於《法語服務法》第8條至第10條。又依《法語服務法》第8條關於增加指定區域規定，省督發布《增加指定區辦法》（Ontario Regulation 407/94: Designation of Addititonal Areas）。

一、法語指定區

　　「法語指定區」，係指特定區域之法語人口達該區域總人口10%，或特定城市之法語使用人口達5,000人者；安大略現有26個法語指定區，80%的法語人口住在法語指定區內（Cartwright, 1998: 283; Ontario Ministry of Francophone Affairs, 2019c）。《法語服務法》並未明定「法語指定區」之人口數標準，此一標準是來自皇家雙語與雙文化委員會（Royal Commission on Bilingualism and Biculturalism）（OFLSC, 2016: 35）。[39]

　　因法語指定區有兩種標準，在實作上，產生兩種態樣：（一）特定區域全區皆為法語指定區，如多倫多市（City of Toronto）、渥太華市（City of Ottawa）、普雷斯科特縣（Prescott County）薩德伯里區（District of Sudbury）等；（二）特定區域內部分地區為法語指定區，如皮爾區域政府（Regional Municipality of Peel）[40]之密西沙加市（City of Mississauga）與布蘭普頓市（City of Brampton），或肯特縣（Kent County）之提爾伯里鎮（Town of Tilbury）暨多佛／東提爾伯里

---

[39] 除客觀的人口數標準外，自2012年起，增加「社區支持」（community support）指標：即當地省議會議員的支持（OFLSC, 2016: 35）。

[40] 皮爾區域政府包含密西沙加市、布蘭普頓市、卡里冬鎮（Town of Caledon）。皮爾區域政府之治理機制由議會（Region of Peel Council）主責，意即，由三個市（鎮）之市長、三個市（鎮）選出議員及由議員選出之主席（Regional Chair）共25人組成；主席除議會開會主持會議外，並為市執行長（Chief Executive Officer of the Regional Corporation），在行政長協助下，執行議會決議（Region of Peel, 2019）。

（Townships of Dover and Tilbury East）（王保鍵，2021b）。

　　在法語指定區內，民眾可在安大略省政府所轄的各個部門獲得法語服務，諸如駕駛執照或出生證明等；至於縣（市、鎮）政府所轄政府機構，因其為自治體，非《法語服務法》之適用範圍，故而尊重各該地方之自治權（OFLSC, 2013; Ontario Ministry of Francophone Affairs, 2019c）。[41]依《法語服務法》第14條規定，位在法語指定區內的縣（市、鎮）議會，得通過自治法規（Municipal by-laws）規定公共服務應以英法雙語提供，居民有權選擇英語或法語洽公；例如渥太華（Ottawa）、克拉倫斯（Clarence-Rockland）。[42]以安大略交通部（Ministry of Transportation）所轄的高速公路路標為例，行經法語指定區路段的省轄高速公路，相關路標必須以英法雙語（bilingual sign）呈現；但多倫多所轄嘉甸拿高速公路（Gardiner Expressway）路標是否採法語標示，則由多倫多決定（Ontario Ministry of Transportation, 2017）。

二、法語指定機構

　　依《法語服務法》第1條的定義，政府機構（government agency）包含省政府所轄各部（ministry）、由省督任命的委員會（board/commission/ corporation）、政府全部或部分補助的非營利公司（non-profit corporation）、《長照中心法》（Long-Term Care Homes Act）規範的長照中心、《兒童青年家庭服務法》（Child, Youth and Family Services Act）及《地區社會服務法》（District Social Services

---

[41] 惟如縣（市、鎮）政府受省政府委辦，執行委辦事項，則有《法語服務法》之適用。

[42] 安大略《市政法》（Municipal Act 2001）第5條及第249條，賦予縣（市、鎮）議會得制定自治法規之權。渥太華於2001年5月制定《雙語法》（Bilingualism [By-law No. 2001-170]）規範渥太華居民有權以英語或法語洽公、獲得市政府服務、市政府員工不得因實施本法而被解雇、本法之執行應與相關團體協商等事項。2005年1月，鄰近渥太華的克拉倫斯議會通過自治法規，要求新設立的民間企業或商店之戶外招牌必須以英法雙語標示，為安大略第一個規範雙語標誌的城市（Dunfield, 2005）。

Administration Boards Act）所規範服務提供者等五類。[43]又依《法語服務法》第8條規定，省督得公布法規，指定適用本法之機構。安大略政府依《法語服務法》訂有《指定法語公共服務機構辦法》（Ontario Regulation 398/93: Designation of Public Service Agencies），以上開辦法爲基礎，法語指定機構有所變動，將另行發布命令，如2020年10月22日《調整法語指定公共服務機構辦法》（Designation of Public Service Agencies: O. Reg. 606/20 amending O. Reg. 398/93）、2021年4月29日《調整法語指定公共服務機構辦法》（Designation of Public Service Agencies: O. Reg. 323/21 amending O. Reg. 398/93）等。[44]

　　爲確保民眾於法語指定機構獲得較高品質的法語服務，法語指定機構必須符合的標準（designation criteria）爲：（一）僱用能使用法語的員工，以長期（permanent basis）提供法語服務；（二）辦公時間內，必須提供法語服務；（三）相關董事會或委員會中應有一定比例的法語使用者，與所服務的法語裔人口比例相當；（四）高階管理階層應有一定比例的法語使用者；（五）確保主管或高階管理階層之法語服務之課責機制；就上開五項標準爲準據，實作規範有34個具體要求（compliance requirements），主要包括直接爲民服務、治理及問責、決策機制的組成、組織的視覺標誌、人力資源（進用及訓練雙語人員）、社區的支持等項目（OFLSC, 2018）。每隔3年，各法語指定機構須向法語事務部提交報告，說明其如何維持高品質之法語服務提供。若人民認爲在法語指定機構所獲得法語服務未符合需求，或機構根本未提供法語服務，可向安大略監察使法語服務處（Ontario Ombudsman French Language Services

---

[43] 法語指定機構不限於政府機關，包含接受政府補助之民間機構或非營利組織，但該組織須位在法語指定區內（Hien and Napon, 2017: 43）；又部分法語指定機構非屬法律要求者，而係由機構自願申請者，如兒童援助組織、醫院、大學、老人照顧機構等（王保鍵，2021b）。

[44] 特定機構成爲法語指定機構之模式：1.原則上採自願申請：包含申請、主管部評估、法語事務部評估、正式指定四個階段；2.例外採非志願性：《法語服務法》僅賦予大學可拒絕被指定爲法語指定機構（第9條第2項），法語事務部依《法語服務法》第12條第2項規定，可強制指定特定機構爲法語指定機構（王保鍵，2021b）。

Unit）提出申訴，經受理後，依《法語服務法》第12條之4規定，通知被申訴機關副首長（notice to be given to deputy head），並適用《公共問責法》（Public Inquiries Act 2009）第33條程序進行調查後，提出調查報告（report on results of investigation），並公布調查報告（publication of report）。

又為使法語指定機制具有彈性，《法語服務法》建構「有限指定」（limited designation）及「重複服務」（duplication of services）機制。依《法語服務法》第9條第1項之有限指定機制，「法語指定機構」可分為「部分法語機構」（partial designation）與「全法語機構」（full designation）兩類，前者為指定機構在特定公共服務提供法語；後者為指定機構在所有公共服務皆提供法語。復依《法語服務法》第5條第2項設有重複服務機制，即指定區域內的多個、不同部門辦公室提供相同的服務時，於審酌人民合理的接近使用法語權（reasonable access to the service in French），可指定特定部門提供該項業務之法語服務，以節約資源。

此外，法語指定機制之廢止機制（revocation of designation），規範於《法語服務法》第7條及第10條，法語指定機構如能證明已遵守本法所有合理措施和計畫（all reasonable measures and plans for compliance with this Act have been taken or made），可不再列入法語指定機構。但特定機構欲適用《法語服務法》第7條及第10條廢止法語指定機構，門檻極高；實作上，多發生於機構的整併，或指定機構與非指定機構間業務的移轉（王保鍵，2021b）。[45]

三、司法判決

蒙特福特醫院（Hôpital Montfort）為安大略東部的教學醫院，亦為法語指定機構，以法語提供醫療服務及專業訓練。安大略衛生重組委員會

---

[45] 如2008年Huronia District Hospital與Penetanguishene General Hospital合併為Georgian Bay General Hospital。

（Ontario Health Services Restructuring Committee）於1997年建議關閉蒙特福特醫院，經居民抗爭，衛生重組委員會修正決定將蒙特福特醫院轉型為門診醫療機構，醫院提起司法救濟，案經安大略上訴法院（Ontario Court of Appeal）於2001年12月7日做出判決（Lalonde v. Ontario [Commission de restructuration des services de santé], No. C33807）。

安大略上訴法院在Lalonde v. Ontario案中，不但駁回關閉醫院的決定，並指出（王保鍵，2021b）：（一）蒙特福特醫院為法語指定區（Ottawa-Carleton region）內之法語指定機構，亦是安大略省唯一以法語提供醫療及訓練的醫院，具有增強安大略法語少數群體之語言、文化、教育的憲法功能；（二）依憲法尊重及保護少數群體原則（principle of respect for and protection of minorities），應給予《法語服務法》寬廣的適用解釋空間（liberal and generous interpretation），法語服務機構被指定後，政府應維持法語服務的水準，除非有合理及必要（reasonable and necessary）考量，不能降低服務水準，安大略衛生重組委員在本案並未提出合理及必要的理由。

綜上，法語指定區及法語指定機構之制度設計，成為法語社群「溝通」（transactional）與「身分認同」（identity）的重要支柱；法語指定機制環繞在法語裔居民的日常生活中，諸如教育機構、醫院、長照中心、公立法語大學（Université de l'Ontario français）等，有助於促進法語裔居民的認同（王保鍵，2021b），誠如安大略上訴法院在Lalonde v. Ontario案指出，法語指定機構非僅係單純服務提供者，更是法語社區活力的象徵。

第四節　魁北克與安大略之比較

相對於英語使用人口，加拿大法語使用者為語言少數群體，綜觀加拿大語言保障與促進措施，聯邦政府重視英語、法語雙語之平等權；省級政

府之法語保障，可概分為「魁北克模式」與「安大略模式」，如表5-2。

表5-2　魁北克與安大略法語權利保障模式比較

		魁北克	安大略
語言法律		法語憲章	法語服務法
語言專責機關	規劃執行	法語事務部長 法語辦公室	法語事務部長
	語言監察	法語辦公室（準語言監察）[46] 魁北克監察使	監察使（法語服務監察使）
		任期5年	任期5年
管轄權		政府機構、民間企業、自然人	省級政府機構
處罰權		金錢處罰及其他種類	無

資料來源：本書整理。

　　魁北克以《法語憲章》施行獨尊法語政策，實施範圍不限於政府機構，擴及民間企業、商店、自然人，並採行裁罰手段，以強制相關人等遵守。相對地，安大略的《法語服務法》則僅規範公部門提供法語服務，未擴及私部門，亦未有罰則規定。

　　事實上，族群語言的法律框架對於族群意識之凝聚與提升，產生一定程度的影響。魁北克實施法語為單一官方語言，雖造成英語人口或企業移出魁北克，如蒙特婁銀行（Bank of Montreal）於1977年將總部遷至多倫多；但該省所施行法語政策也提升魁北克的自我認同及群體意識，如1977年，時任省長勒維克（René Lévesque）將原宗教性節日（St-Jean-Baptiste Day）定為魁北克省慶日（Fête nationale du Québec）（CBC,

---

[46] 曾任歐盟監察使的P. Nikiforos Diamandouros教授指出，監察使的職能為監督法院及其他公共機構、處理民眾申訴、追訴違法官員（supervise the courts and other public authorities, to deal with complaints from citizens, and to prosecute officials and government ministers who behaved unlawfully）等（Diamandouros, 2016）。依《保護及促進監察使機構原則（威尼斯原則）》第6點規定，監察使選任程序，應強化監察使的權威性（authority）、公正性（impartiality）、獨立性（independence）、合法性（legitimacy），監察使由議會選任

2016），迄今，每年6月24日省慶日都可見老老少少手持魁北克旗。

　　此外，臺灣雖採五權分立之憲政制度，但歸屬於立法部門之獨立語言監察使，已爲臺灣制定法律時之參探。例如，立法委員賴香伶、張其祿、徐志榮、林爲洲、林思銘、鄭正鈐、張育美等17人所提出《臺灣客家語言發展法（草案）》第47條規定，立法院應設語言監察使一人；語言監察使由立法院院長任命，任期7年，不得連任。語言監察使得任命語言監察使辦公室相關職員。語言監察使得依職權或陳情，對涉及政府機關（構）提供語言措施或服務事件進行調查，並依法處理及救濟。語言監察使於進行申訴案調查時，得請求相關機關提出說明，受請求機關不得拒絕。語言監察使應每年就少數群體語言權利保障及政府機關（構）語言政策及措施，向立法院提出報告。

爲佳（ombudsman shall preferably be elected by Parliament by an appropriate qualifiedmajority）。有別於傳統監察使（classical legislative ombudsman），某些國家的實作，發展出行政監察使（executive ombudsman）；但行政監察使招致主要批評爲：缺乏眞正獨立性（real independence），而削弱監察使調查行政部門缺失的功能（Marshall and Reif, 1995）。Hill（2002）則以「準監察使」（quasi ombudsmen），指涉隸屬於行政首長或行政機構的官僚控制機制（bureaucratic control mechanisms subject to executive leaders or agency administrators），並認爲眞正的監察使（real ombudsmen）是在立法部門並獨立運作（operationally independent officials of the legislative branch）。法語辦公室雖可監督政府部門落實執行《法語憲章》，並受理人民申訴，進行調查，具有實質語言監察功能，但因法語辦公室隸屬於法語事務部長，應視爲「準語言監察機構」。

第六章　英國少數群體語言權利

　　英國法律關於語言能力的規定，可見於《英國國籍法》（British Nationality Act 1981）第6條及附錄一（Schedule 1）第1點之(1)C規定，乃歸化取得英國國籍者，需通曉英語、威爾斯語、蘇格蘭蓋爾語（sufficient knowledge of the English, Welsh or Scottish Gaelic language）。1981年制定《英國國籍法》之際，威爾斯議會、蘇格蘭議會尚未成立，威爾斯語、蘇格蘭蓋爾語之法律保障機制，雖未臻成熟，但《英國國籍法》已注意到少數群體之語言使用。

　　就官方語言而言，英語是最為通行之語言，亦為國家法律、政府官方文書所使用語言，但法律並未明定英語為官方語言，而為「事實上」官方語言。[1]威爾斯議會、蘇格蘭議會於1999年成立，分別制定《威爾斯官方語言法》（National Assembly for Wales (Official Languages) Act 2012）、《蓋爾語（蘇格蘭）法》（Gaelic Language (Scotland) Act 2005），賦予威爾斯語在威爾斯、蓋爾語在蘇格蘭，具有官方語言地位。本章從英國少數群體語言法律框架出發，以英國傳統族群母語（native languages）[2]的威爾斯語、蘇格蘭蓋爾語為探討對象。

---

[1] 英國國會未以法律明定英語為官方語言，但威爾斯議會制定《威爾斯官方語言法》（National Assembly for Wales (Official Languages) Act 2012）定威爾斯語、英語為官方語言。

[2] 就語言少數群體而言，英國的語言少數群體所使用之語言，可分為傳統族群母語及移民社群語言（immigrant community languages）。移民人口約占英國人口數的5.5%，其中最大群體為東南亞語言使用者（占總人口2.7%），如孟加拉語（Bengali）、旁遮普語（Punjabi）、印地語（Hindi）、古吉拉特語（Gujarati）等；其他移民社群語言尚有廣東語（Cantonese）、義大利語（Italian）、波蘭語（Polish）、希臘語（Greek）、土耳其語（Turkish）等（BBC, 2014b）。本書關注於語言少數群體之語言，遂以傳統族群母語為討論主軸，暫不討論移民社群語言。

第一節　英國少數群體語言法律框架

　　關於英國傳統族群母語的發展，可追溯至鐵器時代（Iron Age）。鐵器時代的英國，可說是凱爾特人（Celtic）的天下。凱爾特人所使用的凱爾特語（Celtic language），可分為大陸凱爾特語（Continental Celtic）及海島凱爾特語（Insular Celtic）兩個次類型（Schmidt, 1980）。大陸凱爾特語已消失；現今尚可見的海島凱爾特語，可再分為：一、「P-Celtic」的布立吞語（Brythonic），包含；威爾斯語（Welsh）、康瓦爾語（Cornish）、布列塔尼語（Breton）；[3] 二、「Q-Celtic」的蓋爾語（Goidelic），包含愛爾蘭語（Irish）、蘇格蘭蓋爾語（Scottish Gaelic）、曼島蓋爾語（Manx Gaelic）等（Hickey, 1995）。上開海島凱爾特語多數仍在英國特定區域被使用，亦為英國的少數群體語言。本節謹就英國少數群體語言法律框架，及分權政府對少數群體語言權利之促進功能，加以討論。

壹、英國少數群體語言法律

　　英國雖於2020年12月31日脫離歐洲聯盟，但仍為歐洲理事會的會員國，歐洲理事會的法律對於英國少數群體之語言規劃，扮演重要驅力。英國關於少數群體及其語言保障的法律框架，約略有歐洲理事會法律、國內

---

[3] 布列塔尼語目前主要使用者在法國西部。法國文化部（Ministry of Culture）所屬語言部門（General Delegation for the French language and the languages of France）定義區域語言（regional languages）為特定語言在法國境內的使用時間，較法語為久者（Les langues régionales se définissent, dans l'Hexagone, comme des langues parlées sur une partie du territoire national depuis plus longtemps que le français langue commune），目前認可的區域語言，包含羅曼語系（Romance）的加泰隆尼亞語（Catalan）、科西嘉語（Corsican）、奧客語（Occitan）、法蘭克—普羅旺斯語（Franco-Provençal）；日耳曼語系（Germanic）的佛拉蒙語（Flemish）、阿爾薩語（Alsatian）；凱爾特語系的布列塔尼語；非印歐語系（non-Indo-European）的巴斯克語（Basque）等（DGLFLF, 2016; Noubel, 2021）。

法兩個層次。在歐洲理事會法律層次，包含：一、於2001年在英國生效的《歐洲區域或少數民族語言憲章》，依《憲章》第1條所定義「區域或少數群體語言」，將英國的康瓦爾語、愛爾蘭語、曼島蓋爾語、蘇格蘭語（Scots）、蘇格蘭蓋爾語、阿爾斯特蘇格蘭語（Ulster-Scots）、威爾斯語等七種語言納入適用（Council of Europe, 2021b）；二、於2014年依《歐洲保護少數民族框架公約》規定，英國承認康瓦爾人[4]為少數群體，與蓋爾人、蘇格蘭人、威爾斯人、愛爾蘭人等，同屬少數群體（GOV. UK, 2014）。

　　依《歐洲區域或少數民族語言憲章》第15條至第17條規定，會員國應就本法執行情況提出定期報告（periodical reports），由專家委員會（committee of experts）進行報告之審查（examination of the reports），並針對各國執行的情況提出評估報告。依上開規定，歐洲區域或少數民族語言憲章專家委員會（Committee of Experts on the European Charter for Regional or Minority Languages, ECRML）向部長委員會（Committee of Ministers）[5]之2020年7月1日第1308次部長代表會議（meeting of the Ministers' Deputies），提出關於審查英國執行《歐洲區域或少數民族語言憲章》第五次報告；該報告肯定英國對少數群體語言保障之長足進步，諸如許多政府機構和公共部門，已就威爾斯語、蘇格蘭蓋爾語推動語言權利保障措施；政府部門結構（governmental structure）有利於少數群體語言教育；經費補助促使公民可使用少數群體語言（Council of Europe, 2020a）。上開報告並建議英國：一、採行廣泛性法律及策略，以促進北愛爾蘭之愛爾蘭語的發展；二、持續採行適當

4　按英國2011年人口普查表格並無康瓦爾人選項（tick box），必須在其他（other）選項下，以手寫表明自己為康瓦爾人（Cornish），當時調查結果為：居住於康瓦爾（Cornwall）者，約有73,200人（14%）自我認同為康瓦爾人（Cornwall Council, 2014: 20）。康瓦爾語言復振，主要係由康瓦爾議會（Cornwall Council）之「康瓦爾少數群體工作小組」（Cornish National Minority Working Group）研擬，提報「憲章及治理委員會」（Constitution and Governance Committee）審議（Cornwall Council, 2021）。
5　依《歐洲理事會組織法》（Statute of the Council of Europe）第四章（第13條至第21條）規範部長委員會之組成及職權。

措施，加強蘇格蘭蓋爾語教育，特別是師資培訓及教材製作；三、分權予康瓦爾議會（Cornwall Council），以利康瓦爾語的推廣（Council of Europe, 2020b）。

　　在國內法層次，威爾斯分權政府、蘇格蘭分權政府已制定威爾斯語、蘇格蘭蓋爾語保障法律，英國國會雖未制定國家語言、語言平等相關法律，但實作上，英國國會2006年制定並於2010修正《平等法》（Equality Act 2010），可提供語言平等之法源基礎。依《平等法》第4條規定，本法所保障平等權特徵（protected characteristics），指年齡（age）、身障（disability）、性別變更（gender reassignment）、婚姻及民事伴侶（marriage and civil partnership）、[6]懷孕和生產（pregnancy and maternity）、種族（race）、宗教信仰（religion or belief）、性別（sex）、性取向（sexual orientation）等九類。[7]《平等法》第9條第1項所定義的「種族」概念，包含膚色（colour）、國籍（nationality）、族群或民族出身（ethnic or national origins）。[8]又《平等法》第9條第2項至第4項所界定「種族」範圍，含括族裔群體（ethnic and racial groups），即具有相同的族裔或種族受保護特徵之一群人；本法並闡明一個種族群體可具有兩個或多個不同的種族上特性，如英國黑人（black Britons）、英國亞洲人（British Asians）、英國錫克人（British Sikhs）、英國猶太人（British Jews）等（EHRC, 2020）。因種族理由而產生種族歧視（race discrimination），[9]係違反平等權保障，而有《平

---

[6] 民事伴侶關係（civil partnership），依《民事伴侶法》（Civil Partnership Act 2004）第1條為兩個相同性別者所組成者；但2019年《民事伴侶關係、婚姻和死亡（登記等）法》（Civil Partnerships, Marriages and Deaths (Registration etc) Act 2019）第2條擴大民事伴侶關係（extension of civil partnership），非同性亦可成立民事伴侶關係。

[7] 依《平等法》第13條、第14條、第19條規範直接歧視（direct discrimination）、雙種歧視（dual discrimination）、間接歧視（indirect discrimination）。

[8] 族裔出身（national origins）與國籍（nationality）不同，如擁有英國籍之華人（EHRC, 2020）。

[9] 種族歧視態樣主要有：1.直接歧視：因個人種族理由而遭受差別待遇；2.間接歧視：機構或組織的政策、法規，使得特定群體處於較為不利地位；3.騷擾（harassment）：個人感受到羞辱（humiliated）、冒犯（offended）、被貶抑（degraded）；4.使人受害（victimisa-

等法》之適用；實作上，少數群體語言之使用，如受到不平等待遇，亦可構成《平等法》之種族歧視。意即，在工作場所或會議禁止某人以自己母語發言，屬直接種族歧視（direct race discrimination），如Dziedziak v. Future Electronic Ltd案（Gowling WLG, 2016; Harper James Solicitors, 2020）。

　　事實上，除消極不得違反平等權義務外，《平等法》第149條所建構「公共部門平等義務」（public sector equality duty）之積極性要求，旨在實現「實質平等」。依此條之規定，公共部門應：一、消除本法禁止歧視等行爲；二、促進具受保護特徵者、不具受保護特徵者間之機會平等（advance equality of opportunity）；三、促進具受保護特徵者、不具受保護特徵者間之良好關係（foster good relations）。爲實現上開規定，《2010年平等法（特定義務）辦法》（Equality Act 2010 (Specific Duties) Regulations 2011）[10]第2點及第3點規定，公共部門應：一、每年公布落實本法第149條義務之資訊（publication of information）；二、每4年訂定並公布所欲達成的平等目標（equality objectives）。

貳、分權政府法律促進少數群體語言權利

　　英國少數群體語言使用者，可依《歐洲區域或少數民族語言憲章》、《歐洲保護少數民族框架公約》主張其語言權利。在英國國內法的法律體系，享有立法權（指需經女皇御准法律）者，爲英國國會（UK Parliament）以及三個分權議會（devolved Parliaments）。

　　英國國會尚未制定少數群體語言專法，三個分權議會中，威爾斯議會已制定《威爾斯語言法》（Welsh Language (Wales) Measure 2011）、蘇

---

tion）：申訴人依《平等法》提出種族歧視，卻因而受到不公平對待（EHRC, 2020）。
[10] 《2010年平等法（特定義務）辦法》係依2010年《平等法》第153條第1項、第154條第2項、第207條第4項所訂定。

格蘭議會已制定《蓋爾語（蘇格蘭）法》，分別保障威爾斯語、蓋爾語。
本書將在本章第二節、第三節討論上開兩部少數群體語言專法。

　　至於北愛爾蘭地區，語言專法之立法，一直是北愛爾蘭重要的
政治議題。在北愛爾蘭政治光譜上，受語言及宗教因素影響，存有民
族主義派（nationalist）與統一派（unionist）之分歧：民族主義派偏
好將「北愛爾蘭」併入「愛爾蘭」（Republic of Ireland）；統一派
則偏好留在英國（McCormack, 2020）。1988年《貝爾法斯特協議》
（Belfast Agreement/ Good Friday Agreement），成立北愛爾議會
（Northern Ireland Assembly），促使親都柏林（Dublin）的新芬黨
（Sinn Féin）、社會民主工黨（Social Democratic and Labour Party），
與親倫敦（London）的民主統一黨（Democratic Unionist Party）、阿
爾斯特統一黨（Ulster Unionist Party）兩個陣營，[11]共同坐在議會，以
民主機制共同處理政治事務（McCormack, 2020）。然而，北愛爾蘭的
語言政策，一直是北愛爾蘭議會之政治衝突所在；特別是《愛爾蘭語言
法》（Irish Language Act）立法爭議，民主統一黨、新芬黨兩大黨遲
遲無法達成協議，成為導致北愛爾蘭政府於2017年1月至2020年1月暫
停運作（suspended）原因之一，此三年期間，則由文官體系確保公共
服務之提供（Dunbar, 2017; Dunlevy, 2020; McDonald, 2020）。2020
年1月9日，由英國政府（UK Government）與北愛爾蘭政府簽署《新
十年新路徑協議》（New Decade New Approach Deal），讓北愛爾蘭
政府重新運作（GOV.UK, 2020）。在《新十年新路徑協議》中，語言
政策是重要議題，該協議第25點至第29點暨附件E（Annex E）規範語

---

[11] 1919年愛爾蘭獨立戰爭（Anglo-Irish War）爆發，1921年英國與愛爾蘭簽署《英愛條約》
（Anglo-Irish Treaty），南部26個郡依《愛爾蘭自由邦憲法》（Constitution of the Irish Free
State (Saorstát Eireann) Act 1922）成立愛爾蘭自由邦（Irish Free State），嗣後，於1948年脫
離大英國協（British Commonwealth of Nations）。北愛爾蘭雖留在英國，但國內政治因宗教
（天主教、新教）與語言因素，分成親愛爾蘭的民族主義派、親英國的統一派兩大陣營，貝
爾法斯特（Belfast）和平牆（Peace Wall）為鮮明的象徵。本屆北愛爾蘭議會於2017年選舉
產生，總席次90席中，民主統一黨為28席、愛爾蘭共和軍（Irish Republican Army）脈絡之
新芬黨為27席、社會民主工黨為12席、阿爾斯特統一黨為10席（BBC, 2017）。

言權利保障及促進措施，諸如擬建構「認同與文化辦公室」（Office of
Identity and Cultural Expression）、愛爾蘭語監察使（Irish Language
Commissioner）、阿爾斯特蘇格蘭語監察使（Ulster Scots Language
Commissioner）等。就此而言，如何妥善處理少數群體語言權利，是北
愛爾蘭政府治理上的重要議題。

　　事實上，北愛爾蘭政府實作經驗顯示，分權議會具有權力分享
（power-sharing）功能（McCormack, 2020），得以促使不同立場的政
黨（政治勢力）共存共治，實現「共識型民主」理論。又《威爾斯語言
法》、《蓋爾語（蘇格蘭）法》兩部少數群體語言專法，皆由分權議會
（devolved parliament）所立法通過，彰顯英國委任分權政府機制對少數
群體語言權利之實現，具有重要的驅力。

　　考量英國國內法所賦予威爾斯語、蘇格蘭蓋爾語之官方語言地位，
經英國與歐洲聯盟協議，在歐盟議會及行政部門中，威爾斯語、蓋爾語
具有半官方語言（semi-official language）或視同官方語言（co-official
language）的地位（Pasikowska-Schnass, 2016: 7）；並慮及歐洲區域或
少數民族語言憲章專家委員會（ECRML）2020年7月1日就英國執行《歐
洲區域或少數民族語言憲章》所提出第五次報告，肯定英國對威爾斯語、
蘇格蘭蓋爾語保障措施之長足進步，本書乃聚焦於威爾斯語、蘇格蘭蓋爾
語之討論。

第二節　威爾斯語言法

　　進入威爾斯邊界，映入眼簾的是英語（Welcome to Wales）、威爾斯
語（Croeso i Gymru）之雙語路標，威爾斯境內的多數標誌，多以英語及
威爾斯語雙語呈現獨特的語言景觀。本節謹就《威爾斯語言法》所建構的
語言權利、語言專責機構、語言監察等，進行探討。

壹、威爾斯語言使用人口

　　受到英國歷史發展影響，蘇格蘭與北愛爾蘭一直存有分離主義的獨立運動，相對地，威爾斯與英格蘭的關係則較爲緊密。事實上，蘇格蘭於2014年進行獨立公投，但爲何威爾斯人未受到鼓舞而進行獨立公投？除經濟財政問題外，威爾斯人的雙元認同（dual identity），同時自我認同爲威爾斯人及英國人（British），加上設立威爾斯分權政府所帶來的高度文化自治（cultural autonomy）、雙語官方語言等實作經驗，致使威爾斯獨立公投倡議無法成形（Economist, 2014）。

　　影響威爾斯語之語言地位的兩個重要元素，分別爲語言使用者人數（number of speakers）及語言的使用（use of the language）（Welsh Language Commissioner, 2016: 13）。威爾斯併入英國後，英語逐漸成爲強勢語言，威爾斯語的使用人口及使用場域逐漸消退，從1981年54.4%、1921年37.1%、1971年20.8%，降至1991年18.6%（Vacca, 2013）。依2011年英國人口普查資料顯示，威爾斯總人口（約爲310萬人）中，3歲以上有19%會說威爾斯語，3歲至15歲有30%會說威爾斯語，有14.6%能說、讀、寫威爾斯語；而依2013年至2015年威爾斯政府所進行威爾斯語言調查（Welsh Language Use Survey）顯示：3歲以上有24%會說威爾斯語，3歲至15歲有41%會說威爾斯語（European Commission, 2020）。就威爾斯語言使用者（從流利到僅能說幾個字）之流利度、使用場域，2013年至2015年威爾斯語言調查顯示（表6-1），以威爾斯語爲家庭的第一語言（first language）者，僅占25%，彰顯出威爾斯語傳承的困境（王保鍵，2021a：198）。又威爾斯語言使用者散布於威爾斯全境，但聚居密度較高者，則在西北部。

表6-1 威爾斯語言使用者之語言使用概況

	家庭	學校	同儕
都說威爾斯語（always Welsh）	21%	22%	13%
主要說威爾斯語（mainly Welsh）	4%	12%	10%
英語及威爾斯語並用（roughly equal use of Welsh and English）	11%	14%	18%
主要說英語（mainly English）	24%	24%	22%
都說英語（always English）	39%	29%	37%
其他（other）	1%	-	-

資料來源：StatsWales, 2015.

　　從表6-1觀察到，威爾斯語為學校的第一語言者，高於家庭及同儕，顯示政府語言政策形塑下的學校教育體系，對威爾斯語的復振扮演重要角色。依據2013年至2015年威爾斯語言調查顯示，3歲至15歲的威爾斯語使用者，有高達79%的威爾斯語使用能力是在學校習得（Welsh Language Commissioner, 2016: 99），此種情況，可謂威爾斯政府實施以威爾斯語教學學校（Welsh medium school）措施之成果（王保鍵，2021a：199）。

　　威爾斯語教學學校，係指以威爾斯語為教學語言之學校；又威爾斯語言監察使所定義的威爾斯語教學學校，指教學活動使用威爾斯語，不得低於70%，且學校一般日常生活溝通，應使用威爾斯語（Welsh Language Commissioner, 2016: 177）；[12]事實上，在教育政策導引下，部分不會

---

[12] 以威爾斯語進行教學，可分為五類：1.威爾斯語學校（Welsh-Medium Primary School）：威爾斯語為主要的教學語言，至少70%以上的教學使用威爾斯語，學校行政部門與學生溝通，也使用威爾斯語；2.雙語學校（Dual Stream Primary School）：學校提供兩種類型課程，學生或學生家長，可選擇威爾斯語教學課程或英語教學課程；3.威爾斯語為主／英語為輔學校（Transitional Primary School: Welsh Medium with Significant Use of English）：威爾斯語及英語為教學語言，但側重威爾斯語，至少50%以上的教學使用威爾斯語；4.英語為主／威爾斯語為輔學校（Predominantly English Medium Primary School but with Significant Use of Welsh）：威爾斯語及英語為教學語言，以威爾斯語進行教學在20%至50%之間；5.英語學校（Predominantly English Medium Primary School）：英語為主要的教學語言，低於20%的教學使用威爾斯語（DCELLS, 2007: 8-10）。

使用威爾斯語的父母親，亦會將孩子送進威爾斯語教學學校，這也呼應表6-1所呈現威爾斯語為第一語言比例，學校高於家庭之調查結果（王保鍵，2021a：199）。

又依2011年《威爾斯語言法》第5條規定，威爾斯語言監察使必須定期公布關於威爾斯語語言地位的報告，首次語言地位報告期間為本法生效至2015年12月31日，嗣後，每5年提出一次語言地位報告（5-year report）。[13]威爾斯語言監察使於2016年8月3日公布首次的威爾斯語語言地位五年報告（The Position of the Welsh Language 2012-2015: Welsh Language Commissioner's 5-year Report）；上開首次五年報告指出，日常生活使用威爾斯語者僅占13%，威爾斯語社區（威爾斯語使用人口占該社區人口70%以上）由2001年的53個下降為2011年的39個；但自1981年以來，5歲至15歲能說威爾斯語者，增加一倍（Welsh Language Commissioner, 2016: 37）。又上開五年報告亦指出，有超過85%認為使用威爾斯語是值得驕傲的，且認為威爾斯語是威爾斯文化重要元素（Welsh Language Commissioner, 2016: 17）。

此外，威爾斯語語言地位五年報告認為威爾斯人出現離散（Welsh diaspora）議題，如移居英格蘭、美國、加拿大、紐西蘭、阿根廷巴塔哥尼亞（Patagonia）等地（Welsh Language Commissioner, 2016: 31），以及數位媒體（digital media）以英語為主（Welsh Language Commissioner, 2016: 13）議題等，成為推動語言政策的挑戰。

基本上，在委任分權制度實施前，英國西敏寺並未制定威爾斯語法律，俟威爾斯議會成立後，方制定威爾斯語言法律，建構威爾斯語言權利，提升威爾斯語之語言認同及地位。因而，英國委任分權之制度安排下，成立威爾斯議會，而隨著威爾斯議會逐步從西敏寺取得立法權，威爾斯議會成為少數群體語言（威爾斯語）權利發展之引擎。

---

[13] 另依2011年《威爾斯語言法》第18條規定，威爾斯語言監察使每年應提出年度報告。

貳、威爾斯語言法律框架與專責機關

就語言規劃而言，語言法律或語言政策對於少數群體語言發展，具有重要功能。威爾斯語在語言政策影響下，經歷衰退、復振等過程。

一、威爾斯語法律發展

威爾斯併入英國係以1536年（Act of Union 1536）及1546年（Act of Union 1546）兩部合併法案為基礎，並規定英語為官方語言，政府機構、法院必須使用英語，使用威爾斯語者，不得擔任政府公職（BBC，2014c），[14]隨著威爾斯與英格蘭制度安排，如1746年《威爾斯和伯威克法》（Wales and Berwick Act），[15]兩地日益緊密連結，也導致威爾斯語使用者逐漸流失。意即，受語言政策導引，威爾斯境內使用英語人口快速增加，威爾斯語使用者卻日益減少（王保鍵，2021a：200）。另1870年《教育法》（Education Act 1870）規定威爾斯的公共教育須以英語為教學語言，使用威爾斯語會遭受處罰（Vacca, 2013），更進一步致使威爾斯語使用者快速流失。

然而，到了二十世紀，語言政策轉向，翻轉禁用威爾斯語之政策，開始制定一系列法律，保障威爾斯語使用者的語言權，如表6-2。此表顯示，威爾斯語的保障，是從政府機構開放威爾斯語的使用，逐步邁向雙語平等，並賦予威爾斯語官方語言地位。又在英國地方分權發展下，威爾斯議會逐步取得更廣泛立法權，陸續制定各部法律，建構威爾斯語之保障及促進措施。除制定相關法律外，並於1982年設立威爾斯語電視臺（SC4），開始製播威爾斯語節目（王保鍵，2021a：202）。

---

[14] 事實上，當時威爾斯部分區域，威爾斯語是唯一的溝通語言，英國政府也理解不可能完全禁用威爾斯語，遂以建構使用流利英語的統治階級為目標（BBC, 2014c）。

[15] 1746年所制定《威爾斯和伯威克法》，在法律上界定英格蘭的範圍包含英格蘭、威爾斯、伯威克（Berwick-upon-Tweed），威爾斯視為英格蘭的一部分（王保鍵，2021a：200）；上開規定，使得大英百科全書（*Encyclopaedia Britannica*）出現「威爾斯部分，參見英格蘭」（For Wales see England）之條目（BBC, 2013b）。

表6-2   威爾斯語言法制沿革

年份	法案	規範重點
1942	《威爾斯法庭法》（Welsh Courts Act 1942）	開放人民如使用英語會產生訴訟上不利益（disadvantage）時，可在法庭使用威爾斯語。
1944	《教育法》（Education Act 1944）	允許學校教育使用威爾斯語。
1967	《威爾斯語言法》（Welsh Language Act 1967）	1. 依休斯帕里關於威爾斯語言地位報告（Hughes-Parry Report on the legal status of the Welsh language）之建議所制定。 2. 廢止《威爾斯和伯威克法》關於英格蘭範圍包含威爾斯之規定。 3. 賦予人民在法院使用威爾斯語進行口頭辯論的權利；但應注意的是，本法賦予威爾斯語與英語有同等效力（equal validity），非平等地位（not equal status）。
1993	《威爾斯語言法》（Welsh Language Act 1993）	1. 建立威爾斯語言委員會（Welsh Language Board/ Bwrdd yr Iaith Gymraeg）機制，負責「威爾斯語方案」（Welsh Language Scheme）之監察。 2. 本法第6條所界定公共機構（public body）提供服務，威爾斯語與英語應具平等地位。
1998	《威爾斯政府法》（Government of Wales Act 1998）	1. 第32條C款賦予議會（Assembly）採取適當措施推動威爾斯語。 2. 第47條規定議會處理事務，應平等對待威爾斯語與英語。 3. 第122條規定議會訂頒授權命令（subordinate legislation）的文本，應採威爾斯語及英語。 4. 於2003年提出威爾斯雙語國家行動計畫（National Action Plan for a Bilingual Wales）。
2006	《威爾斯政府法》（Government of Wales Act 2006）	1. 第35條規定議會處理事務，威爾斯語與英語應受平等對待。 2. 第98條第5項、第111條第5項、第156條規定議會討論法案、制定法律（Assembly Measure）、[16]發布授權命令等文本，應採威爾斯語及英語。 3. 第78條規定威爾斯部長（Welsh Ministers）應施行威爾斯語策略（Welsh language strategy）及威爾斯語言方案。

---

[16] 《威爾斯政府法》（Government of Wales Act 2006）第93條賦予議會制定法律之權，稱為 Measures of the National Assembly for Wales（Mesurau Cynulliad Cenedlaethol Cymru），現為 Act of Senedd Cymru。

表6-2　威爾斯語言法制沿革（續）

年份	法案	規範重點
2011	《威爾斯語言法》（Welsh Language (Wales) Measure 2011）	1. 第1條規定威爾斯語的官方地位（Official status of the Welsh language）。 2. 第2條至第22條爲威爾斯語言監察使（Welsh Language Commissioner）。 3. 廢除威爾斯語言委員會，建立威爾斯語言監察使及威爾斯語言法庭（Welsh Language Tribunal）機制。 4. 建構威爾斯語言標準（Welsh Language Standards）。
2012	《威爾斯官方語言法》（National Assembly for Wales (Official Languages) Act 2012）[17]	1. 修正《威爾斯政府法》（Government of Wales Act 2006）第35條關於平等待遇（equality of treatment）規範，明定威爾斯語、英語皆爲官方語言，議會議事所使用語言應平等地被對待。 2. 修正《威爾斯政府法》附錄二（Schedule 2）關於議會委員會（Assembly Commission）規定，實施「官方語言標準」（Assembly Commission's Official Languages Scheme）。

資料來源：整理自Law Wales, 2016a。

　　目前威爾斯語言保障之制度架構，主要以2011年《威爾斯語言法》爲基礎，諸如威爾斯語言監察使、威爾斯語言標準等。[18]此外，英國爲歐洲理事會的會員國，《歐洲保護人權與基本自由公約》、《歐洲區域或少數民族語言憲章》，對於威爾斯語權利保障機制之建構，亦扮演重要制度引導功能。

二、威爾斯語言政策

　　威爾斯語言政策之發展及內涵，可從相關政策白皮書中窺見。

---

[17] 威爾斯議會於2008年至2011年通過的法律，稱爲「Measure」，在2011年3月公民投票後，威爾斯議會取得制定「Act」之權，《威爾斯官方語言法》成爲第一部由威爾斯議會通過，並經女皇御准生效之法律（王保鍵，2021a：201-202）。2011年公民投票題目爲：你同意議會就20項分權事項取得完整立法權嗎？（Do you want the Assembly now to be able to make laws on all matters in the 20 subject areas it has powers for?）投票結果，同意者爲63.49%，反對者爲36.51%（Bowers, 2011: 6）。

[18] 2011年《威爾斯語言法》共有157條，分爲11篇（parts），及12個附錄（schedules）。

2010年，由威爾斯兒童及教育暨終身學習部長（Minister for Children, Education and Lifelong Learning）Leighton Andrews發布《威爾斯語為教學語言策略》（Welsh-medium Education Strategy）。2012年，教育部長（Minister for Education and Skills）Leighton Andrews發布《活的語言：生活的語言－威爾斯2012年至2017年語言策略》（A Living Language: a Language for Living－Welsh Language Strategy 2012-2017）。

　　基本上，2012年的《活的語言：生活的語言－威爾斯2012年至2017年語言策略》吸納2010年《威爾斯語為教學語言策略》，以語言習得（language acquisition）及語言使用（language use）兩大構面，提出6個策略領域（strategic area），期待獲致威爾斯語復甦（to see the Welsh language thriving in Wales）目標，如圖6-1。

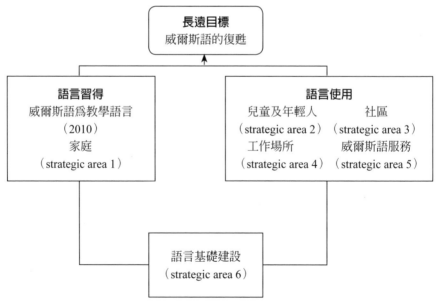

圖6-1　威爾斯語言復振策略

資料來源：Welsh Government, 2012: 17.

　　2016年5月5日威爾斯議會議員選舉投票，由工黨繼續執政，首席部長持續由Carwyn Jones出任。2017年，由威爾斯首席部長Carwyn Jones及終身學習暨威爾斯語部長（Minister for Lifelong Learning and Welsh Language）Alun Davies共同發布「2050百萬人使用威爾斯語」（Cymraeg 2050: A Million Welsh Speakers）政策。此政策提出增加威爾斯語使用者的數量（increasing the number of Welsh speakers）、增加威爾斯語的使用機會（increasing the use of Welsh）、建構有利環境：基礎設施與環境（creating favourable conditions: infrastructure and context）等三個策略主軸，並規劃15個策略方案，如圖6-2。

　　爲落實「2050百萬人使用威爾斯語」政策，威爾斯政府另行提出2017年至2021年實踐方案（Cymraeg 2050: A million Welsh speakers－Work programme 2017-2021），就15個策略方案，提出具體行動措施。又我國客家委員會補助國立中央大學於2021年12月4日辦理的「臺灣客語及少數族群語言政策國際研討會」，邀請2050威爾斯語計畫負責人（head of Prosiect 2050）Jeremy Evas闡述「2050百萬人使用威爾斯語」

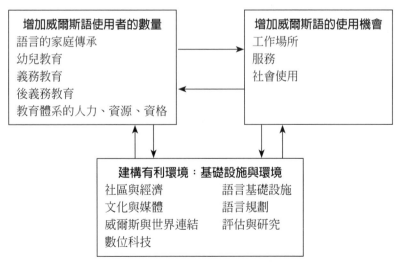

圖6-2　2050百萬人使用威爾斯語政策

資料來源：Welsh Government, 2017: 5.

之內容，Jeremy Evas聚焦於語言的家庭傳承（language transmission in the family）及幼兒教育（early years）。[19]

三、威爾斯語言專責機關

　　威爾斯語言專責機關，主要為威爾斯語部長（Welsh Minister with responsibility for the Welsh language）及威爾斯語言監察使。

（一）威爾斯語部長

　　依2006年《威爾斯政府法》第78條規定，威爾斯語部長應施行威爾斯語策略以促進威爾斯語之使用。2011年《威爾斯語言法》第148條增修《威爾斯政府法》第78條，並規定威爾斯語部長每年（each financial year）應擬定及公布威爾斯語計畫（prepare an action plan）。

　　威爾斯語事務原由心理健康及福利暨威爾斯語部長（Minister for Mental Health, Wellbeing and Welsh Language）職掌，2021年5月13日起，改由教育與威爾斯語部長主責（Minister for Education and the Welsh Language），現任部長為Jeremy Miles。

　　又依2011年《威爾斯語言法》第149條規定，威爾斯語部長應設置威爾斯語言夥伴關係委員會（Welsh Language Partnership Council），以協助威爾斯語部長制定威爾斯語言政策。

---

[19] Jeremy Evas在其專題演講指出，以計畫行為理論（Theory of Planned Behavior）分析家長使用威爾斯語的行為，發現：在語言傳承面向，威爾斯語使用受到社會因素（social factors/ e.g. linguistic background）影響，高於心理因素（psychological factors/ e.g. attitudes towards Welsh）；而在語言使用面向，缺乏使用威爾斯語信心或不好的經驗（lack of confidence in Welsh or perceived negative experiences）、離開學校後缺乏使用威爾斯語的機會（perceived lack of opportunity to use Welsh since leaving school），則成為威爾斯語使用的障礙。按「計畫行為理論」認為人類的行為取向受其「意圖」（intention）影響，而「意圖」又受「態度」（attitudes toward the behavior）、「主觀規範」（subjective norms）、「行為控制知覺」（perceived behavioral control）等三個因素所決定（Ajzen, 1991）。此外，威爾斯政府以公私協力方式，透過許多非政府組織進行威爾斯語之幼兒教育，如1971年成立的Mudiad Ysgolion Meithrin，對學齡前幼兒提供威爾斯語的照顧（Welsh-medium play and learning experiences for children from birth to school-age）（Rhondda Cynon Taf Council, 2021）。

（二）威爾斯語言監察使

依2011年《威爾斯語言法》第143條規定，威爾斯語言委員會被廢除，原威爾斯語言委員會之職能，移轉給威爾斯語言監察使。依2011年《威爾斯語言法》第2條、第3條、附錄一（Schedule 1）第3點規定，威爾斯語言監察使由首席部長任命，任期7年，不得連任；威爾斯語言監察使之核心任務（Commissioner's principal aim），為促進威爾斯語之使用。又依2011年《威爾斯語言法》第12條規定，威爾斯語言監察使應任命副語言監察使（Deputy Commissioner），並得任命相關職員。[20]威爾斯語言監察使為具有任期保障之獨立機關（European Commission, 2020），負責執行語言監察事務。

依2011年《威爾斯語言法》第4條至第17條規定，威爾斯語言監察使之職能包含：1.提升威爾斯語之使用，並促進威爾斯語與英語之平等（promoting and facilitating use of Welsh and treating Welsh no less favourably than English）；2.製作五年報告（production of 5-year reports）；3.調查（inquiries）；4.司法審查及其他法律程序（judicial review and other legal proceedings）；5.法律扶助（legal assistance）；6.申訴程序（complaints procedure）；7.諮商（consultation）。又依2011年《威爾斯語言法》第111條至第119條規定，建構威爾斯語自由使用權（freedom to use Welsh），以確保個人（individual）之威爾斯語使用權利；如個人使用威爾斯語受到干擾（interference），可向威爾斯語言監察使申請調查（investigate）。

除執行機關外，依2011年《威爾斯語言法》第23條及第24條規定，設置諮詢小組（Advisory Panel to the Welsh Language Commissioner）作為威爾斯語言監察使之諮詢機構。諮詢小組由3人至5人組成，由部長任命，任期3年。

---

[20] 威爾斯語言監察使辦公室的管理階層，由正副監察使、2位策略處長（Strategic Director）組成，在卡地夫（Cardiff）、卡馬森（Carmarthen）、卡納芬（Caernarfon）、洛辛（Ruthin）等地設有辦公室，員工總數逾40人（王保健，2021a：202）。

　　另爲促使相對人履行法定義務，2011年《威爾斯語言法》第83條賦予威爾斯語言監察使民事裁罰權（civil penalty），裁罰上限爲5,000英鎊；語言監察使所收繳罰款，應歸繳公庫（Welsh Consolidated Fund）。對於不願提供威爾斯語，或未達到威爾斯語言標準之公共機構，可依上開規定加以處罰（BBC, 2015），本條以強制力爲後盾，有助於威爾斯語言標準政策之推動。

　　事實上，威爾斯之監察使，除威爾斯語言監察使外，尚有公共服務監察使（Public Services Ombudsman Wales）、[21]兒童權利監察使（Children's Commissioner for Wales）、老人福利監察使（Commissioner for Older People in Wales）、平等及人權保障監察使（Commission for Equality and Human Rights）等，皆爲2011年《威爾斯語言法》第21條第6項定義的監察使（ombudsman）；[22]而其他專業型監察使，在威爾斯語事項，應遵守威爾斯語言監察使之管制，如老人福利監察使自2017年1月25日開始施行威爾斯語言標準（王保鍵，2021a：203）。

---

[21] 威爾斯公共服務監察使係依2005年制定之《威爾斯公共服務監察使法》（Public Services Ombudsman (Wales) Act 2005）所設立，本法同時廢除威爾斯行政部門監察使（Welsh Administration Ombudsman）、威爾斯健康服務監察使（Health Service Commissioner for Wales）、威爾斯社會住宅監察使（Social Housing Ombudsman for Wales）、威爾斯地方行政部門監察使（Commission for Local Administration in Wales）等；嗣後，《威爾斯公共服務監察使法》於2019年修正（Public Services Ombudsman (Wales) Act 2019），依2019年《威爾斯公共服務監察使法》第2條及附錄一規定，威爾斯公共服務監察使由議會提請女王任命，任期7年，不得連任；並經議會議員三分之二以上投票通過，予以免職（王保鍵，2021a：203）。

[22] 威爾斯兒童權利監察使，依《照顧標準法》（Care Standards Act 2000）所設立；老人福利監察使，依《威爾斯老人福利監察使法》（Commissioner for Older People (Wales) Act 2006）所設立；另英國依《警察改革與社會責任法》（Police Reform and Social Responsibility Act 2011）設置南威爾斯警察及犯罪事務委員（Police and Crime Commissioner for South Wales Police）、北威爾斯警察及犯罪事務委員（Police and Crime Commissioner for North Wales Police），由選民以「增補性投票制」（supplementary vote system）直選產生，任期4年，職司制定警察和犯罪事務計畫、決定警政優先事項、決定警政預算、任免警察局長等，雖亦稱Commissioner，但非屬監察使（王保鍵，2021a：203）。

參、威爾斯語言政策之實作與監察

威爾斯語言政策之制定，於2021年5月13日起由教育與威爾斯語部長主責；至於執行語言事務之水平課責，仍由威爾斯語言監察使主責。

為落實人民以威爾斯語接近使用公共服務之權，威爾斯語言監察使採行「威爾斯語方案」及「威爾斯語言標準」兩種政策工具。[23]依2011年《威爾斯語言法》第144條及第145條關於威爾斯語言標準，取代威爾斯語方案之規定，1993年的威爾斯語方案已逐漸為2011年威爾斯語言標準所取代。本書僅簡要說明「威爾斯語方案」，並聚焦於「威爾斯語言標準」之探討。

一、威爾斯語方案

關於「威爾斯語方案」部分，1933年《威爾斯語言法》規範威爾斯語與英語具平等地位，公共部門須平等地以威爾斯語及英語提供公共服務。為落實雙語公共服務，1933年《威爾斯語言法》要求公共機構必須公布「威爾斯語方案」，並說明何種公共服務以威爾斯語提供，如以威爾斯語回應民眾電話詢問、回覆信件，或設置威爾斯語標誌、以威爾斯語發行政府出版品等。[24]

又1933年《威爾斯語言法》為經女皇御准之法律，其「威爾斯語方案」之義務，不限於威爾斯政府本身，包含威爾斯境內的中央政府所轄機構，亦應遵循，如交通部（DfT）、通訊傳播管理局（Ofcom）、國防部（MoD）等。以國防部為例，1999年的威爾斯語方案，經2009年3月17日修正公布，包含書面回應、電話交談、公開會議等皆可使用威爾斯語。[25]

---

[23] 2016年4月1日所發布「威爾斯語言監察使規範框架」（Welsh Language Commissioner's Regulatory Framework）規範「威爾斯語方案」及「威爾斯語言標準」之推動。

[24] 1933年《威爾斯語言法》關注於公眾使用威爾斯語，忽略政府機構內部使用威爾斯語（internal use in the public administration），為本法缺失之一（Vacca, 2013）。

[25] 依國防部威爾斯語言方案（Revised MOD Welsh Language Scheme）第1.2點規定，本方案經國防部與威爾斯語言委員會協議後，始得變更。又方案第4.12點規定，在威爾斯進行公開會

二、威爾斯語言標準

　　2011年《威爾斯語言法》賦予威爾斯語具官方語言地位，並建構「威爾斯語言標準」機制，以保障威爾斯語使用者之語言權利。威爾斯語言標準機制，可分為：（一）威爾斯境內之公共服務機構，都受到語言標準的規範，包含內部管理措施及對外服務之提供；（二）明確說明威爾斯語言使用者可獲得的服務，例如，致電政府機構時，機構受話者應以雙語問好；或以威爾斯語申辦案件，不會因語言使用而延遲回覆等（Welsh Language Commissioner, 2019a）。[26]

　　具體實作上，威爾斯語言標準的設定及實施，可分為四個階段：（一）依法指定（named in the Measure）：依2011年《威爾斯語言法》指定應實施語言標準之機關（構）；（二）進行語言標準調查（conduct a standards investigation）：以語言標準調查所得基礎資料，決定特定機關（構）所應採的語言標準類型；[27]（三）訂頒實施辦法（named in regulations）：發布《威爾斯語標準實施辦法》（Welsh Language Standards (No. 7) Regulations 2018），由威爾斯語言監察使依上開辦法所定語言標準，要求機關（構）推行；（四）給予「規範通知」（receive a compliance notice）：就特定機關（構）給予規範通知，敘明該機關（構）依實施辦法應推動的語言標準，及每項標準的施行日（imposition day），[28]不同機構分別有各自的規範通知（Welsh Language

---

議（public meeting），邀請函應以威爾斯語及英語雙語呈現，並於會議現場提供口譯設備。

[26] 基本上，威爾斯語使用者可要求政府機構以威爾斯語提供：1.電話接聽及回覆；2.書信往來；3.發布文件；4.發布網頁及社群媒體資訊；5.舉行會議；6.接待服務（Welsh Language Commissioner, 2019c）。

[27] 依2011年《威爾斯語言法》第64條規定，完成語言標準調查後，語言監察使應提出調查報告（standards report），並分送給利害關係人、諮詢小組（Advisory Panel）、依本法第63條參與諮詢者、相關政府首長（Welsh Ministers）等。依2006年《威爾斯政府法》（Government of Wales Act 2006）第76條規定，訂定授權命令（subordinate legislation）須進行法規影響評估（regulatory impact assessment），語言標準調查報告，可提供政府進行法規影響評估之參考。

[28] 各項語言標準施行日，與該機構收到「規範通知」之日，兩者間至少應間隔6個月（Welsh Language Commissioner, 2019b）。

Commissioner, 2019b）。

　　按2011年《威爾斯語言法》第28條至第32條規定，威爾斯語言標準，包含服務提供標準（service delivery standards）、政策制定標準（policy making standards）、執行標準（operational standards）、語言促進標準（promotion standards）、紀錄檔案保存標準（record keeping standards）等五項；威爾斯語言監察使擁有依2011年《威爾斯語言法》第44條所賦予發布「規範通知」的權力，可就上開語言標準，依《威爾斯語標準實施辦法》[29]規定，就單一機關（構）之威爾斯語言標準，進行具體規範（王保鍵，2021a：205）。例如，威爾斯語言監察使於2020年7月31日（Issue Date）給予「威爾斯公共服務監察使」（Public Services Ombudsman for Wales）「規範通知」，包含179項語言標準，除少數語言標準於2021年7月31日施行（Imposition Day）外，多數標準於2021年1月31日施行（Public Service Ombudsman for Wales, 2020）。

　　接受威爾斯語言標準之「規範通知」的機關，如認爲規範通知所定某項語言標準爲不合理或違反比例原則（unreasonable or disproportionate）時，可依2011年《威爾斯語言法》第54條規定，向威爾斯語言監察使提出再議。依2011年《威爾斯語言法》第60條規定，威爾斯語言監察使於再議決定前，系爭該項語言標準延後施行（postponement of imposition of duty）。例如，前揭「威爾斯公共服務監察使」2020年7月31日「規範通知」中第100項關於員工年假、差勤、彈性工作時間紀錄使用威爾斯語之語言標準，原訂2021年7月31日施行，威爾斯公共服務監察使於2021年5月14日依2011年《威爾斯語言法》第54條規定，向威爾斯語言監察使提出再議（Public Service Ombudsman for Wales, 2021）；就此可以觀察到，兩個監察使間，一方依法行使職權，

---

[29] 《威爾斯語標準實施辦法》爲具法律授權（enabling act）之授權命令（subordinate legislation/ delegated legislation）性質（National Assembly for Wales, 2019b），2015年起發布第1號，至2018年爲第7號；《威爾斯語標準實施辦法》所定威爾斯語言標準包含服務提供標準、政策制定標準、執行標準、紀錄檔案保存標準、補充事項（standards that deal with supplementary matters）等五項（王保鍵，2021a：205）。

一方依法提出救濟程序，彰顯人權法治之成熟。

三、語言權之救濟

　　2011年《威爾斯語言法》關於威爾斯語言權利之建構，賦予威爾斯語自由使用權（freedom to use Welsh），即每個人可自主地選擇威爾斯語爲溝通語言，如果其他人禁止威爾斯語的使用，或告知使用威爾斯語會導致不利結果之方式干預威爾斯語的使用，便侵害了威爾斯語自由使用權。

　　爲保障威爾斯語使用者之語言人權，威爾斯語言監察使建構語言使用者之申訴（complaint）機制，而申訴機制依各個機構所適用的規範架構（legal position of organisations），可分爲：（一）適用威爾斯語方案之機構，先向該機構申訴，未獲妥善處理，再向威爾斯語言監察使提起申訴；（二）適用威爾斯語言標準之機構，可直接向威爾斯語言監察使提起申訴；（三）對於民間企業或民間團體，威爾斯語言監察使雖無法律調查權，但仍鼓勵民眾提出申訴，以行政指導方式，[30]促請民間企業改善（Welsh Language Commissioner, 2019d）。

　　申訴案經威爾斯語言監察使予以調查及處理，相對人如有不服，可向威爾斯語言法庭提起上訴。威爾斯語言法庭具有獨立法庭（independent tribunal）性質，依2011年《威爾斯語言法》第120條所建立，由庭長（President）1人、律師（Legal Members）1人、國民參審員（Lay Members）3人，共5人組成，任期5年（Welsh Language Tribunal, 2019: 6），主要職能爲審理不服威爾斯語言監察使決定之案件。意即，不服威爾斯語言標準之「規範通知」、不服申訴調查結果等，皆可向威爾斯語言法庭提起救濟。依《威爾斯語言法庭規則》（Welsh Language Tribunal

---

30 行政指導，指行政機關在其職權或所掌事務範圍內，爲實現一定之行政目的，以輔導、協助、勸告、建議或其他不具法律上強制力之方法，促請特定人爲一定作爲或不作爲之行爲。

Rules 2015）第50條規定，[31]對涉及2011年《威爾斯語言法》第59條、第97條、第101條、第105條之裁判不服者，可於28天內，經由威爾斯語言法庭，向高等法院提起上訴。

第三節 蓋爾語（蘇格蘭）法

若連結至蘇格蘭議會官方網站（https://www.parliament.scot/），可觀察到議會名稱同時以英語（Scottish Parliament）、蘇格蘭蓋爾語（Pàrlamaid na h-Alba）呈現；網頁右上角亦可進行英語、蘇格蘭蓋爾語之使用切換選擇（Language: English/ Gàidhlig），用兩種語言瀏覽議會資訊。

蘇格蘭蓋爾語在蘇格蘭已被使用超過1,500年，原為蘇格蘭地區優勢語言，但在馬爾科姆三世（Malcolm III Ceannmòr, 1054-1096）統治下，蘇格蘭蓋爾語逐漸在宮廷失去優勢地位，到大衛一世（David I, 1124-1153），蘇格蘭語已漸成為低地區（Scottish Lowlands）之優勢語言；而在中世紀晚期，蘇格蘭蓋爾語已退守至高地區及赫布里底（Hebrides）（BBC, 2014d）。蘇格蘭國會（Scots Parliament）[32]在1494年至1698年間，通過許多法案來推廣英語，並限制蘇格蘭蓋爾語的使用，如《艾奧納法》（Statutes of Iona 1969/ 1616）等（Vacca, 2013; BBC, 2014d）。至1707年英格蘭國會、蘇格蘭國會分別通過《與蘇格蘭合併法》（Union with Scotland Act 1706）、《與英格蘭合併法》（Union with England Act 1707），兩者合併，政府部門使用之語言，由英語取代蘇格蘭語。本節謹就蘇格蘭語言政策，及《蓋爾語（蘇格蘭）法》所建構的語言權利、語言專責機構等，進行討論。

---

[31] 《威爾斯語言法庭規則》係由威爾斯語言法庭庭長，依2011年《威爾斯語言法》第123條所發布。

[32] 此國會在蘇格蘭於1707年併入英國後，隨即被取消。

壹、蘇格蘭之語言政策

　　蘇格蘭所使用的語言，包含英語、蘇格蘭語、蘇格蘭蓋爾語等三種語言（Scottish Government, 2010）；英國手語（British Sign Language）亦爲蘇格蘭政府所認可之語言。

　　蘇格蘭於2011年進行人口普查，爲首次進行語言使用調查，依2011年人口普查資料顯示，蘇格蘭總人口數爲5,295,000人，英語使用者爲93%、蘇格蘭語使用者約占28%（150萬人）、蓋爾語使用者僅爲1%（59,000人）；如就家庭語言使用情況，英語爲93%、蘇格蘭語爲1%、波蘭語（Polish）爲1%、蘇格蘭蓋爾語爲0.5%、英國手語爲0.2%（National Records of Scotland, 2012; National Records of Scotland, 2018）。

　　在語言政策產出上，蘇格蘭陸續制定《蓋爾語（蘇格蘭）法》、[33]《英國手語（蘇格蘭）法》（British Sign Language (Scotland) Act 2015）、《教育（蘇格蘭）法》（Education (Scotland) Act 2016）等。至於蘇格蘭語，則以政策產出之實際作爲加以復振。

　　考量蓋爾語具有法律上官方語言地位、語言法律及語言權利保障健全，亦爲西島政府（Western Isles Council/ Comhairle nan Eilean Siar）之認同象徵；[34]因此，本書先簡要說明蘇格蘭政府之語言專責機關，及蘇格蘭語政策作爲，再詳加討論蓋爾語權利保障之制度設計。

---

[33] 本法之「Gaelic Language」，即歐洲區域或少數民族語言憲章專家委員會（ECRML）2020年7月1日第五次報告（CM/ RecChL(2020)1）所稱之「Scottish Gaelic」，本書以下行文，依據《蓋爾語（蘇格蘭）法》用語。

[34] 蘇格蘭的地方行政區劃，採一級制，劃分爲32個地方自治團體（local council），處理地方事務。蓋爾語使用者比例最高的西島，係由許多島嶼所組成的離島，Comhairle nan Eilean Siar爲蓋爾語，英語爲Western Isles（或Outer Hebrides），是Na h-Eileanan an Iar地區之地方政府，爲蘇格蘭地區唯一以蓋爾語命名的地方自治團體，由9個選區（wards）選出的31名議員組成議會（BBC, 2012）。

一、語言專責機關

蘇格蘭議會議員於2021年5月6日改選投票，選出新一屆的議員；蘇格蘭民族黨（SNP）黨魁Nicola Sturgeon於2021年5月18日經蘇格蘭議會議員投票，連任首席部長，Nicola Sturgeon並於同日公布新內閣人事，包含首席部長在內的10位內閣部長，及15位的資淺部長（Junior Ministers）等共計25人（Scottish Government, 2021b）。[35]

蘇格蘭語言事務（包括蘇格蘭語、蓋爾語、英國手語），原由副首席部長兼教育部長（Deputy First Minister and Cabinet Secretary for Education and Skills）John Swinney主責，2021年5月18日新內閣運作後，由教育部長（Cabinet Secretary for Education and Skills）Shirley-Anne Somerville主責蘇格蘭語言事務。[36]意即，蘇格蘭將蘇格蘭語、蓋爾語、英國手語等少數群體語言，統籌由一個專責部長處理。

二、蘇格蘭語之政策作為

在蘇格蘭，蘇格蘭語除作為日常生活溝通工具外，亦常出現在蘇格蘭的歌曲、詩詞、文學中，成為蘇格蘭文化之重要元素。蘇格蘭政府自2010年開始規劃蘇格蘭語政策，約略可分為三個步驟：（一）2010年設立蘇格蘭語工作小組（Scots language working group），並提出《蘇格蘭語部長級工作小組報告》（Report of the Ministerial Working Group on the Scots Language），建議從教育、廣播電視媒體、文學與藝術、國際鏈結、公共場域能見度、蘇格蘭語腔調[37]等面向，加以推動（Scottish Government, 2010）；（二）2011年由文化暨對外事務部（Minister for Culture and External Affairs）部長Fiona Hyslop公布《蘇格蘭語言工作

---

[35] 另內閣還有2人為總檢察長（Lord Advocate）及副總檢察長（Solicitor General），係依《蘇格蘭法》（Scotland Act 1998）第48條由首席部長提請女皇任命，非由議會議員出任。

[36] 語言事務僅是教育部長主管眾多事務中的一項。

[37] 蘇格蘭語概可分為海島腔（Insular）、北部腔（Northern）、中部腔（Central）、南部腔（Southern）等四種（Eunson, 2018）。

小組報告：蘇格蘭政府回應》（Scots Language Working Group Report: Scottish Government Response），就工作小組報告所提出建議，逐項提出回應，並強調教育對蘇格蘭文化、認同、語言能力建構之重要性（Scottish Government, 2011）；（三）2015年由文化及歐洲暨對外事務部長（Cabinet Secretary for Culture, Europe and External Affairs）Fiona Hyslop，與學習及科學暨語言部長（Minister for Learning, Science and Scotland's Languages）Alasdair Allan共同公布《蘇格蘭語言政策》（Scots Language Policy）。

2015年《蘇格蘭語言政策》之基本理念（rationale）為：（一）蘇格蘭政府珍視蘇格蘭人民的語言遺產（linguistic heritage），並認知到蘇格蘭語為蘇格蘭語言遺產之重要部分；（二）蘇格蘭政府認為蘇格蘭語、蓋爾語、英語等三種語言為具歷史性的本土語言（historical indigenous languages）；（三）蘇格蘭政府意識到承認、促進、發展蘇格蘭語，對區域多樣性之重要；（四）蘇格蘭政府認識到歌曲、詩詞、文學所展現蘇格蘭語的豐富性；（五）蘇格蘭政府認為文字、口說為蘇格蘭語進行溝通的重要工具；（六）蘇格蘭政府認為學校教育有助於蘇格蘭語的使用（Scottish Government, 2015）。又《蘇格蘭語言政策》之政策目標為：（一）提升蘇格蘭語在公共場域和社區之地位；（二）促進蘇格蘭語在教育、媒體、出版、藝術領域之使用與發展；（三）鼓勵日常生活中使用蘇格蘭語（Scottish Government, 2015）。

為達成蘇格蘭語政策目標，《蘇格蘭語言政策》揭示具體執行步驟（practical steps），包含：（一）促進相關利害關係人（stakeholder groups）體認到蘇格蘭語為三種歷史本土語言之一，應予以平等尊重；（二）運用課程卓越計畫（Curriculum for Excellence）及相關政策，推動蘇格蘭語之規劃、學習、教學、評估；（三）藉由課程卓越計畫及相關政策所提供資源，鼓勵使用及研究蘇格蘭語；（四）鼓勵相關利害關係人發展及實施蘇格蘭語政策；（五）繼續為積極致力於保存和推廣蘇格蘭語言之組織提供支持；（六）鼓勵所有團體和機構間進行合作，以推廣蘇格

蘭語（Scottish Government, 2015）。透過《蘇格蘭語言政策》之推動，營造使用蘇格蘭語的友善環境，不但有利於蘇格蘭語之傳承，而且相當程度地促進蘇格蘭語使用者之語言人權。

　　事實上，延續本章第一節的討論，影響蘇格蘭語言政策因素，主要爲：（一）蘇格蘭委任分權制度；（二）國際承諾，即歐洲理事會的《歐洲保護少數民族框架公約》及《歐洲區域或少數民族語言憲章》（Dunbar, 2005）。上開二者，驅動蘇格蘭少數群體語言（蘇格蘭語、蓋爾語）的發展，其中又以委任分權制度下所成立的蘇格蘭議會，扮演重要角色；特別是在蘇格蘭語、蓋爾語兩種少數群體語言中，蘇格蘭議會優先選擇蓋爾語進行立法保障。

貳、《蓋爾語（蘇格蘭）法》

　　蘇格蘭低地區或都會城市，如格拉斯哥（Glasgow）或愛丁堡（Edinburgh），雖有許多蓋爾語使用者，但蓋爾語使用者比例（蓋爾語使用者占該地人口比例）較高者，主要在高地（Highlands）及離島（Islands）地區。意即，蓋爾語使用者比例較高者，依序爲西島（Eilean Siar）的52%、高地的5%、阿蓋爾—比特（Argyll & Bute）的4%（National Records of Scotland, 2018）。

　　蓋爾語傳承上所面對的挑戰，包含：一、蓋爾語使者年齡分布，多爲中老年人，年輕人較少；二、蓋爾語核心領域（heartlands）迅速縮小，即多數人口使用蓋爾語之地區，快速縮減；三、都會城市之蓋爾語使用者，出現Gaelic Ghettoes[38]議題，即縱使在格拉斯哥或愛丁堡之蓋爾語使用者聚集處，實際日常生活中並不易聽到蓋爾語；四、蓋爾語在家庭中的代際傳承（intergenerational transmission）比例下降；五、多數蓋爾語使

---

[38] Ghettoes，可譯爲族裔聚集區，但Ghettoes常與破舊地區（rundown areas）或收入較低的非裔美國人（low-income African Americans）相連，而帶有負面意涵（Barford, 2016）。

用者無法閱讀蓋爾語文字（literacy），僅能聽或說（Dunbar, 2005）。此外，蓋爾語使用者自認蓋爾語缺乏實用價值（practical value）的想法，可說是十八世紀後期以降，造成蓋爾語之語言流失（language shift）主因之一；雖然政府語言復振措施已推動數十年，惟蓋爾語社群仍存有深刻的情緒與焦慮（unstated but deeply felt emotions and anxieties）（McLeod, 2020: 45）。如何提升蓋爾語之語言聲望、實用價值，亦爲蓋爾語復振之挑戰。

為使蓋爾語成爲蘇格蘭官方語言，享有與英語平等地位，蘇格蘭議會於2005年通過《蓋爾語（蘇格蘭）法》：本法計有14條及兩個附表（schedule），分爲蓋爾語委員會（Bòrd na Gàidhlig）、國家蓋爾語計畫（National Gaelic Language Plan）、蓋爾語計畫（Gaelic Language Plans）、蓋爾語教育（Gaelic Education）、總則（General）等五個部分。

依《蓋爾語（蘇格蘭）法》第10條名詞定義（interpretation）：一、蓋爾語文化（Gaelic culture），指使用或知曉蓋爾語之傳統、理念、習俗、遺產、認同；二、蓋爾語教育（Gaelic education），涉及蓋爾語使用及知曉蓋爾語，或以蓋爾語進行教學與學習（teaching and learning）；[39]三、蓋爾語（the Gaelic language），指蘇格蘭使用的蓋爾語；四、公共機構（public authority），包含蘇格蘭公共機構（Scottish public authority）、非屬蘇格蘭公共機構之跨域公共機構（cross-border public authority）、蘇格蘭議會法人團體（Scottish Parliamentary Corporate Body, SPCB）；[40]五、公共機構職能（functions of a relevant public authority），包含內部流程、對外提供公共服務。以下謹就《蓋爾

---

[39] 《教育（蘇格蘭）法》第17條第1項，修正《蓋爾語（蘇格蘭）法》第10條第1項部分規定，在「"Gaelic education" means education」之後，增訂「consisting of teaching and learning」。

[40] 蘇格蘭議會法人團體提供議會運作所需工作人員、設施、住宿等有關服務，由議會選出6位議員組成，分別負責治理（governance）、財務及人力資源（resources）、設施管理（facilities）、參與及資訊（engagement and information）、議事及安全（business and security）等事項（Scottish Parliament, n.d.）。

語（蘇格蘭）法》規範機制，進行討論。

一、成立蓋爾語委員會

　　《蓋爾語（蘇格蘭）法》第1條設立蓋爾語委員會，執掌：（一）促進蓋爾語的使用，並增進蓋爾語教育及文化發展；（二）就蓋爾語使用、教育、文化事務（on matters relating to the Gaelic language, Gaelic education and Gaelic culture），向蘇格蘭部長（Scottish Ministers）、公共機構（public bodies）、[41]行使公共職能者（other persons exercising functions of a public nature）、相關人（other persons）等提供建議（或要求）；（三）就1992年11月5日《歐洲區域或少數民族語言憲章》關於蓋爾語執行情況，進行監測（monitoring），並向蘇格蘭部長提出報告。又本法第1條為確保蓋爾語為蘇格蘭政府之官方語言，且與英語平等地位，[42]規定蓋爾語委員會應：（一）增加蓋爾語使用者的人數；（二）鼓勵使用及知曉蓋爾語；（三）在蘇格蘭或其他地區，增進蓋爾語及文化之近用。實作上，蓋爾語委員會主要工作為：（一）擬議「國家蓋爾語計畫」，並協調其執行；（二）監督公共機構訂定及實施「蓋爾語計畫」；（三）發布指導準則（statutory guidance）以發展蓋爾語教育；（四）就蓋爾語議題向蘇格蘭政府部長提供建議；（五）分配蓋爾語發展經費；（六）倡議並推動蓋爾語新措施（Gaelic Language Initiatives）；（七）構思並精進執行方案；（八）在地方、國家、國際層次，推廣蓋爾語；（九）傾聽並回應社區的需求（Bòrd na Gàidhlig, 2021a）。

---

[41] 蘇格蘭的公共機構約略有：執行機關／政署（Executive Agencies）、非部長級辦公室（Non-Ministerial Offices, NMOs）、執行性非政府部門公共機構（Executive Non-Departmental Public Bodies, NDPBs）、諮詢性非政府部門公共機構（Advisory NDPBs）、爭端解決性非政府部門公共機構（Tribunal NDPBs）、公營事業（Public Corporations）、衛生機構（Health Bodies）、議會機構（Parliamentary Bodies）、其他（Other Significant National Bodies）等（Scottish Government, 2018）。

[42] 依《蓋爾語（蘇格蘭）法》第1條第3項規定，本法賦予蓋爾語委員會確保蓋爾語為蘇格蘭官方語言，與英語具有同等地位。（Securing the status of the Gaelic language as an official language of Scotland commanding equal respect to the English language.）

　　依《蓋爾語（蘇格蘭）法》第1條第6項規定，本法以附表一規範蓋爾語委員會之地位、組成、薪酬、權力等事項。首先，蓋爾語委員會定位為「執行性非政府部門公共機構」（Executive Non-Departmental Public Body），[43]由蘇格蘭部長任命之主席1人、5人至11人委員組成。目前蓋爾語委員會共計7人，其中1人為主席（現任主席為Mairi MacInnes），任期4年（Bòrd na Gàidhlig, 2021b）。[44]又依附表一第6點規定，委員會（Bòrd）可分設次級委員會（committee），目前設有審計委員會（Audit and Assurance Committee）、政策委員會（Policy and Resource Committee）等兩個次級委員會。

　　蓋爾語委員會之日常事務，由依《蓋爾語（蘇格蘭）法》附表一第5點規定所任命之執行長（chief executive）綜理。執行長下設蓋爾語教育、語言規劃及社區發展、財務、營運等部門（Bòrd na Gàidhlig, 2021d），目前有15名女性員工及7名男性員工（Bòrd na Gàidhlig, 2020c: 66）。另依《蓋爾語（蘇格蘭）法》附表一第9點規定，蓋爾語委員會應每年公布年度報告（Annual Report and Accounts for Bòrd na Gàidhlig），並提報蘇格蘭議會。

　　如在歐洲聯盟法律框架下考察，蓋爾語委員會之性質，歸屬於「依

---

[43] 「執行性非政府部門公共機構」（Exective NDPBs）為負責執行特定公共事務，但該機構並非政府部門（not government department），與主責政府部會間分離，而具有臂距之遙（arm's length）者（GOV.UK, 2018c）。又蓋爾語委員會既非屬政府機關，因而具有高度彈性，依《蓋爾語（蘇格蘭）法》附表一第11點規定，可從事商業行為，如依《公司法》（Companies Act 2006）第1條成立公司。臺灣的《行政法人法》，法務部全國法規資料庫英語譯為「Non-Departmental Public Bodies Act」。彭錦鵬（2008）指出，英國的「執行性非政府部門公共機構」在制度歸屬和運作原理上，較類似日本的獨立行政法人、我國的行政法人。

[44] 蓋爾語委員會委員任期各自獨立計算，形成任期交錯，以利經驗傳承。蘇格蘭副首席部長兼教育部長John Swinney於2020年3月16日任命Mairi MacInnes為蓋爾語委員會主席，同時任命Stewart MacLeod為蓋爾語委員會委員；主席與委員為兼職（part-time）性質，主席每月工作4日（每日薪酬為276.94英鎊），委員每月工作3日（每日薪酬177.45英鎊）（Bòrd na Gàidhlig, 2020a）。2021年5月26日教育部長Shirley-Anne Somerville任命Donald MacKay為新委員，日薪調整為194英鎊（Bòrd na Gàidhlig, 2021c）。另依《蓋爾語（蘇格蘭）法》附表一第3點規定，擔任下議院議員、蘇格蘭議會議員、歐洲議會議員者，不得擔任蓋爾語委員會主席及委員。

公法治理機構」（body governed by public law）。依《歐洲聯盟第2004/18/EC號準則》（Directive 2004/18/EC of the European Parliament and of the Council）第1條第9項第2款規定，「依公法治理機構」指特定機構具有：（一）為滿足普遍利益（general interest）而設立，不具工業或商業性質；（二）具有法人資格；（三）多數經費由政府機關或其他「依公法治理機構」提供，其管理階層或監督委員會之成員，半數以上由政府機關（或其他「依公法治理機構」）所任命。

　　基本上，蓋爾語委員會主要權力為：要求各個公共機構訂定蓋爾語計畫。蓋爾語委員會不但協助各公共機構訂定蓋爾語計畫，而且也監測計畫之執行；惟蓋爾語委員會之性質為「執行性非政府部門公共機構」（類似臺灣的行政法人），但卻有權監督其他政府部門，呈現出某種程度的不協調（uncomfortable combination），遂有學者建議修正《蓋爾語（蘇格蘭）法》，改設置語言監察使（McLeod, 2021）。

二、建構國家蓋爾語計畫機制

　　依《蓋爾語（蘇格蘭）法》第2條第1項規定，蓋爾語委員會應發布「國家蓋爾語計畫」情況有三：（一）本法生效12個月內；（二）最近一次國家蓋爾語計畫發布後5年內；（三）蘇格蘭部長要求時。同法第2條第2項規定，國家蓋爾語計畫應包含：（一）蓋爾語的使用及知曉（the use and understanding of the Gaelic language）；（二）蓋爾語教育及文化。

　　為擬議國家蓋爾語計畫，《蓋爾語（蘇格蘭）法》第2條第3項及第4項規定，蓋爾語委員會應：（一）諮詢議會；（二）公開計畫草案；（三）至少3個月讓民眾陳述意見；（四）考量公眾諮詢意見。

　　國家蓋爾語計畫案經蓋爾語委員會通過後，提報蘇格蘭部長，部長收到計畫案時，應於6個月內核定計畫案，或提出修改意見，如係提出修改意見，則應定期限要求蓋爾語委員會再提出計畫案（本法第2條第5

項）。蓋爾語委員會依部長修改意見，再提報國家蓋爾語計畫案予蘇格蘭部長時，部長應於3個月內核定計畫案，或命令蓋爾語委員會依部長指示，發布國家蓋爾語計畫（本法第2條第6項）。

目前已發布第三次國家蓋爾語計畫（National Gaelic Language Plan 2018-2023）。國家蓋爾語計畫主要目標為：增加蓋爾語使用、提升蓋爾語學習、增強蓋爾語正面形象（Bòrd na Gàidhlig, 2021e: 15）。第一，增加蓋爾語使用的優先事項為：在家庭及社區、年輕人、傳統媒體及新媒體、藝術及出版暨文創產業、工作場所、旅遊及休閒產業、食品及飲料等商業場域，提升蓋爾語之使用（Bòrd na Gàidhlig, 2021e: 16）；第二，提升蓋爾語學習的優先事項為：在家庭、員工僱用及訓練、學習資源、學前教育及育兒、中小學以蓋爾語為教學語言（Gaelic Medium Education, GME）及蓋爾語學習者教育（Gaelic Learner Education, GLE）、高等教育、成人教育等範疇（Bòrd na Gàidhlig, 2021e: 17）；第三，增強蓋爾語正面形象的優先事項為：建構蘇格蘭政府及議會等廣泛的政治支持、通知公共機構實施蓋爾語計畫、提升蓋爾語意識（蓋爾語媒體或其他媒體、蓋爾語教育及藝術）、提升蓋爾語之價值（社會、經濟、文化）、蓋爾語及雙語之多樣性（Bòrd na Gàidhlig, 2021e: 18）。

又國家蓋爾語計畫之實現，實須仰賴其他政府機構之協力，蓋爾語委員會發布「夥伴計畫」（Corporate Plan 2018-2023），以政治、經濟、社會、技術、法律、環境（PESTLE）分析蓋爾語復振的優劣，並提出2023年蓋爾語發展願景。

三、蓋爾語計畫

蓋爾語委員會同時兼具蓋爾語核心推動機關、督促其他機關推動蓋爾語兩個角色。就作為蓋爾語核心推動機關而言，蓋爾語委員會推動蓋爾語之計畫架構，由上而下為：國家蓋爾語計畫／蓋爾語委員會夥伴計畫（Bòrd na Gàidhlig Corporate Plan）／蓋爾語委員會年度執行計畫

（Bòrd na Gàidhlig Annual Operational Plan）。

　　就督促其他機關推動蓋爾語而言，依《蓋爾語（蘇格蘭）法》第3條第1項及第2項規定，蓋爾語委員會基於國家蓋爾語計畫，並考量相關公共機構使用或推廣蓋爾語之能力，得發出書面通知（give a notice in writing）予相關公共機構（any relevant public authority），擬定蓋爾語計畫（prepare a Gaelic language plan）；該書面通知應載明：（一）敘明該機構依本法擬定蓋爾語計畫，並提交蓋爾語委員會；（二）指定該機構應提交蓋爾語計畫之日期，此日期須與發出通知日間隔6個月；（三）教示該機構要求復查（request a review）及向蘇格蘭部長提出上訴（appeal）之權利。本法第3條第4項規定，蓋爾語計畫應包含：（一）公共機構於行使政府職權時，應採取蓋爾語使用之相關措施；（二）明定相關使用蓋爾語措施之施行日期；（三）其他訊息。而相關公共機構擬定蓋爾語計畫，應考量：（一）國家蓋爾語計畫；（二）公共機構服務對象之蓋爾語使用能力；（三）公共機構推廣蓋爾語使用之潛力；（四）相關團體代表的意見；（五）蘇格蘭部長或蓋爾語委員會的指導（第3條第5項）。

　　關於蓋爾語計畫之核定程序，依《蓋爾語（蘇格蘭）法》第5條計畫核准（approval of plans）規定，相關公共機構提交蓋爾語計畫時，蓋爾語委員會應核准其計畫（approve the plan），或提出修正意見（propose modifications）。如公共機構不同意修正意見，應敘明理由回覆蓋爾語委員會；經蓋爾語委員會審視後，得：（一）就該機構原送蓋爾語計畫，予以核定（approve the plan as originally submitted to the Bòrd）；（二）就該機構與蓋爾語委員會雙方同意修正部分，予以核定（approve the plan subject to such modifications as the Bòrd and the authority may agree）；（三）蓋爾語委員會無法於2個月內完成核定，移送蘇格蘭部長決定。而蘇格蘭部長在決定時，應：（一）考量本法第3條第5項所定因素；（二）給予公共機構及蓋爾語委員會表達意見機會（give the Bòrd and the authority an opportunity to make representations about the plan）：（三）諮詢適當第三人（consult any other person whom they think fit）。

　　至於不服蓋爾語計畫通知之救濟，分爲「指定日期」及「實質內容」兩個部分。第一，收受擬定蓋爾語計畫通知之公共機構，認爲蓋爾語委員會所指定提交蓋爾語計畫日期不合理時，得依《蓋爾語（蘇格蘭）法》第4條第1項及第2項，於28日內陳述理由，向蓋爾語委員會提起復查（request the Bòrd to review the date）；蓋爾語委員會於收到復查申請時，應依同條第3項及第4項，於28日內確認日期，並敘明理由，或改指定較晚的日期（substitute a later date）。若公共機構對復查決定不服，得依本法第4條第5項，向蘇格蘭部長提起申訴（appeal），蘇格蘭部長應於2個月內做出決定；第二，收受應擬定蓋爾語計畫通知之公共機構，認爲蓋爾語委員會的通知決定不合理（unreasonable）時，得依《蓋爾語（蘇格蘭）法》第4條第8項，於28日內逕向蘇格蘭部長提起申訴，蘇格蘭部長應依同條第9項，於6個月內做出決定。經蘇格蘭部長決定公共機構有理由者，蓋爾語委員會之通知便失其效力（notice ceases to have effect），且蓋爾語委員會在2年內不得再對該公共機構發出應擬定蓋爾語計畫之通知（第4條第10項）。

　　蓋爾語計畫之實作案例，可舉蘇格蘭政府、高地議會（Highland Council）爲例。蘇格蘭政府依《蓋爾語（蘇格蘭）法》第3條提出蓋爾語計畫（Gaelic Language Plan 2016-2021），就認同與能見度（identity and visibility）、溝通與出版物（communications and publications）、人員配置和培訓（staffing and training）等三大領域推動蓋爾語計畫（Scottish Government, 2017: 21）。又高地議會（地方自治團體）依《蓋爾語（蘇格蘭）法》已提出第三版的蓋爾語計畫（Gaelic Language Plan 2018-2023），以六大領域推動蓋爾語計畫：（一）家庭中使用蓋爾語，包含學前教育及育兒；（二）社區中使用蓋爾語；（三）蓋爾語教育；（四）蓋爾語使用於藝術、文化,遺產；（五）蓋爾語使用於工作場所；（六）蓋爾語之社會、經濟、文化價值（Highland Council,

2018: 25）。另外，高地議會運用「臂距原則」（principle of arm's length），以公私協力（PPP）方式，協同高地優質生活公司（High Life Highland）[45]共同推動蓋爾語復振工作（Highland Council, 2018: 32）。

　　事實上，爲落實蓋爾語計畫之執行，《蓋爾語（蘇格蘭）法》第6條定有執行監督機制（monitoring of implementation）。依《蓋爾語（蘇格蘭）法》第6條規定，經蓋爾語委員會或蘇格蘭部長依本法第5條核定的相關公共機構之蓋爾語計畫（relevant public authority's Gaelic language plan），於核定後12個月，蓋爾語委員會可要求該公共機構提交執行情形報告（a report on the extent to which the authority has implemented the measures set out in the plan），若蓋爾語委員會認爲該公共機構未充分實施蓋爾語計畫（is failing to implement adequately measures in its Gaelic language plan），可向部長提出報告（a report setting out its reasons for that conclusion）；部長收到蓋爾語委員會報告時，可將蓋爾語委員會報告提交蘇格蘭議會，或指定日期（the date specified in the direction），要求該公共機構在指定日期前，執行蓋爾語計畫。按《蓋爾語（蘇格蘭）法》第6條的執行監督機制，由蓋爾語委員會主責，但矯正相關公共機構落實蓋爾語計畫的權力，則在部長手上；且蓋爾語委員會無受理人民申訴，並進行調查之權，因此，恐無法視其爲語言監察機構。

　　此外，《蓋爾語（蘇格蘭）法》第7條定有蓋爾語計畫五年定期檢討（review of plans）機制，實施蓋爾語計畫的相關公共機構，應於計畫核准日的5年內，檢視計畫（review the plan）、做出必要修正（make such amendments (if any) to the plan as the authority considers necessary or expedient），並提交蓋爾語委員會。又爲執行《蓋爾語（蘇格蘭）法》第3條至第7條所定事項，本法第8條規定，蓋爾語委員會得提出執行準則（guidance）報請蘇格蘭部長同意後實施；而蓋爾語委員會擬議執行準則

---

[45] 高地優質生活公司係依據《公司法》（Companies Act 2006）及《慈善及信託（蘇格蘭）法》（Charities and Trustee Investment (Scotland) Act 2005）由高地議會所設立者（High Life Highland, n.d.）。

時，應注意蓋爾語與英語受同等尊重的原則（the principle that the Gaelic and English languages should be accorded equal respect）。

四、蓋爾語教育

　　蘇格蘭教育事務係以《教育（蘇格蘭）法》[46]爲準據。2016年《教育（蘇格蘭）法》共有34條，分爲學校教育（School Education）、蓋爾語爲教學語言（Gaelic Medium Education）、[47]雜項（Miscellaneous）、總則（General）等四章。基本上，《教育（蘇格蘭）法》主要建構爲：（一）賦予父母向教育機構要求其子女接受蓋爾語教育之權利；（二）課予地方政府促進蓋爾語教育之義務；（三）課予蓋爾語委員會推動蓋爾語教育之義務。

　　《教育（蘇格蘭）法》第16條，修正《蓋爾語（蘇格蘭）法》第9條部分規定。依修正後《蓋爾語（蘇格蘭）法》第9條規定，蓋爾語委員會應（must）[48]提出蓋爾語教育準則報請蘇格蘭部長同意後實施。蓋爾語委員會依上開規定，發布《蓋爾語教育指導準則》（Statutory Guidance on Gaelic Education）。

　　在實作上，蓋爾語教育分爲「蓋爾語爲教學語言」（GME）及「蓋爾語學習者教育」（GLE）兩種模式。蓋爾語爲教學語言可分爲小學（primary school）及中學（secondary education）階段：（一）小學階段：前三年採完全沉浸（full immersion）模式，全以蓋爾語進行教學活動；第三年後，學童開始以蓋爾語學習英語；一般來說，學童到了第七

---

[46] 二戰後歷經1945年、1962年、1980年、1981年、1996年、2016年多次修正。

[47] 2016年《教育（蘇格蘭）法》第17條第1項修正《蓋爾語（蘇格蘭）法》第10條第1項關於蓋爾語教育（Gaelic education）定義，又《教育（蘇格蘭）法》第17條第2項修正《學校（諮詢）（蘇格蘭）法》（Schools (Consultation) (Scotland) Act 2010）附錄一第12點關於蓋爾語爲教學語言（Gaelic Medium Education）規定。修正後之Gaelic education與Gaelic Medium Education兩者定義類似，皆以蓋爾語作爲教學（teaching）及學習（learning）語言，參照《客家基本法》第12條用語，本書譯爲「蓋爾語爲教學語言」。

[48] 原條文爲「得」（may），經《教育（蘇格蘭）法》修正爲「應」（must）。

年，其英語能力通常較單語教育學童爲佳（Bòrd na Gàidhlig, 2021f）；
（二）中學階段：包含蓋爾語課程（Gàidhlig as a literacy subject）及蓋
爾語爲教學語言（other subjects through the medium of Gaelic）（Bòrd
na Gàidhlig, 2021g）兩種。而蓋爾語學習者教育（GLE），則將蓋爾語
與其他現代語言，如法語，同視爲第二語言（second language）進行教
學（Bòrd na Gàidhlig, 2021f）。復依《教育（蘇格蘭）法》第7條規定，
學齡以下且未進入小學孩童之父母，得要求政府教育部門評估「小學階段
蓋爾語爲教學語言」（Gaelic Medium Primary Education, GMPE）之需
要性。[49]

　　至於《蓋爾語（蘇格蘭）法》第10條至第13條爲總則規定，包含
定義、子法（regulations and orders）、[50]配套法律修正（consequential
amendments）、[51]簡稱及生效（short title and commencement）等規定。

參、其他機制

　　除《蓋爾語（蘇格蘭）法》外，其他制度性機制對於推動蓋爾語復
振，亦發揮相當的助力，本書簡要說明如後。

---

[49] 以蓋爾語爲教學語言的學校家長們，在Comunn na Gàidhlig協助下，於1994年成立蓋爾語
家長組織（Comann nam Pàrant），以支持及促進蓋爾語爲教學語言之教育（Comann nam
Pàrant, 2021）。

[50] 英國法制框架分爲兩個層級：1.法律，包含由國會（UK Parliament）、蘇格蘭議會、威爾斯
議會、北愛爾蘭議會所通過者，皆須經國家元首女皇御准；2.命令（Secondary legislation或
Subordinate legislation），指依據法律所發布者（delegated legislation），主要類型包含法定
文書（Statutory Instruments）、法定規則（Statutory Rules and Orders）、教會文書（Church
Instruments）三類；其中法定文書可細分爲orders、regulations、rules三種次類型（National
Archives, n.d.）。

[51] 《蓋爾語（蘇格蘭）法》第12條，附表二配套法律修正生效。附表二配套法律包含：《蘇格
蘭公共生活倫理守則等法》（Ethical Standards in Public Life etc. (Scotland) Act 2000）、《蘇
格蘭公共服務監察使法》（Scottish Public Services Ombudsman Act 2002）、《蘇格蘭資訊自
由法》（Freedom of Information (Scotland) Act 2002）、《蘇格蘭公職任命及公共機構等法》
（Public Appointments and Public Bodies etc. (Scotland) Act 2003）等。

一、蓋爾語法執行基金

　　為落實國家蓋爾語計畫，並協助公共機構實踐蓋爾語計畫，蓋爾語委員會在蘇格蘭政府支持下，設立蓋爾語法執行基金（Gaelic Language Act Implementation Fund）。

　　依「蓋爾語法執行基金2021年至2022年補助須知」（Gaelic Language Act Implementation Fund (GLAIF) 2021/22 Funding Guidelines），本年度重點目標為：（一）促進蓋爾語使用，打造蓋爾語發展量能，並特別關注促進年輕人使用蓋爾語；（二）以公共機構整體服務及溝通，提升蓋爾語的地位、一致性、可及性；（三）強化蓋爾語能力，提振蓋爾語意識，並在公共機構及其所屬職員中，創造更多使用蓋爾語的機會；（四）促進蓋爾語教育及成年人學習蓋爾語；（五）提供年輕人在工作場所使用蓋爾語的機會（Bòrd na Gàidhlig, 2021h）。又適用上開補助須知之申請者，主要為：（一）公共機構，優先補助給已實施蓋爾語計畫、準備實施蓋爾語計畫、接獲蓋爾語委員會通知應實施蓋爾語計畫者；（二）政府機構、學校、「臂距原則外部組織」（Arm's Length External Organizations, ALEOs）等（Bòrd na Gàidhlig, 2021h）。

　　事實上，「蓋爾語法執行基金2021年至2022年補助須知」對於年輕人之關注，涉及《兒童和青年（蘇格蘭）法》（Children and Young People (Scotland) Act 2014）第56條及附錄四規定，指定蓋爾語委員會為「共同家長」（corporate parents）。[52]

二、《離島（蘇格蘭）法》等

　　為建構離島發展之制度性機制，英國（蘇格蘭）於2018年制定《離島（蘇格蘭）法》（Islands (Scotland) Act 2018）。《離島（蘇格蘭）法》共32條，分為關鍵定義（Key Definitions）、國家離島計畫

---

[52] 依《兒童和青年（蘇格蘭）法》第57條及第58條規定，「共同家長」負有促進受地方政府看護兒童或青年（looked after child or young person）利益之義務。

（National Islands Plan）、與離島社區有關義務（Duties in Relation to Island Communities）、離島社區政治參與（Representation of Island Communities）、其他權力（Additional Powers Requests）、蘇格蘭海洋地區發展（Development in the Scottish Island Marine Area）、區域海洋計畫權力下放（Delegation of Functions Relating to Regional Marine Plans）、附則（Final Provisions）等七章（parts）。

　　《離島（蘇格蘭）法》對於蘇格蘭蓋爾語復振之助益，約略可從「國家離島計畫納入蓋爾語復振措施」及「強化蓋爾語社群穩固性」兩個面向，加以觀察。第一，依《離島（蘇格蘭）法》第4條規定，蘇格蘭政府須踐行公眾諮商程序，並考量離島之地理獨特性、自然遺產、文化遺產（包含語言遺產）後，提出國家離島計畫，經蘇格蘭議會審議後發布。[53]意即，國家離島計畫，將離島社區蓋爾語使用者的需求，納入整體離島發展之行動策略，有助於促進蓋爾語之使用（王保鍵，2020b）。

　　第二，蓋爾語使用者主要聚居於蘇格蘭高地及離島，而離島之經濟基礎、就業環境、醫療資源等條件相對不佳，導致離島人口流失，蓋爾語使用者遷徙至都會城市，不再使用（或極少使用）蓋爾語，出現蓋爾語「隱形化」，及蓋爾語代際傳承斷裂之情況。因而，以《離島（蘇格蘭）法》之政策工具，促進離島經濟發展、營造離島宜居環境，可促使蓋爾語使用者持續定居於離島（傳統蓋爾語領域），並吸引年輕人返回離島居住，兼具減緩人口外流、吸引人口回流的雙效，讓蓋爾語能在日常生活中廣泛使用，有助於提升蓋爾語社群的穩固性。

　　又離島地區發展，由「高地離島發展委員會」（Highlands and Islands Development Board）改制之「高地離島企業」（Highlands and

---

[53] 為促使政府部門提出離島發展之政策目標及策略，《離島（蘇格蘭）法》第3條建構「國家離島計畫」機制，藉以獲致：1.增加離島人口；2.促進離島之經濟、環境、居民健康發展，並賦予社區權力；3.改善交通運輸；4.提升數位連結環境；5.改善燃料不足問題；6.確保王室財產（Scottish Crown Estate）管理效能；7.強化生物安全，包含保護離島不受外來物種侵入。

Islands Enterprise），[54]長期扮演重要功能。1984年起，在高地離島發展委員會支持下，成立具社會企業（social enterprise）性質的Comunn na Gàidhlig，提供許多蓋爾語服務與活動（Comann nam Pàrant, 2021）。

此外，廣電媒體對蓋爾語復振，亦扮演重要功能。依《廣電法》（Broadcasting Act 1990）第183條所設立由蓋爾語電視委員會（Gaelic Television Committee）運作的蓋爾語電視基金（Gaelic Television Fund），廣泛補助蓋爾語節目的製播，以提升蓋爾語的語言能見度。[55]

第四節　威爾斯語與蓋爾語之比較

按《蓋爾語（蘇格蘭）法》某種程度參照《威爾斯語言法》（1993年）之制度設計，但《蓋爾語（蘇格蘭）法》規範強度不如《威爾斯語言法》，如《威爾斯語言法》第17條至第20條「威爾斯語方案」之督促措施（compliance with schemes）。探究《蓋爾語（蘇格蘭）法》規範機制較寬鬆之緣由，可能是因為蘇格蘭議會中，能使用流利蓋爾語之議員人數極少，且蓋爾語使用人口占蘇格蘭總人口比例偏低，為求順利完成立法程序，遂採取影響最小的立法路徑。關於威爾斯語與蓋爾語權利保障模式之比較，如表6-3。

---

[54] 「高地離島企業」之前身為「高地離島發展委員會」，於1965年依《高地和離島發展（蘇格蘭）法》（Highlands and Islands Development (Scotland) Act 1965）第1條所成立，以推動高地、離島之經濟及社會發展。嗣後，依《企業和新城鎮（蘇格蘭）法》（Enterprise and New Towns (Scotland) Act 1990）第1條b款，改制為高地離島企業。高地離島企業為蘇格蘭政府所屬的「非政府部門公共機構」（NDPB）（HIE, n.d.），依《企業和新城鎮（蘇格蘭）法》附錄一第6點規定，高地離島企業董事會（board）成員為6人至11人，由蘇格蘭政府任命。

[55] 1996年修正公布《廣電法》（Broadcasting Act 1996）第95條規定，蓋爾語電視基金修正為蓋爾語廣電基金（Gaelic Broadcasting Fund）；蓋爾語電視委員會修正為蓋爾語廣電委員會（Gaelic Broadcasting Committee）。

表6-3　威爾斯語與蓋爾語權利保障模式比較

		威爾斯語	蓋爾語
語言法律		威爾斯語言法、威爾斯官方語言法	蓋爾語（蘇格蘭）法
語言專責機關	規劃執行	威爾斯語部長	教育部長 蓋爾語委員會
	語言監察	威爾斯語言監察使	無[56]
		任期7年	
管轄權		政府機構	公共機構
處罰權		民事裁罰	無

資料來源：本書整理。

　　觀察威爾斯語、蓋爾語之語言專法，應注意：一、少數群體人口差異影響語言專法之設計：威爾斯語、蓋爾語使用人口比例高低，致使《威爾斯語言法》及《威爾斯官方語言法》之規範強度，高於《蓋爾語（蘇格蘭）法》，且威爾斯設有語言監察使；二、分權機制促使少數群體語言專法之產生：英國於1999年施行委任分權制度，國會將特定事務之立法權，移轉給蘇格蘭議會、威爾斯議會、北愛爾蘭議會等三個分權議會，分權議會可就各該領域內之少數群體語言，立法加以保護，促使分權議會成為實現少數群體語言權利保障之重要支柱；三、國會移轉權力進程影響語言專法施行日期：蘇格蘭議會成立時，即有權制定法律（Primary legislation），且在第一屆議會時，就已進行《蓋爾語（蘇格蘭）法（草案）》（Gaelic Language (Scotland) Bill 2002）之擬定，雖因議會改選而未完成立法，但第二屆議會便完成《蓋爾語（蘇格蘭）法》之立法；相對地，威爾斯議會成立之初，尚無法制定法律之權，至國會通過2006年

---

[56] 蘇格蘭雖未設專責的語言監察使，但蓋爾語使用者的語言權利如有受損，似可依《蘇格蘭公共服務監察使法》規定，向蘇格蘭公共服務監察使（Scottish Public Services Ombudsman）提起申訴。又依《蘇格蘭人權監察使法》（Scottish Commission for Human Rights Act 2006）規定，設立之蘇格蘭人權監察使（Scottish Commission for Human Rights）具有國家人權機構性質，亦可實現蓋爾語使用者權利。

《威爾斯政府法》，方可進行語言法律專法之制定。

又在多種少數群體語言共存的地區，立法者究應制定普遍適用的語言法律，或每種語言制定各自的語言專法？如制定語言專法，應優先制定哪一個少數群體語言？涉及語言規劃、語言政策之價值選擇。雖然蓋爾語使用人口僅占蘇格蘭總人口的1%，惟蘇格蘭議會仍制定專法，促進蓋爾語使用者的語言權利，[57]顯見蘇格蘭議會對語言少數群體權利之珍視，某種程度也實現了實質平等理論的真諦。

附帶一提，2018年2月，英國國會的威爾斯大委員會（Welsh Grand Committee）[58]首次使用威爾斯語進行辯論，不熟悉威爾斯語者，則可使用翻譯設備；時任威爾斯部長（Secretary of State for Wales）[59]的Alun Cairns讚揚此為威爾斯語歷史性的一天（BBC, 2018b），此亦彰顯出威爾斯的語言政策推動成果。

此外，依《國家語言發展法》第2條第1項規定，本法主管機關為文化部；惟各語種之國家語言權責機關，除客語及原住民族語已確定外，閩南語、馬祖語、臺灣手語尚待政府分工。[60]考量各語種之國家語言所面臨語言環境、使用者人數、使用者聚居情況有別，需以多元彈性推動國家語言政策，又慮及行政院已規劃成立「雙語國家政策發展中心」之行政法

---

[57] 除《蓋爾語（蘇格蘭）法》關於蓋爾語與英語平等規範外，《平等法》（Equality Act 2010）第149條「公共部門平等義務」（PSED），亦可轉換為語言平等之權利主張基礎。

[58] 英國國會設有大委員會（Grand Committee），上議院大委員會具有次級辯論場（secondary debating chamber）性質，任何上議院議員都可參加並發言；下議院置有威爾斯大委員會、蘇格蘭大委員會（Scottish Grand Committee）、北愛爾蘭大委員會（Northern Ireland Grand Committee），分別由威爾斯、蘇格蘭、北愛爾蘭地區（country）選出國會議員及相關議員組成，討論各該地區事務（UK Parliament, 2021b）。

[59] 英國內閣由首相（Prime Minister）與內閣部長（Cabinet Ministers）組成，目前內閣成員23人中，包含威爾斯部長（Secretary of State for Wales）、蘇格蘭部長（Secretary of State for Scotland）、北愛爾蘭部長（Secretary of State for Northern Ireland）。

[60] 文化部於2021年10月9日邀請教育部、原住民族委員會、客家委員會，依《國家語言發展法》第5條規定共同主辦首次「國家語言發展會議」；文化部部長李永得致詞時表示：在專責推動機構部分，目前原住民族委員會、客家委員會對於原住民族語、客語的推動，成效良好；但針對閩南語、馬祖語、臺灣手語等目前尚缺乏明確權責機構的國家語言，文化部將與教育部共同討論、分工，讓每一種語言在研究、推廣等，都能有專責單位主責（文化部，2021b）。

人，[61]並參考英國蘇格蘭設置「執行性非政府部門公共機構」之「蓋爾語委員會」的實作經驗，或許可研議設立「國家語言發展中心」之行政法人，以專責推動閩南語、馬祖語、臺灣手語等國家語言事務。

---

[61] 行政院2021年9月2日院授人組字第1102000878號函請立法院審議《雙語國家發展中心設置條例（草案）》，以成立具公法人性質之行政法人「雙語國家發展中心」，推動雙語國家政策。依「雙語國家發展中心設置條例草案總說明」指出，考量雙語政策牽涉層面廣泛，推動期程長，且雙語國家業務具高度專業性及公共性，須與利害關係人多方溝通，為提升雙語國家政策之整體推動成效，宜由行政法人專責推動，以期藉由導入民間之活力及創意，俾使運作更具效能、專業及彈性，並透過內、外部適當監督機制及績效評鑑機制，以確保公共事務任務之遂行，爰擬具《雙語國家發展中心設置條例（草案）》。又目前已成立「國家表演藝術中心」、「國家災害防救科技中心」、「國家中山科學研究院」、「國家運動訓練中心」、「國家住宅及都市更新中心」、「文化內容策進院」等中央層級行政法人。

第七章 臺灣少數族群語言權利

　　「語言地位」為政府進行語言規劃、制定語言政策時的重要議題，一般包含語言法律框架的建構，或將語言地位較低之語言，以政策工具提升其語言地位（Hill, 2010）。影響語言地位之因素，非僅單純語言本身，尚涉及相關的社會語言因素，如政治、經濟、歷史、社會、文化等（張學謙，2013a）。將語言地位放在族群關係架構下，語言的地位象徵著族群之間的權力關係是否平等（許志明，2018：95），而族群間不平等的衝突性，常藉由族群語言地位不平等來間接表達（何萬順，2009）。相對於《大眾運輸工具播音語言平等保障法》以「語言平等」及「文化多樣性」，便利各族群使用大眾運輸工具。2017年制定《原住民族語言發展法》、2018年修正《客家基本法》、2019年制定《國家語言發展法》，在「語言平等」及「文化多樣性」基礎上，進一步添加「語言地位」概念，賦予各族群所使用語言為「國家語言」之法律地位。

　　按《大眾運輸工具播音語言平等保障法》、《原住民族語言發展法》、《客家基本法》、《國家語言發展法》等四部法律，建構出少數族群語言的三個層次規範：一、語言地位：臺灣各族群語言定位為國家語言；二、語言權利：人民使用國家語言應不受歧視或限制之平等權，及人民以族群母語作為學習語言、接近使用公共服務及傳播資源等權利；三、語言使用者聚集區域：[1]在特定族群聚居之語言領域，族群母語為地方通行語，在公文書、大眾運輸工具及場站播音、政府機構及學校標示、傳統

---

[1] 原住民族語言使用者聚集區域指「原住民族地區」，行政院2002年4月16日院臺疆字第0910017300號函核定30個山地鄉（區）及25個平地原住民鄉（鎮、市）為原住民族地區。客語使用者聚集區域指「客家文化重點發展區」，客家委員會依《客家基本法》公告70個鄉（鎮、市、區）為客家文化重點發展區。

名稱標示等，應以族群母語爲之。在國家語言法律框架下，以少數族群語言爲中心，本書聚焦於原住民族語、客語之探討。

第一節　原住民族語

臺灣目前以族群爲名之政府機關，爲「原住民族委員會」及「客家委員會」；以族群爲名之基本法，爲《原住民族基本法》及《客家基本法》。然而，原住民族、客家族群在法律體系中的保障基礎有所差異，並影響各自集體權及個人權之保障。

「法律位階理論」說明憲法具有最高性，《憲法增修條文》經過七次增修。1992年第二次修憲，於第18條第6項（現爲第10條第12項[2]）規定，國家對於自由地區山胞之地位及政治參與，應予保障；對其教育文化、社會福利及經濟事業，應予扶助並促其發展。1994年第三次修憲，將「山胞」正名爲「原住民」，故第三次《憲法增修條文》公布日（8月1日）也成爲「原住民族日」。[3]1997年第四次修憲，於第10條第9項（現爲第11項）增列「國家肯定多元文化，並積極維護發展原住民族語言及文化」。

就憲法規範架構而言，原住民權利保障有明確的法源，包含：一、原住民之個人權，如《原住民族工作權保障法》；[4]二、原住民族之集體

---

[2]　現行規定爲：國家應依民族意願，保障原住民族之地位及政治參與，並對其教育文化、交通水利、衛生醫療、經濟土地及社會福利事業予以保障扶助並促其發展，其辦法另以法律定之。

[3]　依行政院2016年7月27日院臺原字第1050171747號函同意原住民族委員會2016年7月19日簽報行政院之「8月1日原住民族日之由來與意義」指出，從「番」到「高砂」到「山胞」到「原住民」，原住民族日是紀念原住民族藉由正名運動，回復自己在臺灣的地位，也象徵肯認原住民族作爲國內、國際法之權利主體。嗣後，1997年第四次修憲時，進一步將具有集體權屬性的「原住民族」入憲，將「原住民」正名爲「原住民族」。

[4]　依《原住民族基本法》第2條規定，「原住民族」，係指既存於臺灣而爲國家管轄內之傳統民族；「原住民」，係指原住民族之個人。《原住民族工作權保障法》之法律名稱雖以「原住民族」爲名，但本法第2條明定「本法之保障對象爲具有原住民身分者」，實屬個人權之保

權，如《原住民族傳統智慧創作保護條例》。至於客家族群，《憲法增修條文》並無明文保障規定，係援引《憲法增修條文》第10條第11項前段「國家肯定多元文化」之規定，如《客家基本法》第1條。

在法律層次，為保障原住民族基本權利，促進原住民族生存發展，建立共存共榮之族群關係，2005年公布《原住民族基本法》。依《原住民族基本法》第9條第3項規定：「原住民族語言發展，另以法律定之。」為實現歷史正義，促進原住民族語言之保存與發展，保障原住民族語言之使用及傳承，依《憲法增修條文》第10條第11項及《原住民族基本法》第9條第3項規定，於2017年6月14日公布《原住民族語言發展法》。本節謹就原住民族語言概況，及《原住民族語言發展法》所建構的語言權利、公私協力組織等，進行討論。

壹、原住民族語言之語言別

《原住民族語言發展法》第1條明定原住民族語言為國家語言。同法第2條第1項第1款規定，「原住民族語言」係指原住民族傳統使用之語言及用以記錄其語言之文字、符號。立法院三讀通過《原住民族語言發展法》，同時通過審查會所提附帶決議五項，其中之一為：「查原住民族語言包含文字，原住民書寫符號應屬於語言文字之一部分；請將原住民族語言包含文字之定義納入相關條文之說明欄說明，以做未來適用原住民族語言之依據；未來各機關在適用原住民族語言發展法以及相關法規有關原住民族語言時，應優先適用本法之定義，不得視其為『符號』而不為或為不當之行政處置（立法院公報處，2017：230）」。[5]因此，文化部於2020

障。

[5] 其他4個附帶決議為（立法院公報處，2017：229-230）：1.中央教育主管機關應會同中央原住民族事務主管機關，於2018年7月前完成「臺灣原住民族基礎語言與文化試辦課程」之規劃，並培訓足夠之原住民族語言暨歷史文化師資。中央教育主管機關應編列預算，於2018年9月開學起，在各縣市之國、高中、小學等各級學校擇定示範點，推動「臺灣原住民族基礎語言與文化試辦課程」。中央教育主管機關應於2019年底之前檢討、修訂完成正式之「臺

年委外執行「面臨傳承危機國家語言調查：國家語言種類及面臨傳承危機情形」，將原住民族語歸類爲「聽覺型語言」，存有討論空間。

　　臺灣原住民族語言歸屬於南島語族，原住民族語之語言別，涉及原住民族之族裔類屬。依《原住民族基本法》第2條第1項第1款、《原住民身分法》第11條第2項、《原住民民族別認定辦法》等規定，行政院核定原住民16族別；[6]共有42種「語言別」（早期稱爲「方言別」），[7]如表7-1。

表7-1　原住民族16族42語言別名稱表

序	語族名	語言別
1	阿美族	南勢阿美語（原稱：北部阿美語）
		秀姑巒阿美語（原稱：中部阿美語）
		海岸阿美語
		馬蘭阿美語
		恆春阿美語

灣原住民族基礎語言與文化課程」，並協助非原住民學生認識原住民族語言文化；2.有鑑於目前原住民族語言能力認證測驗各級別難易差距過大，中級與高級通過比率相差達8.7倍以上，顯示中級與高級通過率之懸殊。相較於閩南語言能力認證測驗係將能力級別分爲三卷六級，分級較爲細緻，藉以提升其測驗之效度；原住民族語言能力認證測驗之級數少、難易分級較不準確，爰要求原住民族委員會評估調整現行族語認證制度之級別與難易度；3.有鑑於現行師資培育教育體系中，並無專門培養原住民文化及語言能力之課程，造成原住民籍年輕教師在文化及語言能力上均顯有不足。惟據教育部「2014年師資培育統計年報」所示，過半的原住民籍教師均已年逾40歲，待其屆齡退休後，恐會形成原住民族文化、語言之斷層。爲培育具有文化、語言能力之年輕老師，爰要求教育部訂立原住民籍教師取得族語能力認證之獎勵制度；4.查原住民族電視臺爲目前原住民族熟悉原住民族族語之重要管道，惟目前原住民族電視臺每周族語節目約占34%，其比例偏低，對照目前毛利電視臺占80%左右相距甚遠。據此，爲復振原住民族語言，增進原住民族媒體近用權，並結合原住民族語文發展，目前原住民族語言發展法草案將有線與無線廣播電視及廣播用於推廣原住民族語文。爲達到上開之目的，建請行政院於原住民族語言發展法三讀通過後，編列足額之預算給予原住民族文化事業基金會，供其辦理本法要求推廣原住民族語文所需之相關頻道、人力及經費。

6　16個民族爲阿美族、泰雅族、排灣族、布農族、卑南族、魯凱族、鄒族、賽夏族、雅美族（達悟族）、邵族、噶瑪蘭族、太魯閣族、撒奇萊雅族、賽德克族、拉阿魯哇族、卡那卡那富族，截至2020年底，臺灣原住民人口數爲57萬6,792人（平地原住民爲26萬9,966人，山地原住民爲30萬6,826人），約占總人口數的2.45%（行政院，2021）。

7　依《原住民族語言能力認證辦法》第7條規定，族語能力認證之測驗之族語別、「方言別」、方式、範圍、配分及合格標準，由主管機關公告之。現行原住民族委員會對外公告或公文書係以「語言別」稱之，如原住民族委員會2020年6月20日原民教字第1090037354號函之「原住民族16族42語言別名稱表」。

表7-1　原住民族16族42語言別名稱表（續）

序	語族名	語言別
2	泰雅族	賽考利克泰雅語
		澤敖利泰雅語
		四季泰雅語
		宜蘭澤敖利泰雅語
		汶水泰雅語
		萬大泰雅語
3	排灣族	東排灣語
		北排灣語
		中排灣語
		南排灣語
4	布農族	卓群布農語
		卡群布農語
		丹群布農語
		巒群布農語
		郡群布農語
5	卑南族	南王卑南語
		知本卑南語
		西群卑南語（原稱：初鹿卑南語）
		建和卑南語
6	魯凱族	東魯凱語
		霧臺魯凱語
		大武魯凱語
		多納魯凱語
		茂林魯凱語
		萬山魯凱語
7	鄒族	鄒語（原稱：阿里山鄒語）
8	賽夏族	賽夏語
9	雅美族（達悟族）	雅美語

表7-1　原住民族16族42語言別名稱表（續）

序	語族名	語言別
10	邵族	邵語
11	噶瑪蘭族	噶瑪蘭語
12	太魯閣族	太魯閣語
13	撒奇萊雅族	撒奇萊雅語
14	賽德克族	都達語
		德固達雅語
		德路固語
15	拉阿魯哇族	拉阿魯哇語（原稱：沙阿魯阿鄒語）
16	卡那卡那富族	卡那卡那富語（原稱：卡那卡那富鄒語）

資料來源：原住民族委員會2020年6月20日原民教字第1090037354號函。

　　表7-1顯示，原屬「鄒族」語言別下的沙阿魯阿鄒語、卡那卡那富鄒語，後經行政院於2014年核定為拉阿魯哇語及卡那卡那富語；[8]就此而言，語言別為原住民族重要的次分類指標，與客家族群以客語腔調為人群類屬次分類，頗有相似之處。另依《原住民族語言發展法》第2條第1項第3款規定，「原住民族語言能力：指使用原住民族語言聽、說、讀、寫、譯之能力。」[9]

貳、法律框架

　　依2009年聯合國教科文組織（UNESCO）調查報告，及原住民族委員會2012年至2016年所進行「原住民族語言使用狀況及能力調查」報告

---

[8] 拉阿魯哇族與卡那卡那富族，原屬於「鄒族」，但三族在社會組織（Hosa體系）、氏族結構、宗教與祭儀都不相同；特別在語言溝通上，三族語言無法溝通（林修澈、黃季平，2014），經行政院於2014年核定為新語族。

[9] 依《原住民族教育法》第37條第3項及《原住民族語言發展法》第11條第2項訂定《原住民族語言能力認證辦法》。《原住民族語言能力認證辦法》第2條規定，原住民族語言能力，指對原住民族語言聽、說、讀、寫之能力。《原住民族語言發展法》第2條第1項第3款與《原住民族語言能力認證辦法》第2條，對於原住民族語言能力定義，差別為「譯」之能力。

指出，原住民族16族語42語言別面臨了嚴重流失的困境，包含卑南語、賽夏語、撒奇萊雅語、噶瑪蘭語、邵語、拉阿魯哇語、卡那卡那富語、茂林魯凱語、萬山魯凱語、多納魯凱語等屬瀕危語言（原住民族委員會，2019）。[10]

　　又原住民族委員會上開調查報告顯示，原住民族的族人於一般日常生活中，主要交談使用語言以國語（華語）為主（89.37%），偶爾穿插使用族語交談之比例僅為64.62%，且多數族人表示，族語使用場域及機會已嚴重不足；又有關族語能力之調查，呈現閱讀及書寫低於聽、說能力之狀況，年齡層與使用族語比例、能力成正比，意即60歲以上者之族語能力較佳，40歲至60歲者已呈現低落狀況，至40歲以下者之族語能力則令人擔憂（立法院公報處，2017：73）。

　　為建構原住民族語言為國家語言之制度保障機制，制定《原住民族語言發展法》；有關本法之框架，整理如表7-2。

表7-2　《原住民族語言發展法》架構

構面	主軸	規範
總則性規定	名詞定義	原住民族語言、原住民族文字、原住民族語言能力、原住民族地方通行語
語言地位	國家語言	原住民族語為國家語言
語言權利	接近使用公共服務	政府機關（構）處理行政、立法事務及司法程序時，原住民得以其原住民族語言陳述意見，各該政府機關（構）應聘請通譯傳譯之
	嬰幼兒族語學習權利	中央主管機關、中央教育主管機關、中央衛生福利主管機關及直轄市、縣（市）主管機關，應提供原住民嬰幼兒學習原住民族語言之機會
	學習與教學語言	學校應依12年國民基本教育本土語文課程綱要規定，提供原住民族語言課程，以因應原住民學生修習需要，並鼓勵以原住民族語言進行教學

---

[10] 「原住民族語言使用狀況及能力調查」報告結論指出，年齡越低，族語使用比率越低的現象，呈現族語流失的潛在危機；而一般地區的族語使用比率又低於原鄉地區（原住民族委員會，2016a：149）。

表7-2 《原住民族語言發展法》架構（續）

構面	主軸	規範
語言推廣	族語推廣人員	直轄市、縣（市）政府、原住民族地區及原住民人口1,500人以上非原住民族地區之鄉（鎮、市、區）公所，設置族語推廣人員，以專職方式協助學校、部落、社區推動族語傳習、保存及推廣工作，全面營造族語生活環境[11]
	族語推動組織	補助專案人力，並提供辦公處所租賃、辦公設備添置及業務推動經費，協助各族設立族語學習、使用推廣、師資培育、教材編輯及其他具族群特色之族語復振工作等推廣組織
	公告及設置地方通行語標示	原住民族地區之政府機關（構）、學校及公營事業機構，應設置地方通行語之標示於原住民族地區內之山川、古蹟、部落、街道及公共設施，政府各該管理機關應設置地方通行語及傳統名稱之標示
	公文雙語書寫	原住民族地區之政府機關（構）、學校及公營事業機構，得以地方通行語書寫公文書
	廣播電視節目及課程	政府捐助之原住民族電視及廣播機構，應製作原住民族語言節目及語言學習課程，並出版原住民族語言出版品
語言傳習	聘用專職族語老師	發布《高級中等以下學校原住民族語老師資格及聘用辦法》，自2018學年度開始，補助各縣市政府聘用專職原住民族語老師（原為教學支援人員），鼓勵更多族人願意投入族語教學工作
	開辦原住民族語言學習中心	開辦臺北（國立臺灣師範大學）、新竹（國立清華大學）、臺中（國立臺中教育大學）、南投（國立暨南國際大學）、屏東（國立屏東大學）、臺東（國立臺東大學）、花蓮（國立東華大學）等七所原住民族語言學習中心
	補助大專院校開設族語課程	鼓勵各大專校院開設原住民族語言課程，及設立與原住民族語言相關之院、系、所、科或學位學程，以培育原住民族語言人才
語言保存	搶救原住民族瀕危語言	推動「原住民族瀕危語言搶救計畫」，採取「師徒制」族語學習，聘請各瀕危語別具族語能力者擔任族語「傳承師傅」，採一對一或一對二方式，與「學習徒弟」[12]
	語言新詞及語言資料庫	中央主管機關應會商原住民族各族研訂原住民族語言新詞；並應編纂原住民族語言詞典，建置原住民族語言資料庫，積極保存原住民族語料

---

[11] 族語推廣人員應設置152人，每月薪資3萬6,000元起。
[12] 專職「傳承師」薪資3萬6,000元及「學習員」薪資3萬元。

表7-2 《原住民族語言發展法》架構（續）

構面	主軸	規範
語言研究	語言能力及使用狀況之調查	中央主管機關應定期辦理原住民族語言能力及使用狀況之調查，並公布調查結果
	成立基金會	成立財團法人原住民族語言研究發展基金會
	獎補助	中央主管機關應補助與獎勵原住民族語言保存及發展研究工作

註：本表規範包含法律規範及政策實作。
資料來源：整理自行政院，2018a。

　　基本上，《原住民族語言發展法》之整部法律架構為：一、總則性規範，包含立法依據、專有名詞定義、主管機關（第1條至第4條）；二、第5條以降，則從「語言權利」、「語言推廣」、「語言傳習」、「語言保存」、「語言研究」等面向推動原住民族語言權利保障。

　　又依《原住民族語言發展法》第27條及《財團法人原住民族語言研究發展基金會設置條例》，設置具「臂距原則外部組織」性質之「財團法人原住民族語言研究發展基金會」，以推動原住民族語言研究發展事務。除此之外，原住民族委員會尚設有「財團法人原住民族文化事業基金會」（轄有原住民族電視臺、原住民族廣播電臺），惟應注意，兩個基金會之董事、監察人聘任方式並不相同。[13]

---

[13] 依《財團法人原住民族語言研究發展基金會設置條例》第8條規定，董事、監察人人選，由主管機關提請行政院院長遴聘之，董事長應具原住民身分；董事之選任，應顧及原住民族之代表性，並考量語言、教育、文化之專業性；監察人應具有語言、法律、會計或財務之相關經驗或學識；董事、監察人之聘期為3年，以連任一次為限。依《財團法人原住民族文化事業基金會設置條例》第9條規定，董事、監察人人選之遴聘，依下列程序產生之：1.由立法院推舉11名至13名原住民族代表及社會公正人士組成董事、監察人審查委員會；2.由行政院依公開徵選程序提名董事、監察人候選人，提交審查委員會以公開程序全程連續錄音錄影經三分之二以上之多數同意後，送請行政院院長聘任之；前項原住民族代表，不得少於審查會人數之二分之一。

參、議題分析

　　《原住民族語言發展法》對於原住民族語言文字之規範，衍生出「人格權」保障。又為實現《原住民族語言發展法》規範，原住民族委員會採取公私協力模式，與民間團體合作，共同推動原住民族語言復振。本書就此二個議題，進行討論。

一、原住民族文字與姓名權

　　語言少數群體之文字書寫系統，不但涉及個人之「姓名權」（姓名權具有「人格權」性質），[14]而且涉及《公民與政治權利國際公約》第27條之少數群體權利保障；例如，本書第二章第三節所提及《公民與政治權利國際公約》之人權事務委員會關於「身分證件以烏克蘭語拼寫申訴人姓名」案。

　　《原住民族語言發展法》第2條第1項第2款規定，「原住民族文字」，指用以記錄原住民族語言之書寫系統。原住民族委員會與教育部2005年12月15日臺語字第0940163297號暨原民教字第09400355912號公告之「原住民族語言書寫系統」指出，臺灣原住民族語言之書寫，從聖經、聖詩譯本、族語教材及坊間各種書寫文本，曾出現過羅馬拼音、漢字拼讀、日文假名及注音符號等書寫方式；並基於「羅馬拼音」較能表現原住民族語言在「綴音成詞」與「綴詞成句」的語音、語句組合當中的構詞與語法關係，以及羅馬拼音具系統性、便利性、普遍性（多數語言使用）、實用性（流通廣、科技、網際網路）、國際性優勢，而採「羅馬拼音」為原住民族語言書寫系統。

　　事實上，以羅馬拼音呈現原住民族文字，雖為《姓名條例》所規

---

[14] 依司法院釋字第399號解釋，姓名權為人格權之一種，人之姓名為其人格之表現，故如何命名為人民之自由，應為憲法第22條所保障。司法院大法官在釋字第399號解釋中闡釋「如何命名」為人民的自由而受憲法保障，用姓名權作為主觀之基本權利，以防禦權的概念對抗國家不法侵害人民的姓名權，藉以宣告國家法令（內政部行政規則）違憲（陳典聖，2017）。

定，但《姓名條例》第4條第1項，僅規定「臺灣原住民及其他少數民族之傳統姓名或漢人姓名，均得以傳統姓名之羅馬拼音並列登記」；至於羅馬拼音之書寫方式，依《姓名條例施行細則》第6條規定，分爲「當事人申報」、「原住民族委員會提供羅馬拼音之符號系統」兩個部分。

若當事人申報之羅馬拼音符號與原住民族委員會所規定不同時，究應如何處理？實務上，就曾發生民衆申請姓名並列羅馬拼音登記於申請書，填報羅馬拼音姓名加註「-」符號，該符號是否符合「原住民族語言書寫系統」所定符號之爭議。案經內政部2021年4月26日台內戶字第1100114163號函釋意旨：考量原住民族語言文字化發展脈絡而言，教會開始使用羅馬字書寫族語早於政府公告前，目前較不宜強制規範族人姓名之書寫方式，而宜尊重當事人書寫習慣。

二、公私協力

關於公私協力之意涵，亞洲開發銀行（Asian Development Bank）所出版《公私協力手冊》（*Public-Private Partnership Handbook*）界定公私協力爲：公部門與私部門以推動基礎建設或提供服務所建構的合作夥伴關係（Asian Development Bank, 2018: 1）。又聯合國國際貿易法委員會（United Nations Commission on International Trade Law）於2020年發布《公私協力立法模式》（Model Legislative Provisions on Public-Private Partnerships）所定義的公私協力爲：締約公部門（contracting authority）[15]與私部門（private entity）之間，就實施特定計畫所形成之協議（UNCITRAL, 2020）。[16]而國內學者對於公私協力之界定，則爲政

---

[15] 依《歐洲聯盟第2004/18/EC號準則》（Directive 2004/18/EC of the European Parliament and of the Council）第1條第9項第1款規定，締約公部門包含兩類：1.政府機關（public authorities）；2.依公法治理機構（body governed by public law）兩類。

[16] 公私協力爲滿足國家基礎設施需求及聯合國永續發展目標（Sustainable Development Goals）的重要工具，聯合國國際貿易法委員會於2000年發布《私人參與基礎設施立法指引》，並於2019年發布《公私協力立法指引》（Legislative Guide on Public-Private Partnerships），俾以提升各國公私協力機制之透明度（transparency）（UNCITRAL, 2019）。以上開立法指引爲

府部門與私部門間之多元安排，將一部分或傳統上由政府承擔的公共活動移轉予私部門負責（林淑馨，2015）；並以跨部門公私組織間之協力，形塑一個長期穩定的制度安排，以利推動參與者間之協力過程，有效達成參與者利益和目標（陳敦源、張世杰，2010）。詹鎮榮（2014：16-18）從廣義及限縮理解，說明公私協力為：（一）廣義理解，泛指所有公、私部門合作履行公共行政任務者；（二）限縮理解，指國家高權主體與私經濟主體間本於自由意願，以正式之雙方法律行為（公法或私法），或非正式之行政行為形塑合作關係，並彼此為風險與責任分擔之行政任務執行模式者。

　　至於公私協力之類型，聯合國國際貿易法委員會的《公私協力立法模式》以風險移轉與否，分為特許權（concession PPPs）及非特許權（non-concession PPPs）兩種類型（UNCITRAL, 2020）。我國實作上，公私協力類型可分為「行政委託」（包含公權力委託與業務委託）、[17]「民間參與公共建設」、[18]「大眾捷運系統聯合開發」、「公私合資事業之設立」等（詹鎮榮，2014：21-26）。又政府推動公私協力之動機為何？亞洲開發銀行的《公私協力手冊》指出：（一）吸引民間資本，藉以補充政府資源，或節約政府資源以移轉投入其他公共需求；（二）提高政府效能，並更有效地運用現有資源；（三）以職能、激勵、責任的重新安排，以驅動部門改革（Asian Development Bank, 2018: 3）。基本上，公

基礎，聯合國國際貿易法委員會於2020年發布《公私協力立法模式》。

[17] 「行政委託」係依《行政程序法》第16條第1項規定，行政機關得依法將其權限之一部分，委託民間團體或個人辦理。又法務部2020年3月12日法律字第10903502190號函釋指出，《行政程序法》第16條所稱「權限委託」即為行政委託，應具備下列要件：1.須由「公行政」對「私人」為之；2.須將「公權力」委託於私人；3.受託人應以自己名義辦理受託業務，並獨自對外行使公權力（如行政處分）；倘受託人所為者，僅屬內部性之事務性、技術性工作，不涉及公權力行使之權限移轉者，則非屬本法第16條之委託，而屬行政助手性質；4.需有「法規之依據」，包括憲法、法律、法規命令、自治條例、依法律或自治條例授權訂定之自治規則、依法律或法規命令授權訂定之委辦規則，並應就委託事項具體明確規定。

[18] 促進民間參與公共建設，可分為興建—營運—移轉（Build-Operate-Transfer, BOT）、興建—移轉—擁有（Build-Transfer-Own, BTO）、重建—營運—移轉（Refurbish-Operate-Transfer, ROT）、營運—移轉（Operate-Transfer, OT）、興建—營運—擁有（Build-Operate-Own, BOO）、興建—移轉（Build-Transfer, BT）等類型（財政部，2013）。

私協力之價值，非僅單純公部門移轉權力、經費，或鬆綁人事、會計制度之思維，尚具將民間新技能、專業知識、資源導入政府部門，並促使公務人員解放於庶務性工作（day-to-day operation），專注於政策規劃，提升公共政策品質（World Bank, 2016）。

　　原住民族語言復振，約略有三股力量：（一）政府部門：主要以原住民族委員會搭配教育部，協同直轄市政府、縣（市）政府共同推動原住民族語言復振；（二）政府捐助財團法人：為符合《財團法人法》第2條第2項規定之財團法人；目前有依《財團法人原住民族文化事業基金會設置條例》及《財團法人原住民族語言研究發展基金會設置條例》所成立兩個財團法人；（三）民間團體：採取廣義概念，不一定具有法人地位。[19]上開三股力量中，政府捐助財團法人（法律性質為私法人）、民間團體，係以公私協力模式協助政府部門（原住民族委員會），對原住民族語言復振，具有重要功能。

　　基本上，以公私協力方式協助政府機關（原住民族委員會）推動原住民族事務之民間團體，概有：（一）部落（部落會議）；[20]（二）民族議會；（三）人民團體。而相較於其他國家語言，《原住民族語言發展法》特別採取建構「族語推動組織」，以「民間團體」性質之「族語推動組

---

[19] 如《雲林縣民間團體辦理大型群聚活動安全管理自治條例》第3條所定義民間團體，指自然人、私法人、設有管理人或代表人之非法人團體。

[20] 基本上，部落是一種「先於國家組織之事實存在」（黃之棟，2017）。依《原住民族基本法》第2條第4款定義「部落」，同法第2條之1前段規定「部落應設部落會議」，同法第21條規定「諮商並取得原住民族或部落同意或參與」等規定，原住民族委員會訂定《原住民族委員會辦理部落核定作業要點》及《諮商取得原住民族部落同意參與辦法》，規範「部落（部落會議）」機制。依《原住民族委員會辦理部落核定作業要點》第2點規定，本要點所稱部落，係指依原住民族基本法第2條第4款規定，符合下列要件之原住民族團體：1.位於原住民族地區內；2.具有一定區域範圍；3.存在相延承襲並共同遵守之生活規範；4.成員間有依前款生活規範共同生活及互動之事實。原住民族委員會目前核定744個部落，以阿美族210個部落居冠，泰雅族207個部落居次；而部分部落出現混居情形，如新竹縣五峰鄉的五峰部落為泰雅族與賽夏族混居，南投縣信義鄉的久美部落為布農族與鄒族混居，高雄市桃源區的草水部落、高中部落、桃源部落、四社部落等四個部落，皆為拉阿魯哇族與布農族混居。又《原住民族基本法》第2條之1第1項後段規定「部落經中央原住民族主管機關核定者，為公法人」；而依《部落公法人組織設置辦法（草案）》第3條第2款規定，「部落公法人」，係指「部落依本法第二條之一規定取得公法人地位，得就特定公共任務，依法行使公權力，且為權利義務主體之原住民族團體」，上開法令建構部落成為集體權利的主體。

織」，協助政府推動原住民族語言復振（第6條）。以下就「民族議會」及「族語推動組織」加以討論。

（一）民族議會與族語名稱

「民族議會」係以某一原住民族為中心所成立，如魯凱族民族議會、卑南族民族議會等。魯凱族民族議會成立宗旨，為實現魯凱族自治，延續魯凱族土地、文化、語言與歷史，基於民族內部共識成立此組織，代表魯凱族與國家和其他族群進行和解與商議（參見《魯凱族民族議會章程》第1條）；但魯凱族民族議會並無法人地位。[21]魯凱族民族議會與部落間並無隸屬關係，但兩者成員高度重疊，即依《魯凱族民族議會章程》第4條規定，民族議會代表產生方式如下：1.當然代表：由各部落傳統領袖（raedre）擔任；2.部落代表：魯凱族三群（東魯凱、西魯凱、下三社）各部落推舉民族議會代表1名，部落人口超過500人時，每100人再推舉1名；每一部落最多不得超過3名。卑南族民族議會，亦未具法人地位，相關事務係由「臺東縣卑南族民族自治事務促進發展協會」處理。而此發展協會為依《人民團體法》所成立之社會團體。[22]

「民族議會」雖未具法人地位，但為各族形成共識之重要場域，其決議多可獲原住民族委員會所接納採行。例如，原住民族委員會2017年12月12日原民教字第1060077294號函知各機關：卑南族民族議會決議，以「Pinuyumayan」為「卑南族」族語名稱。[23]又如，原住民族委員會2020年6月20日原民教字第1090037354號函知各機關：卑南族民族議會審定初鹿卑南語語別名稱更名為「西群卑南語」（族名名稱：piningaiyan Za Pinuyumayan i makazaya）。

---

[21] 魯凱族民族議會係由屏東縣霧臺鄉公所推動，於2017年3月28日通過《魯凱族民族議會章程》，並於2017年4月成立，相關庶務由屏東縣霧臺鄉公所協助處理。

[22] 依《人民團體法》第4條規定，人民團體分為職業團體、社會團體、政治團體等三種。

[23] 原住民族委員會2017年12月12日原民教字第1060077294號函，係依據臺東縣卑南族民族自治事務促進發展協會2017年12月6日卑自促字第1060101023號函辦理。

（二）族語推動組織

　　為使原住民族各族推動原住民族語言保存、發展、使用及傳習等相關事項，落實原住民族自決、自治之原住民族人權，《原住民族語言發展法》第6條規定，中央主管機關應協助原住民族各族設立族語推動組織。依《原住民族語言發展法（草案）》條文說明指出，第6條所稱族語推動組織，係推動原住民族語言振興之相關民間團體（立法院公報處，2017：114）。

　　為落實《原住民族語言發展法》第6條，原住民族委員會每年訂頒「原住民族語言推動組織及瀕危語言復振補助計畫」，2020年每個族語推動組織大約獲得300萬元補助（楊綿傑，2020）。就2021年原住民族語言推動組織及瀕危語言復振補助計畫規定，族語推動組織工作項目，包含：召開共識協作會議以建立族語復振共識、族語專業人力資源盤點、辦理族語夏令營或冬令營、協助財團法人原住民族語言研究發展基金會辦理族語研發工作、創意措施、「師徒制」族語學習等，各工作項目定有年度績效指標（KPI）。

　　對民間團體而言，申請族語推動組織補助，涉及計畫書撰寫、經費執行、成果報告、經費核銷等，非一般小型民間團體可為之，因而族語推動組織多為具有一定規模的民間團體。例如，卑南族的族語推動組織為「臺東縣卑南族民族自治事務促進發展協會」（亦即是前述所討論卑南族民族議會）。[24]

　　由民間團體作為族語推動組織，是由下而上營造族語復振的重要力量。事實上，規模較大的原住民族民間團體，對於族內共識形成、凝聚認同、推動原住民族事務等，具有相當功能；但此類民間團體某種程度亦成為該族之代言人，常能獲得政府資源補助，恐產生資源寡占的疑慮。

---

[24] 司法院大法官關於原住民狩獵案之釋字第803號解釋，於2021年3月9日進行言詞辯論時，「卑南族民族議會」於2021年2月26日會議表示：「同意本解釋案提出卑南族法庭之友意見書供大法官參考」，並由「臺東縣卑南族民族自治事務促進發展協會」2021年3月2日卑促字第1100110018號函檢送卑南族法庭之友意見書予司法院。

<h1 style="text-align:center">第二節　客語</h1>

　　2010年制定《客家基本法》，以《憲法增修條文》第10條第11項爲依據，以保障客家族群集體權益爲目的（第1條[25]）。以《客家基本法》爲依據，客家委員會雖取得推動客家事務之法源，但仍侷限於客家族群之集體權，較無法著墨於客家人之個人權。嗣後，爲傳承復振客家語言及文化，營造多元文化共存之環境，應加強客家語言學習環境及客家文化傳承之保障等事項，並明確定位客語爲「國家語言」，使其進入公共領域，進而建立完善之族群傳播體系，使客家族群豐富臺灣多元文化，以期落實《憲法增修條文》保障多元文化之精神，以達成客家文化之永續傳承及發展（立法院公報處，2018：274-275），客家委員會爰擬具《客家基本法（修正草案）》，經2017年6月15日行政院第3553次會議通過，送請立法院審議。意即，2017年進行之《客家基本法》修正，旨在定客語爲國家語言，建構客語權利，並健全客家族群傳播體系。本節謹以2018年1月31日修正公布《客家基本法》、2019年1月7日制定公布《財團法人客家公共傳播基金會設置條例》爲探討主軸，並簡要討論審議中的《客家語言發展法（草案）》。

壹、2018年《客家基本法》

　　行政院於2017年6月26日以院臺客字第1060176747號函送《客家基本法（修正草案）》予立法院審議，立法院收到行政院所送《客家基本法（修正草案）》，併同委員林爲洲等18人提案，經院會交由立法院內政委員會審查，內政委員會審查完竣，以2017年12月8日臺立內字第1064001741號函提報院會。內政委員會審查會決議爲：「須經黨團協

---

[25] 2010年《客家基本法》第1條規定：爲落實憲法保障多元文化精神，傳承與發揚客家語言、文化，繁榮客庄文化產業，推動客家事務，保障客家族群集體權益，建立共存共榮之族群關係，特制定本法。

商」，遂於2017年12月22日進行黨團協商，併同委員吳志揚等《客家基本法（部分條文修正草案）》及鄭正宇等《客家基本法（修正草案）》（自內政委員會抽出，逕付二讀），共四案進行討論。黨團協商結論主要為：一、第12條第1項中之「鼓勵」修正為「獎勵」，並增列第3項：「第一項獎勵額度、標準及方式之辦法，由客家委員會定之」；二、增列第18條：「政府應保存、維護與創新客家文化，並得設立客家文化發展基金，積極培育專業人才，輔導客家文化之發展」（立法院公報處，2018：309）。

　　黨團協商後，隨即進行《客家基本法（修正草案）》之二讀、三讀程序，三讀通過時，亦通過兩個附帶決議：一、審查會所提附帶決議：有鑑於天穿日訂為全國客家日爭議未決，等同無法透過全國客家日之訂定，以成功凝聚全國客家族群意識，參考北歐原住民薩米族係以1917年2月6日，薩米婦女Elsa Laula Renberg所召開的全球第一屆「薩米大會」時間作為全球薩米日的訂定，成功凝聚族群與文化意識，並迫使挪威、瑞典等北歐各國重新反省過去對薩米的迫害歷史，積極尋求彌補過去邊緣化與迫害的影響；故主管機關於基本法通過後，應於6個月內，檢討當前全國客家日推動的爭議，並召開各地公聽會進行重新訂定的社會溝通，並應將12月28日還我母語運動日、6月14日客家委員會成立日列入主要討論的選項；二、黨團協商所提附帶決議：本法第12條關於「因地制宜實施以客語為教學語言之計畫」於同為原住民族地區實施時，其計畫應會同原住民族委員會審議（立法院公報處，2018：313）。有關《客家基本法》就客語為國家語言、客語權利之規範，整理如表7-3。

表7-3　《客家基本法》關於客語之規範

構面	主軸	規範
總則性規定	名詞定義	客家人、客家族群、客語、客家人口、客家事務（本法第2條）。
語言地位	國家語言	客語為國家語言之一（本法第3條第1項前段）。
	語言平等	客語與各族群語言平等（本法第3條第1項後段）。

表7-3　《客家基本法》關於客語之規範（續）

構面	主軸	規範
語言權利	學習與教學語言	1. 人民以客語作為學習語言權利（本法第3條第2項）。 2. 政府應輔導客家文化重點發展區之學前與國民基本教育之學校及幼兒園，參酌當地使用國家語言情形，因地制宜實施以客語為教學語言之計畫；並獎勵非客家文化重點發展區之學校、幼兒園與各大專校院推動辦理之（本法第12條第1項）。 3. 客語為通行語實施辦法第9條。 4. 推動客語教學語言獎勵辦法。[26] 5. 客語沉浸式教學推動實施計畫案。[27] 6. 客家委員會推動客語生活學校補助作業要點。[28]
	接近使用公共服務	1. 人民以客語接近使用公共服務權利（本法第3條第2項）。 2. 服務於客家文化重點發展區之公教人員，應有符合服務機關所在地客家人口之比例通過客語認證；其取得客語認證資格者，應予獎勵，並得列為陞任評分之項目（本法第9條第2項）。[29] 3. 客語為通行語實施辦法第4條至第6條。 4. 客語能力認證辦法。
	傳播資源	1. 人民以客語接近使用傳播資源權利（本法第3條第2項）。 2. 政府對製播客家語言文化節目之廣播電視相關事業，得予獎勵或補助（本法第17條第2項）。 3. 客語為通行語實施辦法第7條。
語言推廣	獎勵客語推行	推行客家語言文化成效優良者，應由各級政府予以獎勵（本法第9條第1項）。
	公告及設置地方通行語標示	客語為通行語實施辦法第10條。
	公文雙語書寫	客語為通行語實施辦法第10條。

---

[26] 依《推動客語教學語言獎勵辦法》第2條規定，客語教學語言，係指於公私立各級學校（含國民小學、國民中學、高級中等學校、大專校院及特殊教育學校）及幼兒園以客語為教學及校園生活互動之語言。

[27] 依《客語沉浸式教學推動實施計畫案》伍之二規定，以客語作為教學語言，試辦國民中、小學以客語進行科目課程、幼兒園以客語融入教保活動課程，或可使用雙語（華、客語）以漸進方式教學及溝通，整體課程教學語言使用客語比率至少達50%以上。

[28] 依《客家委員會推動客語生活學校補助作業要點》第5點實施原則為：生活化原則、公共化原則、教學化原則、多元化原則、社區參與原則、現代化原則、同儕化原則等七大原則。

[29] 按「客家基本法修正草案條文對照表」關於本條說明，係「為營造客語使用環境」；惟應及本條項規定具有實現人民以客語接近使用公共服務權利之功能，故列於本欄。

表7-3 　《客家基本法》關於客語之規範（續）

構面	主軸	規範
語言傳習	培育客語老師	高級中等以下學校及幼兒園客語師資培育資格及聘用辦法。
	進用客語師資	客語為通行語實施辦法第9條。
語言保存	客語資料庫	政府應捐助設立財團法人客家語言研究發展中心，辦理客語研究發展、認證與推廣，並建立完善客語資料庫等，積極鼓勵客語復育傳承及人才培育（本法第11條第1項）。
	設立財團法人客家語言研究發展中心	
語言環境	支持體系	政府應建立客語與其他國家語言於公共領域共同使用之支持體系，並促進人民學習客語及培植多元文化國民素養之機會（本法第13條）。
	客語友善環境	1. 政府機關（構）應提供國民語言溝通必要之公共服務，於公共領域提供客語播音、翻譯服務及其他落實客語友善環境之措施（本法第14條第1項）。 2. 客家委員會提升客語社群活力補助作業要點。[30]
	客語生活化	政府應提供獎勵措施，並結合各級學校、家庭與社區推動客語，發展客語生活化之學習環境（本法第15條）。

資料來源：整理自《客家基本法》及客家委員會主管之法規命令、行政規則。

　　表7-3諸多機制顯示，2018年修正《客家基本法》，透過鏈結「少數群體權利保障之國際標準」，導入語言權利保障，以「國際人權法」、「憲法基本人權」概念，再造《客家基本法》。意即，修正後《客家基本法》對客家事務法律框架之形塑效果為：一、2010年制定《客家基本法》，以客家集體權益之「集體權」為保障（第1條）；2018年修正《客家基本法》，除既有「集體權」外，新增平等權、客語為教學及學習語言、接近使用公共服務、傳播資源等「個人權」（公民權）權利；二、2018年《客家基本法》，援引《公民與政治權利國際公約》第27條，作為客語之語言權利的法源基礎，[31]並落實《公民與政治權利國際公約及經

---

30 依《客家委員會提升客語社群活力補助作業要點》第3點規定所定的補助範圍為：客語社區營造計畫類、客語研習活動類、編撰（製）或出版客語教材（具）類、客語推廣資訊系統類、其他經本會認可有助於推廣客語社群活力之計畫。

31 行政院送請立法院審議之「客家基本法修正草案條文對照表」，修正條文第3條為「客語為國家語言之一，與各族群語言平等」，修正說明為「語言權為國際公約揭示之基本人權，客

濟社會文化權利國際公約施行法》；三、2018年《客家基本法》，實現《公民與政治權利國際公約》第27條及人權事務委員會第23號一般性意見所定國家負有尊重、保護、落實語言人權之三層次義務。

　　事實上，2018年《客家基本法》之規範目的及規範效果，產生法律變遷，以憲法平等權及《公民與政治權利國際公約》第27條為媒介，導入語言人權概念，並重塑客家法制對客家事務之規範密度。[32]申言之，2010年《客家基本法》條文，多數條項係將客家委員會既存的行政規則提升為法律，並未改變客家事務之規範密度；客家委員會仍持續以預算補助措施，促使相對人「自願」協力推動客家事務。然而，2018年《客家基本法》條文，增強法律規範密度，以基本法明文規定，或法律授權之法規命令規定，不但要求相對人「非自願」協力推動客家事務，而且規範對象擴及民間企業。例如，《客家基本法》第9條第2項關於公教人員通過客語認證比例具強制性，或《客語為通行語實施辦法》第6條規範公用事業或政府特許行業等民間企業，應具備以客語提供公共服務之能力。[33]

　　此外，2018年《客家基本法》參照《原住民族語言發展法》設置「財團法人原住民族語言研究發展基金會」之做法，亦規定設置「財團法

語作為國家語言之一，其學習、使用及教學，應與國內各族群使用之語言平等，爰為規範」（立法院公報處，2018：287）。修正條文第12條第1項為「人民有要求以客語作為學習語言之權利」，修正說明為「揆諸公民與政治權利國際公約揭櫫之『少數團體使用其固有語言之權利，不得剝奪』之精神，於第一項定明人民有以客語作為學習語言之權利」（立法院公報處，2018：300）。

[32] 長期以來，關於規範審查標準（密度），司法院大法官有一個基本模式：即規範目的採低密度標準，規範效果則視基本權的類別，採低密度、中密度或嚴格審查標準（司法院釋字第594號解釋，許玉秀部分協同意見書）。

[33] 依「客語為通行語實施辦法草案逐條說明」第6條說明：公用事業，如自來水、公共汽車等，或政府特許行業，如銀行業、電信業等，與民眾日常生活相關，且受政府高度管制，應保障居民使用客語之權利。「客語為通行語實施辦法草案逐條說明」可參閱客家委員會網站：https://www.hakka.gov.tw/File/Attach/40153/File_76116.pdf。事實上，政府特許行業之民間企業，其資本及股權皆屬私人，如欲要求民間企業配合國家政策，若無明確的法律規範，似乎僅能採取不具法律上強制力之「行政指導」（《行政程序法》第165條）方式；客家委員會雖非相關政府特許行業之主管機關，不易直接施行行政指導，但客家委員會可運用《客家基本法》第6條「國家客家發展計畫」機制，要求政府特許行業之主管機關協助推動；惟政府特許行業之民間企業，本質上屬私人企業，在母法（客家基本法）未明文授權，遽以行政命令（客語為通行語實施辦法）課予其義務，是否妥適，有待實作釐清（王保鍵，2021a：211）。

人客家語言研究發展中心」；惟文化部於2019年6月邀集客家委員會、原住民族委員會等相關機關召開「國家語言發展法施行細則草案暨國家語言研究發展組織研商會議」後，改採《國家語言研究發展中心設置條例（草案）》，以行政法人設置「國家語言研究發展中心」，將客語納入，客家委員會遂不再推動《財團法人客家語言研究發展中心設置條例（草案）》之立法工作（王保鍵，2020a）。嗣後，文化部於2020年5月28日將《國家語言研究發展中心設置條例（草案）》陳報行政院第3704次會議審議，但未獲通過。[34]

貳、財團法人客家公共傳播基金會

歷經福利國家之政府職能大幅擴張，新公共管理思潮興起，驅動政府再造，臺灣分別於2004年制定《中央行政機關組織基準法》、2011年制定《行政法人法》、2018年制定《財團法人法》，在傳統公權力機關外，[35]建構行政法人（公法人）機制，並健全政府捐助財團法人（私法人）制度。

為落實憲法保障多元文化之精神、傳承客家語言及文化，辦理客家公共傳播事項，依《客家基本法》第17條第1項規定，制定《財團法人客

---

[34] 行政院第3704次會議就人事行政總處簽陳文化部所擬《國家語言研究發展中心設置條例（草案）》決議為：1.本案請文化部，會同教育部、客家委員會及原住民族委員會等相關部會重新研議；2.「母語斷，文化滅」，任何一種語言都是最美的，也都是人類資產，應該保存。《國家語言發展法》之制定，即為保障各語言之傳承、振興與發展。但國內已有若干族群語言流失，有些亦岌岌可危，與其立法設立專責語言調查研究之行政單位，不如依《國家語言發展法》立法意旨及母語保存目標與實際需要，務實訂定相關作業，例如聘用熟稔該等語言人士提供相關協助，從日常生活中維持語言之使用率，以及母語競賽評比重點及目的應為日常生活之應用等，並據以規劃設計本案語言中心。至於語言及文字的研究，則由語言研究學術單位再做深入探討，兩者並行不悖。本案也請林萬億政務委員協調相關部會後，本人（即蘇貞昌）再聽取有關的報告；3.在此也請各位政委在協助審查法案或研議政策時，都能從務實角度，提出達到目標的具體做法，這才是真正的接地氣、做實事精神，與大家共勉。

[35] 依《中央行政機關組織基準法》第3條第1款規定，機關係指就法定事務，有決定並表示國家意思於外部，而依組織法律或命令設立，行使公權力之組織。

家公共傳播基金會設置條例》，設置財團法人客家公共傳播基金會。[36]財團法人客家公共傳播基金會為《財團法人法》第2條第2項所定之「政府捐助財團法人」。[37]政府捐助財團法人屬私法人，其人事、財務制度較具彈性，可將專業需求程度較高，或公權力行使程度較低，或不適合由政府營運之事務，由主責機關移轉予基金會處理；主責機關移出部分業務後，便可進行組織再造，有效運用公務人力及資源，專注於政策產出，主責機關與基金會間形成公私協力（PPP）治理關係（王保鍵，2020c）；例如，講客廣播電臺原由客家委員會營運，財團法人客家公共傳播基金會於2019年12月27日正式營運，客家委員會將講客廣播電臺移撥予基金會，並調整客家委員會組織分工職掌，原「傳播行銷處」調整為「藝文傳播處」；復考量《財團法人客家公共傳播基金會設置條例》第4條第1項第5款定有「客家傳播人才之培育及獎助」，遂刪除原《客家委員會處務規程》第9條第6款規定（客家語言文化傳播人才之培育）。

政府主責機關與政府捐助財團法人間之權屬關係，影響公私協力推動公共事務之量能。在政府制度性安排之彈性化及授權化發展趨勢下，當代民主國家的行政部門出現許多與主責機關間具有「臂距原則」的另類組織（孫煒，2012），此類組織，對於政府治理之協力扮演重要角色。臺灣於1994年即仿照英國英格蘭藝術理事會（Arts Council England），以「臂距原則」制定《國家文化藝術基金會設置條例》，成立國家文化藝術基金會之「臂距原則機構」（Arm's Length Body, ALB）；在臺灣，「臂距原則」儼然成為描述政府捐助財團法人與主責機關間之理論或政策

---

[36] 立法院三讀通過《財團法人客家公共傳播基金會設置條例》，同時通過審查會所列兩個附帶決議：1.財團法人客家公共傳播基金會運作，應加強國際客家資訊服務及推廣；2.客家公共傳播基金會之人事、薪資、預算，除法規另有規定外，應予最大可能範圍，於網路公開，以供民眾查閱（立法院公報處，2018：53）。

[37] 按《財團法人法》第2條立法說明：本法所定財團法人分為「政府捐助之財團法人」及「民間捐助之財團法人」，立法政策上對此兩種態樣之財團法人，宜採取不同密度監督，方屬允當；政府捐助之財團法人，性質上仍屬私法人，於依法成立後，即為獨立之權利義務主體，惟鑑於強化政府捐助之財團法人監督機制之重要性，本法對其採高密度監督，強化管理規定，以杜絕弊端；至於民間捐助之財團法人則採低密度監督，尊重其章程自由，並鼓勵自治。

論述基礎，如2017年修正《國家文化藝術基金會設置條例》，即以「臂距原則」增訂第5條第1款「政府編列預算之捐贈」爲基金會經費來源之規定（王保鍵，2020c）。[38]又「臂距原則」亦爲文化藝術領域成立中介組織（intermediate organization），以確保藝術組織保有相當程度的自主性，以及資源分配不受政治干預之理論基礎（林玟伶、邱君妮、林詠能，2019）。爲落實多元文化與文化平權之精神，尊重文化之自主性及專業性，《文化基本法》第21條第2項揭示臂距原則，即國家對文化預算所爲獎勵、補助、委託或其他捐助措施時，得優先考量透過適當中介組織爲之，避免干預創作內容。[39]

　　然而，英國對於臂距原則機構（ALB）之界定較爲寬廣，包含非內閣部會部門（non-ministerial department）、執行機關／政署（executive agency）、非政府部門公共機構（NDPB）等三種類型（UK Parliament, 2012）。英格蘭藝術理事會實爲「非政府部門公共機構」，僅爲臂距原則機構中的一種；其他政府機構，諸如非內閣部會部門屬性之稅務海關總署（HM Revenue and Customs），或執行機關（政署）性質之邊境管理局（UK Border Agency）、氣象局（Met Office）等，亦屬臂距原則機構（UK Parliament, 2012）。事實上，英國臂距原則之實作經驗，除「臂距原則機構」外，現已發展出「臂距原則外部組織」機制。

一、臂距原則外部組織

　　關於臂距原則的特徵，約略有：（一）具有明確的法律依據與定

---

[38] 依「國家文化藝術基金會設置條例第三條、第五條、第八條修正草案條文對照表」，增訂本條款說明：「文化部爲建構創作自由支持體系，強化中介組織運作能量，且落實臂距原則及文化專業治理之理念，支援國家文化藝術基金會促進國家藝文多元化發展之任務，並擴大其功能，爰參考財團法人原住民族文化事業基金會設置條例第6條第2款及公共電視法第28條第1款，增訂第1款。」

[39] 《文化基本法》第21條第2項規定，國家以文化預算對人民、團體或法人進行獎勵、補助、委託或其他捐助措施時，得優先考量透過文化藝術領域中適當之法人、機構或團體爲之，並應落實臂距原則，尊重文化表現之自主。

位：（二）與主管部會具有功能上的區隔；（三）具備一定程度的運作獨立性；（四）與主管部會之間有預算、人事或組織目標上的連結；（五）經由管制活動、提供公共服務或行使準司法權力等一定程度的政府權威（孫煒，2012）。胡元輝（2011）認為臂距原則可促使公共廣電與政府之間，在「獨立」與「問責」兩者間取得平衡。習慣於排斥政府過度干預的藝文領域，則以臂距原則發展出「文化中介組織」（intermediary cultural organization），以落實專業治理，並提升組織效能（文化部，2018：47）。[40]

「臂距原則機構」，或稱為臂距原則實體（arm's length entities）、政府控制組織（council-controlled organizations）[41]等。按英國政府部門之運作，係以內閣部會部門（ministerial departments）為中心，並協同非內閣部會部門、其他公共機構（agencies and other public bodies）、高階團體（high profile groups）、國營公司（public corporations）、委任分權政府（devolved administrations）等共同處理公共事務（王保鍵，2020c）。關於「臂距原則機構」，依英國內閣辦公室（cabinet office）之論述，包含：（一）2016年《公共機構分類：部門指南》（Classification of Public Bodies: Guidance for Departments），以經費來源、與所屬部門關係、設置方式、任期、任命與管理、員工身分、

---

[40] 我國以「臂距原則」建構「文化中介組織」的模式，略有：1.財團法人性質者，如《國家文化藝術基金會設置條例》；2.行政法人性質者，如《國家表演藝術中心設置條例》、《文化內容策進院設置條例》。以《文化內容策進院設置條例》為例，本法三項立法目的之一為：為完備文化內容產業專業支持體系，考量產業發展具高度市場性，需政府與民間中介平臺協力合作，因此，須建立中介組織之專業治理，引入參與式機制，於落實臂距原則下，協力政府達成產業扶植公共任務（參照立法院司法及法制、教育及文化委員會2018年4月27日台立司字第1074300414號函）。

[41] 依紐西蘭（New Zealand）《地方政府法》（Local Government Act 2002）第6條第1項規定，政府控制組織（council-controlled organizations）包含公司（company）與實體（entity）兩種類型，並由一個或數個地方政府持股超過50%，或董事半數以上由政府聘任者。例如，紐西蘭陶蘭加美術館（Tauranga Art Gallery）係由陶蘭加基金會（Tauranga Art Gallery Trust）所營運，該基金會為慈善性（charitable）之非營利組織，屬陶蘭加市政府（Tauranga City Council）之政府控制組織，董事會（board of trustees）由政府聘任（Tauranga City Council, 2020; Tauranga Art Gallery, 2020）。

財務會計等指標，將「臂距原則機構」分為執行機關（政署）、非政府部門公共機構、非內閣部會部門等三種類型（GOV.UK, 2016: 9-15）；（二）2018年《建立臂距原則機構程序：部門指南》（The Approvals Process for the Creation of New Arm's-Length Bodies: Guidance for Departments），則將「臂距原則機構」分為執行機關（政署）、非部門公共機構、具諮詢功能之非部門公共機構（NDPBs with advisory functions）、非部長部門等四種類型（GOV.UK, 2018b: 4-5）。

　　在英國中央政府公共機構之框架下，英國蘇格蘭發展出「臂距原則外部組織」（ALEO），以協力政府之治理。「臂距原則外部組織」，係指與政府部門分離，但受到政府的控制或影響之組織，負責執行原由政府部門所職掌之事務；約略可分為有限公司（limited company）、有限責任合夥（limited liability partnerships）、蘇格蘭慈善團體組織（Scottish charitable incorporated organization）、[42]社區利益公司（community interest company）、公私合資企業（joint venture）、信託基金（trust）等類型（Audit Scotland, 2018: 40）。[43]又1996年《補助外部公共組織及經費公共性依循準則》（Code of Guidance on Funding External Public Bodies and Following the Public Pound）所定政府補助「臂距原則外部組織」之原則，包含：（一）地方政府補助「臂距原則外部組織」理由明確；（二）地方政府有清晰且穩健的財務體制；（三）地方政府建構適當監督機制，以監督「臂距原則外部組織」；（四）聘任合宜的「臂距原則外部組織」董事會代表；（五）地方政府設定達成目標的時間表；

---

[42] 慈善組織若符合《慈善與受託人投資（蘇格蘭）法》（Charities and Trustee Investment (Scotland) Act 2005）第7條所定慈善標準（charity test），亦可成為「臂距原則外部組織」；依蘇格蘭慈善組織管理辦公室（Office of the Scottish Charity Regulator）資料顯示，蘇格蘭有超過23,500個慈善組織，其中有64個經認定為臂距之遙的外部組織（OSCR, 2015: 5）。

[43] 事實上，以公司型態運作的「臂距原則外部組織」，亦具有社會企業（social enterprise）的意涵。社會企業的類型概可分為兩種模式：1.非營利組織透過商業化手段賺取盈餘；2.對社會公益有所貢獻的企業（陳定銘，2013）。英國的社會企業，包含有限公司、慈善團體組織（CIO）、合作社（cooperative）、社區利益公司（CIC）、自營者（sole trader）或合夥公司（business partnership）等型態（CWLEP, 2016）。

（六）地方政府定期進行審計問責（Aberdeenshire Council, 2012: 1; Audit Scotland, 2011: 5）。在實作經驗上，以格拉斯哥市政府（Glasgow City Council）為例，該市的臂距原則外部組織（council's ALEOs），約略散布於建築（City Building (Glasgow) LLP）、停車（City Parking (Glasgow) LLP）、財產（City Property (Glasgow) LLP）、城市再生（Clyde Gateway URC）、文化體育（Glasgow Life）、就業訓練及創業（Jobs and Business Glasgow）、醫療及社會福利（Integration Joint Board）等領域。

二、財團法人客家公共傳播基金會為臂距原則外部組織

就「政府捐助之財團法人」而言，其成立方式概有：（一）依作用法設置者，如依《法律扶助法》第3條第1項規定設置「財團法人法律扶助基金會」，或依《犯罪被害人保護法》第29條規定設置「財團法人犯罪被害人保護協會」等；（二）依組織法設置者，如依《財團法人國家實驗研究院設置條例》設置「財團法人國家實驗研究院」，或依《國際合作發展基金會設置條例》設置「財團法人國際合作發展基金會」等；（三）依《民法》設置者，為較常見之政府捐助財團法人，如國防部依《民法》捐助設置「財團法人國防安全研究院」，或經濟部依《民法》捐助設置「財團法人專利檢索中心」（王保鍵，2020c）。[44]

「政府捐助之財團法人」雖由政府捐助成立，法律地位為「私法人」，但往往分擔行政機關之行政任務，而呈現「公私協力治理」的特徵；例如，財團法人法律扶助基金會依《法律扶助法》第10條規定應辦理事項；[45]又「政府捐助之財團法人」的經費來源，多來自政府之捐

---

[44] 就公法與私法而言，行政法為公法，民法為私法。而行政組織法及作用法亦有所區別，例如，司法院釋字第535號解釋理由書指出，行政機關行使職權，固不應僅以組織法有無相關職掌規定為準，更應以行為法（作用法）之授權為依據，始符合依法行政之原則。

[45] 《法律扶助法》第10條規定，財團法人法律扶助基金會辦理事項如下：1.訂定、修正及廢止法律扶助辦法；2.規劃、執行法律扶助事務；3.法律扶助經費之募集、管理及運用；4.推廣法律扶助、弱勢人權議題之教育；5.受理機關（構）、團體委託執行法律扶助事務；6.推動

助（補助），或法律明定特定來源，[46]因而有「議會監督」機制（王保鍵，2020c）。然而，「政府捐助之財團法人」之法律地位雖爲「私法人」，但其設立基金來自政府，捐助章程亦由政府訂定，因此政府與財團法人間，雖具「公私協力」特徵，但亦出現政府介入干預（配合政府政策）與獨立自主性（財團法人本於私法人地位）交錯的情形（王保鍵，2020c）；甚至在特定情況下，將財團法人視爲政府部門，如《文化藝術獎助及促進條例》第27條在租稅優惠措施上，將捐贈國家文化藝術基金會或直轄市、縣（市）文化基金會行爲，視同捐贈政府行爲。

　　就政府捐助之客家財團法人，按成立先後，計有「財團法人台北市客家文化基金會」、「財團法人高雄市客家文化事務基金會」、「財團法人桃園市客家文化基金會」、「財團法人客家公共傳播基金會」等四個。客家文化基金會與政府客家事務機關（局或委員會）間，就設立先後，形成兩種路徑：（一）市政府民政局先捐助成立客家文化基金會，再設立客家事務機關者，如臺北市、高雄市；（二）先設立客家事務機關，再由客家事務局捐助成立客家文化基金會者，如客家委員會、桃園市（王保鍵，2020c）。上開四個政府捐助成立之客家財團法人，以董監事及執行長（總經理）之產生，並就基金會與主管機關間人事關係，將客家文化基金會與客家事務機關間關係，分爲「人事分離」或「人事合一」兩種模式；而「人事分離」模式較接近「臂距原則」（王保鍵，2020c）。

　　客家委員會依《客家基本法》第17條第1項規定，擬議《財團法人客家公共傳播基金會設置條例（草案）》，規劃將原委由公廣集團經營的客家電視臺（頻道）改隸基金會，並營運講客廣播電臺；惟案經行政院決定

與法律扶助、弱勢人權議題相關之法令建置；7.不服分會審查委員會決定之覆議案件；8.扶助律師之評鑑；9.其他法律扶助事宜。財團法人法律扶助基金會於2013年3月21日與原住民族委員會簽署行政委託契約書，受委託辦理「原住民法律扶助專案」。

[46] 《法律扶助法》第8條第3項第2款所定「支付公庫之緩起訴處分金或協商判決金」爲財團法人法律扶助基金會經費來源之一；或《犯罪被害人保護法》第29條第3項第3款所定「犯罪行爲人因宣告緩刑、緩起訴處分或協商判決者應支付一定之金額總額中提撥部分金額」，爲法律規定爲政府捐助財團法人之經費特定來源。

將客家電視臺納入公廣集團後，於2018年9月13日第3617次會議通過設置條例草案，[47]送請立法院審議。嗣後，客家委員會依《財團法人客家公共傳播基金會設置條例》第5條規定，捐助5,000萬元成立客家公共傳播基金會。

　　依《財團法人客家公共傳播基金會設置條例》第9條第1項規定，董事、監察人人選，由主管機關就社會公正人士、學者、專家及本基金會員工推舉之代表，提請行政院院長遴聘之，並送立法院備查。[48]客家委員會依上開規定，提報董監事人選，經行政院2019年9月5日院授人培字第10800430511號函核定後，以2019年9月19日客會傳字第10800092181號函送財團法人客家公共傳播基金會第一屆董事及監察人名冊予立法院。另依《財團法人客家公共傳播基金會設置條例》第7條第1項及第11條規定，董事長為專任有給職，並由董事互選產生。同法第17條規定，本基金會置總經理1人，由董事長經公開徵選程序後，提請董事會由三分之二以上董事出席，出席董事過半數之同意後遴聘之；總經理受董事長指揮監督，執行本基金會之業務。

---

[47] 客家委員會於2017年8月28日召開《財團法人客家公共傳播基金會設置條例（草案）》公聽會，依公聽會草案第4條第1款明定「客家廣播電臺、客家電視頻道之規劃、製播及普及服務」為基金會業務範圍。按客家電視臺原依《無線電視事業公股處理條例》第14條第3項委由公視基金會辦理頻道節目之製播，客家委員會有意以成立財團法人客家公共傳播基金會收回客家電視臺節目製播；然而，客家電視臺基於保有媒體公共性及族群媒體自主性，為免失去媒體監督功能，反對納入客家公共傳播基金會；並於2018年4月間由財團法人公共電視文化事業基金會董事長陳郁秀協同該會部分董事、客家電視諮議委員會部分委員、客家電視臺臺長及該臺部門主管等，拜會行政院林萬億政務委員（主責審查客家公共傳播基金會設置條例草案），尋求支持（公共電視，2018）。相對地，原住民族電視臺於2005年7月1日開播後，歷經台視、東森、公共電視等電視頻道製播；原住民族委員會依《財團法人原住民族文化事業基金會設置條例》第5條規定，捐助5,000萬成立「財團法人原住民族文化事業基金會」（2009年正式成立），並於2013年10月14日取得原住民族電視臺之衛星廣播電視事業執照，自2014年1月1日起由基金會正式自主營運原住民電視臺（原住民族電視臺，2016：2）。就族群電視臺而言，出現高度自主性的客家電視臺，及協助實現族群專責機關政策的原住民族電視臺之兩種模式。

[48] 依《財團法人客家公共傳播基金會董事監察人遴聘辦法》第2條規定，本基金會董事及監察人，應就具有下列資格之一者遴選：1.從事客家文化、教育、傳播、產業等工作者；2.曾任或現任國內外公私立大學校院助理教授或學術研究機構助理研究員以上職務；3.熱心客家文化、教育、傳播、產業等之社會人士；4.熱心客家活動之社會公正人士。監察人應有2具有法律、會計或財務等相關經驗或學識。

就財團法人客家公共傳播基金會董監事之組成結構、遴選程序、行為規範，可觀察到董事會之運作，實際上具有一定程度之自主性（王保鍵，2020c）。第一，關於董監事組成結構，依《財團法人客家公共傳播基金會設置條例》第9條、第10條、第14條規定，董監事之遴聘應考量：（一）客家代表性：客家人比例各不得少於二分之一；（二）專業性：包含傳播、教育、文化、法律、會計或財務等專業；（三）性別比例：任一性別不得少於三分之一；（四）政黨比例：董事、監察人中屬同一政黨之人數各不得逾董事總額四分之一，監察人總額三分之一；（五）連任限制：董事、監察人每屆任期3年，以連任一次為限；連任之董事、監察人人數，不得逾改聘董事或監察人總人數二分之一；（六）特定身分禁止：具有公職人員；政黨黨務工作人員；無線、有線、衛星廣播電視及電信事業之負責人或其主管級人員；從事電臺發射器材設備之製造、輸入或販賣事業人員；受託承攬本基金會業務之自然人或事業之負責人、主管人員等身分者，除本條但書例外，不得擔任本基金會董事、監察人。

第二，關於董監事遴選程序，依《財團法人客家公共傳播基金會董事監察人遴聘辦法》第5條規定，本基金會設董事及監察人候選人人選，依下列程序產生之：（一）由客家委員會2名及5名學者專家組成審查委員會；（二）由各界推薦之董事及監察人候選人，提交審查委員會以三分之二以上之多數同意。

第三，關於董監事行為規範，依《財團法人客家公共傳播基金會設置條例》第9條第4項、第12條第2項、第15條，及《財團法人客家公共傳播基金會捐助章程》第14條第1項第7款規定：（一）政治中立性：董事、監察人於任期內不得參與政黨活動；（二）利益迴避：董事、監察人應遵守利益迴避原則，不得假借職務上之權力、機會或方法圖謀本人或關係人之利益；（三）出席會議義務：董事會每月召開一次，無故連續不出席董事會議達三次，由主管機關報請行政院院長解聘之。[49]

---

[49] 檢視財團法人客家公共傳播基金會第一屆董事及監察人名冊所列16位董監事背景，學者為5

　　又《財團法人客家公共傳播基金會設置條例》設有公眾諮商之外部監督機制，依第23條規定：「本基金會應每年邀集相關廣電團體、公民團體、媒體監督團體、學者及專家，就本基金會發展規劃與公共資源運用等事項，舉辦公聽會或諮詢座談會等，提出績效報告及改進說明，並送立法院備查。」

　　另財團法人原住民族文化事業基金會同時營運「原住民族電視臺」及「原住民族廣播電臺」，財團法人客家公共傳播基金會僅營運「講客廣播電視臺」，兩個族群傳播基金會在營運量能上，有所差異。且「客家電視臺」經費來自客家委員會補助，但節目製播由「財團法人公共電視文化事業基金會」辦理（《無線電視事業公股處理條例》第14條第3項），客家電視臺實質上為公廣集團成員，並應遵循《公共電視法》第11條「經營應獨立自主，不受干涉」之規定。就族群專責機關與族群電視臺之間的距離以觀，客家委員會與客家電視臺之距離，大於原住民族委員會與原住民族電視臺之距離。

　　綜上，財團法人客家公共傳播基金會之設立基金為新臺幣5,000萬元，雖由客家委員會編列預算無償捐助之，並承擔《客家基本法》第1條及第17條立法目的（落實憲法保障多元文化之精神、傳承客家語言及文化，辦理客家公共傳播事項）；[50]但董事會之組成及職權行使，促使基金會具有相當程度自主性，而與主管機關（客家委員會）間以「臂距原則」的協力關係，共同推動客家事務（王保鍵，2020c）。事實上，考量媒體公共傳播之特性，涉及媒體經營之政府捐贈財團法人，其與主管機關間互動，應以較寬鬆的「臂距原則」，賦予維持基金會獨立性之「安全距離」

　　人、專家為7人（含法律及會計專長各1人）、社會公正人士為5人，董事長為專家背景。又董監事成員中，尚無民選公職人員或政府機關公務人員。

[50] 依《財團法人客家公共傳播基金會捐助章程》第2條規定，本基金會以落實憲法保障多元文化之精神、傳承客家語言及文化，辦理客家公共傳播事項為宗旨。上開基金會成立宗旨，實為《客家基本法》第1條及第17條之落實。又《財團法人客家公共傳播基金會捐助章程》第6條規定，本基金會之設立基金為新臺幣5,000萬元，由主管機關編列預算無償捐助之；嗣後繼續募集，其方法由主管機關編列預算捐贈或由社會各界捐助。

（王保鍵，2020c）；例如《公共電視法》第13條及《財團法人原住民族文化事業基金會設置條例》第9條關於「財團法人公共電視文化事業基金會」及「財團法人原住民族文化事業基金會」董監事產生規範，係由具外部性的審查委員會（立法院推舉的社會公正人士組成），經審查委員高門檻（三分之二以上或四分之三以上）同意後，再由行政院院長聘任之。

參、客家語言發展法草案

依《客家基本法》第3條第3項規定：「客家語言發展事項，另以法律定之。」依上開規定，客家委員會研擬《客家語言發展法（草案）》，經2021年7月16日跨語群學者專家諮詢會議，於2021年7月26日草案預告。《客家語言發展法（草案）》共50條，分為總則、客語地位保障、客語教育發展、客語標準化、客語社會推廣、罰則、附則等七章，藉由鞏固客語使用場域，保障人民使用客語之權利，維繫客庄傳統語言領域，推動客語在地主流化，以增進客語為通行語及教學語言等目標，完備客語服務量能，促進客家語言文化永續發展（客家委員會，2021a）。[51]

就客家委員會觀點，《客家語言發展法（草案）》權益體系分為：一、國家利益：包含維護及發展國家多元文化利益、國家團結利益、國家治理正當性利益、國家轉型正義利益；二、群體權利：包含維護及發展共同的文化權利、共同的社會權利、共同的認同權利、作為民主國家建構的參與群體權利（尊嚴）；三、個人權利：包含以客語學習及獲取知識權利、接近使用公共服務權利、參與公共領域權利（客家委員會，2021b）。基本上，2021年7月26日預告的《客家語言發展法（草案）》約略可從以下幾個面向觀察：

---

[51] 2021年7月16日跨語群學者專家諮詢會議之草案版本有51條，2021年7月26日草案預告調整為50條。未納入草案預告條文為：中央主管機關應調查、還原國語推行政策，對於客家族群語言發展造成傷害之歷史真相，提出正式報告，並報請行政院轉呈總統聲明致歉；並依平等原則將國語改稱為華語；中央教育主管機關應將前項歷史真相，納入國民義務教育課程。

　　第一，《客家語言發展法（草案）》第1條所定立法目的：一、落實客語之國家語言地位；二、保障人民使用客語權利；三、復振客語活力。首先，關於客語為國家語言地位面向，為落實《國家語言發展法》第4條有關國家語言一律平等規定，《客家語言發展法（草案）》第10條規定，機關（構）舉辦之慶典、正式儀典、紀念活動、運動會及其他相關活動，其使用之語言應包括客語，並適切使用客語書寫文字。又依《國家語言發展法》第15條第2項規定，《客家語言發展法（草案）》第32條明定，中央主管機關應辦理客語能力認證並免徵規費。

　　第二，關於語言權利面向，承襲《客家基本法》第3條第2項的學習語言、教學語言、接近使用公共服務，《客家語言發展法（草案）》進一步規範：一、人民於民間企業之客語使用權，如草案第8條規定，一定規模以上之企業、商店、法人、團體，應接受服務對象使用客語，並應採取以客語服務或溝通之措施，積極維護人民使用客語之權利，排除任何形式之干預或歧視；二、參與公共事務之權利，如草案第41條規定，地方廣播電臺及有線電視公用頻道，應提供客語或包括客語在內之公共議題傳播或討論；各級政府應提供人民得以使用客語，參與公共事務討論、倡議之機會或設施。

　　第三，關於復振客語活力面向，則為本草案條文最多的部分，包含客語為「優先」通行語、客語發展長、全國客語發展方案、客語之語言聲望行銷、藝術文化之客語及客語表現等條文。

　　第四，在《客家基本法》第4條第2項「『主要』通行語」機制外，《客家語言發展法（草案）》第4條建構「客語為『優先』通行語」機制。[52]而客語為優先通行語之實施場域，除客家文化重點發展區（鄉、

---

[52] 《客家語言發展法（草案）》第4條所定客語為優先通行語或通行語之一地區，包含：1.第一類地區，為客家人口比例逾二分之一之鄉（鎮、市、區），條文列舉定明中壢區等46個客家文化重點發展區（鄉、鎮、市、區）；2.第二類地區，為第一類地區以外之客家文化重點發展區，亦即客家人口比例達三分之一以上，但未達二分之一之客家文化重點發展區；3.第三類地區，為前二款地區以外，傳統上為客人口聚集，經中央主管機關公告之村（里）。上開第一類地區（客語為優先通行語地區），與《客家基本法》第4條第2項「客語為主要通

鎮、市、區）外，進一步規範：傳統上爲客家人口聚集，經中央主管機關公告之村（里）。[53]又鑑於客語各腔調或因地域性差異，形成客語用字及拼音造成歧異，爲加速達成共識，俾利客語發展及推動，《客家語言發展法（草案）》第28條設置「客語標準化審議會議」，以審議：一、標準化書寫文字；二、拼音；三、現代詞彙、新興詞彙及外來詞彙；四、語言資料庫之建置。復爲使《客家語言發展法（草案）》具有強制力，本法草案定有「罰則」，包含書面道歉、口頭道歉、限期改善、代履行、多元族群文化講習、罰鍰等。

　　嗣後，於2021年9月24日完成法律草案預告60日之程序，客家委員會綜整地方公民論壇會議[54]的各界意見，於2021年12月6日、13日、15日召開「客家語言發展法（草案）跨部會會議」。客家委員會提交上開會議

行語地區」意義相同，第二類地區則與《客語爲通行語實施辦法》第2條第4款「客語爲通行語之一地區」意義相同；惟與客家委員會2019年11月5日客會文字第10861018081號公告「客語爲通行語地區」相較：1.按53個「客語爲主要通行語地區」中的泰安鄉（山地鄉）、和平區（山地原住民區）、杉林區、六龜區、甲仙區、玉里鎮、池上鄉、關山鎮、鹿野鄉等九個客家文化重點發展區，未被列入「第一類地區」；2.「客語爲通行語之一地區」之崙背鄉、佳冬鄉卻被列入「第一類地區」。上開《客家基本法》與《客家語言發展法（草案）》關於客語爲通行語規範之競合，並考量《客家語言發展法（草案）》第1條第2項規定，恐將產生：1.部分「客語爲主要通行語地區」將被降級爲「第二類地區」；2.部分「客語爲通行語之一地區」將被升級爲「第一類地區」；然而，受到影響的客家文化重點發展區，立法說明並未交代，實未臻完善。建議修正《客家語言發展法（草案）》第4條爲：「下列地區，應以客語爲優先通行語或通行語之一；其分類如下：一、第一類地區：指客家基本法第四條第二項之客語爲主要通行語地區。二、第二類地區：指客家基本法第四條第一項之客語爲通行語之一地區。三、第三類地區：前二款地區以外，傳統上爲客家人口聚集，經中央主管機關公告之村（里）（第1項）。前項以外鄉（鎮、市、區），其所轄公所得視客語發展需求，經鄉（鎮、市）民代表會議決並報經縣政府，直轄市或市之區經市議會議決並報經市政府，轉報中央主管機關列爲前項第一類或第二類地區，並由中央主管機關公告之（第2項）。村（里）於本法施行時，客家人口達二分之一以上者，應由客家委員會公告爲第三類地區（第3項）。」

[53] 立法理由爲：考量第一類、第二類地區以外之村（里）層級行政區，尚有客家人口比例逾二分之一之情形，與第一類地區同爲傳統客家聚居地域，爲避免該地區客語使用優勢被周邊其他族群強勢語言所稀釋，爰定明後續由中央主管機關調查後進行公告，以周延客語社區之建構及客語發展工作之進行。

[54] 爲讓關心客家語言發展之學者專家、社會大眾、民間團體及相關利害關係人能有充分且適當的機會表達意見，共同參與客家語言發展政策法制化過程，客家委員會結合國內客家學研究單位豐沛的學術資源，導入公民參與精神，於2021年8月24日至9月18日在新北、桃園、新竹、苗栗、臺中、雲林、高雄、屏東、花蓮、臺東等地辦理共10場次公民論壇，藉以歸整各界對客家語言發展相關意見，提供調修參考（客家委員會，2021b）。

的《客家語言發展法（草案）》共51條，分爲總則、地位發展、教育發展、語文基礎、社會推廣、罰則、附則等七章。[55]

　　檢視2021年12月6日（跨部會會議）版本，並對照2021年7月26日（草案預告），可以觀察到《客家語言發展法（草案）》的主要變化爲：一、每4年辦理客語語言活力及瀕危程度之調查評估（第7條）；二、人民有使用客語與他人溝通之自由，雇主不得因員工使用客語而有差別待遇（第9條）；三、政府政令宣導製播影音廣告，及攸關人民生命、財產安全之口語資訊、預報及警告，應有客語版本或使用客語發布（第11條）；四、政府對於「客語爲通行語地區」之地方、山川、街道、公共建築、廣場及其他公共設施名稱之命名，應尊重客家族群歷史記憶，並得使用客語書寫文字；前項名稱使用拼音標示時，應有客語拼音（第17條）；五、定期召開客語教育發展會議（第29條）；六、中央通訊傳播主管機關對廣播電視事業執照之核發、頻道之指配及相關評鑑，應注意本土語言文化多樣性，並依其性質促進合理之客語表現，定期公布相關表現情形（第40條）；七、除特定之國家語言使用頻道外，公營及公共媒體製播節目之客語表現方式，由中央主管機關會商相關機關定之（第41條）。另外，參採部會建議，新增：「中央主管機關、中央教育主管機關、中央衛生福利主管機關及直轄市、縣（市）主管機關，應提供嬰幼兒學習客語之機會，並得設立全客語托育中心。」

　　簡言之，客家委員會研擬《客家語言發展法（草案）》以較大格局，擘劃客語發展策略，法律規範強度遠勝於《原住民族語言發展法》，對於少數族群語言權利發展，有著正面助益，值得肯定，期待能盡早完成行政院審查程序，送請立法院審議。

　　此外，在客家委員會預告《客家語言發展法（草案）》後，立法院立法委員也提出多個《客家語言發展法（草案）》版本。檢視立法委員各提

---

[55]「客家語言發展法（草案）跨部會會議」經過三個下午的充分討論，會議決議爲：「經逐條討論，有關各機關於會議前及會議中所提供意見，部分條文已參採機關意見修正，至未參採部分，機關之不同意見，本會將於提報行政院審查時併陳。」

案版本，可以觀察到幾個重要的立法方向：

一、賦予客語具官方語言地位：立法委員賴香伶、張其祿、徐志榮、林爲洲、林思銘、鄭正鈐、張育美等17人的《臺灣客家語言發展法（草案）》第1條第1項規定：臺灣客語爲官方語言及國家語言，爲保障人民使用客語權利，復振臺灣客語活力，特依《憲法增修條文》第10條第11項及《客家基本法》第3條第3項規定，制定本法。

二、公費培育客語爲教學語言師資：教育部雖已依《客家基本法》第12條第2項及《國家語言發展法》第10條第2項規定訂定《高級中等以下學校及幼兒園客語師資培育資格及聘用辦法》，但實作上，仍以「從事客家語文課程教學師資」（教授客語）爲主，少見「以客語從事客家語文課程以外學科教學之師資」（以客語教授特定科目之語言，如以客語教授公民或數學）。至於師資培育之公費生，多以傳統學科爲主，僅要求公費生通過客語認證，[56]與《國民小學教師加註各領域專長專門課程架構表實施要點》存有一定差距。然而，以客語爲教學語言並教授特定科目（如公民），更能深化客語傳承，且考量師資培育公費生須依《師資培育公費助學金及分發服務辦法》第7條簽訂「行政契約」，故應建構公費培育客語爲教學語言師資之制度。[57]

三、客家委員會《客家語言發展法（草案）》第23條規定，主管機關應指定幼兒園及高級中等以下學校，實施客英雙語教學。上開條文係因應「2030雙語國家政策」，惟「2030雙語國家政策」旨在「提供優質工作機會，提升臺灣經濟發展」（行政院，2018b），係將語言教育（英語

---

[56] 以臺北市立大學爲例，該校2020學年度第1學期師資培育公費生甄選簡章，國民小學師資有2名分發至新北市偏遠或特殊地區之公費生，其培育條件分別爲：1.數學領域，數學專長；需專才專用、具備閩語或客語認證中高級以上證書、能配合新北市進行混齡教學及跨校巡迴；2.語文領域，國語專長，並具社會；需專才專用、具備閩語或客語認證中高級以上證書、能配合新北市進行混齡教學及跨校巡迴。

[57] 立法委員賴香伶、張其祿、徐志榮、林爲洲、林思銘、鄭正鈐、張育美等17人的《臺灣客家語言發展法（草案）》第22條、時代力量黨團的《客家語言發展法（草案）》第23條規定，爲培育以客語從事客家語文課程以外學科教學之師資，中央教育主管機關應協調各師資培育大學以公費培育師資及專職聘用。

教育）視爲經濟工具性。然而，《國家語言發展法》第1條第1項揭示：
國家語言政策不但可促進國家語言傳承，而且可體現國家尊重多元文化精
神。而誠如Iris Marion Young（2011: 179）所言：雙語教育以雙語—雙
文化（bilingual-bicultural maintenance program）得以同時確保語言少數
族群成員納入並參與社會制度可能性，及保存並確認他們的特定群體認同
（group-specific identity）。慮及臺灣的國家語言政策具有彰顯臺灣文化
多樣性之意義，《國家語言發展法》第13條第1項明定「呈現國家語言之
文化多樣性」，因此，不論客華、客英雙語教育，均應重視語言教育背後
的文化脈絡。

　　四、增列語言監察使制度性機制：爲落實聯合國《關於國家人權機
構地位的原則》，臺灣於2020年1月8日制定公布《監察院國家人權委員
會組織法》，於監察院內設置「國家人權委員會」；在臺灣以監察院運行
監察權的實作經驗基礎上，更應建構充分符合《巴黎原則》及《威尼斯原
則》之語言監察使。而考量廢除監察院之可能性，《臺灣客家語言發展法
（草案）》第47條，則設計語言監察使隸屬於立法院（由立法院院長任
命，任期7年）。

　　五、代議政體的先天限制以及行政部門的制度失衡，使得當代民主
政治無法完全追求與反映多元社會之中少數、弱勢與非主流團體的利益與
價值，代表性官僚（representative bureaucracy）理論應運而生（孫煒，
2010）。現行公務人員考試僅在高普考試行政類別設置「客家事務行
政」類科，分發至客家事務機關；然而，戶政事務所、地政事務所等第一
線爲民服務機關，需要熟悉客語及客家文化之公務員以提供服務，建議比
照特種考試原住民考試、特種考試地方政府公務人員考試，辦理「特種考
試客家文化重點發展區考試」，以因應行政、立法、司法機關需求。[58]

　　六、參照比利時法語語族自治體（French Community）、德語語族
自治體（German-speaking Community）、佛拉蒙語族自治體（Flemish

---

[58] 時代力量黨團的《客家語言發展法（草案）》第17條、立法委員賴香伶、張其祿、徐志榮、
　　林爲洲、林思銘、鄭正鈴、張育美等17人的《臺灣客家語言發展法（草案）》第45條規定。

Community）之制度設計，立法委員賴香伶、張其祿、徐志榮、林爲洲、林思銘、鄭正鈐、張育美等17人的《臺灣客家語言發展法（草案）》第46條規定：[59]「第一類地區及第二類地區之鄉（鎮、市、區）得經公民投票成立客家語言共同體。客家語言共同體應設置客家議會，以政黨名單比例代表制選出，其實施方式另以法律定之。第一項之客家語言共同體係指爲建構客語發展之民主性機制，其實施方式另以法律定之。」

第三節　區域通行語

　　語言使用投射於個人（屬人），爲具有人權（公民權）性質之語言權利；語言使用投射於特定區域（屬地），爲維繫團體成員共同使用其固有語言之語言領域。爲配合族群分布之實際狀況及有效推動各地區之國家語言發展，《國家語言發展法》第12條建構「指定特定國家語言爲區域通行語」機制。惟依《原住民族語言發展法》第14條至第16條、《客家基本法》第4條及《客語爲通行語實施辦法》，亦規範原住民族語、客語爲區域通行語。

　　《國家語言發展法》、《原住民族語言發展法》、《客家基本法》三部法律之競合關係爲：一、依《國家語言發展法》第1條第2項除外規定，優先適用《客家基本法》與《原住民族語言發展法》以實施區域通行語；二、依《客家基本法》第4條第2項及《客語爲通行語實施辦法》第15條客語爲主要通行語地區，同時爲原住民族地區者，如遇通行語實施之爭議，由鄉（鎮、市、區）公所依實際情形先行處理，如不能處理，由

---

59 《臺灣客家語言發展法（草案）》第46條條文說明：比利時除聯邦政府及各地方政府外，設有法語語族共同體、德語語族共同體、佛拉蒙語族共同體等，成爲各語族之語言發展及復振重要制度性機制；臺灣學界對於語言共同體已有諸多討論，如〈客語共同體的想像：比利時經驗之借鏡〉一文；爲建構客語發展之民主性機制，爰規範客家語言共同體。上開〈客語共同體的想像：比利時經驗之借鏡〉一文，係本書作者在2018年發表於《臺灣民主季刊》（第15卷第1期）。

直轄市、縣（市）政府解決，如不能解決，由客家委員會與原住民族委員會共同研商決定；必要時，報請行政院決定之。本節謹就上開三部法律對於區域通行語之規範機制，討論如次。

壹、國家語言為區域通行語之法律框架

臺灣的《國家語言發展法》、《客家基本法》、《原住民族語言發展法》三部法律所建構之區域通行語機制，約略可分為兩種模式：一、中央政府由上而下逕行指定：即由「中央政府公告」，中央主管機關依法定要件（族群聚居人口比例或族群行政區），直接公告於特定地區，實施區域通行語，包含客語、原住民族語；二、地方政府經民意機關審議後指定：即由「地方政府指定」，各地方政府主管機關視所轄族群聚集之需求，經各該地方立法機關議決後，指定特定國家語言為區域通行語之一，如閩南語或馬祖語，但都會客家、都市原住民亦可適用。

表7-4　國家語言為區域通行語之實施模式

語種	模式		
	族群行政區有無	通行語實施方式	實作
閩南語／馬祖語	無	由地方政府指定（依國家語言發展法）	無
客語	客家文化重點發展區	由客家委員會公告（依客家基本法）	新竹縣、苗栗縣，及70個鄉（鎮、市、區）
	非客家文化重點發展區	由地方政府指定（依國家語言發展法）	無
原住民族語	原住民族地區	由原住民族委員會公告（依原住民族語言發展法）	55個鄉（鎮、市、區）
	非原住民族地區	由地方政府指定（依國家語言發展法）	無

資料來源：修改自王保鍵，2021b。

　　表7-4之「中央政府公告」、「地方政府指定」兩種模式,以「地方政府指定」可適用較多的國家語言語種。意即,依《國家語言發展法》第12條規定:「直轄市、縣(市)主管機關得視所轄族群聚集之需求,經該地方立法機關議決後,指定特定國家語言為區域通行語之一,並訂定其使用保障事項。」又依《國家語言發展法施行細則》第8條規定:「直轄市、縣(市)主管機關依本法第十二條指定區域通行語事項之程序如下:一、得視所轄區域族群聚集因素及面臨傳承危機國家語言復振需求,擬定該區域通行語實施計畫及相關保障措施;二、辦理區域型國家語言調查,並召開公聽會或相關會議討論;三、彙整前二款相關資料後提出指定區域通行語相關報告,經該地方立法機關議決後指定之。」[60]但目前尚無依《國家語言發展法》第12條程序指定特定國家語言為區域通行語之實作案例。

　　原住民族語、客語為區域通行語,可循:一、由「中央政府公告」模式:即由原住民族委員會、客家委員會依《原住民族語言發展法》、《客家基本法》公告於原住民族地區、客家文化重點發展區,實施原住民族語、客語為區域通行語;二、由「地方政府指定」模式:未符《原住民族語言發展法》、《客家基本法》所定區域通行語實施要件之行政區者,可援引《國家語言發展法》第12條及《國家語言發展法施行細則》第8條規定,由直轄市、縣(市)政府指定原住民族語、客語為區域通行語。

　　實作上,原住民族委員會視特定原住民族地區聚居之族別,於2017年10月12日公告通行語地區,並就實施通行語之每個鄉(鎮、市、區),逐一公告通行之族語,如新竹縣五峰鄉以泰雅語、賽夏語為通行語;花蓮縣花蓮市以阿美語、太魯閣語、撒奇萊雅語為通行語。至於客家委員會於2019年11月5日僅公告客語為通行語地區,並未公告各鄉(鎮、市、區)通行之客語腔調。[61]

---

[60] 華語為「事實上」官方語言,無指定為區域通行語實益。臺灣手語受限於《國家語言發展法》第12條所定族群聚集需求要件,不易被指定為區域通行語。

[61] 依《客家基本法》第2條第3款規定,客語主要腔調包含四縣、海陸、大埔、饒平、詔安等。

貳、原住民族語為區域通行語

　　國民政府治臺，沿襲日治時期戶口調查之人群分類，[62]以「山地行政區」、「平地行政區」為基礎，訂頒《臺灣省平地山胞認定標準》、《臺灣省山胞身分認定標準》，劃分為山地山胞、平地山胞（現正名為山地原住民、平地原住民）。[63]原住民族事務之推動，以原住民傳統聚居地區為中心，如《原住民族工作權保障法》第5條、《原住民族教育法》第8條及第13條、《原住民族語言發展法》第2條第1項第4款等。

　　按《原住民族語言發展法》第2條第1項第4款規定，原住民族地方通行語，指原住民族地區使用之原住民族語言。原住民族委員會公告地方通行語，主要以各原住民地區（鄉、鎮、市、區）原住民人口數最多數之族語別為基礎，且行政院擬具《原住民族語言發展（草案）》關於「通行語書寫公文書」條文說明援引《世界語言權利宣言》第15條；[64]因而，原住民族地方通行語實具有區域通行語之意涵。

一、原住民族地區

　　依《原住民族工作權保障法》第5條第4項、《原住民族基本法》第2

---

[62] 日治時期戶口調查，調查人群包括所有居住於臺灣本島以及澎湖列島的內地人（日本人）、本島人（日治之前即定居臺灣的漢人、熟番、生番）、外國人（日治時期移入的清國人、韓國人等）；本島漢人又依照祖籍分為「福」（福建）、「廣」（廣東）以及「其他」（非福建廣東）（中央研究院人文社會科學研究中心，n.d.）。

[63] 臺灣省政府以1954年2月9日府民四字第11197號函定義「山地山胞」，並以1956年10月3日府民一字第109708號令發布《平地山胞認定標準》：1.山地山胞：凡原籍在山地行政區域內而其本人或父系直系尊親屬（父為入贅之平地人者從其母）在光復前日據時代戶籍種族欄登載為高山族（或各族名稱）者；2.平地山胞：凡日據時期居住平地行政區域內，其原戶口調查簿記載為「高山族」者（原住民族委員會，2016b：3）。

[64] 行政院2016年12月8日第3526次會議通過《原住民族語言發展法（草案）》第14條規定「原住民族地區之政府機關（構）及公營事業機構得以地方通行語書寫公文書」，其立法說明為：為落實《原住民族基本法》第9條第3項，並參酌《世界語言權利宣言》第15條第1項規定所有語言社群均有資格在其地區內以其語言作為官方用途；第2項規定所有語言社群均有權要求以其語言所進行之法律和行政行為、所書寫之公開或私人文件，以及官方紀錄必須具有拘束力和效力，無人得以藉口忽略此種語言，爰為本條規定（行政院2016年12月12日院臺原字第1050187049號函）。

條第3款規定，「原住民族地區」係指原住民傳統居住，具有原住民族歷史淵源及文化特色，經中央原住民族主管機關報請行政院核定之地區。[65]檢視行政院2000年11月1日第2707次會議通過《原住民族工作權保障法（草案）》立法說明指出：「本法所稱原住民地區，係參照《原住民族發展法（草案）》第3條。」又檢視行政院2000年10月25日第2706次會議通過《原住民族發展法（草案）》立法說明指出：「過去劃編山地鄉及指定平地原住民鄉（鎮、市），其主要考量在於原住民族居住區域，本條爰配合《憲法增修條文》保障多元文化精神，增列與原住民族歷史淵源及文化特色作爲定義原住民族地區之條件，至於具體地區，則由中央主管機關報請行政院核定，以昭愼重。」[66]

事實上，臺灣原住民行政區之設置，於國民政府治臺之初，已由省政府設置30個「山地原住民行政區」；「平地原住民行政區」之設置，則由臺灣省政府以1955年2月10日府民一字處第13670號令頒布「臺灣省政府輔導平地山胞生活計畫」開始，歷經「設置21個平地原住民行政區」、「增加苗栗縣獅潭鄉爲平地原住民行政區」、「增加新竹縣關西鎮等三鄉（鎮）爲平地原住民行政區」三個階段，合計25個平地原住民行政區（王保鍵，2015c）。爲落實《原住民族工作權保障法》有關「原住民地區」條文之規定，原住民族委員會擬具「原住民地區」具體範圍，以2002年1月23日臺原民企字第9101402號函報行政院。

原住民族委員會上開函文，以「省法規措施明定，行諸多年」、「原住民族傳統居住，並具原住民族歷史淵源及文化特色」、「反映民意需求，行政可行性高」等三個理由，就55個既存的原住民鄉（鎮、市）規劃爲原住民地區之具體範圍，案經行政院2002年4月16日以院臺疆字第0910017300號函同意在案。行政院核定之「原住民地區」，包括24個山

---

[65] 《原住民族工作權保障法》第5條第4項用語爲「原住民地區」，《原住民族基本法》第2條第3款用語爲「原住民族地區」，但此兩者定義相同。而《原住民族語言發展法》第14條至第16條用語爲「原住民族地區」。
[66] 本書所引用《原住民族發展法（草案）》說明，係依行政院2000年10月27日臺內字第31118號函。

地鄉、6個直轄市山地原住民區、[67]25個平地原住民鄉（鎮、市），共55個鄉（鎮、市、區），如表7-5。

表7-5　原住民地區與客家文化重點發展區一覽表

直轄市、縣（市）	原住民地區		客家文化重點發展區
	山地原住民行政區	平地原住民行政區	
新北市	烏來區		
桃園市	復興區		中壢區、楊梅區、龍潭區、平鎮區、新屋區、觀音區、大園區、大溪區
新竹縣	五峰鄉、尖石鄉	關西鎮	竹北市、竹東鎮、新埔鎮、關西鎮、湖口鄉、新豐鄉、芎林鄉、橫山鄉、北埔鄉、寶山鄉、峨眉鄉
新竹市			東區、香山區
苗栗縣	泰安鄉	南庄鄉、獅潭鄉	苗栗市、竹南鎮、頭份市、卓蘭鎮、大湖鄉、公館鄉、銅鑼鄉、南庄鄉、頭屋鄉、三義鄉、西湖鄉、造橋鄉、三灣鄉、獅潭鄉、泰安鄉、苑裡鎮、後龍鎮、通霄鎮
臺中市	和平區		東勢區、新社區、石岡區、和平區、豐原區
南投縣	仁愛鄉、信義鄉	魚池鄉	國姓鄉、水里鄉
雲林縣			崙背鄉
嘉義縣	阿里山鄉		
高雄市	那瑪夏區、桃源區、茂林區		美濃區、六龜區、杉林區、甲仙區

表7-5　原住民地區與客家文化重點發展區一覽表（續）

直轄市、縣（市）	原住民地區		客家文化重點發展區
	山地原住民行政區	平地原住民行政區	
屏東縣	三地門鄉、霧臺鄉、瑪家鄉、泰武鄉、來義鄉、春日鄉、獅子鄉、牡丹鄉	滿州鄉	長治鄉、麟洛鄉、高樹鄉、萬巒鄉、內埔鄉、竹田鄉、新埤鄉、佳冬鄉
宜蘭縣	大同鄉、南澳鄉		
花蓮縣	秀林鄉、萬榮鄉、卓溪鄉	花蓮市、吉安鄉、新城鄉、壽豐鄉、鳳林鄉、光復鄉、豐濱鄉、瑞穗鄉、玉里鎮、富里鄉	鳳林鎮、玉里鎮、吉安鄉、瑞穗鄉、富里鄉、花蓮市、壽豐鄉、光復鄉
臺東縣	海端鄉、延平鄉、金峰鄉、達仁鄉、蘭嶼鄉	臺東市、卑南鄉、大武鄉、太麻里鄉、東河鄉、鹿野鄉、池上鄉、成功鎮、關山鎮、長濱鄉	關山鎮、鹿野鄉、池上鄉
合計	12個直轄市、縣（市）及30個鄉（鎮、市、區）	6個直轄市、縣（市）及25個鄉（鎮、市、區）	11個直轄市、縣（市）及70個鄉（鎮、市、區）

資料來源：王保鍵，2018b：168-169。

　　在原住民政治參與上，對於「山地原住民行政區」之保障，優於「平地原住民行政區」。意即，依《地方制度法》第33條第2項規定，直轄市議員、縣議員，於直轄市山地原住民區、山地鄉，皆保障該鄉（區）山地原住民選出之直轄市議員、縣議員名額。又依《地方制度法》第57條第2項及第83條之2規定，直轄市山地原住民區區長、山地鄉鄉長以山地原住民為限。

　　此外，2010年制定公布《客家基本法》，建構「客家文化重點發展區」機制，上開行政院核定的55個原住民地區中，有16個鄉（鎮、市、區），亦為客家文化重點發展區，形成「客家與原住民複合行政區」（客原複合行政區）。

二、原住民區域通行語之公告

依《原住民族語言發展法》第2條第2項規定，原住民族委員會2017年10月12日原民教字第1060061352號公告原住民族地區地方通行語。原住民族委員會公告之「原住民族地區地方通行語一覽表」，係以55個原住民地區，按鄉（鎮、市、區）行政區域，逐一列明各該通行語。本書改採以原住民族語言之語種，整理如表7-6，俾利從語言空間角度觀察。

表7-6　原住民族區域通行語之公告

語種	通行區域
泰雅語	新北市烏來區、宜蘭縣大同鄉、宜蘭縣南澳鄉、桃園市復興區、新竹縣關西鎮、新竹縣尖石鄉、新竹縣五峰鄉、苗栗縣泰安鄉、臺中市和平區、南投縣仁愛鄉
賽夏語	新竹縣五峰鄉、苗栗縣南庄鄉、苗栗縣獅潭鄉
邵語	南投縣魚池鄉
布農語	南投縣信義鄉、南投縣仁愛鄉、高雄市桃源區、高雄市那瑪夏區、臺東縣延平鄉、臺東縣海端鄉、花蓮縣萬榮鄉、花蓮縣卓溪鄉
賽德克語	南投縣仁愛鄉
鄒語	嘉義縣阿里山鄉
茂林魯凱語	高雄市茂林區
萬山魯凱語	
多納魯凱語	
魯凱語	屏東縣三地門鄉、屏東縣霧臺鄉、臺東縣卑南鄉
拉阿魯哇語	高雄市桃源區
卡那卡那富語	高雄市那瑪夏區
排灣語	屏東縣滿州鄉、屏東縣三地門鄉、屏東縣瑪家鄉、屏東縣泰武鄉、屏東縣來義鄉、屏東縣春日鄉、屏東縣獅子鄉、屏東縣牡丹鄉、臺東縣臺東市、臺東縣大武鄉、臺東縣太麻里鄉、臺東縣達仁鄉、臺東縣金峰鄉
阿美語	臺東縣臺東市、臺東縣成功鎮、臺東縣關山鎮、臺東縣卑南鄉、臺東縣太麻里鄉、臺東縣東河鄉、臺東縣長濱鄉、臺東縣鹿野鄉、臺東縣池上鄉、花蓮縣花蓮市、花蓮縣鳳林鎮、花蓮縣玉里鎮、花蓮縣新城鄉、花蓮縣吉安鄉、花蓮縣壽豐鄉、花蓮縣光復鄉、花蓮縣豐濱鄉、花蓮縣瑞穗鄉、花蓮縣富里鄉

表7-6　原住民族區域通行語之公告（續）

語種	通行區域
卑南語	臺東縣臺東市、臺東縣卑南鄉
雅美語	臺東縣蘭嶼鄉
太魯閣語	花蓮縣花蓮市、花蓮縣新城鄉、花蓮縣吉安鄉、花蓮縣秀林鄉、花蓮縣萬榮鄉
撒奇萊雅語	花蓮縣花蓮市
噶瑪蘭語	花蓮縣豐濱鄉

資料來源：整理自原住民族委員會2017年10月12日原民教字第1060061352號公告。

　　表7-6中，原住民地區之通行語為多語種者，包含：（一）一鄉（區）實施兩種通行語：新竹縣五峰鄉為泰雅語、賽夏語，高雄市桃源區為布農語、拉阿魯哇語，高雄市那瑪夏區為布農語、卡那卡那富語，屏東縣三地門鄉為排灣語、魯凱語，臺東縣太麻里鄉為排灣語、阿美語，花蓮縣新城鄉為阿美語、太魯閣語，花蓮縣吉安鄉為阿美語、太魯閣語，花蓮縣豐濱鄉為阿美語、噶瑪蘭語，花蓮縣萬榮鄉為太魯閣語、布農語等九個原住民地區；（二）一鄉（市、區）實施三種通行語：南投縣仁愛鄉為賽德克語、泰雅語、布農語，高雄市茂林區為茂林魯凱語、萬山魯凱語、多納魯凱語，臺東縣臺東市為阿美語、卑南語、排灣語，臺東縣卑南鄉為卑南語、阿美語、魯凱語，花蓮縣花蓮市為阿美語、太魯閣語、撒奇萊雅語等五個原住民地區。

　　又原住民族委員會決定各原住民地區之區域通行語標準為（具任一要件即可）：（一）該區域人口數最多之族語別；（二）該區域人口數達1,000人之族語別；（三）屬原住民族瀕危語言，且該區域為傳統居住地區者；包括茂林魯凱語、萬山魯凱語、多那魯凱語、撒奇萊雅語、噶瑪蘭語、邵語、賽夏語、拉阿魯哇語及卡那卡那富語（江彥佐，2018：16）。

三、原住民區域通行語之實施

　　依《原住民族語言發展法》規定，原住民區域通行語之實施，包含：（一）書寫公文；（二）大眾運輸工具及場站之播音；（三）政府機關（構）、學校、公營事業機構之標示；（四）山川、古蹟、部落、街道、公共設施之通行語及傳統名稱標示。以《原住民族語言發展法》為依據，參酌草案條文說明，整理如表7-7。

表7-7　《原住民族語言發展法》區域通行語機制

項目	條文規定	立法說明	實作
書寫公文書	原住民族地區之政府機關（構）、學校及公營事業機構，得以地方通行語書寫公文書（第14條）	參酌《世界語言權利宣言》第15條，本條立法說明指出，以地方通行語書寫公文書，係以地方通行語及中文雙語並行	部分政府機關在特定事項會使用「全族語公文書」，如花蓮縣光復鄉鄉公所2017年6月底發出阿美族「全族語公文書」，通知馬太鞍及太巴塱部落族人取回原住民保留土地（許家寧，2017）
大眾運輸工具及場站之播音	原住民族地區之大眾運輸工具及場站，目的事業主管機關應增加地方通行語之播音（第15條第1項）	因原住民族之弱勢，社會環境中鮮少有機會使用及聽聞原住民族語，為提升其使用場域及機會，參酌《大眾運輸工具播音語言平等保障法》第2條及第6條規定，爰為本條規定，以落實原住民族語言之平等保障	為落實《原住民族語言發展法》，屏東縣政府請客運業者配合於行經原住民鄉之公車路段增加原住民族語言播音，包含：302恆春—旭海公車路線、603大津—涼山遊憩區、605潮州火車站—涼山遊憩區觀光公車路線等（屏東縣政府傳播暨國際事務處，2017）
政府部門標示	原住民族地區之政府機關（構）、學校及公營事業機構，應設置地方通行語之標示（第16條第1項）	現行原住民族地區內之政府機關（構）、學校、公營事業機構、山川、古蹟、部落、街道及公共設施之標示或地圖，均未納入原住民族語言或其傳統名稱，對於原住民族語言環境營	政府機關（構）、學校及公營事業機構辦公場所標示牌、公共服務場所標示、安全警告標示、樓層配置圖、服務時間告示牌

表7-7　《原住民族語言發展法》區域通行語機制（續）

項目	條文規定	立法說明	實作
		造之保障顯然有所不足，參酌《原住民族基本法》第11條規定，政府於原住民族地區，應依原住民族意願，回復原住民族部落及山川傳統名稱	
部落或街道等通行語及傳統名稱標示	於原住民族地區內之山川、古蹟、部落、街道及公共設施，政府各該管理機關應設置地方通行語及傳統名稱之標示（第16條第2項）	本條項所定政府各該管理機關，指位於原住民族地區內之山川、古蹟、部落、街道及公共設施，其所屬之政府各該管理機關	山川、古蹟、部落、街道及公共設施標示牌

資料來源：整理自行政院2016年12月12日院臺原字第1050187049號函。

　　檢視《原住民族語言發展法》第14條至第16條關於原住民族區域通行語機制，含括：（一）語言權利，如以地方通行語書寫公文書體現《世界語言權利宣言》第15條，或以大眾運輸工具及場站播音體現《大眾運輸工具播音語言平等保障法》；（二）語言能力：除大眾運輸工具及場站播音之「聽」外，更積極以通行語標示，打造「語言景觀」，以提升原住民族語言之語言能見度（language visibility）。

　　為營造原住民族語言之語言景觀，依《原住民族語言發展法》第16條第3項規定，地方通行語及傳統名稱標示設置之項目、範圍及方式，由中央主管機關公告之。依上開規定，原住民族委員會於2018年1月4日公告《原住民族地方通行語及傳統名稱標示設置原則》，明定地方通行語及傳統名稱標示設置之方式為：（一）原住民族地方通行語及傳統名稱標示之文字，以原住民族委員會與教育部共同訂定之「原住民族語言書寫系統」為之；（二）原住民族地方通行語之標示，應包含原住民族委員會公告該地區之原住民族地方通行語；（三）山川、古蹟、部落傳統名稱之標

示，應以該地區原住民族部落通用之表達方式為之；（四）譯寫具有方向性者，採意譯方式譯寫；具有代碼或序數者，以阿拉伯數字譯寫。

事實上，特定區域之語言公共標誌或商業標誌，所呈現出語言能見度，是構成語言景觀的重要元素；語言能見度，可藉由公共標誌，特別是道路標誌、交通標誌、街道名稱、官方建築物名稱等方式呈現（王保鍵，2020a）。Plessis指出，語言能見度的原則，包含：（一）語言能見度為公民的語言權利範疇；（二）公共標誌應以一種以上的官方語言呈現；（三）涉及個人性質之公共標誌，應容許語言之選擇；（四）語言能見度來自於適當的語言政策產出；（五）國家機關有義務建構語言能見度之規範。提升語言能見度，讓語言被看見，才能深化語言使用者的語言認同感，並提升語言使用者的語言光榮感（王保鍵，2020a）。按視覺訊息處理效果優於聽覺訊息處理，公文書、機構及公共設施標示、傳統名稱標示等，以視覺（文字）方式，展示地方通行語，有利於語言能見度之提升（王保鍵，2020a）。

此外，原住民族區域通行語之語種別，影響「原住民族語言推廣人員」之設置。意即，參酌推行國語文政策時代所設置「國語指導員」之做法，《原住民族語言發展法》第5條第1項規定，直轄市、縣（市）政府、原住民族地區及原住民人口1,500人以上之非原住民族地區之鄉（鎮、市、區）公所，應置專職原住民族語言推廣人員。[68]依《原住民族語言推廣人員設置辦法》第5條第3項規定，原住民族地區鄉（鎮、市、區）公所語推人員，依原住民族委員會公告當地原住民族地方通行語別置語推人員1人至數人。

---

[68] 事實上，《原住民族語言發展法》第5條所設置「原住民族語言推廣人員」，除原住民族地區之鄉（鎮、市、區）公所外，亦設置在「非」原住民族地區之鄉（鎮、市、區）公所（原住民人口1,500人）。以新北市為例，原住民族語言推廣人員計有阿美族1名、泰雅族2名、卑南族1名、太魯閣族1名、布農族2名，於板橋區、三峽區、中和區、新店區、淡水區、鶯歌區、林口區進行族語推廣工作。實作上，原住民族語言推廣人員須具備一定資格條件，並經甄選；但須考量獲錄取人員之工作地意願，致使語言推廣人員所使用族語，未必為該地區多數原住民所使用語言；如新店區與烏來區相鄰，以泰雅語之語言推廣人員為宜，但擔任新店區語言推廣人員不一定是泰雅語使用者。

參、客語為區域通行語

　　為營造客語之使用環境，使客家人口聚居地區，以客語為通行語，俾以廣泛於生活各方面接觸使用，以落實客語之語言權利，並保存及推廣客語，2018年修正公布《客家基本法》，建構客語為客庄（客家文化重點發展區）之區域通行語機制。

一、通行語之法律架構

　　《客家基本法》並未定義「通行語」或「客語為通行語」。依《客家基本法》第4條第3項規定所發布之《客語為通行語實施辦法》第2條第5款，定義「客語為通行語」為：客語為通行語地區使用之客語。又依2021年7月26日預告《客家語言發展法（草案）》第3條第2款，則定義「通行語」為：於政府機關、法庭、監所、公共場所及其他提供民眾進行公共活動之場合，或提供公眾服務、大眾傳播、公共資訊或舉辦公共活動、法定與公開會議及商業服務應使用之語言。[69]

　　客語通行語之實施，依《客家基本法》第4條規定，分為：（一）「直轄市、縣（市）」、「鄉（鎮、市、區）」兩個層級；（二）「客語為通行語地區」則分為「客語為主要通行語地區」、「客語為通行語之一地區」兩種模式。

　　首先，特定縣（市）客家人口達二分之一以上，即成為「客語為主要通行語地區」，依客家委員會2016年客家人口推估調查之客家人口比例，新竹縣為73.6%、苗栗縣為64.3%，兩縣全縣為「客語為主要通行語地區」。然而，新竹縣13個鄉（鎮、市）中，五峰鄉、尖石鄉為原住民族地區（非客家文化重點發展區），依法應為「客語為主要通行語地區」，而出現兩個爭議：（一）是否符合客語為通行語地區以客家文化重

---

[69] 《客家語言發展法（草案）》對於通行語定義，與官方語言概念相近，且未敘明實施「區域」，恐生爭議。

點發展區為基礎之立法精神？（二）是否影響《原住民族語言發展法》所定原住民族地方通行語執行量能？又苗栗縣全縣18個鄉（鎮、市）雖皆為客家文化重點發展區，但依《客家基本法》第4條第1項及《客語為通行語實施辦法》第2條第4款規定，竹南鎮、後龍鎮、通霄鎮、苑裡鎮等四鎮之客家人口比例未達二分之一，應為「客語為通行語之一地區」，使得這四個鎮同時適用《客家基本法》第4條第1項（通行語之一）及第2項（主要通行語）兩種規範之爭議，未來實務如何操作，尚待主管機關釐清（王保鍵，2020a）。

其次，「客語為通行語地區」的兩種模式為：（一）「客語為通行語之一地區」，指客家人口達三分之一以上未達二分之一之鄉（鎮、市、區）；（二）「客語為主要通行語地區」，指本法2017年12月29日修正條文施行時，客家人口達二分之一以上之直轄市、縣（市）、鄉（鎮、市、區）。檢視上開規定，可觀察到客語為區域通行語之實施，以「中央政府公告」模式為主，具有以下兩個特徵：（一）客語為通行語之實施，以客家族群聚居達相當比例者（客家文化重點發展區）為場域；意即，鄉（鎮、市、區）之客家族群為當地少數族群（但占有三分之一），[70]實施「客語為通行語之一」；鄉（鎮、市、區）之客家族群為當地多數族群，實施「客語為主要通行語」；（二）實施客語為通行語之客家人口比例，其計算範圍並非以「客家傳統聚居地區」[71]為基礎，而係以《地方制

---

[70] 《客家基本法》第4條第1項規定，客家人口達三分之一以上之鄉（鎮、市、區），列為「客家文化重點發展區」。上開客家人口，依客家委員會2016年客家人口推估調查係為「推估設籍客家人口比例」，但問卷調查之題目為「Q1由於您這支電話是由電腦自動選擇的，請問您居住在哪一個縣市？」及「Q2.請問您居住在【Q1回答之縣（市）】的哪一個鄉鎮市區？」；但一般人對於「居住地」概念，可能是「住所」，亦可能是「居所」，受訪者可能設籍並居住該鄉（鎮、市、區），亦有可能設籍他地但居住該鄉（鎮、市、區）；受訪者對居住地之自我認知，是否影響人口推估調查之準確性，可再深究。此外，客家人之「單一認定」或「多重認定」，及納入「估計誤差」，亦恐會影響客家人口比例之採認結果（王保鍵，2018b：144-146）。

[71] 關於「客家傳統聚居地區」的概念，約略可分為「客家聚居區」（或稱帶狀客家聚居區）與「客家聚居次分區」兩個層次：前者，指涉北部桃竹苗、南部六堆、東部花東等，客家人聚居所形成帶狀區塊；後者，指涉在客家聚居區內，因人文地理、宗教祭祀圈、語言使用等因素所形成次分區（王保鍵，2020e）。

度法》第3條之地方劃分爲基準，在「客語爲通行語之一地區」者，侷限於鄉（鎮、市、區）層級；但在「客語爲主要通行語地區」者，包含直轄市、縣（市）、鄉（鎮、市、區）等層級（王保鍵，2021b）。因此，客家委員會2019年11月5日客會文字第10861018081號公告「客語爲通行語地區」：（一）「客語爲主要通行語地區」，包含新竹縣、苗栗縣，[72]及53個鄉（鎮、市、區）：（二）「客語爲通行語之一地區」，則有17個鄉（鎮、市、區）。

二、以法規命令規範通行語之實施

《客語爲通行語實施辦法》之性質，爲《行政程序法》第150條所定「法規命令」。法規命令具有創設性，與法律有同一效力（最高行政法院2015年度判字第239號裁判），經客家委員會依《客家基本法》授權訂定，並依《行政程序法》第157條發布，自具有與法律同一之效力。《客語爲通行語實施辦法》相關規定，於落實《客家基本法》第3條第2項語言權利者，見表7-8。

就表7-8來看，可以觀察到《客語爲通行語實施辦法》於落實《客家基本法》第3條第2項保障語言權利之行政措施，非僅限於政府部門，尚包含民間企業；惟對於民間企業，分爲兩類：（一）委託民間團體或個人辦理公共服務，或公用事業、政府特許行業，承擔「應」以客語提供公共服務：（二）一般民間企業，傾向於採取不具強制力之鼓勵措施。[73]

---

[72] 新竹縣尖石鄉、五峰鄉、苗栗縣泰安鄉、南庄鄉等原住民族地區，或通霄鎮、苑裡鎮等閩南族群爲多數者，依法仍須以客語爲主要通行語。

[73] 《客語爲通行語實施辦法》所定鼓勵或獎勵措施，若政府怠於執行，人民恐無法主張權利受損，並透過訴訟尋求救濟，而需仰賴其他水平課責機制，以督促政府部門依法行政（王保鍵，2021b）；或許安大略、威爾斯的語言監察使制度，可爲借鏡。

表7-8　客語為區域通行語實踐《客家基本法》語言權利

客語為通行語實施辦法		
客家基本法第3條第2項所定語言權利	學習（教學）語言	客語為通行語地區之學前及國民基本教育之學校及幼兒園，應保障學童以客語作為學習及教學語言之權利，並積極進用客語師資（第9條）。
	接近使用公共服務	客語為通行語地區應保障居民參與政府機關（構）行政、立法及司法程序時，得使用當地通行之客語（第4條）。
		客語為通行語地區內之政府機關（構）、學校對外提供公共服務時，應具備以客語提供公共服務之能力（第5條）。
		政府機關（構）、學校於客語為主要通行語地區召開之聽證、公聽會、說明會及其他法定會議、公開會議等，應以客語進行，並提供口譯予非客語使用者（第11條）。[74]
		客語為主要通行語地區之各級政府委託民間團體或個人辦理之公共服務，應由具客語能力者為之或提供口譯服務（第12條第1項）。[75]
客家基本法第3條第2項所定語言權利	接近使用公共服務	客語為通行語地區內之公用事業、政府特許行業對外提供公共服務時，應具備以客語提供公共服務之能力（第6條）。
		各級政府應鼓勵客語為通行語地區內之民間企業以客語提供公共服務及播音；具臨櫃服務性質者，應於必要時，提供口譯服務（第8條）。
	接近傳播資源	客語為通行語地區內之有線廣播電視系統及地方廣播電臺，於公用或公益頻道製播客家語言及文化相關主題電視或廣播節目，並於各項活動廣告、宣傳、製播客語版本時，各級政府應予以獎勵（第7條第1項）。

資料來源：王保鍵，2021b。

又相對於《原住民族語言發展法》及《原住民族地方通行語及傳統名稱標示設置原則》積極打造「語言景觀」，《客語為通行語實施辦法》第10條雖亦規範客語之語言景觀；惟實作上，就通行語實施成效評核機制

---

[74] 本條定有但書規定，明定：但有下列各款情形之一者，不在此限：1.因地域性，顯可判斷參與者，多屬非客家族群或不諳客語；2.因案件性質特殊且涉及多方利益，以客語傳達其義顯有困難。

[75] 依「客語為通行語實施辦法草案逐條說明」第12條說明：委託行使公權力事項繁多（如民間車廠驗車），且多與人民日常生活相關，應為通行語實施範圍；政府補助民間辦理紀念活動、藝文活動、體育活動、節慶活動等各類型活動，為政府公共支出，應使用客語。

以觀，客家委員會推動客語爲通行語，似仍以口說客語爲主，忽略語言景觀之建置。[76]意即，依《客家委員會推動客語爲通行語成效評核及獎勵作業要點》第5點規定，成效評核包含客語爲通行語實施辦法所列之法定推動項目執行情形，其重點評核項目爲：（一）客語能力認證通過比例之提升；（二）客語友善環境之推動與營造；[77]而評核優良之機關，發予獎勵金，但對於執行不力者，並無課責機制。[78]

事實上，建置客家傳統地名或名稱，不但可落實以少數族群之語言表示地名及街道名稱之語言權利（本書第二章第三節），而且有利於找回客家歷史記憶；例如，苗栗縣政府文化觀光局所發行的《貓裏藝文》刊物，即以「苗栗」舊稱「貓裏」爲名，或如苗栗市的福星山公園（或稱將軍山公園）更名爲貓裏山公園等；故《客語爲通行語實施辦法》第10條關於「設置客語通行語及傳統名稱之標示」規定，實應積極落實推動。又爲正確表述客家傳統地名，可仿效魁北克《法語憲章》之「地名委員會」機制，建置「客家地名委員會」，主責客家地名標準化工作，發揚客家地名

---

[76] Landry與Bourhis（1997）對語言景觀定義爲：公共道路標誌（public road signs）、廣告牌（advertising billboards）、街道名稱（street names）、地名（place names）、商家招牌（commercial shop signs）、政府建築物標誌（public signs on government buildings）等語言使用，共同構成某個領域（territory）、區域（region）、城市（urban agglomeration）的語言景觀。Landry與Bourhis（1997）指出，語言景觀可以發揮訊息功能（informational function）及象徵功能（symbolic function）等兩個基本功能。Cenoz與Gorter（2006）則認爲：語言景觀有助於社會語言環境的建構，因爲人們處理所收到的視覺訊息（visual information），及標誌上語言之文字書寫方式，會影響人們看待不同語言之語言地位，甚至影響人們的語言行爲（linguistic behaviour）。事實上，語言讀寫或文字化對於語言保存（language maintenance）及語言復振具有重要功能（張學謙，2005），因而，積極建置語言景觀，有助於語言保存、語言復振之實現。

[77] 客家委員會依《客家委員會推動客語爲通行語成效評核及獎勵作業要點》第5點第2項規定，每年度公告推動客語爲通行語成效之重點評核項目及指標。檢視2021年度推動客語爲通行語成效評核重點項目及指標，分爲中央單位（含公用事業）、縣（市）政府、鄉（鎮、市、區）公所三種。以民眾日常生活較密切之鄉（鎮、市、區）公所爲例，評核指標包含：1.客語能力認證通過情形：公務人員通過客語能力認證達成情形（40%）；2.客語友善環境之推動與營造：公部門以客語提供公共服務之能力（60%）；3.額外加分項目：鼓勵民間提供客語服務之情形（10%）、推動全客語托育及幼兒園（5%）、其他有助於推展客語爲通行語之事項（5%）；《客語爲通行語實施辦法》第4條至第12條法定推動項目執行成效數據及執行概況，納入其他有助於推展客語爲通行語之事項給分。

[78] 《客家基本法》第6條第1項「國家客家發展計畫」，可作爲督促各級政府落實《客語爲通行語實施辦法》重要機制。

的故事及歷史意義。

　　又就「多數」與「少數」概念而言，以全國範圍來看，客家人為少數族群；但在客家傳統聚居地區，如新竹縣、苗栗縣，客家人則為多數族群，客語為區域通行語。基本上，客家委員會推動客語為通行語，乃期盼在客庄，促使客語成為在地主流語言（胡蓬生，2021），故客語為主要通行語係以客家族群為「多數」的傳統客庄。然而，就客家人口分布來看，新竹縣、苗栗縣客家人口比例超過50%，兩縣客家人合計約為76萬人，大臺北都會區（臺北市、新北市）之客家人口比例約為17%，兩市客家人合計約有110萬人（客家委員會，2017：3）；但因臺北市、新北市無客家文化重點發展區，且客家人口比例不符合《客家基本法》第4條要件，於實施客語為通行語時，出現「重客庄、輕都會」情況。惟都會地區之客語環境，遠不如客庄地區，都會地區之客語傳承危機，遠高於客庄地區，更需要語言政策的介入；因而，或許可仿效安大略「法語指定」機制，或參考《原住民族語言推廣人員設置辦法》第2條「原住民人口一千五百人以上之非原住民族地區」之規定，建構都會區客語推廣機制。

　　此外，表7-8關於「接近使用公共服務」之落實，口譯人員扮演相當重要的角色，政府應培育專業的「客語／華語」、「客語／英語」等多元語種翻譯人員，並積極創造其工作機會。事實上，依《國家語言發展法》第11條第2項規定，政府機關（構）應於必要時提供各國家語言間之通譯服務，並積極培育各國家語言通譯人才。目前勞動部已辦理「手語翻譯技術士」乙級、丙級的技能檢定，[79]為落實《國家語言發展法》第11條第2項規定，或許可在手語翻譯技能檢定基礎上，進一步擴大辦理「國家語言通譯技術士」，以利國家語言通譯走向專業化、證照化。

---

[79] 依《身心障礙者權益保障法》第61條第3項規定，提供手語翻譯服務，應由手語翻譯技術士技能檢定合格者擔任之。

肆、客原複合行政區之通行語

原住民族語、客語，各依《原住民族語言發展法》、《客家基本法》實施區域通行語，於單一行政區（鄉、鎮、市、區）同時以原住民族語及客語為區域通行語，形成「客語與原住民族語複合通行語區」。

一、兩部法律之競合

2010年《客家基本法》創設「客家文化重點發展區」機制，客家委員會依《客家文化重點發展區鄉（鎮、市、區）公告作業要點》公告客家人口達三分之一以上之鄉（鎮、市、區）為客家文化重點發展區。案經客家委員會分別於2010年4月26日、2011年2月25日、2017年2月24日三次公告，目前計有70個客家文化重點發展區。

客家委員會所公告的70個客家文化重點發展區中，有16個鄉（鎮、市、區）亦為原住民族地區，形成「客家及原住民複合行政區」。「客家及原住民複合行政區」可分為兩種類型：（一）「客家山原複合行政區」，即客家文化重點發展區與「山地」原住民行政區複合，包含苗栗縣泰安鄉與臺中市和平區；（二）「客家平原複合行政區」，即客家文化重點發展區與「平地」原住民行政區複合，包含新竹縣關西鎮，苗栗縣南庄鄉、獅潭鄉，花蓮縣鳳林鎮、玉里鎮、吉安鄉、瑞穗鄉、富里鄉、壽豐鄉、花蓮市、光復鄉，臺東縣關山鎮、鹿野鄉、池上鄉等（王保鍵，2018b：169-170）。

嗣後，2017年《原住民族語言發展法》及2018年《客家基本法》建構區域通行語機制，兩部法律於單一行政區（鄉、鎮、市、區）產生競合，[80]形成「客語與原住民族語複合通行語區」。按「客語與原住民族語

---

[80] 法學上的「競合」，一般係指一行為或一事實同時該當於數個構成要件，如何論其罪責（處罰競合）或主張其請求權（請求權競合）者；如《行政罰法》第24條第1項規定，一行為違反數個行政法上義務規定而應處罰鍰者，依法定罰鍰額最高之規定裁處。本處所稱競合，係指客家事務法律與原住民事務法律，同時適用於一行政區，產生競合之相關情況。

複合通行語區」可分爲兩種類型：（一）「客語爲主要通行語與原住民族語複合通行語區」，即「客語爲主要通行語地區」與「原住民族通行語地區」複合，包含兩個次類型：1.客語爲主要通行語地區（客家文化重點發展區），與原住民族通行語地區（原住民族地區）複合者，包含新竹縣關西鎮，苗栗縣南庄鄉、獅潭鄉、泰安鄉，臺中市和平區，花蓮縣鳳林鎮、玉里鎮、富里鄉，臺東縣關山鎮、鹿野鄉、池上鄉等十一個；2.客語爲主要通行語地區（但「非」客家文化重點發展區），與原住民族通行語地區（原住民族地區）複合者，包含新竹縣五峰鄉、尖石鄉等二個；[81]（二）「客語爲通行語之一與原住民族語複合通行語區」，即「客語爲通行語之一地區」與「原住民族通行語地區」複合，包含花蓮縣吉安鄉、瑞穗鄉、壽豐鄉、花蓮市、光復鄉等五個。

　　「客家及原住民複合行政區」共有16個，「客語與原住民族語複合通行語區」則有18個，兩者產生差距緣由，係因《客家基本法》第4條第1項「客語爲通行語之一地區」爲鄉（鎮、市、區），但同法第4條第2項「客語爲主要通行語地區」，則包含直轄市、縣（市）、鄉（鎮、市、區）。

二、兩部法律競合產生之議題

　　依《原住民族語言發展法》規定，原住民地方通行語之實施，以行政區域（原住民地區）爲中心，並未考量原住民人口比例。相對地，依《客家基本法》第4條規定，客語爲通行語之實施，主要爲：（一）於客家文化重點發展區內；（二）應視客家人口比例，實施以客語爲通行語之一，或以客語爲主要通行語。《客家基本法》第4條適用於客原複合行政區，「客語爲通行語之一地區」，客語尚可與原住民族地方通行語並行，如臺東縣池上鄉、花蓮縣吉安鄉等。然而，「客語爲主要通行語地區」，亦爲原住民族地區者，若排除原住民族地方通行語，顯失衡平；因而《客

---

[81] 依客家委員會2019年11月5日客會文字第10861018081號公告「客語爲通行語地區」，包含新竹縣、苗栗縣兩縣及53個鄉（鎮、市、區），新竹縣五峰鄉、尖石鄉爲原住民族地區，但爲「非」客家文化重點發展區。

家基本法》第4條逐規定應以客語爲主要通行語地區，同時爲原住民族地區者，則客語與原住民族地方通行語同時爲通行語，如苗栗縣泰安鄉、新竹縣關西鎮等（王保鍵，2020a）。事實上，「客語爲主要通行語地區」亦爲原住民族地方通行語實施場域（原住民族地區）者，客家委員會本得以行政函釋將《客家基本法》第4條第2項但書規定，演繹爲「客語爲通行語之一」；但客家委員會2021年1月18日行政院院長電子信箱回覆函[110000973]見解認爲，原住民族地區仍應實施客語爲主要通行語。[82]惟《客語爲通行語實施辦法》第11條及第12條關於法定會議以客語進行、[83]委託民間團體辦理公共服務之客語能力等規定（客語爲政府溝通語言），若實施於原住民族地區，恐涉及客語優於原住民族語之疑慮、原住民族行政機關推動客語量能無法達到法定要求、原住民與客家間族群關係之衝擊等議題。

　　申言之，依客家委員會2016年進行客家人口推估調查，五峰鄉客家人口比例爲17.24%、尖石鄉客家人口比例爲15.78%（客家委員會，2017：附錄一4），兩鄉客家人口比例不高，如仍維持「客語爲主要通行語地區」，恐生法律執行爭議，建議透過《客家基本法》第4條第2項但書解釋，調整爲「客語爲通行語之一」，與原住民族語同爲區域通行語。

　　又，客原複合行政區之客語與原住民族地方通行語雖同時爲通行

---

[82] 客家委員會2021年1月18日行政院院長電子信箱回覆函[110000973]見解爲：1.按客家基本法第4條第2項規定：「直轄市、縣（市）、鄉（鎮、市、區）於本法中華民國一百零六年十二月二十九日修正之條文施行時，客家人口達二分之一以上者，應以客語爲主要通行語，但其同時爲原住民族地區者，則與原住民族地方通行語同時爲通行語。」復按，本法同條項2018年1月31日修正理由：「……二、若干地區客語與原住民族地方通行語同時爲通行語，應併列爲該地區之通行語……」；2.本會依本法第4條立法意旨於2019年11月5日公布70個鄉（鎮、市、區）爲客語爲通行語地區；2個縣（市）、53個鄉（鎮、市、區）爲客語爲主要通行語地區，其中有11個鄉（鎮、市、區）同時爲原住民族地區，與原住民族地方通行語同時爲通行語。綜上，泰安鄉等11個鄉（鎮、市、區），以客語及原住民族語併列爲該地區之通行語，而客語又爲主要之通行語，並無衝突，爰本會公告之客語爲通行語地區應無違本法第4條意旨。

[83] 可以預期原住民族地區行政機關召開聽證、公聽會、說明會及其他法定會議、公開會議等，將會援引《客語爲通行語實施辦法》第11條但書「因地域性，顯可判斷參與者，多屬非客家族群或不諳客語」，而不使用客語，亦不提供口譯。若如是，《客語爲通行語實施辦法》在原住民族地區恐出現名存實亡之效果，反而不利於原住民族地區客家人之語言權保障。

語，但在語言能見度上，何種語言可享有較高的語言能見度？意即，在名稱標示上，何種語言優先排列、顯著標示等，涉及客家與原住民之族群關係議題。就此，依《客語為通行語實施辦法》第15條規定，係採取「行政機關協商解決」之爭端處理機制，循「鄉（鎮、市、區）公所／直轄市、縣（市）政府／客家委員會與原住民族委員會／行政院」，由下而上，逐級解決（王保鍵，2020a）。然而，原住民族語、客語為通行語，係由原住民族委員會、客家委員會分別公告，並以預算資源「由上而下」推動，但爭議解決卻「由下而上」，基層行政機關於處理原住民族語、客語之通行語實施爭議，是否能有效解決爭議？爭議之解決，是否會影響區域通行語執行成效？是否會造成原住民、客家之族群紛爭？仍有待實作經驗檢證。

　　此外，其他國家語言，如閩南語，如何在「客語為通行語地區」、「原住民族語為通行語地區」、「客語與原住民族語複合通行語區」實施區域通行語？如欲於上開通行語地區實施閩南語為區域通行語，可能涉及議題為：（一）《原住民族語言發展法》並未將原住民族語區分為主要通行語、通行語之一，並參照《客家基本法》第4條第2項後段規定，原住民族語似可與其他國家語言同時為區域通行語，故閩南語與原住民族語同時為區域通行語，似乎可能；（二）「客語為通行語之一地區」，閩南語亦應可實施區域通行語；（三）「客語為主要通行語地區」，閩南語如欲依《國家語言發展法》第12條實施閩南語為區域通行語，恐受限於《客家基本法》優先適用，而無法突破《客語為通行語實施辦法》第11條及第12條「客語為政府溝通語言」框架。

　　綜上，國家語言為區域通行語，受《國家語言發展法》第12條、《客家基本法》第4條、《原住民族語言發展法》第14條至第16條三部法律規範，產生區域通行語實施方式（中央政府公告或地方政府指定）、不同國家語言在同一行政區實施區域通行語之競合等議題，但上開議題實為特定行政區內的多數族群（如苗栗縣客家人）適用少數族群語言保障法律（客家基本法），對營造少數族群之語言使用環境，為合理的制度選擇。

然而，若回歸《客家基本法》第3條第1項「國家語言平等」、《公民與政治權利國際公約》第27條保障「少數群體」之精神，縱使「客語為主要通行語地區」，各項會議、公共服務或各類型活動等，應視對象之多元背景，同步提供多種國家語言口譯服務為宜，以保障其他語言使用者的語言權利。

第四節　原住民族語與客語之比較

在憲法層次，原住民族與客家族群規範之主要差異為：《憲法增修條文》第10條第11項、第12項明文保障原住民族權利，但憲法本文、增修條文並未明文保障客家族群權利。上開憲法規範之差異，形成原住民與客家人在權利保障與法律規範上之不同。關於原住民族語與客語權利保障模式之比較，如表7-9。

表7-9　原住民族語與客語權利保障模式比較

		原住民族語	客語
語言法律		原住民族語言發展法	客家基本法 （客家語言發展法草案）
語言 專責機關	規劃執行	原住民族委員會	客家委員會
	語言監察	無	無[84]
管轄權		政府機構	政府機構、民間企業（公用事業、政府特許行業）[85]
處罰權		無	無

資料來源：本書整理。

---

[84] 臺灣未設有專責國家語言監察使，但國家語言使用者權利受損時，似可依《監察法》第4條向監察院提出「書狀」。

[85] 對於公民營部門落實客語為通行語之義務，《客家基本法》及《客語為通行語實施辦法》採取三個層次介入干預機制：1.對於政府機關、學校之干預強度較高，即《客語為通行語實施辦法》第4條及第5條；2.政府特許之民間企業，因其與民眾日常生活相關，且受政府高度管制，《客語為通行語實施辦法》第6條規定「應」以客語提供公共服務；3.一般民間企業則採以鼓勵之低干預，即《客語為通行語實施辦法》第8條。

　　就加拿大、英國少數群體語言權利保障實作經驗顯示，語言法律、語言專責機關為國家語言發展（或族群母語復振）之雙引擎。臺灣的原住民族語、客語以法律賦予國家語言地位，推動語言發展之課題略有二點。第一，客家語言權利保障之法律仍有缺角：按《原住民族語言發展法》、《客家基本法》為驅動語言發展的引擎；惟依《客家基本法》第3條第3項規定「客家語言發展事項，另以法律定之」，顯見立法者有意另行制定語言專法，以落實同法第3條第1項及第2項之語言權利。目前雖已有多個版本的《客家語言發展法（草案）》進入政策議程，但仍有待立法院完成立法程序，以補足客家語言發展的缺角。

　　第二，地方自治團體政策執行之動能，攸關語言權利之實現：原住民族語言、客語的語言權利落實，目前係以原住民族委員會、客家委員會為主體，搭配財團法人基金會作為語言推動專責機關。又《憲法》第十章中央與地方權限採「均權制」，及《地方制度法》對地方自治團體之自治權保障，因此，諸多語言權利，有待直轄市、縣（市）政府予以落實；例如，第一線為民服務機關（戶政事務所、地政事務所）之公共服務，實現「以原住民族語（客語）接近使用公共服務權」，或國中小原住民族語（客語）師資之開缺進用，[86]實現「以原住民族語（客語）為教學語言及學習語言權」。但《財政收支劃分法》之制度設計，產生「中央富、地方窮」及「重直轄市、輕縣市」議題，而多數原住民地區、客家文化重點發展區又由自主財源不足之縣政府所轄，受限於預算資源，縣政府可投入之國家語言預算極為有限，若無中央補助款，實無法達到國家語言法律之規範標準。

　　再者，地方政府之語言專責機關，則因國家法律規範，而呈現族群

---

[86] 依《地方制度法》第2條及第14條規定，直轄市、縣（市）為地方自治團體，具公法人地位。《地方制度法》第18條第4款及第19條第4款規定，直轄市、縣（市）學前教育、各級學校教育及社會教育之興辦及管理，為地方自治團體之自治事項。依司法院釋字第550號解釋意旨，法律之實施須由地方負擔經費者，應予地方政府充分之參與；就府際治理（intergovernmental governance）角度，為推動原住民族語、客語為通行語政策，應由中央政府、地方自治團體、民間團體共組府際治理平臺，以利語言權利之實現（王保鍵，2021a：213）。

間差異性。意即，依《原住民族基本法》第8條強制設立原住民族專責單位規定，及《地方行政機關組織準則》第11條、第15條所定直轄市、縣（市）政府得設一級單位及所屬一級機關總數之差異，[87]多數直轄市、縣（市）政府設有原住民專責機關，但不一定設有客家專責機關，[88]形成原住民族、客家族群兩者間之語言專責機關落差。

　　此外，依《客家基本法》第6條由行政院核定「國家客家發展計畫」，亦爲實踐客語權利之重要工具。行政院已於2021年6月15日核定首期的「國家客家發展計畫（2021年至2023年）」，其四大發展目標之一，即爲「以客語爲國家語言、推動客語爲通行語」，推動策略包含完備客語服務能量、建立客語友善環境、落實教育體系客語計畫及強化客家語言文化傳播等（客家委員會，2021c：1）。在政策思維上，客家委員會有意藉由「國家客家發展計畫」，將「客語爲接近使用公共服務權利」演繹爲「保障民衆公共領域以客語溝通之權利」；意即，除政府機關（構）對外溝通之會議或說明會應以客語發聲外，擴及「客語通行語區內之民間企業」以客語提供服務（客家委員會，2021c：22）。[89]

---

87 《地方行政機關組織準則》第11條第2項規定，直轄市政府一級單位及所屬一級機關，人口未滿200萬人者，合計不得超過29處、局、委員會；人口在200萬人以上者，合計不得超過32處、局、委員會。同準則第15條第3項規定，依本準則第15條第2項公式計算所得數值，縣（市）政府得設立之一級單位及所屬一級機關總數爲13處（局）至23處（局）。

88 依《原住民族基本法》第8條第1項規定，直轄市及轄有原住民族地區之縣，其直轄市、縣政府應設原住民族專責單位，辦理原住民族事務；其餘之縣（市）政府得視實際需要，設原住民族專責單位或置專人，辦理原住民族事務。受《地方行政機關組織準則》第15條機關總數限制，原住民族專責機關爲必設，客家專責機關則無強制性，實作上，客家專責機關就可能被割捨，如新竹縣政府設有原住民族行政處、苗栗縣政府設有原住民族事務中心，但兩縣皆未設有客家專責機關。花蓮縣政府設有原住民行政處及客家事務處；臺東縣政府設有原住民族行政處，但未設有客家專責機關。另依《原住民族基本法》第8條第2項規定，原住民族專責單位，其首長應具原住民身分，某種程度地實踐代表性官僚理論。

89 「國家客家發展計畫」目標一（以客語爲國家語言、推動客語爲通行語）之策略二爲「建立全面性客語友善環境」；其目標二爲「保障民衆公共領域以客語溝通之權利」，具體目標之一爲：客語通行語區內之民間企業，如便利商店、醫療院所、金融機構等，針對服務場所、賣場等之總機、自動化招呼語、播音服務增加客語，鼓勵具備客語能力之服務人員對於有客語服務需求之顧客，以客語提供服務，成爲客語服務據點（客家委員會，2021c：22）。

聯合國「以人權為發展路徑」（Human Rights-Based Approach to Development），強調國家政策之規劃及制定，包括所有公民、文化、經濟、政治和社會等權利，以及發展權（right to development）等，應依循國際人權法標準（UNDP, 2015）。本書以語言人權理論，檢視國際人權法規範，演繹少數群體語言權利理論，就語言法律、語言專責機關、語言監察等國家制度安排，探討加拿大法語（魁北克及安大略模式）、英國威爾斯語及蘇格蘭蓋爾語、臺灣原住民族語及客語等語言少數群體之制度設計。透過六個語言少數群體制度之比較研究，本書反思臺灣國家語言的語言權利框架，提出臺灣少數族群語言發展之建議。

第一節 少數群體之語言人權

一個國家內的少數群體的語言權利之保護與促進機制，會受到該國歷史文化、憲政體制、地方自治權、多數群體與少數群體關係、少數群體之群體意識（group consciousness），以及國際人權法對該國之國家義務要求等多元因素之影響。基本上，語言人權已然具有基本人權性質，國家在制度安排上，負有積極實現少數群體的語言人權之義務。

壹、六個少數群體的語言人權之實踐比較

　　本書所探討的六種少數群體語言，外觀上為三個國家，但實質上為六種語言制度之規劃與設計。法語使用者為加拿大全國之少數群體，安大略的法語使用者為該省少數群體，但魁北克的法語使用者為該省的多數群體，兩省對法語保障強度呈現顯著差異。法語群體的語言權利保障，涉及加拿大國家發展與憲法變遷，在聯邦憲法之雙語條款及但書條款規範下，加拿大聯邦及各省（除魁北克外）採行英語、法語為雙語官方語言，但魁北克則獨特地採行法語為單一官方語言，並以省級語言法律積極提升法語之語言地位，如民間商店招牌、菜單之法語字體須較英語字體顯著標示。

　　英國的國家發展過程，以英格蘭為主體，漸次併入威爾斯、蘇格蘭、北愛爾蘭，英語成為事實上官方語言，威爾斯語使用者在威爾斯地區為少數群體，蘇格蘭語及蓋爾語在蘇格蘭地區為少數群體。在傳統地方自治政府外，1998年的委任分權政府新制，將原屬國會權力移轉予威爾斯、蘇格蘭、北愛爾蘭議會；威爾斯議會、蘇格蘭議會制定法律（經女王御准）定威爾斯語、蓋爾語為官方語言，並保障其語言使用。除威爾斯議會、蘇格蘭議會積極作為外，《歐洲區域或少數民族語言憲章》等國際人權法，對威爾斯語、蓋爾語之保護及促進，亦扮演重要功能。

　　臺灣在1945年國民政府治臺，經歷長期的威權統治，以國語（華語）為事實上官方語言；至1980年代的民主轉型、1990年代的憲法變遷，原住民族才取得憲法條款明文保障，並在語言文化、政治參與、教育文化、交通水利、衛生醫療、經濟土地、社會福利等多元面向，保障原住民權利。相對地，客家族群未有憲法明文保障，在法律及行政措施上，以客家語言及文化之復振、發展為核心。

　　基本上，從加拿大、英國、臺灣語言政策實作經驗可以觀察到：一、非瀕危語言，但屬少數群體語言，仍應重視其語言人權。意即，以全球角度來看，法語屬世界強勢語言，並無語言消失之虞，且就加拿大地域尺度來觀察，法語亦無語言流失的危機；但法語使用者在加拿大為語言少

數群體，國家就有義務採行適當的制度設計，實現法語使用者的語言人權；二、瀕危語言，亦為少數群體語言，國家更應實踐實質平等理論，採行積極性作為，打造少數群體語言使用友善環境，落實語言人權，並增加少數群體語言使用人數。例如，英國威爾斯政府的「2050百萬人使用威爾斯語」政策，或如臺灣的《原住民族語言發展法》及《客家語言發展法（草案）》。

本書就上開六個少數群體語言制度設計與實作之比較研究，觀察到六個個案皆制定有專門語言法律，皆由專責機關負責推動；但各個個案之語言法律規範密度高低有別，且部分個案建置有「語言監察使」。回應本書第二章分析架構（圖2-3），謹以語言法律（處罰權）、語言專責機關（政策執行）、語言監察（水平課責），進行少數群體語言政策運作模式之比較，如表8-1。

表8-1 少數群體語言政策之比較[1]

面向		模式	個案
實現少數群體語言權利	語言法律（處罰權）	廣泛處罰權：公部門、民間企業、自然人	魁北克法語
		有限處罰權：僅限公部門	威爾斯語
		無處罰權	安大略法語、蓋爾語、原住民族語、客語
	語言專責機關（政策執行）	政府機關	魁北克法語、安大略法語、威爾斯語、原住民族語、客語
		非政府機關	蓋爾語[1]
	語言監察（水平課責）	獨立語言監察使	安大略法語、威爾斯語
		其他水平課責機制[2]	魁北克法語、蓋爾語、原住民族語、客語

資料來源：本書整理。

---

[1] 蘇格蘭蓋爾語之政策執行機關，主要由蓋爾語委員會負責。
[2] 其他水平課責機制，如魁北克監察使、蘇格蘭公共服務監察使、我國監察院等。然而，獨立於行政部門的專責語言監察使，以專法清楚地規範語言監察之權力與程序，且組織人力、預算資源等，專注於語言監察事務，使得語言監察使擁有較完善的語言監察工具；因而，專責語言監察使對於語言人權實現效果，高於一般監察使（其他水平課責機制）。

　　為保護及促進少數群體語言，各國在制度安排時，法律規範密度、強制力高低，以及政策執行機關、語言監察之設計，反映出各國語言規劃、語言政策目的之差異性。然而，就語言人權而言，當少數群體語言制度之規範密度及強制力較高時，亦應注意是否會侵害其他少數群體權利；意即，一個國家的少數群體，在該群體聚居地區可能為該地區的多數群體，該地區之少數群體之權利保障，亦應有相應機制，如魁北克英語使用者之權利保障。

　　魁北克受理人民法語使用之申訴及調查，多數由法語辦公室為之；但魁北克監察使（Quebec Ombudsman）有權進行語言監察，矯正法語辦公室的缺失，保障人民語言權利，而成為落實英語使用者（該省少數群體）權利保障之重要機制。例如，2015年有位英語使用者以書面信件向法語辦公室提出關於法語標誌之申訴案件，但法語辦公室要求申訴人須以法語撰寫，重新提交申訴，方願受理；申訴人轉而向魁北克監察使就法語辦公室拒絕其使用英語申訴乙節，提出申訴；監察使基於《法語憲章》第15條第2項「自然人可使用法語以外語言（即英語）向政府陳述」之規定，要求法語辦公室改善，由於監察使的介入，法語辦公室遂受理申訴，並同時以法語及英語回復申訴人處理情形（Quebec Ombudsman, 2015）。上開案例顯示水平課責機制之多元化，有助於保障人民語言人權。

　　事實上，許多國家設置具「國家人權機構」性質的監察使，採取專門、分散式的設置模式，以充分實現人權保障；如威爾斯，除語言監察使外，尚設有公共服務監察使、兒童權利監察使、老人福利監察使、平等及人權保障監察使等類此制度設計，或許可為臺灣借鏡。

貳、語言權利為少數群體人權重要表徵

　　一般來說，人身自由、居住遷徙自由、言論自由、宗教自由、財產權等，被視為具有基本人權（fundamental rights）性質，普遍被納入各

國憲法條款予以保障。雖然語言權利不一定被各國憲法視爲重要人權,如我國《憲法》第二章並未定有語言權利條款,僅將維護發展原住民族語言視爲國家「基本國策」,規範於《憲法增修條文》第10條。但隨著國際人權法的發展,及聯合國相關機構(如少數群體問題論壇與少數群體問題特別報告員)的努力,已逐漸形成語言權利爲人權組成部分(language rights are an integral part of human rights)的共識(Council of Europe, 2009: 4)。

事實上,《聯合國憲章》(United Nations Charter)第1條第3款及第13條第1項第2款暨第55條第3款(語言平等)、《公民與政治權利國際公約》第27條(語言少數群體)、《歐洲聯盟基本權利憲章》(Charter of Fundamental Rights of the European Union)第21條(語言平等)及第41條第4項(書面語言溝通)等國際人權法,已規範語言權利;基於國家遵守國際法義務,國家應積極保護及促進人民之語言人權,並優先通過適當的立法、政策和方案以實現少數群體之語言權利。

又誠如歐洲語言平等網絡(European Language Equality Network, ELEN)秘書長Daviyth Hicks指出,保存語言的三大支柱爲:一、家庭、社區、市民社會(family, community, civil society);二、教育系統(education system);三、地方政府(local state)。[3]就加拿大、英國實作經驗顯示,享有高度自主權之加拿大省級政府、英國委任分權政府,成爲少數群體語言復振重要動能。又以Heinz Kloss的「寬容和促進爲導向語言權利」(tolerance-and promotion-oriented language rights)概念,促進傾向語言權利,涉及國家對少數群體語言之承認,允許語言少數

---

[3] 資料來源:客家委員會補助國立中央大學於2021年12月4日辦理的「臺灣客語及少數族群語言政策國際研討會」,邀請歐洲語言平等網絡秘書長Daviyth Hicks以「歐洲語言平等網絡與區域語言復振」(ELEN and Territorial Language Revitalisation and Recovery in Europe)爲題所進行的演講。歐洲語言平等網絡係由歐洲少數語言局(European Bureau for Lesser Used Languages)的成員們,於2011年所成立的非政府組織(non-governmental organisation),核心任務爲復振歐洲的區域(regional)、少數群體(minority)、瀕危(endangered)、原住民族語(indigenous)、視同官方語言(co-official)等少數語言,並以人權框架(broader framework of human rights)實現語言平等及多語政策(multilingualism)(ELEN, 2021)。

群體以自己的公共機構處理其內部事務（allowing the minority language group to care for its internal affairs through its own public organs），而具有少數群體自治的意義（amounts to the [state] allowing self-government for the minority group）（May, 2015）。[4]因此，賦予我國地方自治團體更高自主權（自治立法權、自治組織權、自治財政權），打造地方政府成爲國家語言傳承的引擎，實爲可行策略之一。

第二節　臺灣少數族群語言權利發展之建議

就《大衆運輸工具播音語言平等保障法》第6條第1項所定語言種類，國語（華語）爲事實上官方語言，閩南語爲多數族群語言；而原住民族語、客語、馬祖語則屬「語言上少數族群」。在國家法律框架上，以《客家基本法》、《原住民族語言發展法》、《客家語言發展法（草案）》等專法，進一步實現客語、原住民族語之語言人權。而依《憲法》第141條「尊重條約及聯合國憲章」及《公民與政治權利國際公約及經濟社會文化權利國際公約施行法》，國際人權法已爲我國法體系規範依據，如何以國際人權法所建構之少數群體權利保障機制，精進臺灣少數族群之語言權利發展？本書討論如次。

---

4 依《客家基本法》第8條第2項規定：「直轄市之區由鄉（鎮、市）改制，且屬客家文化重點發展區者，政府應考量轄內客家族群意願，保障客家族群語言文化之自主發展。」上開條文係2018年修法新增，似嘗試彌補客家鄉（鎮、市）喪失地方自治功能所產生的不利影響。按2021年底出現「新竹縣、新竹市合併改制爲直轄市」或「新竹縣、新竹市、苗栗縣合併改制爲直轄市」之政策倡議，就客家發展而言，除應注意《客家基本法》第8條第2項規定外，亦應關心廢除鄉（鎮、市）自治團體公法人，對客家人政治參與及客家治理之衝擊。意即，目前新竹縣、苗栗縣之民選鄉（鎮、市）長多爲客家人，但改制爲直轄市之區（仍爲客家文化重點發展區），由官派區長主政，加上廢除鄉（鎮、市）民代表選舉，恐減損客家人政治參與管道，且官派區長可能爲「非」客家人，似不符合代表性官僚理論，並不利客庄之客家治理。

壹、以公政公約第二十七條強化少數族群權利之保障

依《公民與政治權利國際公約及經濟社會文化權利國際公約施行法》第3條規定，適用兩公約規定，應參照其立法意旨及兩公約人權事務委員會之解釋。若以廣義概念，《公民與政治權利國際公約》人權事務委員會之解釋，應包含一般性意見、結論性意見、個案申訴意見。實作上，臺灣司法實務已援引《公民與政治權利國際公約》第27條、聯合國人權事務委員會第23號一般性意見，[5]如司法院釋字第803號解釋。且依《公民與政治權利國際公約》第40條規定，臺灣已提出三次國家報告：2020年6月提出「《公民與政治權利國際公約》執行情形：簽約國根據《公約》第40條提交的第三次國家報告」，亦同時提出「回應兩公約第二次國家報告結論性意見與建議」。又《在民族或族群、宗教和語言上屬於少數群體者權利宣言》旨在落實《公民與政治權利國際公約》第27條，上開宣言，亦應為臺灣規劃語言政策之參考。

事實上，在《憲法》第5條及《憲法增修條文》第10條第11項、第12項規範保障下，國家具有保障扶助並促進原住民族發展之義務（司法院釋字第719號解釋理由書），但上開憲法條文係以「原住民族」為保障對象。而《公民與政治權利國際公約》第27條對原住民族成員之個別「原住民」的權利保障建構，具有重要輔助功能，補足了原住民（族）權利保障之缺角。司法院釋字第803號解釋便是「參諸當代民主國家尊重少數民族之發展趨勢」，援引《公民與政治權利國際公約》第27條，建構「個別原住民受憲法保障基本權」。

司法院釋字第803號解釋理由書指出，身為原住民族成員之個別原住民，其認同並遵循傳統文化生活之權利，雖未為憲法所

5　聯合國人權事務委員會第23號一般性意見，亦引用許多個案申訴意見，如Ominayak (Lubicon Lake Band) vs. Canada案（Communication No. 167/1984）、Ivan Kito vs. Sweden案（Communication no. 197/1985）等。

明文列舉，惟隨著憲法對多元文化價值之肯定與文化多元性社會之發展，並參諸當代民主國家尊重少數民族之發展趨勢（註1）[6]為維護原住民之人性尊嚴、文化認同、個人文化主體性及人格自由發展之完整，進而維繫、實踐與傳承其所屬原住民族特有之傳統文化，以確保原住民族文化之永續發展，依憲法第22條、憲法增修條文第10條第11項及第12項前段規定，原住民應享有選擇依其傳統文化而生活之權利；此一文化權利應受國家之尊重與保障，而為個別原住民受憲法保障基本權之一環。

按司法院歷來解釋並未將集體權視為憲法所保障權利，司法院釋字第803號解釋則以原住民（族）文化權在基本國策與人權條款之關係的討論，[7]對族群集體權、族群成員個人權，進行演繹。事實上，客家族群及個別客家人，[8]縱使能以釋字第803號解釋路徑，演繹出「客家文化權」，但《憲法增修條文》第10條第11項「國家肯定多元文化」之「基本國

---

[6]　（註1）為司法院釋字第803號解釋理由書用語，係指《公民與政治權利國際公約》第27條及人權事務委員會第23號一般性意見第7點、《經濟社會文化權利國際公約》第15條第1項。

[7]　林明鏘（2021）指出，《憲法增修條文》第10條第11項、第12項依文義解釋僅得定性為憲法上之基本國策地位，此可考察其文字使用「國家肯定多元文化」及「國家應保障原住民族教育文化」得知，與我國憲法本文及其他基本國策用語，體例完全相同；但卻與基本權利用語定義「人民有……權利或自由」完全不同，故並非得因本條項規定，可當然跳躍由《憲法》第22條導出「文化權」為基本權。又憲法層次雖未明文保障文化權利，但在法律層次，已制定《文化基本法》以建構文化權利保障機制；然而，依行政院2019年1月10日院臺文字第1070221566號函請立法院審議《文化基本法（草案）》第1條立法說明指出：本法使用「文化」，一般指包含文學、藝術等精緻文化及常民文化，並視條文需要，有時會與藝術並列使用；又本法指涉文化權利概念係參考《世界人權宣言》第27條、《經濟社會文化權利國際公約》第15條、《保護和促進文化表現形式多樣性公約》第2條等相關內容，涵蓋參與、表意、共享、近用、創作及其保護、多元及多樣性發展等範疇，且可能隨文化創新及互動有所調整。因此，《文化基本法》所保障「文化權利」，與《公民與政治權利國際公約》第27條所保障「文化權利」，兩者似有所不同。又司法院釋字第803號解釋指出，原住民「傳統文化」，應包含原住民依其所屬部落群所傳承之飲食與生活文化，而以自行獵獲之野生動物供自己、家人或部落親友食用或作為工具器物之非營利性自用之情形。

[8]　對少數族群之「集體」與「個體」關係，《客家基本法》與《原住民族基本法》採取不同規範模式。意即，《客家基本法》先以第2條第1款定義「客家人」，再以第2條第2款定義「客家族群」為「客家人所組成之群體」；至《原住民族基本法》則先以第2條第1款定義「原住民族」，再以第2條第2款定義「原住民」為「原住民族之個人」。

策」規定，可否直接轉換爲「憲法人權條款」，恐有疑義。例如，司法院呂太郎大法官所提出釋字第803號解釋協同意見書，指出《憲法增修條文》第10條第11項規定之性質爲基本國策，乃指示國家施政之目標，未必能直接導出人民因此有受憲法保障之基本權。司法院許志雄大法官所提出釋字第803號解釋部分協同部分不同意見書，認爲《憲法增修條文》第10條第11項規定，爲基本國策性質之規定，尙非人權條款，主要著眼於群體，而非個別個體，而無法單獨作爲維護人權之依據，但可作爲《憲法》第22條概括性權利保障條款之輔助。[9]

　　基本上，司法院釋字第803號解釋認爲「原住民應享有選擇依其傳統文化而生活之權利」，係從《憲法增修條文》第10條第11項及第12項前段規定出發，以《憲法》第22條、《公民與政治權利國際公約》第27條，及《公約》人權事務委員會第23號一般性意見爲路徑，加以論證。因此，缺乏憲法明文保障之客家族群，如欲以《憲法增修條文》第10條導出具有「憲法人權條款」性質之語言人權，就必須借助《公民與政治權利國際公約》第27條之轉換。

　　惟當前客家政策發展方向，行政院依《客家基本法》第6條所核定「國家客家發展計畫（2021年至2023年）」，係以「推動聯合國《保護和促進文化表現形式多樣性公約》國內法化」，作爲推動客家文化保護與發展之依據（客家委員會，2021c：28-29）。本書樂見《保護和促進文化表現形式多樣性公約》國內法化，此將有助於國內法體系與國際法接軌；但也必須指出可能問題爲：一、2005年《保護和促進文化表現形式多樣性公約》並非聯合國核心人權公約，相關權利保障機制（公約解釋及公約監護機構）亦未如《公民與政治權利國際公約》（1966年）完備；[10]

9　我國憲法關於基本國策與基本權利關係，約略有：1.基本國策對於基本權利的「制約」作用；2.基本國策對於基本權利的「填充」作用；3.基本權利對於基本國策的「回饋」作用（林明昕，2016）。林明昕（2016）認爲基本國策規定，非單純的「方針條款」，而係具有法拘束力的憲法規範，不但可提供國家以法律限制人民基本權利的合憲性目的基礎，而且可基於事物關聯性，就相關基本權利的「保護範圍」與「功能」等作內容上的填充。

10　依《保護和促進文化表現形式多樣性公約》第22條至第24條規定，公約的機構（organs of

二、在《公民與政治權利國際公約》尚未國內法化前，臺灣司法實務已援引《公民與政治權利國際公約》，如司法院釋字第392號解釋、釋字第582號解釋等，因而《公民與政治權利國際公約》較能與國內法體系銜接；但《保護和促進文化表現形式多樣性公約》[11]則未見司法院大法官援引；三、臺灣客家運動迄今已逾30年，客家委員會成立迄今已有20年，客家政策長期以客家族群集體權益為中心，但現行臺灣法律秩序對人民權利保障，須可具體歸屬至個別人民身上之個人權利；因而，如欲在國家法律框架下，深化客家發展，政策視野就不能侷限在「族群之集體權」，而應關注「族群成員之個人公民權」。如欲建構客家人之個人權利保障，則應將客家政策與《公民與政治權利國際公約》接軌。

又臺灣於2020年6月提出《公民與政治權利國際公約》執行情形之第三次國家報告，於說明公約第27條執行情形時，將原住民族界定為族裔少數群體，亦為語言少數群體；而將客家族群界定為語言少數群體（法務部，2020a）。而2020年「回應兩公約第二次國家報告結論性意見與建議」，就審查委員會所提「有效執行原住民族基本法」、「傳統土地及領域調查與確認，應與原住民族協商，並經其直接參與」做出回應（法務部，2020b）。意即，在臺灣，《公民與政治權利國際公約》已有高度實

---

the Convention）包含締約國大會（Conference of Parties）、政府間委員會（intergovernmental Committee）、聯合國教科文組織秘書處（UNESCO Secretariat）。

[11] 《保護和促進文化表現形式多樣性公約》第4條第1項定義文化多樣性（cultural diversity），指各群體和社會藉以表現其文化的多種不同形式；這些表現形式在他們內部及其間傳承。又行政院2019年1月10日院臺文字第1070221566號函請立法院審議《文化基本法（草案）》第2條立法說明指出：文化多樣性指涉為不同族群、性別、性傾向、宗教等背景交錯下產生之文化創作形式與樣貌，往往是跨越分類與雜揉之文化藝術品，難以分類，屬於動態結果；意即，多元文化（multicultures）不等同於文化多樣性，但文化多樣性必須在多元文化環境下才能出現。另《經濟社會文化權利國際公約》第15條第1項第1款規定，人人有權參加文化生活；本公約第21號一般性意見第9點指出，第15條之「人人」一詞可指個人或集體；意即，文化權利可由一個人行使：1.作為個人；2.與其他人結合一起；3.在一個群體或團體內。《經濟社會文化權利國際公約》第21號一般性意見第13點界定「文化」為：生活方式、語言、口頭和書面文學、音樂和歌曲、非口頭交流、宗教或信仰制度、禮儀和儀式、體育和遊戲、生產方法或技術、自然和人為環境、食物、服飾及安置處所與創作、習慣和傳統，透過這些，個人、個人的團體和群體表達其人性及其賦予生存的意義，並建立其世界觀，這是一個人與影響其生活的各種外部力量遭遇的總和。

踐機制，並透過《公民與政治權利國際公約》執行情形國家報告，可實現臺灣少數群體之權利保障。

　　綜上，依《公民與政治權利國際公約》第27條所定少數群體類型，客家族群為語言少數群體，而應享有公約第27條所保障「使用其固有語言之權利」。又依《公民與政治權利國際公約》人權事務委員會第23號一般性意見第1點：公約第27條規定並確認了賦予屬於少數群體的個人之權利。在《國家語言發展法》、《客家基本法》定客語為國家語言，及《客家基本法》第1條明定本法為落實「憲法平等」權之基礎上，並考量《公民與政治權利國際公約》在臺灣已有豐富實踐經驗，本書建議從《憲法》第5條、第7條、第22條及《憲法增修條文》第10條第11項前段出發，運用《公民與政治權利國際公約》第27條及人權事務委員會第23號一般性意見，以「語言人權」為基礎，循「實質平等理論」、「少數群體語言權利」的路徑，建構個別客家人之權利保障，並藉以深化客家族群之集體權。[12]

貳、以語言監察使促進少數族群語言權利之實現

　　司法院釋字第803號解釋肯認原住民享有選擇依其傳統文化而生活之文化權利。客家族群成員之客家人，或其他國家語言使用者，雖尚無法直接享有憲法上人權條款之保障；惟國家仍可以法律賦予國家語言使用者相關語言權利，如《客家基本法》第3條第2項、《國家語言發展法》第11條第1項。

　　國家法律既已建構國家語言權利，當國家語言使用者之語言權利受損，自應提供矯正救濟途徑。若國家語言使用者之語言權利受損，可依

---

[12] 依行政院第3583次會議通過《國家語言發展法（草案）》第11條第1項條文說明：「參酌公民與政治權利國際公約第14條規定意旨，任何人有權於法庭上使用其國家語言，且為避免國民使用不同之國家語言成為其接受政府提供服務及利用公共資源之障礙，落實國家語言平等意旨，爰為第1項規定。」

《訴願法》、《行政訴訟法》提起行政救濟，以保障當事人語言權利；但《行政訴訟法》之救濟，主要係就「違法行政處分」，請求法院撤銷（第4條）。意即，國家語言法律框架中關於語言權利保障規範，如欲進入行政訴訟程序，需有：一、符合嚴謹的行政處分要件（《行政程序法》第92條）；二、當事人權利受行政機關不法侵害之事實。然而，人民請求政府落實國家語言權利未果，與政府不法侵害人民國家語言權利，兩者性質不同；現行國家語言法律所保障語言權利，實際不易成為侵害特定個人權利之行政處分。另人民請求政府機關依法以特定國家語言提供公共服務，政府機關未能以該語言提供公共服務，亦甚難依《訴願法》第2條提起課予義務訴願，及依《行政訴訟法》第5條提起課予義務訴訟。[13]

又臺灣定有《國家賠償法》，若公務員執行職務行使公權力，不法侵害人民語言權利，似可依法提出國家賠償；但就國家賠償要件以觀，國家語言事務似不易構成國賠。此外，若人民提出促進語言發展之相關建議，[14]因當事人未有公法上權利受損，僅能依《行政程序法》第168條及第169條規定，向主管機關陳情，無法透過司法訴訟，以精進國家語言發展。

綜上，受限於現行司法救濟以違法行政處分、公務員違法侵權為標的，並考量司法訴訟曠日費時、當事人舉證能力、訴訟成本等因素，因而，為求獲致即時矯正行政機關語言政策執行缺失、積極促進語言發展之效，本書建議應運用《關於國家人權機構地位的原則（巴黎原則）》及《保護及促進監察使機構原則（威尼斯原則）》的制度性機制，導入語言監察制度設計，以確保少數族群之語言人權。

---

[13] 《訴願法》第2條課予義務訴願及《行政訴訟法》第5條提起課予義務訴訟之要件為：人民因中央或地方機關對其依法申請之案件，於法令所定期間內應作為而不作為，認為損害其權利或（法律上）利益者。惟依2016年3月31日最高行政法院2016年裁字第462號裁定意旨：所謂「依法申請」，係指有依法請求行政機關作為的權利之謂，具體而言，即有請求行政機關作成授益處分之法律上依據，如法令上未賦予人民有請求行政機關作成一定行政處分之權利，即令向行政機關有所「請求」，亦非屬「依法申請之案件」。因此。請求政府機關以特定國家語言提供公共服務，似非「依法申請之案件」，自無法提起課予義務訴願。

[14] 以新技術或新措施來推廣國家語言之建議，如Google翻譯提供客語、英語雙向翻譯等。

　　Hermann Amon（2019: 171）指出，語言監察使之角色，具有監察使（ombudsman）、審計官（auditor）、語言權促進者（promoter）三種功能。關於國家語言權利之語言監察機制，依我國現行體制，應由監察院依法為之。按《憲法增修條文》第7條第1項規定，監察院為國家最高監察機關，行使彈劾、糾舉及審計權。上開監察權之行使，由監察委員依《監察法》第2條掌理彈劾、糾舉權，由審計長依《審計法》職司審計權，形成「監察委員」及「審計長」兩種模式。[15]監察委員之彈劾、糾舉權，以「公務人員之違法或失職行為」為對象，並移送懲戒法院，為「事後」、「對人」、「司法性」之責任追究。如欲就行政機關之行政行為（對事）進行監察，則應依《憲法》第97條第1項及《監察法》第24條及第25條，行使糾正權。但實作上，糾正案亦有對公務員處理公務不當之糾正，如2020年2月18日109內正0007糾正案。[16]整體而言，監察院目前職權之行使，係以公務人員有無違法失職為監察重心（李念祖，2012），較缺乏積極興利（促進語言人權之實現）的功能。

　　惟為落實聯合國《巴黎原則》，臺灣於2020年1月8日制定公布《監察院國家人權委員會組織法》，於監察院內設置「國家人權委員會」之內部單位。[17]又依《監察院國家人權委員會組織法》第2條規定之職權，其中關於提出國家人權政策建議、對重要人權議題提出專案報告、提出年度國家人權狀況報告、提出立法及修法建議等相關規定，使得監察院除消極

---

[15] 「監察委員」與「審計長」兩種模式之異同為：1.兩者各具獨立性：監察委員及審計長之產生方式相同、任期相同，兩者皆由總統提名，經立法院同意任命之，任期皆為6年；2.兩者權責分工無隸屬：監察委員依《監察法》行使彈劾及糾舉權，審計長依《審計法》行使審計權，各司其責，兩者無隸屬關係；3.監察委員審議案件採合議制：依《憲法》第106條、《監察院組織法》第3條及第7條、《監察院各委員會組織法》、《監察院會議規則》等規定，我國監察委員行使職權須以合議制方式為之；4.審計長行使職權為獨任制：依《監察院組織法》第5條、《審計部組織法》第4條規定，審計長為獨任制（首長制）。

[16] 本案監察院就2018年4月28日桃園市平鎮工業區敬鵬工業股份有限公司，於平鎮三廠發生火警，造成消防人員6人及敬鵬公司外籍勞工2人死亡，糾正桃園市政府消防局救火指揮官。

[17] 《憲法增修條文》第7條第2項定監察委員為29人，依《監察院國家人權委員會組織法》第3條規定，該會置委員10人，分為：1.當然委員8人，包含監察院院長及具有《監察院組織法》第3條之1第1項第7款資格之監察委員7人；2.每年改派委員2人，由監察院院長遴派之，每年改派，不得連任。

監察公務人員違法失職外，進一步具有「促進」權利發展之功能。監察院國家人權委員會自2020年8月1日第六屆監察委員就任日起正式展開運作。監察院國家人權委員會運作後，爲使該會有完整之作用法可資遵循，由監察院於2020年9月11日以院臺權字第1094130036號函請立法院審議《監察院國家人權委員會職權行使法（草案）》；惟在立法院持不同意見下，監察院於2021年1月12日以院臺權字第1104130011號函撤回前送請審議之《監察院國家人權委員會職權行使法（草案）》。[18]

　　基本上，對於少數族群語言使用者而言，可自由使用其選擇語言，不但展現出自身群體身分認同，而且也彰顯了國家對少數族群權利之實現義務。少數族群語言人權維護及語言復振，在語言法律之規範框架下，語言專責機關推動諸多執行措施，諸如少數群體語言標誌、傳單、第一線工作人員語言能力、筆譯及口譯服務、官方網頁等，都會影響語言權利實現及語言復振之成效。參酌加拿大、英國實作經驗，專責語言監察機關對於少數群體語言權利之保護及實現，扮演重要功能；爲建構充分符合《巴黎原則》、《威尼斯原則》的專責語言監察機制，以實現語言人權，並考量廢除監察院之可能性，[19]或許可參照立法委員賴香伶、張其祿、徐志榮、林爲洲、林思銘、鄭正鈐、張育美等17人的《臺灣客家語言發展法（草案）》第47條概念，於立法院設置語言監察使，[20]以監察國家語言法律之

---

[18] 暫不論國家人權委員會是否爲監察院特種委員會之爭議，國家人權委員會職權行使之法律依據，究應制定《監察院國家人權委員會職權行使法》或修正《監察法》？揆諸成立國家人權委員會之目的，爲建構符合《巴黎原則》的國家人權機構；考量我國憲法所定監察權與國家人權機構，兩者的使命及功能，存有相當程度差異；並應及《監察法》旨在追究公務人員違法或失職，與《國家人權委員會組織法》第2條職權有別，於未廢除監察院前，建議仍應制定《監察院國家人權委員會職權行使法》爲宜，以完善人權保障機制。

[19] 執政的民主進步黨憲政改革小組於2021年10月21日會議，確認最終憲改該黨草案版本，包含：1.廢除考試院，職權歸屬行政院；2.廢除監察院，職權歸屬立法院；3.立法院設國家人權委員會與國家審計委員會；4.選舉權與被選舉權下修到18歲；5.縮短新舊任總統交接期，縮減看守期；6.降修憲門檻等六項共識（楊淳卉，2021）。

[20] 立法委員賴香伶、張其祿、徐志榮、林爲洲、林思銘、鄭正鈐、張育美等17人的《臺灣客家語言發展法（草案）》第47條第1項規定「語言監察使由立法院院長任命」，本書建議參照《保護及促進監察使機構原則（威尼斯原則）》第6點至第10點，修正爲：立法院應設國家語言監察使辦公室，並由國家語言監察使綜理國家語言監察事務。國家語言監察使由公開甄選程序，產生候選人，經立法院以多數決選出，任期7年，不得連任；非經立法院多數決通

執行，並受理國家語言使用者所提出之申訴案。

參、以公民參與提升少數族群語言政策之品質

　　以公共政策角度來看，爲避免以「正確的方法解決一個錯誤的問題」之「第三類型錯誤」（Schwartz and Carpenter, 1999）缺失，Dunn（1994）認爲政策分析中「問題建構」有其優先性，政策分析通常被描述爲一種「問題解決的方法論」（problem-solving methodology）。

　　就政策問題建構（policy problem structuring）而言，語言少數群體的語言現況、語言資源、語言需求等，都是進行語言政策問題建構所必須掌握的基礎資料。本書所探討的威爾斯個案，政府以「威爾斯語言標準」推動威爾斯語公共服務，一般概多先進行語言標準調查，瞭解民眾的語言服務需求，再就不同機構逐一給予「規範通知」，明定該機構之語言服務內容，充分考量民眾的需求及機構的性質（王保鍵，2021a：211-212）。而參考威爾斯實作經驗，進行臺灣的國家語言之語言現況、語言資源、語言需求等調查，有助於釐清國家語言之政策問題。

　　又語言調查是對現行狀況的掌握，語言的廣泛使用，才能讓語言保持活力（keep the language alive）。[21]爲進一步促使族群個別成員實踐其語言權利，主動積極使用其母語，除了政府由上而下（top-down）的

過，不得免職國家語言監察使。又爲確保國家語言監察使能充分行使職權，建議應制定《國家語言監察使職權行使法》，除明確規範國家語言監察使之職權及職權行使規範外，宜參照《威尼斯原則》第21點及第23條，賦予國家語言監察使擁有充足且獨立的預算資源（sufficient and independent budgetary resources）、功能性豁免權（functional immunity）等。

[21] 加拿大卑詩省第一民族文化委員會（First Peoples' Cultural Council）於2013年出版《第一民族社群語言政策及規劃指引》（*A Guide to Language Policy and Planning for B.C. First Nations Communities*），提出讓語言保持活力的8個步驟爲：釐定語言現況（determine the status of the language）、社群動員與支持（community mobilization and support）、研究（research）、設定語言目標（set language goals）、規劃（planning）、實施語言計畫（implement language projects）、更廣泛使用語言（use the language more）、讓語言保持活力（keep the language alive）等（Franks and Gessner, 2013: 21）。

系統性支持外，更需要由下而上（bottom-up）的公民草根力量的驅動（grass-roots driven）。公民草根力量可說是來自於積極主動的公民意識（consciousness of citizenship）、成熟的公民社會（civil society）、[22] 廣泛的公民參與（civic participation）等。

在當代審議式民主（deliberative democracy）發展潮流下，以多元的審議式民主參與工具，[23]強化少數族群之公民參與量能，可提升族群政策決策品質。以「全國客家日」為天穿日之爭議為例，立法院2017年12月三讀通過《客家基本法修正草案》時，同時做出附帶決議，要求客家委員會檢討「全國客家日」之指定日期。為執行立法院附帶決議事項，客家委員會於2018年5月間於臺灣北部、南部、東部辦理「全國客家日公聽會」，但意見分歧而無法形成決策共識。[24]嗣後，客家委員會於2021年11月29日、30日舉辦全國客家日公民審議會議，採「複合式」的審議參與，以「公民共識會議」（consensus conference）為主軸，輔以「公民咖啡館」（worldcafé）及「願景工作坊」（scenario workshop）為參與

---

[22] 聯合國人權事務高級專員辦事處於2014年出版《民間社會空間與聯合國人權體系：民間社會實用指南》（*Civil Society Space and The United Nations Human Rights System: A Practical Guide for Civil Society*）指出，實現自由和獨立民間社會條件，包含：1.有利的政治和公共環境（conducive political and public environment）；2.支持性的監管環境（supportive regulatory environment）；3.信息的自由流通（free flow of information）；4.長期的支持與資源（long-term support and resources）；5.共享對話與協作空間（shared spaces for dialogue and collaboration）等（OHCHR, 2014: 7-13）。又公民空間（civic space）可增加公民社會量能，讓個人和團體參與影響其生活的政策制定，而其方法包括：1.獲取信息（accessing information）；2.參與對話（engaging in dialogue）；3.表達異議或不同意（expressing dissent or disagreement）；4.共同表達意見（joining together to express their views）等（OHCHR, 2021c）。

[23] 民主政治發展，從早期的古典式民主（classical model of democracy）、保護式民主（protective democracy）、發展式民主（developmental democracy）、菁英式民主（elite democracy）、參與式民主（participatory democracy），到當代的審議式民主。審議民主之參與工具，約略有公民共識會議、參與式預算（participatory budgeting）、公民咖啡館、願景工作坊、審議式民調（consensus conference）、公民陪審團（citizens jury）、學習圈（study circles）、開放空間（open space）等模式（劉正山，2009）；實作上，因應政策議題複雜度與特性，亦有結合不同審議參與工具的優點，演化出複合式之審議參與。

[24] 全國客家日之指定，涉及全國客家日應為「紀念日」（memorial day）與「節日」（holiday），以及放假與否的考量。紀念日，指特殊歷史事件或特定人物，對國家發展有重要意義或貢獻，而以儀式性活動予以紀念者，如開國紀念日、國慶日、行憲紀念日等；節日，指民間長期慣行之文化傳統、習俗，或為彰顯特定職業、群體之重要性，而由國家予以肯認者，如春節、中秋節、軍人節、教師節（王保鍵，2020d）。

工具，希望藉由審議式民主的機制，形成公民對「全國客家日」之共識（客家委員會，2021d）。[25]

　　因此，爲釐清少數族群政策需求，以提升族群政策產出品質，並提升少數族群成員對族群公共事務之參與，應善用公民審議機制，擴大族群事務之民主參與。

肆、以少數群體權利理論增進客家族群與周邊少數族群之發展

　　臺灣於2020年6月提出《公民與政治權利國際公約》執行情形之第三次國家報告所界定語言少數群體中，以客家族群之人口數相對較多。客家人聚居比例較高之「客家文化重點發展區」，又可分爲客家人口達二分之一以上的「客語爲主要通行語地區」、客家人口達三分之一以上未達二分之一的「客語爲通行語之一地區」。在「客語爲主要通行語地區」中，客家人爲多數族群，其他群體爲少數族群。就少數群體權利保障，亦應慮及「客語爲主要通行語地區」中的少數群體，如客庄中新住民族群或原住民族，此即「客家族群與周邊少數群體」議題。[26]

　　就族群總人數及資源，以「客語爲主要通行語地區」及「臺灣少數族群」來觀察「客家族群與周邊少數群體」，主要爲「客家族群與原住民族」、「客家族群與新住民族群」兩類。「客家族群與原住民族」在本書第七章已討論「客家與原住民複合行政區」、「客語與原住民族語複合通行語區」相關議題，且客家委員會已關注客家族群與原住民族關係，如

---

[25] 兩天的全國客家日公民審議會議所形成共識爲：1.全國客家日應具備元素爲包含「時代性」、「共識性」、「傳承性」及「共享性」；2.最合適的全國客家日爲「國曆12月28日還我母語運動日」；客家委員會並以2022年1月6日客會綜字第11060013402號公告：全國客家日調整爲國曆12月28日「還我母語運動日」，並自2022年起實施。

[26] 就族群關係以觀，「客家文化重點發展區」之「客家族群與周邊群體」，約略呈現三種型態：1.閩南多數與其他少數族群（客家少數／外省少數／原住民少數／新住民少數），如桃園市大園區；2.客家多數與其他少數族群（閩南少數／外省少數／原住民少數／新住民少數），如桃園市楊梅區；3.原住民多數與其他少數族群（客家少數／閩南少數／外省少數／新住民少數），如苗栗縣泰安鄉。

「向原住民族致敬：逆寫臺灣客家開發史」計畫。[27]

　　相對地，政府客家政策並未觸及「客家與新住民族群」議題，政府新住民政策亦未處理此議題，隨著新住民人數日益增加，政府政策應及早納入規劃。檢視居住於客庄（客家文化重點發展區）[28]之新住民語言使用，約略可分爲「原居國母語爲客語之新住民」、「原居國母語爲『非』客語之新住民」兩類。臺灣許多傳統客庄，因語言親近性，多以東南亞客家人爲婚配對象；例如印尼山口洋（Singkawang）的客家人比例占六成，許多印尼籍客家人因婚姻移民來到桃園市楊梅區，促使楊梅市（現改制爲楊梅區）於2010年11月29日簽署《楊梅市與三口洋市簽訂締結姐妹市瞭解備忘錄》，與三口洋市締結爲姐妹市（黃文杰，2010；胡呟誌、徐榮駿，2021）。[29]近年來，除大陸籍外，許多新住民來自越南，如苗栗縣內新住民人口共1萬4,346人，以中國籍的8,118人爲主，其次爲越南籍的3,218人、印尼籍則有1,932人（鄭名翔，2019）。陸續移入客庄的新住民，豐富了客庄的文化風貌及語言景觀，亦產生「少數群體權利」及「移民人權」（human rights of migrants）議題。[30]

---

[27] 「向原住民族致敬：逆寫臺灣客家開發史」學術文化運動計畫，以逆寫爲態度，建構以原住民爲中心之敘事史觀，重新譜寫開發時代的歷史；並將依照研究結果之「人名、地名與重大歷史事件專題資料庫」，與相關單位及地方政府合作推動客庄道路、地名正名作業，及修正客庄地區原住民族記事碑文内容（客家委員會，2020）。

[28] 《客家基本法》對客家地區用語有二：1.第1條使用「客庄」；2.第4條使用「客家文化重點發展區」。

[29] 印尼在蘇哈托（Suharto）總統執政時期，華人受到壓制，印尼本國學者對華人研究採取敬而遠之的立場，客家研究自然也就極少；雖有少數外國學者進行華人研究，如Claudine Salmon或Paul Piollet等，但其研究並非針對客家人（李秀珍，2021：95）。1998年後，華人研究興起，許多印尼華裔學者從事華人研究，如歐陽春梅（Myra Sidharta）、梅蘭尼（Melani Budianta）、湯友蘭（Thung Ju Lan）、謝菊花（Ester H. Kuntiara）、林鴻安（Setefanus Suprajitno）等（李秀珍，2021：95-96）。伴隨華人研究日益興盛，帶動客家研究，印尼學者亦開始關注客家研究，如Hari Poerwanto、Ikhsan Tanggok或Eddy P. Witanto等，其中Hari Poerwanto於2014年出版《Orang Cina Khek dari Singkawang》、Ikhsan Tanggok於2015年出版《Agama dan Kebudayaan Orang Hakka di Singkawang》等專書（李秀珍，2021：97），便以山口洋客家人爲研究對象。

[30] 聯合國大會於1990年通過《保護所有移工及其家庭成員權利國際公約》（International Convention on the Protection of the Rights of All Migrant Workers and Members of Their Families）。聯合國人權委員會（現已改制爲人權理事會）於1999年設置「移民人權特別報告員」（Special Rapporteur on the Human Rights of Migrants），每次任務期間爲3年，已由聯合

　　事實上，就臺灣五大族群以觀，新住民族群本身爲相對弱勢，常面臨婚姻媒介、在臺生活適應、身分居留權、工作權、家暴人身安全等相關議題，並在正式社會系統中受到歧視與不平等的對待（監察院，2018：1）。從語言人權角度，新住民之語言隔閡，使得新住民不易認知自身權利，並主張其權利。又臺灣法律框架對於新住民之保障，亦未臻完善，如《國家語言發展法》排除新住民之語言使用權。然而，依《公民與政治權利國際公約》人權事務委員會第23號一般性意見第5.1點：《公約》第27條之用語表明，所要保障的個人不必是締約國的公民；而締約國確保在其境內或者在其管轄範圍內所有個人都能夠根據《公約》享有受到保障的權利。就國際人權標準來說，新住民族群實爲臺灣少數族群權利保障上之缺角。

　　整體而言，國家語言制度爲臺灣語言政策的新頁，對於少數族群語言人權之實現，發揮重要的制度性引擎功能。本書深入探討《公民與政治權利國際公約》第27條及相關解釋意見，並爬梳聯合國機構（少數群體問題論壇與少數群體問題特別報告員）對少數群體語言權利之演繹，以語言法律、語言專責機關、語言監察機制等分析構面，探討加拿大法語（魁北克及安大略模式）、英國威爾斯語及蘇格蘭蓋爾語、臺灣原住民族語及客語等少數族群的語言人權之實現。透過上開六個少數群體語言制度安排之比較研究，反饋臺灣國家語言之制度安排，期待爲臺灣客家族群、原住民族、新住民族群等少數族群，以及少數族群成員（個別客家人、原住民、新住民）之語言權利發展，做出貢獻。本書亦期待臺灣之客家研究，未來以更宏觀的視野，從客家出發，廣泛地探討各國面臨滅失危機的語言，強化少數群體語言權利維護的重要性，促進臺灣國家語言政策之發展。

國人權理事會多次延長其任務期間，最近一次係於2020年6月19日決議再延長3年（A/HRC/RES/43/6）。具政府間國際組織（inter-governmental organization）性質的「國際移民組織」（International Organization for Migration），以廣義概念定義「移民」（migration）爲：一個人基於不同原因，暫時或永久地離開其原居地，包含移工（migrant workers）、非法移民（smuggled migrants）、國際學生（international students）等（IOM, 2019: 132）。依《內政部移民署組織法》第2條第1項第7款規定，「移民人權之保障」爲移民署之職掌。

　　最後，本書以少數族群之客語、原住民族語爲討論標的，閩南語爲多數族群語言，雖非本書討論對象；惟依文化部2020年「面臨傳承危機國家語言調查」數據顯示，閩南語之世代傳承危機已趨嚴峻，[31]並考量閩南語、客語、原住民族語三者皆因威權統治時期的國語（華語）運動造成語言傷痕（language scars），因而閩南語之傳承，實需導入國家制度性機制加以推動。或許閩南語可借鏡客語、原住民族語制度發展經驗，運用語言人權理論來深化閩南語政策論述與發展，以利客語、原住民族語、閩南語三者間互相團結拉拔、共存共榮。

---

[31] 文化部依聯合國教科文組織之語言活力指標（Factors of Language Vitality）中常用的語言世代傳承（Intergenerational Language Transmission）指標，並設定30歲至49歲爲「父母輩」；50歲以上爲「祖父母輩」，經對應「面臨傳承危機國家語言調查」結果後顯示，閩南語屬於第三級的「明確危險」；客語在第三級「明確危險」至第二級「嚴重危險」之間；馬祖語屬於第二級「嚴重危險」；原住民族語在第二級「嚴重危險」至第一級「瀕臨滅亡」（文化部，2021a：45）。

參考文獻

壹、中文部分

Boucher, David（著）、許家豪（譯）（2013b）。人權的限制：文化接觸、種族主義、婦女權利。收錄於曾國祥（編），自由主義與人權，頁129-154。高雄市：巨流。

Boucher, David（著）、許家豪（譯）（2013a）。權利的承認：人權與國際習慣。收錄於曾國祥（編），自由主義與人權，頁101-128。高雄市：巨流。

Gagnon, Alain-G and Iacovino, Raffaele（著）、林挺生（譯）（2014）。聯邦主義、公民權與魁北克。臺北市：翰蘆。

Gary, John（著）、蔡英文譯（2002）。自由主義的兩種面貌。臺北市：巨流。

Kymlicka, Will（著）、鄧紅風（譯）（2004）。少數群體的權利：民族主義、多元文化主義和公民權。臺北縣：左岸。

Vincent, Andrew（著）、許家豪（譯）（2013）。英國觀念論思想中的形上學、倫理學與自由主義。收錄於曾國祥（編），自由主義與人權，頁63-78。高雄市：巨流。

中央研究院人文社會科學研究中心（n.d.）。日治時期戶口調查資料庫：資料庫說明。歷史人口研究計畫。https://www.rchss.sinica.edu.tw/popu/dataill.html，檢視日期：2021年5月20日。

公共電視（2018）。公視基金會第四屆客家電視台諮議委員會第五次會議訊息。http://www.hakkatv.org.tw/upload_file/public/117/%E7%AC%AC%E5%9B%9B%E5%B1%86%E7%AC%AC5%E6%AC%A1%E6%9C%83%E8%AD%B0%E8%A8%8A%E6%81%AF.pdf，檢視日期：2019年11月18日。

文化部（2018）。文化政策白皮書。新北市：文化部。

文化部（2021a）。「2021國家語言發展會議：邁向國家語言新時代」正式大會手冊。https://themefile.culture.tw/file/2021-10-07/d940e24a-0e1e-4b1f-8ee5-79cdf76d1558/2021%E8%AA%9E%E7%99%BC%E6%9C%83%E8%AD%B0%E6%AD%A3

%E5%BC%8F%E5%A4%A7%E6%9C%83%E6%89%8B%E5%86%8A.pdf，檢視日期：2021年11月18日。

文化部（2021b）。2021國家語言發展會議正式大會召開，文化部長李永得：期盼共同迎向語言共和國。https://www.moc.gov.tw/information_250_137369.html，檢視日期：2021年12月5日。

王甫昌（2018）。群體範圍、社會範圍、與理想關係：論臺灣族群分類概念內涵的轉變。收錄於黃應貴（編），族群、國家治理、與新秩序的建構：新自由主義化下的族群性，頁59-141。新北市：群學。

王俐容（2006）。文化公民權的建構：文化政策的發展與公民權的落實。公共行政學報，20：129-159。

王保鍵（2015a）。英國委任分權政府制度對臺灣直轄市改革之啟發。文官制度季刊，7（4）：39-72。

王保鍵（2015b）。論英國國會改革法案之成敗及其影響。國會月刊，43（1）：23-46。

王保鍵（2015c）。客家文化重點發展區與原住民行政區競合下之族群關係：以苗栗縣泰安鄉為例。文官制度季刊，7（1）：71-94。

王保鍵（2018a）。客語共同體的想像：比利時經驗之借鏡。臺灣民主季刊，15（1）：79-119。

王保鍵（2018b）。客家發展之基本法制建構。桃園市：國立中央大學出版中心。

王保鍵（2020a）。臺灣國家語言與地方通行語法制基礎之探討。全球客家研究，14：37-68。

王保鍵（2020b）。初探臺灣離島發展之法律框架再造：英國離島（蘇格蘭）法的啟發。文官制度季刊，12（4）：33-60。

王保鍵（2020c）。政府捐助財團法人之臂距原則與協力治理：以客家基金會為例。第三部門學刊，25：25-56。

王保鍵（2020d）。以紀念日重定全國客家日之探討。全球客家研究，15：1-30。

王保鍵（2020e）。成立客家文化區域合作組織之初探。文官制度，12（3）：17-44。

王保鍵（2021a）。臺灣客語通行語制度與客家發展：英國威爾斯語言政策之借鏡。收錄於周錦宏（編），制度設計與臺灣客家發展，頁193-219。臺北市：五南。

王保鍵（2021b）。客語為區域通行語政策：加拿大經驗之啟發。文官制度，13（1）：141-178。

王保鍵（2022）。論國家語言監察制度：加拿大法語保障經驗的啟發。思與言，2021年10月17日刊登證明，預計刊登60（1）。

王泰升（2004）。自由民主憲政在臺灣的實現：一個歷史的巧合。臺灣史研究，11（1）：167-224。

王國璋（2018）。馬來西亞民主轉型：族群與宗教之困。香港：香港城市大學出版社。

王詣筑、溫靖榆（2017）。印度中心：開起新興市場大門。經貿透視，475：56-61。

丘昌泰（2009）。臺灣客家的社團參與漢族群認同。收錄於江明修、丘昌泰（編），客家族群與文化再現，頁3-24。臺北市：智勝。

丘昌泰、江明修（2008）。第三部門、公民社會與政府：臺灣第三部門發展經驗的省思與前瞻。收錄於江明修（編），第三部門與政府：跨部門治理，頁3-26。臺北市：智勝。

立法院公報處（1996）。立法院第三屆第一會期內政及邊政、司法、外交及僑政三委員會審查「港澳關係條例草案」案第一次聯席會議紀錄。立法院公報，85（2），491-527。

立法院公報處（1999）。委員會紀錄。立法院公報，88（39）：233-248。

立法院公報處（2000）。院會紀錄。立法院公報，89（14）：37-39。

立法院公報處（2017）。院會紀錄。立法院公報，106（60）：71-233。

立法院公報處（2018）。院會紀錄。立法院公報，107（9）：259-314。

立法院公報處（2019）。院會紀錄。立法院公報，108（1）：7-55。

江宜樺（2001）。約翰‧密爾論自由、功效與民主政治。收錄於蔡英文、張福建（編），自由主義，頁53-79。臺北市：中央研究院社科所。

江明修（2012）。政府施政措施落實多元族群主流化之研究。行政院研究發展考核委員會委託研究計畫。臺北市：行政院研究發展考核委員會。

江彥佐（2018）。原住民族語言發展法法制面之探討與落實：以德國地區性及少數民族語言之保障為比較中心。收錄於東吳大學法學院（編），第八屆原住民族傳統習慣規範與國家法制研討會論文集，頁11-46。新北市：原住民族委員會。

行政院（2018a）。落實原住民族語言發展法：推動原住民族語言復振。https://www.ey.gov.tw/Page/5A8A0CB5B41DA11E/837f18e3-5016-42fd-a276-8b469253744f，檢視日期：2021年5月28日。

行政院（2018b）。2030雙語國家政策發展藍圖。https://www.ey.gov.tw/Page/448DE008087A1971/b7a931c4-c902-4992-a00c-7d1b87f46cea，檢視日期：2021年9月18日。

行政院（2021）。國情簡介：族群。https://www.ey.gov.tw/state/99B2E89521FC31E1/2820610c-e97f-4d33-aa1e-e7b15222e45a，檢視日期：2021年2月28日。

何萬順（2009）。語言與族群認同：從臺灣外省族群的母語與臺灣華語談起。語言暨語言學，10（2）：375-419。

吳庚（2003）。憲法的解釋與適用。臺北市：三民。

吳英成（2010）。新加坡雙語教育政策的沿革與新機遇。臺灣語文研究，5（2）：63-80。

李世暉（2018）。客家族群文化外交的理論與實踐。收錄於孫煒（編），客家公共事務，頁45-64。臺北市：智勝。

李永然、陳建佑、田欣永（2012）。兩公約在國內之執行概要。收錄於中華人權協會（總策劃），聯合國人權兩公約與我國人權保障，頁51-113。臺北市：永然文化。

李秀珍（2021）。尚待開採的礦藏：印尼客家研究概況。收錄於張維安、簡美玲（編），全球客家研究的實踐與發展，頁93-104。新竹市：國立陽明交通大學出版社。

李念祖（2012）。論依巴黎原則於監察院設置國家人權委員會。臺灣人權學刊，1（3）：125-143。

李念祖（2017）。司法改革與基本人權。臺灣人權學刊，4（1）：127-133。

李建良（1997）。基本權利理論體系之構成及其思考層次。人文及社會科學集刊，9（1）：39-83。

李憲榮（2002）。加拿大的英法雙語政策。收錄於施正鋒（編），各國語言政策：多元文化與族群平等，頁3-50。臺北市：前衛。

李憲榮（2004）。加拿大的語言政策：兼論美國和台灣的語言政策。臺北市：翰蘆。

周保松（2003）。經濟不平等的道德基礎：從兩種自由主義的觀點看。二十一世紀雙月刊，75：18-29。

林子儀、葉俊榮、黃昭元、張文貞（2016）。憲法：權力分立（三版）。臺北市：新學林。

林火旺（2000）。自由主義可否包容多元文化論。社教雙月刊，100：20-27。

林明昕（2016）。基本國策之規範效力及其對社會正義之影響。臺大法學論叢，45：1305-1358。

林明鏘（2021）。原住民族狩獵文化鑑定案意見書：會台字第12860號釋憲案鑑定意見書。https://cons.judicial.gov.tw/jcc/Uploads/files/yafen/4_%E9%91%91%E5%AE%9A%E4%BA%BA%E6%9E%97%E6%98%8E%E9%8F%98%E6%95%99%E6%8E%88%E6%8F%90%E5%87%BA%E4%B9%8B%E6%9B%B8%E9%9D%A2%E9%91%91%E5%AE%9A%E6%84%8F%E8%A6%8B.pdf，檢視日期：2021年6月12日。

林玟伶、邱君妮、林詠能（2019）。以英美日三國博物館補助單位模式看我國未來補助框架建置。博物館學季刊，33（3）：5-231。

林修澈（2016）。我國族群發展政策之研究。國家發展委員會委託研究計畫。臺北市：國家發展委員會。

林修澈、黃季平（2014）。臺灣新認定的兩個民族。第七回台日原住民族研究論壇。https://ah.nccu.edu.tw/item?item_id=89646，檢視日期：2021年5月12日。

林淑馨（2015）。我國非營利組織與地方政府協力現況之初探與反思：以臺北市為例。文官制度季刊，7（2）：17-45。

法務部（2009）。法務部對《「國際公約內國法化的實踐」委託研究報告》之對案建議。https://www.humanrights.moj.gov.tw/17725/17778/17803/17805/24665/，檢視日期：2021年2月22日。

法務部（2013）。國家人權機構研究規劃小組諮詢會議（五院代表場次）會議資料。https://www.moj.gov.tw/Public/Files/201311/3111416171962.pdf，檢視日期：2021年4月2日。

法務部（2020a）。公民與政治權利國際公約及經濟社會文化權利國際公約第三次國家報告-英文版。https://www.humanrights.moj.gov.tw/17725/17733/17735/17736/17737/29585/post，檢視日期：2021年6月20日。

法務部（2020b）。第二次結論性意見與建議。https://www.humanrights.moj.gov.tw/17725/17733/17745/17755/Nodelist，檢視日期：2021年6月20日。

俞寬賜（2006）。國際法新論。臺北市：國立編譯館。

客家委員會（2017）。2016年度全國客家人口暨語言調查研究報告。新北市：客家委員會。

客家委員會（2020）。8月1日原住民日，「客家向原住民族致敬」系列活動開跑。https://www.hakka.gov.tw/Content/Content?NodeID=34&PageID=42799，檢視日期：2021年11月28日。

客家委員會（2021a）。客家語言發展法草案預告，歡迎各界提供意見。https://www.hakka.gov.tw/Content/Content?NodeID=34&PageID=44765，檢視日期：2021年7月30日。

客家委員會（2021b）。客家語言發展法草案地方公民論壇會議資料。新北市：客家委員會。

客家委員會（2021c）。國家客家發展計畫（2021年至2023年）。https://www.hakka.gov.tw/File/Attach/44679/File_90558.pdf，檢視日期：2021年6月20日。

客家委員會（2021d）。客委會舉辦「全國客家日」公民會議，范佐銘盼多元廣納意見深入討論。https://www.hakka.gov.tw/Content/Content?NodeID=34&PageID=45174，檢視日期：2021年12月4日。

屏東縣政府傳播暨國際事務處（2017）。「原」音再現，屏縣3公車路線增加原住民族語言播音。https://www.pthg.gov.tw/plantou/News_Content.aspx?n=B666B8BE5F183769&sms=6B402F30807E7BB3&s=42D1170C4B2E3A56，檢視日期：2021年5月19日。

施正鋒（2011）。由族群研究到原住民族研究。臺灣原住民族研究季刊，4（1）：1-37。

施正鋒（2014）。臺灣原住民族自治的路徑。臺灣原住民族研究學報，4（4）：189-206。

施正鋒（2017）。加拿大Métis原住民的認同與身分。收錄於臺灣國際法學會（編），臺灣‧國家‧國際法，頁155-185。臺北市：秀威資訊。

施正鋒（2018）。加拿大的少數族群語言教育權利—以法語族群為例。收錄於國家教

育研究院（編），世界各國語文教育政策研究，頁277-314。新北市：國家教育研究院。

施正鋒、張學謙（2003）。語言政策及制訂「語言公平法」之研究。臺北市：前衛。

胡元輝（2011）。獨立與問責關係的辯證：從「臂距之遙」原則探討公視董事會成員選任機制。http://ccstaiwan.org/paperdetail.asp?HP_ID=1352，檢視日期：2021年5月10日。

胡䀉誌、徐榮駿（2021）。央廣客家講座：印尼華僑分享人文史、客特色。客家電視，http://www.hakkatv.org.tw/news/203992，檢視日期：2021年6月23日。

胡慶山（2015）。聯合國公民與政治權利國際公約族群、宗教或語言少數者權利之考察：兼論台灣的原住民族權利。臺北市：元照。

原住民族委員會（2015）。部落介紹：鶯歌區。臺灣原住民族資訊資源網，http://www.tipp.org.tw/tribe_detail2_1.asp?City_No=4&CityArea_No=42，檢視日期：2021年5月24日。

原住民族委員會（2016a）。原住民族語言調查研究三年實施計畫：16族綜合比較報告。新北市：原住民族委員會。

原住民族委員會（2016b）。原住民身分法解釋彙編。新北市：原住民族委員會。

原住民族委員會（2019）。原住民族委員會2020年原住民族語言推動組織暨瀕危語言復振補助計畫。https://www.ipb.ntpc.gov.tw/uploadfiles/annex/20200508110259_6.pdf，檢視日期：2021年5月15日。

原住民族電視臺（2016）。原住民族電視臺節目版權目錄。http://www.ipcf.org.tw/uploadBoardFile/139/2016%E5%8E%9F%E4%BD%8F%E6%B0%91%E6%97%8F%E9%9B%BB%E8%A6%96%E5%8F%B0%E7%AF%80%E7%9B%AE%E7%89%88%E6%AC%8A%E7%9B%AE%E9%8C%84(TITV%20Catalogue).pdf，檢視日期：2019年11月22日。

夏曉鵑（2018）。解構新自由主義全球化下的「第五大族群—新住民」論述。收錄於黃應貴（編），族群、國家治理、與新秩序的建構：新自由主義化下的族群性，頁311-354。新北市：群學。

孫煒（2010）。設置族群型代表性行政機關的理論論證。臺灣政治學刊，14（1）：105-158。

孫煒（2012）。民主治理中準政府組織的公共性與課責性：對於我國政府捐助之財團法人轉型的啓示。人文及社會科學集刊，24（4）：497-528。

財政部（2013）。促參（PPP）是什麼？和BOT有什麼不同？。https://www.mof.gov.tw/singlehtml/154?cntId=441，檢視日期：2019年1月18日。

財團法人臺灣民主基金會（2005）。2005中國人權觀察報告。臺北市：財團法人臺灣民主基金會。

國立政治大學原住民族研究中心（2016）。臺灣原住民族正名運動政府體制文獻史料彙編。原住民族委員會委託研究報告，https://www.cip.gov.tw/portal/docDetail.html?CID=217054CAE51A3B1A&DID=0C3331F0EBD318C21CE137CE4F910E5F，檢視日期：2021年4月22日。

張文貞（2012）。演進中的法：一般性意見作爲國際人權公約的權威解釋。臺灣人權學刊，1（2）：25-43。

張培倫（2005）。秦力克論自由主義與多元文化論。宜蘭縣：佛光人文社會學院。

張福建（1997）。多元主義與合理的政治秩序：羅爾斯政治自由主義評釋。政治科學論叢，8：111-132。

張維安、謝世忠、劉瑞超（2019）。承蒙：客家臺灣・臺灣客家。苗栗縣：客家委員會客家文化發展中心。

張學謙（2005）。母語讀寫與母語的保存與發展。東師語文學刊，13：105-128。

張學謙（2006）。印度的官方語言地位規劃：第八附則與語言承認。臺灣國際研究季刊，2（4）：131-168。

張學謙（2007）。比利時語言政策：領土原則與語言和平。臺灣國際研究季刊，3（4）：135-156。

張學謙（2013a）。新加坡語言地位規劃及其對家庭母語保存的影響。臺灣國際研究季刊，9（1）：1-32。

張學謙（2013b）。臺灣語言政策變遷分析：語言人權的觀點。臺東大學人文學報，3（1）：45-82。

張錦華（1997）。多元文化主義與我國廣播政策：以台灣原住民與客家族群爲例。廣播與電視，3（1）：1-23。

許志明（2018）。語發法通過後原民臺語言政策之推展與實踐：原民臺族語新聞的展

望及建議。收錄於東吳大學法學院（編），第八屆原住民族傳統習慣規範與國家法制研討會論文集，頁87-105。新北市：原住民族委員會。

許家寧（2017）。公文首例，全阿美族語通知族人領土地。中國時報，https://www.chinatimes.com/realtimenews/20170717005375-260405?chdtv，檢視日期：2021年5月20日。

許國賢（2001）。少數權利與民主。政治科學論叢，15：63-82。

許維德（2021）。「客家源流」相關文獻的分類與回顧：一個「理念型」與「連續體」概念的嘗試。全球客家研究，16：9-78。

郭秋永（2012）。社會正義、差異政治、以及溝通民主。人文及社會科學集刊，24（4）：529-574。

陳秀容（1999）。族裔社群權利理論：Vernon Van Dyke的理論建構。政治科學論叢，10：131-170。

陳秀容（2001）。「團體權利」在保障人權中所屬的地位：以「所能相依」的觀點為分析基礎。收錄於蔡英文、張福建（編），自由主義，頁197-226。臺北市：中央研究院社科所。

陳典聖（2017）。姓名權之保障與姓名條例。全國律師，21（7）：74-84。

陳定銘（2013）。以社會企業觀點探討非營利組織推動生態社區之個案研究。社區發展季刊，143：205-221。

陳思賢（1998）。西洋政治思想史：近代英國篇。臺北市：五南。

陳盈雪（2014）。高等教育領域之階級優惠性差別待遇：以大學入學為中心。臺北市：元照。

陳美如（2009）。臺灣語言教育之回顧與展望（第二版）。高雄市：復文。

陳淑華（2009）。臺灣鄉土語言政策沿革的後殖民特色與展望。教育學誌，21：51-90。

陳敦源、張世杰（2010）。公私協力夥伴關係的弔詭。文官制度季刊，2（3）：17-71。

陳隆志（2003）。國際人權公約國內法化之方法與策略。行政院研究發展考核委員會編。臺北市：行政院研考會。

陳瑤華（2014）。監督機制。收錄於廖福特（編），聯合國人權兩公約：公民與政治

權利國際公約、經濟社會文化權利國際公約，頁23-56。臺北市：財團法人臺灣新世紀文教基金會。

陳顯武、連雋偉（2008）。從「歐盟憲法」至「里斯本條約」的歐盟人權保障初探：以「歐盟基本權利憲章」為重點。臺灣國際研究季刊，4（1）：25-45。

彭錦鵬（2000）。英國政署之組織設計與運作成效。歐美研究，30（3）：89-141。

彭錦鵬（2008）。行政法人與政署之制度選擇。考銓季刊，53：21-36。

黃之棟（2017）。部落公法人的前景與隱憂：原住民族善治的體制嘗試。臺灣民主季刊，14（4）：1-47。

黃文杰（2010）。印尼山口洋市，將與楊梅締盟。中國時報，https://www.chinatimes.com/newspapers/20101130000557-260107?chdtv，檢視日期：2021年6月23日。

黃宣範（1993）。語言、社會與族群意識：臺灣語言社會學的研究。臺北市：文鶴。

黃建銘（2011）。本土語言政策發展與復振的網絡分析。公共行政學報，39：71-104。

黃昭元（2015）。公民與政治權利國際公約與憲法解釋。司法院大法官2015年度學術研討會，file:///Users/wang/Downloads/%E7%AC%AC%E4%BA%8C%E5%A0%B4%E5%A0%B1%E5%91%8A%E4%BA%BA%E9%BB%83%E6%98%AD%E5%85%83%E6%95%99%E6%8E%88.pdf，檢視日期：2021年9月18日。

黃昭元（2017）。從平等理論的演進檢討實質平等觀在憲法適用上的難題。收錄於李建良（編），憲法解釋之理論與實務（九），頁271-312。臺北市：中研院法律學研究所。

黃英哲（2005）。魏建功與戰後臺灣「國語」運動（1946-1968）。臺灣文學研究學報，1：79-107。

黃嵩立（2014）。公民團體對國家人權委員會之意見。臺灣人權學刊，2（3）：81-95。

黃應貴（2018）。族群、國家治理、與新秩序的建構：新自由主義下的族群性。收錄於黃應貴（編），族群、國家治理、與新秩序的建構：新自由主義化下的族群性，頁1-58。新北市：群學。

新北市政府客家事務局（無日期）。五寮里客家庄。https://www.hakka-cuisine.ntpc.gov.tw/files/15-1006-3158,c447-1.php，檢視日期：2021年5月18日。

楊淳卉（2021）。民進黨憲改6共識／廢考試院、監察院，選舉權降至18歲。自由時報，https://news.ltn.com.tw/news/politics/paper/1480058，檢視日期：2021年12月5日。

楊綿傑（2020）。發展原住民族語再投5千多萬，基層語推組織可獲300萬補助。自由時報，https://news.ltn.com.tw/news/politics/breakingnews/3176481，檢視日期：2021年5月15日。

葛永光（2016）。我國監察制度改革芻議。國立臺灣大學公共政策與法律研究中心，2015年度研究計畫案期末報告。

詹鎮榮（2014）。公私協力行政之契約形式選擇自由研究：以臺北市市有財產出租、提供使用及委託經營為中心，臺北市政府法務局2014年度委託研究案。臺北市：臺北市政府法務局。

廖福特（2009）。國際公約內國法化的實踐，法務部2009年度委託研究案（MOJ-LAC-9801）。臺北市：法務部。

廖福特（2016）。國家人權機構之全球比較分析：歷史發展與類型模式。臺灣國際法季刊，13（2）：103-175。

監察院（2012）。世界監察制度手冊（第二版）。臺北市：監察院。

監察院（2016）。監察院公報第2549期。https://www.cy.gov.tw/AP_HOME/Op_Upload/eDoc/%E5%85%AC%E5%A0%B1/95/0950000052549(%E5%85%A8).pdf，檢視日期：2021年10月22日。

監察院（2018）。「新住民融入臺灣社會所衍生之相關權益探討」通案性案件調查研究報告。https://www.cy.gov.tw/AP_Home/Op_Upload/eDoc/%E5%87%BA%E7%89%88%E5%93%81/107/1070000111010700859.pdf，檢視日期：2021年6月22日。

趙永茂（2007）。英國地方治理的社會建構與發展困境。歐美研究，37（4）：593-633。

臺灣語文學會（2022）。以「多語臺灣，英語友善」取代「雙語國家」：臺灣語文學會對「2030雙語國家」政策的立場聲明。http://www.twlls.org.tw/NEWS_20220221.php，檢視日期：2022年2月26日。

劉正山（2009）。當前審議式民主的困境及可能的出路。中國行政評論，17（2）：109-132。

劉玉秋（2021）。莫忘祖宗言，跨黨派立委催生臺灣客家語言發展法，救消失中的客語。中央廣播電臺，https://www.rti.org.tw/news/view/id/2120299，檢視日期：2021年12月25日。

劉阿榮（2021）。新冠肺炎疫後世局與臺灣境遇：兼論孫中山觀點。孫學研究，30：1-32。

劉嘉薇（2019）。客家選舉政治：影響客家族群投票抉擇因素的分析。臺北市：五南。

蔡友月（2012）。科學本質主義的復甦？基因科技、種族／族群與人群分類。臺灣社會學，23：155-194。

蔡志偉（2014）。原住民族文化權。收錄於廖福特（編），聯合國人權兩公約：公民與政治權利國際公約、經濟社會文化權利國際公約，頁345-368。臺北市：財團法人臺灣新世紀文教基金會。

蔡英文（2002）。中譯本導論。收錄於John Gray（著）、蔡英文（譯），自由主義的兩種面貌，頁1-20。臺北市：巨流。

鄭名翔（2019）。移民署訪視苗栗新住民，伴新二代童手做越南燈籠。自由時報，https://news.ltn.com.tw/news/Miaoli/breakingnews/2848326，檢視日期：2021年6月24日。

錢永祥（2003）。羅爾斯與自由主義傳統。二十一世紀雙月刊，75：4-9。

戴正德（2008）。國家構建與國族認同加拿大經驗的反思。新世紀智庫論壇，44：84-90。

謝若蘭（2019）。臺灣原住民權利發展與現況。https://hre.pro.edu.tw/article/3863，檢視日期：2021年4月2日。

羅烈師（2013）。客家宗族與宗祠建設。臺灣學通訊，78：12-15。

蘇國賢、喻維欣（2007）。臺灣族群不平等的再探討：解釋本省／外省族群差異的縮減。臺灣社會學刊，39：1-63。

貳、外文部分

Aberdeenshire Council (2012). *Code of Practice-Following the Public Pound: Aberdeen-*

shire Procedures. Retrieved May 20, 2021, from: http://publications.aberdeenshire.gov.uk/dataset/31154c80-466d-4faf-8000-9ac436f6c680/resource/62b94936-c2db-4b47-8de9-1b18d70fe526/download/fpp-procedures-may-2012.pdf.

Abul-Ethem, Fahed (2002). The Role of the Judiciary in the Protection of Human Rights and Development: A Middle Eastern Perspective. *Fordham International Law Journal*, 26(3): 761-770.

Acadian and Francophone Affairs Secretariat [AFAS] (2016). *French Language Services Act Overview*. Retrieved May 20, 2021, from: https://www.princeedwardisland.ca/en/information/executive-council-office/french-language-services-act-overview.

Ager, Dennis (2005). Image and Prestige Planning. *Current Issues in Language Planning*, 6: 1-43.

Ajzen, Icek (1991). The Theory of Planned Behavior. *Organizational Behavior and Human Decision Processes*, 50, 179-211.

Albert, Richard (2016). The Conventions of Constitutional Amendment in Canada. *Osgoode Hall Law Journal*, 53(2): 399-441.

Amnesty International UK (2019). *What are Human Rights?* Retrieved July 21, 2021, from: https://www.amnesty.org.uk/what-are-human-rights.

Amon, Hermann (2019). Levers for Action of the Language Commissioner: Proactivity for More Impact. In Hermann Amon and Eleri James (eds.), *Constitutional Pioneers - Language Commissioners and the Protection of Official, Minority and Indigenous Languages*, pp. 167-184. Montreal: Thomson Reuters.

Antieau, Chester James (1960). Natural Rights and The Founding Fathers: The Virginians, *Washington and Lee Law Review*, 17 (1): 43-79.

Asian Development Bank (2018). *Public-Private Partnership (PPP) Handbook*. Retrieved April 22, 2021, from: https://www.adb.org/documents/public-private-partnership-ppp-handbook.

Audit Scotland (2011). *Arm's-Length External Organizations (ALEOs): Are You Getting It Right?* Retrieved May 21, 2021, from: https://www.audit-scotland.gov.uk/docs/local/2011/nr_110616_aleos.pdf.

Audit Scotland (2018). *Report: Councils' Use of Arm's-Length Organizations*. Retrieved May 19, 2021, from: https://www.audit-scotland.gov.uk/report/councils-use-of-arms-length-organisations.

Australian Constitution Centre (n.d.). *Introduction to the Six Principles*. Retrieved October 21, 2021, from: http://www.australianconstitutioncentre.org.au/the-six-principles.html.

Australian Human Rights Commission (2009). *Human Rights Philosophies*. Retrieved July 22, 2021, from: https://humanrights.gov.au/our-work/education/human-rights-explained-fact-sheet-3-human-rights-philosophies.

Authier, Philip (2021). *Canada Will Stand by Quebec Anglos During Language Reforms*. Montreal Gazette, Retrieved May 12, 2021, from: https://montrealgazette.com/news/quebec/canada-will-stand-by-quebec-anglos-during-language-reforms-report-says/.

Bakvis, Herman (1998). Regional Ministers, National Policies and the Administrative State in Canada: The Regional Dimension in Cabinet Decision-Making, 1980-1984. *Canadian Journal of Political Science*, 21(3): 539-567.

Baldauf Jr., Richard B. (2004). *Language Planning and Policy: Recent Trends, Future Directions*. American Association of Applied Linguistics, Portland, Oregon, Retrieved September 30, 2021, from: https://espace.library.uq.edu.au/view/UQ:24518_.

Banerjee, Sidhartha (2020). *Quebec School Board Renounces Federal Funding for its Bill 21 Court Challenge*. CTV News. Retrieved March 10, 2020, from: https://www.ctvnews.ca/politics/quebec-school-board-renounces-federal-funding-for-its-bill-21-court-challenge-1.4800165.

Barber, Nick (2018). *The Principles of Constitutionalism*. Oxford: Oxford University Press.

Barford, Vanessa (2016). *Is the Word "Ghetto" Racist?* BBC, Retrieved May 29, 2021, from: https://www.bbc.com/news/magazine-35296993.

Barnes, Andre, Brosseau, Laurence and Hurtubise-Loranger, Élise (2009). *Appointment of Officers of Parliament*. Retrieved March 8, 2020, from: https://lop.parl.ca/sites/PublicWebsite/default/en_CA/ResearchPublications/200921E.

Baron, David P. and Diermeier, Daniel (2001). Elections, Governments, and Parliaments in Proportional Representation Systems. *Quarterly Journal of Economics*, 116(3): 933-

967.

Bell, Duncan (2014). What Is Liberalism? *Political Theory*, 42(6): 682-715.

Berdichevsky, Norman (2004). *Nations, Language and Citizenship*. Jefferson: McFarland.

Berend, Nora (2019). Real and Perceived Minority Influences in Medieval Society: Introduction, *Journal of Medieval History*, 45(3): 277-284.

Bernaisch, Tobias (2015). *The Lexis and Lexicogrammar of Sri Lankan English*. Amsterdam: John Benjamins Publishing Company.

Boberg, C. (2010). *The English Language in Canada: Status, History and Comparative Analysis*. Cambridge, UK: Cambridge University Press.

Bòrd na Gàidhlig (2020a). *Chair and Member Appointed to Bòrd na Gàidhlig*. Retrieved January 14, 2021, from: https://www.gaidhlig.scot/chair-and-member-appointed-to-bord-na-gaidhlig/.

Bòrd na Gàidhlig (2020b). *Bòrd na Gàidhlig Annual Report 2019-2-20*. Retrieved January 19, 2021, from: https://www.gaidhlig.scot/wp-content/uploads/2020/12/BnG-AR-19-20.pdf/.

Bòrd na Gàidhlig. (2021a). *What We Do*. Retrieved September 18, 2021, from: https://www.gaidhlig.scot/en/about-us/.

Bòrd na Gàidhlig (2021b). *Board Members*. Retrieved January 14, 2021, from: https://www.gaidhlig.scot/en/our-work/corporate/the-board/.

Bòrd na Gàidhlig (2021c). *New Board Member Appointed to Bòrd na Gàidhlig*. Retrieved June 12, 2021, from: https://www.gaidhlig.scot/en/new-board-member-appointed-to-bord-na-gaidhlig/.

Bòrd na Gàidhlig (2021d). *Bòrd na Gàidhlig 2020/21 Board & Staffing Structure*. Retrieved January 20, 2021, from: https://www.gaidhlig.scot/staffing/staffing-2/.

Bòrd na Gàidhlig (2021e). *The National Gaelic Language Plan*. Retrieved January 25, 2021, from: https://www.gaidhlig.scot/bord/the-national-gaelic-language-plan/.

Bòrd na Gàidhlig (2021f). *Primary Education*. Retrieved January 25, 2021, from: https://www.gaidhlig.scot/en/education/primary/.

Bòrd na Gàidhlig (2021g). *Secondary Education*. Retrieved January 25, 2021, from: https://

www.gaidhlig.scot/en/education/secondary/.

Bòrd na Gàidhlig (2021h). *Gaelic Language Act Implementation Fund (GLAIF) 2021/22.* Retrieved May 25, 2021, from: https://www.gaidhlig.scot/en/funding/funding-schemes/ glaif/.

Bowen, S. (2001). *Language Barriers in Access to Health Care.* Retrieved April 3, 2020, from: https://www.canada.ca/en/health-canada/services/health-care-system/reports-publications/health-care-accessibility/language-barriers.html.

Bowers, Paul (2011). *Referendum in Wales.* Commons Briefing papers SN05897, London: House of Commons Library.

British Broadcasting Corporation [BBC] (2012). *Comhairle nan Eilean Siar - Western Isles Council.* Retrieved January 13, 2021, from: https://www.bbc.com/news/uk-scotland-scotland-politics-17526799.

British Broadcasting Corporation [BBC] (2013a). *Rebelling Against Quebec's "Language Police."* Retrieved April 14, 2021, from: https://www.bbc.com/news/maga-zine-22408248.

British Broadcasting Corporation [BBC] (2013b). *Were Plaid Cymru Founders Fascist Sympathisers?* Retrieved November 5, 2019, from: https://www.bbc.com/news/av/uk-wales-23745827/were-plaid-cymru-founders-fascist-sympathisers.

British Broadcasting Corporation [BBC] (2014a). *Language Across Europe: Belgium.* Retrieved July 24, 2021, from: https://www.bbc.co.uk/languages/european_languages/ countries/belgium.shtml.

British Broadcasting Corporation [BBC] (2014b). *Language Across Europe: United Kingdom.* Retrieved May 24, 2021, from: https://www.bbc.co.uk/languages/european_lan-guages/countries/uk.shtml.

British Broadcasting Corporation [BBC] (2014c). *The 1536 Act of Union.* Retrieved November 2, 2019, from: https://www.bbc.co.uk/wales/history/sites/themes/periods/tudors_04. shtml.

British Broadcasting Corporation [BBC] (2014d). *Scots Gaelic.* Retrieved May 29, 2021, from: http://www.bbc.co.uk/voices/multilingual/scots_gaelic_history.shtmll.

British Broadcasting Corporation [BBC] (2015). *Public Bodies Receive New Welsh Language Rules for Services*. Retrieved May 31, 2021, from: https://www.bbc.com/news/uk-wales-politics-34396290l.

British Broadcasting Corporation [BBC] (2017). *NI Election 2017: Results*. Retrieved May 22, 2021, from: https://www.bbc.com/news/election/ni2017/results.

British Broadcasting Corporation [BBC] (2018a). *Canada profile - Timeline*. Retrieved May 18, 2020, from: https://www.bbc.com/news/world-us-canada-16841165.

British Broadcasting Corporation [BBC] (2018b). *MPs Speak Welsh in Parliamentary Debate for First Time*. Retrieved May 27, 2020, from: https://www.bbc.com/news/uk-wales-politics-42967899.

British Broadcasting Corporation [BBC] (2021). *Devolution: What is it and How does it Work Across the UK?*. Retrieved May 31, 2021, from: https://www.bbc.com/news/uk-politics-54974078.

Brodie, Ian (2002). The Court Challenges Program. In Frederick L. Morton (ed.), *Law, Politics and the Judicial Process in Canada*, pp. 326-329. Calgary: University of Calgary Press.

Burns, John F. (2011). *Quebec's French-Only Sign Law Voided*. Retrieved April 18, 2019, from: https://www.nytimes.com/1988/12/16/world/quebec-s-french-only-sign-law-voided.html.

Butenschøn, Nils A., Stiansen, Øyvind and Vollan, Kåre (2016). *Power-Sharing in Conflict-Ridden Societies: Challenges for Building Peace and Democratic Stability*. New York : Routledge.

Canada.ca (2020). *About the Speech from the Throne*. Retrieved May 25, 2021, from: https://www.canada.ca/en/privy-council/campaigns/speech-throne/info-speech-from-throne.html.

Canada.ca (2021). *English and French: Towards a Substantive Equality of Official Languages in Canada*. Retrieved May 26, 2021, from: https://www.canada.ca/en/canadian-heritage/corporate/publications/general-publications/equality-official-languages.html#a4.

Canadian Heritage (2018). *Action Plan for Official Languages 2018-2023: Investing in*

Our FutureIs the Largest Federal Investment in Official Languages in Our History. Retrieved March 28, 2020, from: https://www.canada.ca/en/canadian-heritage/news/2018/05/action-plan-for-officeial-languages-20182023-investing-in-our-future-is-the-largest-federal-investment-in-official-languages-in-our-history.html.

Canadian Press (2011). *Timeline of Quebec's Sign Laws over The Years*. Retrieved April 18, 2019, from: https://globalnews.ca/news/149235/timeline-of-quebecs-sign-laws-over-the-years/.

Cannon, Gordon E. (1982). Consociationalism vs. Control: Canada as a Casestudy. *The Western Political Quarterly*, 35(1): 50-64.

Cardinal, Linda and Normand, Martin (2013). Distinct Accents: The Language Regimes of Ontario and Quebec. In Jean-François Savard, Alexandres Brassard, and Louis CÔTÉ(eds.), *Quebec-Ontario Relations: A Shared Destiny?* pp. 119-144. Quebec: Presses de l'Universite du Quebec.

Cartwright, D. (1998). French-language Service in Ontario: A Policy of "Overly Prudent Gradualism"? In T. K. Ricento and B. Burnaby (eds.), *Language and Politics in the United States and Canada: Myths and Realities*, pp. 273-300. New York, NY: Routledge.

Canadian Broadcasting Corporation [CBC] (2009). *Speaking Out: Quebec's Debate over Language Laws*. Retrieved April 21, 2019, from: https://www.cbc.ca/news/canada/speaking-out-quebec-s-debate-over-language-laws-1.860189.

Canadian Broadcasting Corporation [CBC] (2015a). *Caroline St-Hilaire wants Bill 101 amended to prohibit English in council*. Retrieved May 21, 2019, from: https://www.cbc.ca/news/canada/montreal/caroline-st-hilaire-wants-bill-101-amended-to-prohibit-english-in-council-1.3123900.

Canadian Broadcasting Corporation [CBC] (2015b). *Language Debate Dominates Longueuil City Council*. Retrieved May 21, 2019, from: https://globalnews.ca/news/2098033/language-debate-dominates-longueuil-city-council/.

Canadian Broadcasting Corporation [CBC] (2017). *Reaction Mixed to Ontario Liberals Creating Francophone Affairs Ministry*. Retrieved May 30, 2021, from: https://www.

cbc.ca/news/canada/ottawa/reaction-mixed-ministry-francophone-affairs-1.4229896.

Canadian Broadcasting Corporation [CBC] (2019a). *Quebec's Top Court Won't Suspend Province's Religious Symbols Ban, but Judges Say Rights Being Violated.* Retrieved March 13, 2020, from: https://www.cbc.ca/news/canada/montreal/quebec-bill-21-secu-larism-court-religious-symbols-appeals-1.5394084.

Canadian Broadcasting Corporation [CBC] (2019b). *French-language Watchdog Takes Aim at Bilingual Business Cards, Other Use of English in CDN-NDG.* Retrieved March 14, 2020, from: https://www.cbc.ca/news/canada/montreal/oqlf-cdn-ndg-sue-montgom-ery-1.5297280.

Cenoz, Jasone and Gorter, Durk (2006). Linguistic Landscape and Minority Languages. *International Journal of Multilingualism*, 3(1): 67-80.

Central Intelligence Agency [CIA] (2021). *United Kingdom: People and Society.* Retrieved May 12, 2021, from https://www.cia.gov/the-world-factbook/countries/united-king-dom/.

Central Statistics Office (2021). *Census of Population 2016–Profile 10 Education, Skills and the Irish Language.* Retrieved May 8, 2021, from: https://www.cso.ie/en/releasesand-publications/ep/p-cp10esil/p10esil/ilg/.

Chríost, Diarmait Mac Golla (2016). *The Welsh Language Commissioner in Context: Roles, Methods and Relationships.* Cardiff: University of Wales Press.

City of Toronto (2010). *Councillor Frances Nunziata and Councillor John Parker Elected Speaker and Deputy Speaker.* Retrieved April 9, 2021, from: https://www.toronto.ca/legdocs/news/2010-12-08-news-speakers.htm.

City of Toronto (2020). *Toronto Francophone Affairs Advisory Committee.* Retrieved February 13, 2020, from: https://secure.toronto.ca/pa/decisionBody/682.do.

Clackmannanshire Council (2021). *Corporate Parenting.* Retrieved May 18, 2021, from: https://www.clacks.gov.uk/children/corpparent/.

Coates, William A. (1966). The Description of Language Use. *Word*, 22: 1-3, 243-258.

Cole, Jeffrey J. (1993). Canadian Discord Over the Charlottetown Accord: The Constitutional War to Win Quebec. *Penn State International Law Review*, 11(3): 627-652.

Comann nam Pàrant (2021a). *Welcome to Comann nam Pàrant, the National Parents' Advice and Support Organisation on Gaelic Medium Education*. Retrieved October 25, 2021, from https://www.parant.org.uk/.

Comann nam Pàrant (2021b). *Comunn na Gàidhlig*. Retrieved May 18, 2019, from: https://www.cnag.org/index.php/en/cnag.

Cooper, Robert L. (1989). *Language Planning and Social Change*. Cambridge: Cambridge University Press.

Cornescu, Adrian Vasile (2009). *The Generations of Human's Rights. Days of Law, Conference Proceedings*. Brno: Masaryk University.

Cornish Constitutional Convention (n.d.). *About the Campaign for Cornish Assembly*. Retrieved March 28, 2021, from: http://www.cornishassembly.org/about.htm.

Cornwall Council (2014). *Why Should the Cornish be Recognised as a National Minority within the UK?* Retrieved March 31, 2021, from: https://www.cornwall.gov.uk/media/ferfi4do/final-cornish-minority-report-2014-pr7.pdf.

Council of Europe (2009). *Regional, Minority and Migration Languages*. Retrieved November 29, 2021, from: https://rm.coe.int/CoERMPublicCommonSearchServices/DisplayDCTMContent?documentId=09000016805a234d.

Council of Europe (2020a). *United Kingdom: Experts Report "Considerable Progress" on Regional and Minority Languages*. Retrieved May 24, 2021, from: https://www.coe.int/en/web/portal/-/united-kingdom-experts-report-considerable-progress-on-regional-and-minority-languages.

Council of Europe (2020b). *Recommendation CM/RecChL(2020)1 of the Committee of Ministers to Member States on the Application of the European Charter for Regional or Minority Languages by the United Kingdom*. Retrieved May 24. 2021, from: https://search.coe.int/cm/pages/result_details.aspx?objectid=09000016809ee5cf.

Council of Europe (2021a). *What are Human Rights?* Retrieved Jult 18, 2021, from: https://www.coe.int/en/web/compass/what-are-human-rights-.

Council of Europe (2021b). *Languages Covered by the European Charter for Regional or Minority Languages*. Retrieved March 8, 2021, from: https://www.coe.int/en/web/

european-charter-regional-or-minority-languages/languages-covered.

Coventry & Warwickshire Local Enterprise Partnership [CWLEP] (2016). *Setting up a Social Enterprise*. Retrieved May 19, 2021, from: https://www.cwgrowthhub.co.uk/gov/setting-social-enterprise.

Crystal, David (2000). *Language Death*. Cambridge: Cambridge University Press.

Daniel, Bell (2020). *Communitarianism*. The Stanford Encyclopedia of Philosophy, Retrieved September 18, 2021, from: https://plato.stanford.edu/archives/fall2020/entries/communitarianism/.

De Varennes, Fernand (2001). Language Rights as an Integral Part of Human Rights. *International Journal on Multicultural Societies*, 3(1): 15-25.

Department for Children, Education, Lifelong Learning and Skills [DCELLS] (2007). *Defining Schools According to Welsh Medium Provision*. Information document No: 023/2007, Retrieved October 12, 2021, from: https://gov.wales/sites/default/files/publications/2018-02/defining-schools-according-to-welsh-medium-provision.pdf.

Department of Home Affairs (2020). *English: Our National Language*. Retrieved April 8, 2021, from: https://www.homeaffairs.gov.au/about-us/our-portfolios/social-cohesion/english-our-national-language.

Department of Justice (2017). *The Canadian Constitution*. Retrieved October 30, 2020, from: https://www.rcaanc-cirnac.gc.ca/eng/1307460755710/1536862806124.

Department of Justice (2018). *PART III - Forms of Coexistence of the Two Legal Traditions in Systems in Other Parts of the World*. Retrieved October 28, 2021, from: https://www.justice.gc.ca/eng/rp-pr/csj-sjc/harmonization/hfl-hlf/b2-f2/bf2d.html.

Department of Justice (2019). *Constitution Acts, 1867 to 1982*. Retrieved September 18, 2021, from: https://laws-lois.justice.gc.ca/eng/const/page-16.html#docCont.

Deschouwer, Kris (1988). The 1987 Belgian Election: The Voter Did Not Decide. *West European Politics*, 11(3): 141-145.

Diamandouros, P. Nikiforos (2016). *The Ombudsman Institution and the Quality of Democracy*, Lecture by the European Ombudsman, Professor P. Nikiforos Diamandouros, at the Centre for the Study of Political Change, University of Siena, Siena, Italy, 17 October 2006. Retrieved September 30, 2021, from: https://www.ombudsman.europa.eu/en/speech/en/348.

Domaradzki, S., Khvostova, M. and Pupovac, D. (2019). Karel Vasak's Generations of Rights and the Contemporary Human Rights Discourse. *Human Rights Review*, 20: 423-443.

Donnelly, Jack (1982). Human Rights as Natural Rights. *Human Rights Quarterly*, 4(3): 391-405.

Dunbar R. (2007). Diversity in Addressing Diversity: Canadian and British Legislative Approaches to Linguistic Minorities and Their International Legal Context. In: Williams C (ed.), *Language and Governance*. Cardiff: University of Wales Press, pp. 104-158.

Dunbar, Ciaran (2017). *Northern Ireland Assembly Divided by Irish Language*. BBC, Retrieved May 22, 2021, from: https://www.bbc.com/news/uk-northern-ireland-38601181.

Dunbar, Robert (2005). *The Challenges of a Small Language: Gaelic in Scotland, with a Note on Gaelic in Canada*. presented at the conference Debating Language Policies in Canada and Europe, University of Ottawa (Ontario), March 31-April 2.

Dunfield, A. (2005). *Ontario Town Likely First to Implement Sign by Law*. The Globe and Mail. Retrieved April 13, 2020, from: https://www.theglobeandmail.com/news/national/ontario-town-likely-first-to-implement-sign-bylaw/article20418760/.

Dunlevy, Deirdre A. (2020). Learning Irish Amid Controversy: How the Irish Language Act Debate has Impacted Learners of Irish in Belfast. *Journal of Multilingual and Multicultural Development*, Retrieved May 22, 2021, from: https://www.tandfonline.com/doi/full/10.1080/01434632.2020.1854272.

Dunn, William N. (1994). *Public Policy Analysis: An Introduction*. Englewood Cliffs, N.J.: Prentice-Hall.

Dye, Thomas (1998). *Understanding Public Policy*. New York: Pearson.

Economist (2014). *Why Wales (probably) Won't Demand its Own Referendum on Independence*. Retrieved November 15, 2019, from: https://www.economist.com/the-economist-explains/2014/09/15/why-wales-probably-wont-demand-its-own-referendum-on-independence.

Education Review Office (2016). *Addressing Cultural and Linguistic Diversity*. Retrieved October 21, 2021, from: http://www.ero.govt.nz/publications/responding-to-language-diversity-in-auckland/addressing-cultural-and-linguistic-diversity/.

Edwards, John (1994). Language Policy and Planning in Canada. *Annual Review of Applied Linguistics*, 14: 126-136.

Élections Québec (2018). *Provincial General Election Official Results*. Retrieved May 12, 2021, from: https://www.electionsquebec.qc.ca/provinciales/en/results-summary-2018.php.

Elke, Vermeire (2010). *Language Legislation*. Retrieved September 28, 2021, from: https://www.docu.vlaamserand.be/node/12898.

Eller, Jack David (1999). *From Culture to Ethnicity to Conflict: An Anthropological Perspective on Ethnic Conflict*. Ann Arbor: University of Michigan Press.

Enright, Christopher (2001). *Federal Administrative Law*. Alexandria: Federation Press.

Equality and Human Rights Commission [EHRC] (2020). *Race discrimination*. Retrieved May 22, 2021, from: https://www.equalityhumanrights.com/en/advice-and-guidance/race-discrimination.

Eunson, Bruce (2018). *Unit 4: Dialect Diversity*. Retrieved January 15, 2021, from: https://www.open.edu/openlearncreate/mod/oucontent/view.php?id=143670&printable=1.

Europa.eu (2020). *EU Languages*. Retrieved March 8, 2021, from: https://europa.eu/european-union/about-eu/eu-languages_en.

European Centre for Minority Issues [ECMI] (2005). *European Yearbook of Minority Issues: Volume 3, 2003/4*. Leiden: Martinus Nijhoff Publishers.

European Commission (2013). *Frequently Asked Questions on Languages in Europe: What about the Regional Languages Spoken in Member States?* Retrieved January 8, 2021, from: https://ec.europa.eu/commission/presscorner/detail/en/MEMO_13_825.

European Commission (2020). *United Kingdom–Wales*. Retrieved May 18, 2021, from: https://eacea.ec.europa.eu/national-policies/eurydice/content/population-demographic-situation-languages-and-religions-96_en.

European Institute for Gender Equality [EIGE] (2021). *Disadvantaged Groups*. Retrieved

September 15, 2021, from: https://eige.europa.eu/thesaurus/terms/1083.

European Language Equality Network [ELEN] (2021). *Introducing the European Language Equality Network (ELEN)*. Retrieved November 15, 2021, from: https://elen.ngo/information/.

European Network of National Human Rights Institutions [ENNHRI] (2018). *The Paris Principles*. Retrieved May 28, 2019, from: http://ennhri.org/The-Paris-Principles.

European Union Agency for Fundamental Rights [FRA] (2012). *Handbook on the Establishment and Accreditation of National Human Rights Institutions in the European Union*. Retrieved May 22, 2021, from: https://fra.europa.eu/sites/default/files/fra-2012_nhri-handbook_en.pdf.

European Union (2016). *Regional and Minority Languages in the EU*. Retrieved September 18, 2021, from: http://www.europarl.europa.eu/EPRS/EPRS-Briefing-589794-Regional-minority-languages-EU-FINAL.pdf.

Finland Ministry of Justice (2018). *Follow-up Indicators for Linguistic Rights*. Retrieved September 12, 2021, from: https://julkaisut.valtioneuvosto.fi/bitstream/handle/10024/161088/OMSO_35_2018_Follow-up_indicators_for_linguistic_rights.pdf?sequence=1&isAllowed=y.

Fishman, Joshua A. (1989). *Language and Ethnicity in Minority Sociolinguistic Perspective*. Bristol: Multilingual Matters.

Follow-up Committee of the Universal Declaration of Linguistic Rights [FCUDLR] (1988). *Universal Declaration of Linguistic Rights*. Retrieved September 18, 2021, from: https://ganhri.org/accreditation/.

Forsey, Helen (2012). *Eugene Forsey, Canada's Maverick Sage*. Toronto: A J. Patrick Boyer Book.

France-Amérique (2018). *A Tool to Protect the French Language in Quebec*. Retrieved March 13, 2020, from: https://france-amerique.com/en/a-tool-to-protect-the-french-language-in-quebec/.

Francophone Affairs Branch (2009). *Government of Saskatchewan French-language Services Policy*. Regina: Office of Provincial Secretary.

Francophone Secretariat (2017). *French Policy*. Edmonton : Culture and Tourism.

Francophone Secretariat (2018). *French Policy: 2018-2021 action plan*. Edmonton: Culture and Tourism.

Frank, Bernard (1970). The Ombudsman and Human Rights. *Administrative Law Review*, 22(3): 467-492.

Franks, Scott and Gessner, Suzanne (2013). *A Guide to Language Policy and Planning for B.C. First Nations Communities*. Retrieved September 30, 2021, from: https://fpcc.ca/wp-content/uploads/2020/08/FPCC_Policy_Guide_2013.pdf.

Freeman, Samuel (2018). *Liberalism and Distributive Justice*. New York: Oxford University Press.

French Language Health Services Network of Eastern Ontario (2013). *Designation Guide: To Support Implementation of Quality French-language Health Services*. Ottawa, Canada: French Language Health Services Network of Eastern Ontario.

Garlick, Rick (1993). Single, Double, and Triple Minorities and the Evaluations of Persuasive Arguments. *Communication Studies*, 44(3-4): 273-284.

Gaus, Gerald F. (2005). Green's Rights Recognition Thesis and Moral Internalism. *The British Journal of Politics and International Relations*, 7(1): 5-17.

Gazzola, Michele (2014). *The Evaluation of Language Regimes: Theory and Application to Multilingual Patent Organizations*. Amsterdam: John Benjamins Publishing Company.

General Delegation for the French Language and the Languages of France [DGLFLF] (2016). *Les Langues de France*. Retrieved October 18, 2021, from: https://www.culture.gouv.fr/Thematiques/Langue-francaise-et-langues-de-France/Nos-missions/Promouvoir-les-langues-de-France.

Ghazali, Kamila (n.d.). *National Identity and Minority Languages*. Retrieved May 18, 2021, from: https://www.un.org/en/chronicle/article/national-identity-and-minority-languages.

Global Alliance of National Human Rights Institutions [GANHRI] (2021a). *Accreditation Status as of 20 January 2021*. Retrieved June 12, 2021, from: https://ganhri.org/wp-content/uploads/2021/01/Status-Accreditation-Chart-as-of-20-01-2021.pdf.

Global Alliance of National Human Rights Institutions [GANHRI] (2021b). *Accreditation Status*. Retrieved June 12, 2021, from: https://ganhri.org/accreditation/.

Global Alliance of National Human Rights Institutions [GANHRI] (2021c). *Governance*. Retrieved June 12, 2021, from: https://ganhri.org/governance/.

Globe and Mail (2018). *Ontario Election Results 2018: A Map of the Results*. Retrieved May 28, 2021, from: https://www.theglobeandmail.com/canada/article-ontario-election-results-2018-a-map-of-the-live-results/.

Globe and Mail (2019). *Meet the New Cabinet*. Retrieved March 5, 2020, from: https://www.theglobeandmail.com/politics/article-trudeau-cabinet-full-list/.

Gonzales, P. M., Blanton, H., and Williams, K. J. (2002). The Effects of Stereotype Threat and Double-Minority Status on the Test Performance of Latino Women. *Personality and Social Psychology Bulletin*, 28(5): 659-670.

Gouvernement du Québec (2021). *Members of Cabinet*. Retrieved May 22, 2021, from: https://www.quebec.ca/en/premier/team/members-of-cabinet.

GOV.UK (2014). *Cornish Granted Minority Status within the UK*. Retrieved March 25, 2021, from: https://www.gov.uk/government/news/cornish-granted-minority-status-within-the-uk.

GOV.UK (2016). *Classification of Public Bodies: Information and Guidance*. Retrieved May 9, 2021, from: https://www.gov.uk/government/publications/classification-of-public-bodies-information-and-guidance.

GOV.UK (2018a). *Devolution Settlement: Wales*. Retrieved January 8, 2021, from: https://www.gov.uk/guidance/devolution-settlement-wales.

GOV.UK (2018b). *The Approvals Process for the Creation of New Arm's-length Bodies*. Retrieved May 11, 2021, from: https://www.gov.uk/government/publications/the-approvals-process-for-the-creation-of-new-arms-length-bodies.

GOV.UK (2018c). *Public Bodies*. Retrieved January 17, 2021, from: https://www.gov.uk/guidance/public-bodies-reform#ndpbs-executive-agencies-and-non-ministerial-departmentsd/.

GOV.UK (2019). *Devolution Settlement: Scotland*. Retrieved January 8, 2021, from: https://

www.gov.uk/guidance/devolution-settlement-scotland.

GOV.UK (2020). *Deal to See Restored Government in Northern Ireland Tomorrow*. Retrieved May 25, 2021, from: https://www.bbc.com/news/uk-northern-ireland-politics-50822912.

Government of Canada (2017). *Government*. Retrieved March 28, 2020, from: https://www.canada.ca/en/immigration-refugees-citizenship/services/new-immigrants/learn-about-canada/governement.html.

Government of Canada (2018). *Action Plan for Official Languages 2018-2023: Investing in Our Future*. Ottawa: Government of Canada.

Government of Canada (2021). *Section 52(2): The Constitution*. Retrieved October 21, 2021, from: https://www.justice.gc.ca/eng/csj-sjc/rfc-dlc/ccrf-ccdl/check/art522.html.

Government of Ontario (2019). *Francophone Community Grants Program*. Retrieved March 2, 2020, from: http://www.grants.gov.on.ca/GrantsPortal/en/OntarioGrants/ GrantOpportunities/PRDR017763.html.

Gowling WLG (2016). *The Language of Respect at Work: Language Discrimination in the Workplace*. Retrieved May 23, 2021, from: https://gowlingwlg.com/en/insights-resources/articles/2016/language-discrimination-in-the-workplace/.

Gromacki, J. P. (1991). The Protection of Language Rights in International Human Rights Law: A Proposed Draft Declaration of Linguistic Rights. *Virginia Journal of International Law*, 32: 515-579.

Hamburger, Philip A. (1993). Natural Rights, Natural Law, and American Constitutions. *The Yale Law Journal*, 102: 907-960.

Hamel, Rainer Enrique (1997). Language Conflict and Language Shift: A Sociolinguistic Framework for Linguistic Human Rights. *International Journal of the Sociology of Language*, 127: 105-134.

Harlow, Carol (2018). Ombudsman: "Hunting Lions" or "Swatting Flies." In Marc Hertogh and Richard Kirkham (eds.), *Research Handbook on the Ombudsman*, pp. 73-90. Cheltenham: Edward Elgar Publishing.

Harper James Solicitors (2020). *Language Discrimination in the Workplace: What Employ-*

ers Should Know. Retrieved May 23, 2021, from: https://hjsolicitors.co.uk/article/foreign-language-and-discrimination-at-work/.

Hibert, Janet L. (2011). Constitutional Experimentation: Rethinking How A Bill of Rights functions. In Tom Ginsburg and Rosalind Dixon (eds.), *Comparative Constitutional Law*, pp. 298-320. Cheltenham: Edward Elgar Publishing.

Hibert, Janet L. (2017). The Notwithstanding Clause: Why Non-use Does Not Necessarily Equate with Abiding by Judicial Norms. In Peter Oliver, Patrick Macklem and Nathalie Des Rosiers (eds.), *The Oxford Handbook of the Canadian Constitution*, pp. 695-716. New York: Oxford University Press.

Hickey, Raymond (1995). Early Contact and Parallels Between English and Celtic. *Vienna English Working Papers*, 4(2): 87-119

Hicks, Martin Cyr (2019). The Spirit of the Act: Investigation and Equality of Status at the Office of the Commissioner of Official Languages of Canada, 1969-2019. In Hermann Amon and Eleri James (eds.), *Constitutional Pioneers - Language Commissioners and the Protection of Official, Minority and Indigenous Languages*, pp. 239-257. Montreal: Thomson Reuters.

Hien, A., and Napon, A. (2017). Language policies and access to information and service: Comparative study of Ontario (Canada) and Burkina Faso (West Africa). In L. A' Beckett and T. du Plessis (eds.), *In Pursuit of Societal Harmony: Reviewing the Experiences and Approaches in Officially Monolingual and Officially Multilingual Countries*, pp. 31-48. Bloemfontein, South Africa: SUN MeDIA Bloemfontein.

High Life Highland (n.d.). *About*. Retrieved January 19, 2021, from: https://www.highlife-highland.org/about/.

Highland Council (2018). *The Highland Council Gaelic Language Plan 2018-2023*. Retrieved January 22, 2021, from: https://www.highland.gov.uk/downloads/file/21508/the_highland_council_gaelic_language_plan_2018-2023.

Highlands and Islands Enterprise [HIE] (n.d.). *Who Are We?* Retrieved May 19, 2021, from: https://www.hie.co.uk/legal/privacypolicy/.

Hill, Larry B. (2002). The Ombudsman Revisited: Thirty Years of Hawaiian Experience.

Public Administration Review, 62 (1): 24-41.

Hill, Lloyd (2010). Language and status: On the limits of language planning. *Stellenbosch Papers in Linguistics*, 39: 41-58.

Hishon, Riel (2017). *Ford v. Quebec (Attorney General): The Use of Section 33 as a Form of Protest*. Retrieved March 13, 2020, from: https://ojs.lib.uwo.ca/index.php/uwojls/announcement/view/119.

Hood, Roger and Deva, Surya (2013). *Confronting Capital Punishment in Asia: Human Rights, Politics and Public Opinion*. Oxford: Oxford University Press.

Hooper, Simon (2011). *Bretons Fight to Save Language from Extinction*. CNN. Retrieved October 23, 2021, from: http://edition.cnn.com/2010/WORLD/europe/12/11/brittany.language/index.html.

House of Commons Library (2020). *General Election 2019: Results and Analysis*. Number CBP 8749, London: House of Commons Library.

Hudon, Marie-Ève (2016). *Official Languages in Canada: Federal Policy*. Library of Parliament, Publication No. 2011-70-E, Retrieved October 30, 2020, from: https://lop.parl.ca/sites/PublicWebsite/default/en_CA/ResearchPublications/201170E.

Institute for Government (2021). *Coronavirus Lockdown Rules in Each Part of the UK*. Retrieved April 31, 2021, from: https://www.instituteforgovernment.org.uk/printpdf/9729.

International Centre for Parlimentary Studies [ICPS] (2012). *Devolved Parliaments and Assemblies*. Retrieved November 5, 2021, from: http://www.parlicentre.org/res_dev_admin.php.

International Ombudsman Institute [IOI] (2019). *Venice Commission adopts Principles on the Protection and Promotion of the Ombudsman Institution*. Retrieved December 5, 2021, from: https://www.theioi.org/ioi-news/current-news/venice-commission-adopts-principles-on-the-protection-and-promotion-of-the-ombudsman-institution.

International Organization for Migration [IOM] (2019). *Glossary on Migration*. Retrieved June 22, 2021, from: https://publications.iom.int/system/files/pdf/iml_34_glossary.pdf.

International Institute for Democracy and Electoral Assistance [International IDEA] (2017). *What is a Constitution? Principles and Concepts*. Retrieved June 22, 2021, from:

https://publications.iom.int/system/files/pdf/iml_34_glossary.pdf.

Inter-Parliamentary Union [IPU] and United Nations Office of the High Commissioner for Human Rights [OHCHR] (2016). *Human Rights: Handbook for Parliamentarians n° 26*. Retrieved February 22, 2021, from: https://www.ohchr.org/documents/publications/handbookparliamentarians.pdf.

Johnson, David (2011). *Thinking Government: Public Administration and Politics in Canada*. Toronto: University of Toronto Press.

Johnson, David Cassels (2013). *Language Policy*. New York: Palgrave Macmillan.

Johnston, Larry (2013). *Politics: An Introduction to the Modern Democratic State*. Toronto: University of Toronto Press.

Joseph, Manu (2011). *India Faces a Linguistic Truth: English Spoken Here*. New York Times. Retrieved May 18, 2021, from: https://www.nytimes.com/2011/02/17/world/asia/17iht-letter17.html.

Kaplan, Robert B. and Baldauf, Richard B. (1997). *Language Planning from Practice to Theory*. Clevedon: Multilingual Matters.

Kelly Amanda (2014). *Fact File: What is Bill 101?* Global News, Retrieved April 9, 2021, from: https://globalnews.ca/news/1237519/fact-file-what-is-bill-101/.

Kheiriddin, Tasha (2007). Why the Government Was Right to Cancel the Court Challenges Program. *Policy Options*, 28(2): 71-74.

Knopff, Rainer and Sayers, Anthony (2005). Canada. In John Kincaid and Alan Tarr (eds.), *Constitutional Origins, Structure, and Change in Federal Countries*, pp. 103-142. Montreal: McGill-Queen's University Press.

Kontseilua (2016). *Protocol to Ensure Language Rights*. Retrieved November 9, 2021, from: http://protokoloa.eus/wp-content/uploads/2017/06/protokoloa_en.pdf.

Kovac, Adam (2020). *Quebec Language Police Conducted over 5,000 Visits Last Year: Annual Report*. CTV News. Retrieved December 12, 2021, from: https://montreal.ctvnews.ca/quebec-language-police-conducted-over-5-000-visits-last-year-annual-report-1.5117163.

Krishnamurthy, Vivek (2009). Colonial Cousins: Explaining India and Canada's Unwritten

Constitutional Principles. *Yale Journal of International Law*, 34(6): 207-239.

Kukathas, Chandran (2002). Survey Article: Multiculturalism as Fairness: Will Kymlicka's Multicultural Citizenship. *Journal of Political Philosophy*, 5(4): 406-427.

Kymlicka, Will (2001). *Politics in the Vernacular: Nationalism, Multiculturalism and Citizenship*. England: Oxford University Press.

Landry, Rodrigue and Bourhis, Richard Y. (1997). Linguistic Landscape and Ethnolinguistic Vitality: An Empirical Study. *Journal of Language and Social Psychology*, 16(1): 23-49.

Law Wales (2016a). *Historical Timeline of Welsh Law*. Retrieved November 5, 2019, from: https://law.gov.wales/constitution-government/how-welsh-laws-made/timeline-welsh-law/?lang=en#/constitution-government/how-welsh-laws-made/timeline-welsh-law/?tab=overview&lang=en.

Law Wales (2016b). *Public Services Ombudsman for Wales*. Retrieved November 25, 2019, from: https://law.gov.wales/constitution-government/public-admin/ombudsman/?lang=en#/constitution-government/public-admin/ombudsman/?tab=overview&lang=en.

Leclair, Jean (2017). Constitutional Principles in the Secession Reference. In Peter Oliver, Patrick Macklem and Nathalie Des Rosiers (eds.), *The Oxford Handbook of the Canadian Constitution*, pp. 1009-1030. New York: Oxford University Press.

Lecomte, Lucie (2015). *Official Languages or National Languages? Canada's decision*. Publication No. 2014-81-E. Ottawa: Library of Parliament.

Legal Aid at Work (2021). *What is Language Discrimination?* Retrieved November 29, 2021, from: https://legalaidatwork.org/factsheet/language-discrimination/.

Library and Archives Canada [LAC] (2017). *Proclamation of the Constitution Act, 1982*. Retrieved March 22, 2020, from: https://www.bac-lac.gc.ca/eng/discover/politics-government/proclamation-constitution-act-1982/Pages/proclamation-constitution-act-1982.aspx.

Library of Parliament (2016). *Guide to the Canadian: House of Commons*. Ottawa: Library of Parliament.

Lijphart, Arend (1999). *Patterns of Democracy: Government Forms and Performance in Thirty-Six Countries*. New Haven: Yale University Press.

Lijphart, Arend (2008). *Thinking about Democracy: Power Sharing and Majority Rule in Theory and Practice*. New York : Routledge.

Linteau, Paul-André, Durocher, René, Robert, Jean-Claud and Ricard, François (1991). *Quebec Since 1930*. Toronto: James Lorimer & Company.

Loriggio, Paola (2018). *Ontario Government to Raise Threshold for Official Party Status*. CTV News, Retrieved May 28, 2021, from: https://www.ctvnews.ca/politics/ontario-government-to-raise-threshold-for-official-party-status-1.41756998.

Lührmann, Anna and Marquardt, Kyle L. and Mechkova, Valeriya (2017). *Constraining Governments: New Indices of Vertical, Horizontal and Diagonal Accountability*. V-Dem Working Paper 2017: 46.

MacCharles, Tonda (2021). *Here's Your Cabinet-by-the-numbers Cheat Sheet*. Toronto Star Newspapers, Retrieved December 18, 2021, from: https://www.thestar.com/politics/federal/2021/10/26/heres-your-cabinet-by-the-numbers-cheat-sheet.html.

Mackey, W. F. (2010). Comparing Language Policies. In M. A. Morris (ed.), *Canadian Language Policies in Comparative Perspective*, pp. 67-119. Montreal, Canada: McGill-Queen's University Press.

Maher, John C. (2017). *Multilingualism: A Very Short Introduction*. Oxford: Oxford University Press.

Mahler, Gregory S. (1987). *New Dimensions of Canadian Federalism: Canada in a Comparative Perspective*. Cranbury: Associated University Press.

Malaysian Administrative Modernisation and Management Planning Unit [MAMPU] (2016). *Official Language*. Retrieved May 8, 2021, from: https://www.malaysia.gov.my/portal/content/30118.

Mancini, Susanna and Witte, Bruno de (2008). Language Rights as Cultural Rights: A European Perspective. In Francesco Francioni and Martin Scheinin (eds.), *Cultural Human Rights*, pp. 247-284. Boston: Martinus Nijhoff Publisher.

Marí, Bernat Joan i. (2006). *Report on a New Framework Strategy for Multilingualism*.

European Parliament RR\374485EN, Retrieved May 15, 2021, from: https://www. europarl.europa.eu/sides/getDoc.do?pubRef=-//EP//NONSGML+REPORT+A6-2006-0372+0+DOC+PDF+V0//EN.

Marshall, Mary A. and Reif, Linda C. (1995). The Ombudsman: Maladministration and Alternative Dispute Resolution. *Alberta Law Review*, 34(1): 215-239.

May, Stephen (2015). Language Rights and Language Policy: Addressing the Gap(s) Between Principles and Practices. *Current Issues in Language Planning*, 16(4): 355-359.

McCormack, Jayne (2020). *Stormont: What is it and Why did Power-sharing Collapse in Northern Ireland?* BBC, Retrieved May 22, 2021, from: https://www.bbc.com/news/uk-northern-ireland-politics-50822912.

McDonald, Henry (2020). *Northern Ireland Assembly to Reopen After Three-year Suspension*. Guardian, Retrieved May 22, 2021, from: https://www.theguardian.com/uk-news/2020/jan/10/northern-ireland-assembly-to-reopen-after-three-year-suspension.

McLeod, Wilson (2020). *Gaelic in Scotland: Policies, Movements, Ideologies*. Edinburgh: Edinburgh University Press.

McLeod, Wilson (2021). Assessing and Amending the Gaelic Language (Scotland) Act 2005. Paper presented at the 13th international conference of the Forum for Research on the Languages of Scotland and Ulster (FRLSU), LMU Munich, Abstract retrieved from https://www.frlsu2021.anglistik.uni-muenchen.de/programme/abstracts/mcleod_wilson_ed_2.pdf.

McQuigge, Michelle (2018). *The Ontario Liberals have Lost Official Party Status, but What Does That Mean?* CTV News, Retrieved May 28, 2021, from: https://www.ctvnews.ca/canada/the-ontario-liberals-have-lost-official-party-status-but-what-does-that-mean-1.3966028.

McRae, Kenneth Douglas (1986). *Conflict and Compromise in Multilingual Societies: Belgium*. Waterloo: Wilfrid Laurier University Press.

McRai, Kenneth D. (1975). The Principle of Territoriality and the Principle of Personality in Multilingual States. *International Journal of the Sociology of Languages*, 1975(4): 33-54.

Ministers' Council on the Canadian Francophonie [MCCF] (2021). *Ministers from other Provinces and Territories*. Retrieved December 25, 2021, from: https://cmfc-mccf.ca/en/ministres/.

Minority Rights Group International [MRG] (2015). *Linguistic Rights*. Retrieved October 6, 2021, from: https://minorityrights.org/law-and-legal-cases/linguistic-rights/.

Montreal Gazette (2019). *C.D.N.-N.D.G. Borough To Comply With Language Watchdog's Demands*. Retrieved March 14, 2020, from: https://montrealgazette.com/news/local-news/c-d-n-n-d-g-borough-to-comply-with-language-watchdogs-demands.

Morrice, David (2000). The Liberal-communitarian Debate in Contemporary Political Philosophy and its Significance for International Relations. *Review of International Studies*, 26: 233-251.

National Archives (n.d.). *Understanding Legislation*. Retrieved January 25, 2021, from: https://www.legislation.gov.uk/understanding-legislation.

National Archives and Records Administration [NARA] (2020). *Teaching Six Big Ideas in the Constitution*. Retrieved October 21, 2021, from: https://www.archives.gov/legislative/resources/education/constitution

National Assembl (2014). *The Office of MNA*. Retrieved May 4, 2019, from: http://www.assnat.qc.ca/en/abc-assemblee/fonction-depute/index.html.

National Records of Scotland (2012). *Ethnicity, Identity, Language and Religion*. Retrieved January 10, 2021, from: https://www.scotlandscensus.gov.uk/ethnicity-identity-language-and-religion.

National Records of Scotland (2018). *Census 2011: Population Estimates for Scotland*. Retrieved January 10, 2021, from: https://www.nrscotland.gov.uk/news/2012/census-2011-population-estimates-for-scotland.

Nayar, Baldev Raj (1968). Hindi as Link Language. *Economic and Political Weekly*, 3(6): 297-305.

Nelde, Peter H., Labrie, Normand and Williams, Colin H. (1992). The Principles of Territoriality and Personality in the Solution of Linguistic Conflicts. *Journal of Multilingual and Multicultural Development*, 13(5): 387-406.

Nerestant, Antoni and Cabrera, Holly (2021). *Quebec's Bill 96 Could Make French the Only Language Needed to Get a Job*. CBC News, Retrieved May 24, 2021, from: https://www.cbc.ca/news/canada/montreal/quebec-s-bill-96-could-make-french-the-only-language-needed-to-get-a-job-1.6027517.

Nidirect (2014). *Devolved Government in the UK*. Retrieved September 18, 2021, from: http://www.nidirect.gov.uk/devolved-government-in-the-uk.

Noel, S.J.R. (1993). Canadian Responses to Ethnic Conflict: Consociationalism, Federalism and Control. In John McGarry and Brendan O'Leary (eds.), *The Politics of Ethnic Conflict Regulation Case Studies of Protracted Ethnic Conflicts*, pp. 41-61. New York: Routledge.

Noubel, Filip (2021). *The French Government's U-turn on Regional Languages*. Global Voices. Retrieved November 21, 2021, from: https://globalvoices.org/2021/07/26/the-french-governments-u-turn-on-regional-languages/.

Oakes, Leigh and Warren, Jane (2007). *Language, Citizenship and Identity in Quebec*. Hampshire: Palgrave Macmillan.

Office of the Commissioner for Federal Judicial Affairs Canada [FJA] (2018). *Independent Advisory Board for Supreme Court of Canada Judicial Appointments - Report on 2017 Process*. Retrieved March 5, 2021, from: https://www.fja.gc.ca/scc-csc/2017-SheilahMartin/smartin-report-rapport-eng.html.

Office of the Commissioner of Official Languages [OCOL] (1992). *Canadians Vote NO to the Charlottetown Accord*. Retrieved October 25, 2020, from: https://www.clo-ocol.gc.ca/en/timeline-event/canadians-vote-no-charlottetown-accord.

Office of the Commissioner of Official Languages [OCOL] (2018a). *Top 5 Languages Spoken in Canada*. Retrieved March 14, 2020, from: https://www.clo-ocol.gc.ca/en/newsletter/2018/top-5-languages-spoken-canada.

Office of the Commissioner of Official Languages [OCOL] (2018b). *Fast Figures on Canada's Official Languages (2016)*. Retrieved March 15, 2020, from: https://www.clo-ocol.gc.ca/en/statistics/canada.

Office of the Commissioner of Official Languages [OCOL] (2018c). *Fast Figures on Official*

Languages by Province and Territory (2016). Retrieved March 15, 2020, from: https://www.clo-ocol.gc.ca/en/statistics/province-territory.

Office of the Commissioner of Official Languages [OCOL] (2018d). *About Us*. Retrieved March 22, 2019, from: https://www.clo-ocol.gc.ca/en/aboutus/index.

Office of the Commissioner of Official Languages [OCOL] (2018e). *Mandate and Roles*. Retrieved March 22, 2020, from: https://www.clo-ocol.gc.ca/en/aboutus/mandate.

Office of the Commissioner of Official Languages [OCOL] (2020). *Official Languages in the Provinces and Territories*. Retrieved March 22, 2021, from: https://www.clo-ocol.gc.ca/en/language_rights/provinces_territories.

Office of the French Language Services Commissioner of Ontario [OFLSC] (2013). *Law*. *Retrieved* April 14, 2021, from: https://csfontario.ca/en/loi.

Office of the French Language Services Commissioner of Ontario [OFLSC] (2016). *Annual Report 2015-2016*. Toronto: Office of the French Language Services Commissioner.

Office of the French Language Services Commissioner of Ontario [OFLSC] (2018). *Study on Designation: Revitalizing the provision of French Language Services*. Retrieved April 12, 2020, from: http://www.reseaudumieuxetre.ca/wp-content/uploads/2018/04/OFLSC-275398-Special-Report_2018_03_06_EN-FINAL.pdf.

Office of the French Language Services Commissioner of Ontario [OFLSC] (2019). *Annual Report 2018-2019: Epilogue of a Franco-Ontarian Institution*. Toronto: Office of the French Language Services Commissioner.

Office of the High Commissioner for Human Rights [OHCHR] (2005). *Fact Sheet No. 15 (Rev.1), Civil and Political Rights: The Human Rights Committee*. Retrieved January 23, 2021, from: https://www.refworld.org/docid/4794773c0.html.

Office of the High Commissioner for Human Rights [OHCHR] (2007). *Good Governance Practices for the Protection of Human Rights*. Retrieved September 18, 2021, from: https://www.ohchr.org/Documents/Publications/GoodGovernance.pdf.

Office of the High Commissioner for Human Rights [OHCHR] (2008). *Frequently Asked Questions on Economic, Social and Cultural Rights: Fact Sheet No. 33*. Retrieved October 10, 2021, from: https://www.ohchr.org/documents/publications/factsheet33en.pdf.

Office of the High Commissioner for Human Rights [OHCHR] (2010a). *Minority Rights: International Standards and Guidance for Implementation*. Retrieved January 3, 2021, from: https://www.ohchr.org/documents/publications/minorityrights_en.pdf.

Office of the High Commissioner for Human Rights [OHCHR] (2010b). *National Human Rights Institutions: History, Principles, Roles and Responsibilities*. Retrieved May 13, 2021, from: https://www.ohchr.org/Documents/Publications/PTS-4Rev1-NHRI_en.pdf.

Office of the High Commissioner for Human Rights [OHCHR] (2012a). *Promoting and Protecting Minority Rights A Guide for Advocates*. Retrieved January 23, 2021, from: https://www.ohchr.org/Documents/Publications/HR-PUB-12-07_en.pdf.

Office of the High Commissioner for Human Rights [OHCHR] (2012b). *Human Rights Indicators: A Guide to Measurement and Implementation*. Retrieved January 23, 2021, from: https://www.ohchr.org/Documents/Publications/Human_rights_indicators_en.pdff.

Office of the High Commissioner for Human Rights [OHCHR] (2014). *Civil Society Space and the United Nations Human Rights System: A Practical Guide for Civil Society*. Retrieved Novermber 23, 2021, from: https://www.ohchr.org/Documents/AboutUs/CivilSociety/CS_space_UNHRSystem_Guide.pdf.

Office of the High Commissioner for Human Rights [OHCHR] (2017a). *Language Rights of Linguistic Minorities: A Practical Guide for Implementation*. Retrieved January 31, 2021, from: https://www.ohchr.org/Documents/Issues/Minorities/SR/LanguageRights-LinguisticMinorities_EN.pdf.

Office of the High Commissioner for Human Rights [OHCHR] (2017b). *OHCHR Organizational Chart*. Retrieved January 29, 2021, from: https://www.ohchr.org/Documents/AboutUs/OHCHR_orgchart_2014.pdf.

Office of the High Commissioner for Human Rights [OHCHR] (2020a). *Evaluating the Impact of Human Rights: Training Guidance on Developing Indicators*. Retrieved September 18, 2021, from: https://www.ohchr.org/Documents/Publications/Evaluating-HRTraining.pdf.

Office of the High Commissioner for Human Rights [OHCHR] (2021a). *International stan-*

dards. Retrieved January 13, 2021, from: https://www.ohchr.org/EN/Issues/Minorities/ SRMinorities/Pages/standards.aspx.

Office of the High Commissioner for Human Rights [OHCHR] (2021b). *Conflict Prevention and the Protection of the Human Rights of Minorities: Fourteenth Session of the Forum on Minority Issues*. Retrieved December 10, 2021, from: https://www.ohchr.org/ EN/HRBodies/HRC/Minority/Pages/Session14.aspx.

Office of the High Commissioner for Human Rights [OHCHR] (2021c). *Protecting and Expanding Civic Space*. Retrieved December 1, 2021, from: https://www.ohchr.org/EN/ Issues/CivicSpace/Pages/ProtectingCivicSpace.aspx.

Office of the High Commissioner for Human Rights [OHCHR] (n.d.). *Previous Sessions*. Retrieved December 10, 2021, from: https://www.ohchr.org/EN/HRBodies/HRC/Minority/Pages/PreviousSessions.aspx.

Office of the Historian (2017). *Treaty of Paris, 1763*. Retrieved May 23, 2020, from: https:// history.state.gov/milestones/1750-1775/treaty-of-paris.

Office of the Prime Minister (2021). *Minister of Official Languages and Minister Responsible for the Atlantic Canada Opportunities Agency Mandate Letter*. Retrieved December 24, 2021, from: https://pm.gc.ca/en/mandate-letters/2021/12/16/minister-official-languages-and-minister-responsible-atlantic-canada.

Office of the Scottish Charity Regulator [OSCR] (2015). *Arms Length External Organizations*. Retrieved November 9, 2019, from https://www.oscr.org.uk/media/1778/2015-01-09-oscr-aleo-report.pdf.

Office Québécois de la Langue Française (2021). *Organisation*. Retrieved December 13, 2021, from: https://www.oqlf.gouv.qc.ca/RDIPRP/organisation.aspx.

Official Languages Commissioner of the Northwest Territories [OLC] (2017). *Annual Report 2016-2017*. Yellowknife: Official Languages Commissioner of the Northwest Territories.

O'Neill, Micael (2004). *Devolution and British Politics*. London: Person.

Ontario Ministry of Education (2016). *French-language School Boards in Ontario*. Retrieved February 19, 2019, from: http://www.edu.gov.on.ca/eng/amenagement/french-Boards.html.

Ontario Ministry of Education (2018). *French-language Education in Ontario.* Retrieved March 28, 2019, from: http://www.edu.gov.on.ca/eng/amenagement/.

Ontario Ministry of Francophone Affairs (2019a). *English-language Schools Teaching French.* Retrieved February 28, 2020, from: https://www.ontario.ca/page/french- language-schools.

Ontario Ministry of Francophone Affairs (2019b). *Published Plans and Annual Reports 2019-2020: Ministry of Francophone Affairs.* Retrieved February 28, 2020, from: https://www.ontario.ca/page/published-plans-and-annual-reports-2019-2020- ministry-francophone-affairs.

Ontario Ministry of Francophone Affairs (2019c). *Government Services in French.* Retrieved March 28, 2019, from: https://www.ontario.ca/page/government- services-french.

Ontario Ministry of Francophone Affairs (2020). *Profile of the Francophone Population in Ontario–2016.* Retrieved February 18, 2019, from: https://www.ontario.ca/page/profile-francophone-population-ontario-2016.

Ontario Ministry of Francophone Affairs (2021) *Published Plans and Annual Reports 2020-2021: Ministry of Francophone Affairs.* Retrieved June 13, 2021, from: https://www.ontario.ca/page/published-plans-and-annual-reports-2020-2021-ministry-francophone-affairs.

Ontario Ministry of Francophone Affairs (2022). *Published Plans and Annual Reports 2021-2021: Ministry of Francophone Affairs.* Retrieved January 13, 2022, from: https://www.ontario.ca/page/published-plans-and-annual-reports-2021-2022-ministry-francophone-affairs.

Ontario Ministry of Transportation (2017). *Ministry of Transportation Bilingual Signing Policy Q's & A's.* Retrieved February 23, 2020, from: http://www.mto.gov.on.ca/english/traveller/signs/bilingual-signs.shtml.

Ontario Ombudsman (2016). *Ombudsman's Office Resolves Most Complaints About Schools Without Investigations.* Retrieved May 13, 2020, from: https://www.ombudsman.on.ca/resources/news/in-the-news/2016/ombudsman-s-office-resolves-most-complaints-about-schools-without-investigations-(the-canadian-press.

Ontario Ombudsman (2021). *2019-2020 Annual Report of the French Language Services Commissioner of Ontario*. Retrieved May 13, 2021, from: https://www.ombudsman. on.ca/resources/reports-and-case-summaries/annual-reports/2019-2020-annual-report-of-the-french-language-services-commissioner-of-ontario.

Ontario Parks (2015). *400th Anniversary of Samuel de Champlain's Exploration of Ontario*. Retrieved February 18, 2020, from: https://www.ontarioparks.com/parksblog/400-champlain-exploration-of-ontario/.

Ontario.ca (2018). *The Government for the People Is Taking Action for Franco-Ontarians*. Retrieved May 28, 2021, from: https://news.ontario.ca/en/release/50507/the-government-for-the-people-is-taking-action-for-franco-ontarians.

Ontario.ca (2021). *Ministry of Francophone Affairs*. Retrieved May 28, 2021, from: https://www.ontario.ca/page/ministry-francophone-affairs.

Organisation for Economic Co-operation and Development [OECD] (2010). *OECD Territorial Reviews: Sweden 2010*. Paris: OECD Publishing.

Organization for Economic Cooperation and Development [OECD] (2013a). *Official Language*. Retrieved May 15, 2021, from: https://stats.oecd.org/glossary/detail. asp?ID=5590.

Organization for Economic Cooperation and Development [OECD] (2013b). *National Language*. Retrieved May 15, 2021, from: https://stats.oecd.org/glossary/detail. asp?ID=5589.

Pace, John P. (2020). *The United Nations Commission on Human Rights: A Very Great Enterprise*. New York: Oxford University Press.

Parent, Richard (2014). Interview of Judge Wally Oppal, Queens Council, Supreme Court of British Columbis. In Dilip K. Das, Cliff Roberson and Michael M. Berlin (eds.), *Trends in the Judiciary: Interviews with Judges Across the Globe*, pp. 93-115. Boca Raton: CRC Press.

Pasikowska-Schnass, Magdalena (2016). *Regional and Minority Languages in the European Union*. European Parliamentary Research Service, Retrieved November 18, 2021, from: https://www.europarl.europa.eu/EPRS/EPRS-Briefing-589794-Regional-minority-languages-EU-FINAL.pdf.

Perez, Andrew (2021). *Trudeau's New Cabinet Falls Short on Regional Representation.* National Observer, Retrieved December 15, 2021, from: https://www.nationalobserver. com/2021/11/03/opinion/trudeaus-new-cabinet-falls-short-regional-representation.

Philippine News Agency (2020). *New KWF Commissioner, BFP Chief Named.* Retrieved May 29, 2021, from: https://www.pna.gov.ph/articles/1091522.

Phillips, Alan (2015). Historical Background on the Declaration. In Ugo Caruso and Rainer Hofmann (eds.), *The United Nations Declaration on Minorities: An Academic Account on the Occasion of Its 20th Anniversary*, pp. 3-18. Leiden: Brill-Nijhoff.

Pons, Eva and Weese, Katharina Jiménez (2021). *Analysing the EU Agreements with Spain and the UK on the Use of Regional or Minority Languages: A Practical Assessment.* European Network to Promote Linguistic Diversity, Retrieved November 30, 2021, from: https://www.npld.eu/wp-content/uploads/2021/04/NPLD_2021_report_Pons-Weese_1604.pdf.

Prime Minister's Office Singapore [PMO] (2014). *Speech by PM Lee Hsien Loong at Launch of Speak Mandarin Campaign 2014.* Retrieved September 18, 2021, from: https://www.pmo.gov.sg/Newsroom/speech-pm-lee-hsien-loong-launch-speak-manda-rin-campaign-2014.

Public Appointments Secretariat (2020). *Provincial Advisory Committee On Francophone Affairs.* Retrieved February 13, 2020, from: https://www.pas.gov.on.ca/Home/Agen-cy/531.

Public Service Ombudsman for Wales (2020). *Compliance Notice.* Retrieved May 29, 2021, from: https://www.ombudsman.wales/wp-content/uploads/2021/01/Welsh-Language-Standards.pdf.

Public Service Ombudsman for Wales (2021). *Compliance Notice.* Retrieved May 29, 2021, from: https://www.ombudsman.wales/wp-content/uploads/2021/05/HC-OGCC-Ymwa-diad-S.pdf.

Quebec Ombudsman (2015). *Office Québécois De La Langue Française: Accept Complaints Written in English.* Retrieved March 14, 2020, from: https://protecteurducitoyen.qc.ca/

en/investigations/investigation-results/office-quebecois-de-la-langue-francaise-accept-complaints-written-in-english.

Reif, Linda C. (2019). Institutional Variation for the Protection and Promotion of Official, Minority and Indigenous Languages: From Official Languages to Human Rights. In Hermann Amon and Eleri James (eds.), *Constitutional Pioneers - Language Commissioners and the Protection of Official, Minority and Indigenous Languages*, pp. 3-27. Montreal: Thomson Reuters.

Rhodes, R. A.W. (2012). *Everyday Life in Britain Government*. Oxford: Oxford University.

Rhondda Cynon Taf Council (2021). *Mudiad Meithrin Awards Success*. Retrieved December 5, 2021, from: https://www.rctcbc.gov.uk/EN/Newsroom/PressReleases/2021/October/MudiadMeithrinAwardsSuccess.aspx.

Ridwan, Muhammad (2018). National and Official Language: The Long Journey of Indonesian Language. *Budapest International Research and Critics Institute-Journa*, 1(2): 72-78.

Ro, Christine (2021). *The Pervasive Problem of "Linguistic Racism."* BBC. Retrieved November 20, 2021, from: https://www.bbc.com/worklife/article/20210528-the-pervasive-problem-of-linguistic-racism.

Saha, Tushkar Kanti (2010). *Textbook on Legal Methods, Legal Systems and Research*. New Delhi: Universal Law Publisher.

Sartori, Giovanni (1997). *Comparative Constitutional Engineering: An Inquiry into Structures, Incentives, and Outcomes*. New York: New York University Press.

Schmidt, Karl Hors (1980). Continental Celtic as an Aid to the Reconstruction of Proto-Celtic. *Zeitschrift Für Vergleichende Sprachforschung*, 94(1/2): 172-197.

Schwartz S. and Carpenter K. M. (1999). The Right Answer for the Wrong Question: Consequences of Type III Error for Public Health Research. *America Journal of Public Health*, 89(8): 1175-1180.

Scottish Government (2010). *Scots Language: Ministerial Working Group Report*. Retrieved January 13, 2021, from: https://www.gov.scot/publications/report-ministerial-working-group-scots-language/.

Scottish Government (2011). *Scots Language Working Group Report: Scottish Government Response*. Retrieved January 13, 2021, from: https://www.gov.scot/publications/scots-language-working-group-report-response-scottish-government/pages/2/.

Scottish Government (2015). *Scots Language Policy: English Version*. Retrieved January 14, 2021, from: https://www.gov.scot/publications/scots-language-policy-english/.

Scottish Government (2017). *Scottish Government Gaelic Language Plan 2016-2021*. Retrieved March 28, 2021, from: https://www.gov.scot/publications/scottish-government-gaelic-language-plan-2016-2021/pages/5/.

Scottish Government (2018). *Public Bodies in Scotland: Guide*. Retrieved September 18, 2021, from: https://www.gov.scot/publications/public-bodies-in-scotland-guide/.

Scottish Parliament (2021a). *Election 2021: The Result*. Retrieved June 10, 2021, from: https://digitalpublications.parliament.scot/ResearchBriefings/Report/2021/5/11/591dc3c7-d994-4bbd-8120-767e9e781a67#Introduction.

Scottish Parliament (2021b). *New Scottish Cabinet*. Retrieved June 15, 2021, from: https://www.gov.scot/news/new-scottish-cabinet/.

Scottish Parliament (n.d.). *SPCB Membership*. Retrieved January 25, 2021, from: https://www.parliament.scot/abouttheparliament/18343.aspx.

Senedd Research (2021). *Election Results 2021: What's Changed?* Retrieved June 22, 2021, from: https://research.senedd.wales/research-articles/election-results-2021-what-s-changed/.

Sithigh, Daithí Mac (2018). Official Status of Languages in the UK and Ireland. *Common Law World Review*, 47(1): 77-102.

Skutnabb-Kangas, Tove (2012). *Linguistic Genocide in Education-or Worldwide Diversity and Human Rights?* New York: Routledge.

Skutnabb-Kangas, Tove (2012). *Role of Linguistic Human Rights in Language Policy and Planning*. Retrieved September 28, 2021, from: http://www.tove-skutnabb-kangas.org/dl/336-Skutnabb-Kangas-Tove-2019-Role-of-Linguistic-Human-Rights-in-Language-Policy-and-Planning-The-Concise-Encyclopedia-of-Applied-Linguistics.pdf.

Skutnabb-Kangas, Tove and Phillipson, Robert (1998). Language in Human Rights. *Gazette*

(Leiden, Netherlands), 60(1): 27-46.

Skutnabb-Kangas, Tove and Phillipson, Robert (2017). Linguistic Human Rights, Past and Present. In Skutnabb-Kangas, Tove and Phillipson, Robert (eds.), *Language Rights*. London: Routledge.

Sonntag, Selma K. and Cardinal, Linda (2013). State Traditions and Language Regimes: A Historical Institutionalism Approach to Language Policy. *Acta Universitatis Sapientiae, European and Regional Studies*, 8: 5-21.

Spolsky, Bernard (2004). *Language Policy*. Cambridge: Cambridge University Press.

Sridhar, Kamal K. (2000). Literacy, Minority Languages, and Multilingual India. *Studies in the Linguistic Sciences*, 30(1): 149-165.

Statistics Canada (2018). *First Nations People, Métis and Inuit in Canada: Diverse and Growing Populations*. Retrieved March 3, 2020, from: https://www12.statcan.gc.ca/census-recensement/2016/ref/guides/008/98-500-x2016008-eng.cfm.

Statistics Canada (2019a). *Ethnic Origin Reference Guide, Census of Population, 2016*. Retrieved March 3, 2021, from: https://www12.statcan.gc.ca/census-recensement/2016/ref/guides/008/98-500-x2016008-eng.cfm.

Statistics Canada (2019b). *Focus on Geography Series, 2016 Census*. Retrieved March 4, 2021, from: https://www12.statcan.gc.ca/census-recensement/2016/as-sa/fogs-spg/Facts-can-eng.cfm?Lang=Eng&GK=CAN&GC=01&TOPIC=7.

Statistics Canada (2021). *Visible Minority of Person*. Retrieved March 3, 2021, from: https://www23.statcan.gc.ca/imdb/p3Var.pl?Function=DEC&Id=45152.

StatsWales (2015). *Welsh Language Use Survey 2013-2015: Use of the Language*. Retrieved October 28, 2019, from: https://statswales.gov.wales/Catalogue/Welsh-Language/Language-Use-Surveys.

Tauranga Art Gallery (2020). *Trust and Trustees*. Retrieved November 1, 2020, from https://www.artgallery.org.nz/trust.

Tauranga City Council (2020). *Tauranga Art Gallery*. Retrieved November 8, 2020, from https://www.tauranga.govt.nz/council/working-with-organisations/council-controlled-organisations/tauranga-art-gallery.

The Economist (2018). *The Literature of Liberalism: A Reading List of Great Liberal Thinkers*. Retrieved September 22, 2021, from: https://www.economist.com/open-future/2018/08/29/the-literature-of-liberalism.

The Week (2017). *Quebec's "Language Police" Release List of Permitted English Words*. Retrieved May 31, 2019, from: https://www.theweek.co.uk/88531/quebec-s-language-police-release-list-of-permitted-english-words.

Theobald, Paul and Wood, Kathy L. (2009). Communitarianism and Multiculturalism in the Academy. *Journal of Thought*, 44(1/2): 9-23.

Turner, Barry (2014). *The Statesman's Yearbook 2015: The Politics, Cultures and Economies of the World*. Hampshire: Palgrave Macmillan.

UK Parliament (2012). *Chapter 5: Arm's-Length Bodies*. Retrieved May 22, 2021, from: https://publications.parliament.uk/pa/ld201213/ldselect/ldconst/61/6108.htm.

UK Parliament (2021a). *Parliament's Authority*. Retrieved March 8, 2021, from: https://www.parliament.uk/about/how/role/sovereignty/.

UK Parliament (2021b). *Grand Committees*. Retrieved May 8, 2021, from: https://www.parliament.uk/about/how/committees/grandcommittees/.

United Nations (n.d.a). *Minorities: Background*. Retrieved September 30, 2021, from: https://www.un.org/en/fight-racism/vulnerable-groups/minorities.

United Nations (n.d.b). *What Are Human Rights?* Retrieved July 18, 2021, from: https://www.un.org/en/global-issues/human-rights.

United Nations Commission on International Trade Law [UNCITRAL] (2019). *UNCITRAL Legislative Guide on Public-Private Partnerships*. Retrieved January 8, 2021, from: https://uncitral.un.org/en/lgppp.

United Nations Commission on International Trade Law [UNCITRAL] (2020). *UNCITRAL Model Legislative Provisions on Public-Private Partnerships*. Retrieved November 18, 2021, from: https://uncitral.un.org/sites/uncitral.un.org/files/media-documents/uncitral/en/19-11011_ebook_final.pdf.

United Nations Development Programme [UNDP] (2010). *Marginalised Minorities in Development Programming*. Retrieved January 8, 2021, from: https://www.ohchr.org/

documents/issues/minorities/undpmarginalisedminorities.pdf.

United Nations Development Programme [UNDP] (2015). *A Human Rights-Based Approach to Development Programming in UNDP*. Retrieved July 12, 2021, from: https://unsdg. un.org/2030-agenda/universal-values/human-rights-based-approach.

United Nations Educational, Scientific and Cultural Organization [UNESCO] (2003). *Education in a Multilingual World: UNESCO Education Position Paper*. Retrieved January 28, 2021, from: http://www.unesco.org/new/en/communication-and-information/ resources/publications-and-communication-materials/publications/full-list/education-in-a-multilingual-world-unesco-education-position-paper/.

United Nations Educational, Scientific and Cultural Organization [UNESCO] (2009). *UNESCO World Report: Investing in Cultural Diversity and Intercultural Dialogue*. Paris: UNESCO.

United Nations Educational, Scientific and Cultural Organization [UNESCO] (2017). *UNESCO Atlas of the World's Languages in Danger*. Retrieved September 18, 2021, from: http://www.unesco.org/new/en/culture/themes/endangered-languages/atlas-of-languages-in-danger/.

United Nations Human Rights Council [HRC] (2020). *Human Rights Council Subsidiary Bodies*. Retrieved January 13, 2021, from: https://www.ohchr.org/EN/HRBodies/HRC/ Pages/OtherSubBodies.aspx.

United Nations Office on Drugs and Crime [UNODC] (2015). *UNODC Addresses Minority Rights Forum on Behalf of UN Anti-discrimination Group*. Retrieved February 18, 2021, from: https://www.unodc.org/unodc/en/frontpage/2015/December/unodc-addresses-minority-rights-forum-on-behalf-of-un-anti-discrimination-group.html.

United Nations Sustainable Development Group [UNSDG] (2003). *The Human Rights Based Approach to Development Cooperation Towards a Common Understanding Among UN Agencies*. Retrieved January 28, 2021, from: https://unsdg.un.org/resources/ human-rights-based-approach-development-cooperation-towards-common-understanding-among-un.

United Nations Sustainable Development Group [UNSDG] (2019). *United Nations Sustain-*

able Development Cooperation Framework Guidance: Internal Guidance. Retrieved July 1, 2021, from: https://unsdg.un.org/sites/default/files/2019-10/UN-Cooperation-Framework-Internal-Guidance-Final-June-2019_1.pdf.

United Nations Treaty Collection [UNTC] (n.d.). *Glossary of Terms Relating to Treaty Actions*. Retrieved January 8, 2021, from: https://treaties.un.org/Pages/Overview.aspx?path=overview/glossary/page1_en.xml#declarations.

Universal Human Rights Index [UHRI] (n.d.). *About the International Human Rights Mechanisms*. Retrieved March 8, 2021, from: https://uhri.ohchr.org/en/about.

Vacca, Alessia (2013). Protection of Minority Languages in the UK Public Administration: A Comparative Study of Wales and Scotland. *Revista de Llengua i Dret*, 60: 50-90.

Ward, Rowena (2019). "National" and "Official" Languages Across the Independent Asia-Pacific. *PORTAL Journal of Multidisciplinary International Studies*, 16(1/2): 82-100.

Welsh Government (2012). *A Living Language: a Language for Living—Welsh Language Strategy 2012-2017*. Retrieved May 22, 2021, from: https://gov.wales/sites/default/files/publications/2018-12/welsh-language-strategy-2012-to-2017-a-living-language-a-language-for-living.pdf.

Welsh Government (2017). *Cymraeg 2050: A Million Welsh Speakers*. Retrieved May 22, 2021, from: https://gov.wales/sites/default/files/publications/2018-12/cymraeg-2050-welsh-language-strategy.pdf.

Welsh Language Commissioner (2016). *The Position of the Welsh Language 2012-2015: Welsh Language Commissioner's 5-year Report*. Retrieved May 10, 2021, from: http://www.comisiynyddygymraeg.cymru/english/news/Pages/5-year-report.aspx.

Welsh Language Commissioner (2019a). *What are Welsh Language Standards?* Retrieved November 13, 2019, from: http://www.comisiynyddygymraeg.cymru/English/Organisations/Pages/What-are-standards.aspx.

Welsh Language Commissioner (2019b). *Imposing Standards on Organisations*. Retrieved November 13, 2019, from: http://www.comisiynyddygymraeg.cymru/English/Organisations/Pages/Set-standards.aspx.

Welsh Language Commissioner (2019c). *Rights to Use the Welsh Language*. Retrieved No-

vember 16, 2019, from: http://www.comisiynyddygymraeg.cymru/English/My%20
rights/RightstousetheWelshlanguage/Pages/RightstousetheWelshlanguage.aspx.

Welsh Language Commissioner (2019d). *Making a Complaint.* Retrieved May 16, 2021,
from: http://www.comisiynyddygymraeg.cymru/English/My%20rights/Pages/Making-
a-complaint.aspx.

Welsh Language Tribunal (2019). *Welsh Language Tribunal Annual Report 2017-2018.* Re-
trieved May 15, 2021, from: https://welshlanguagetribunal.gov.wales/annual-reports.

Welsh Parliament (2021a). *Powers.* Retrieved March 8, 2021, from: https://senedd.wales/
how-we-work/our-role/powers/.

Welsh Parliament (2021b). *How are Members of the Senedd are Elected?* Retrieved March
31, 2021, from: https://senedd.wales/how-we-work/about-members-of-the-senedd/how-
are-members-of-the-senedd-are-elected/.

Whitaker, Reg (1992). *A Sovereign Idea: Essays on Canada as a Democratic Community.*
Montreal: McGill-Queen's University Press.

Willemyns, Roland (2002). The Dutch-French Language Border in Belgium. *Journal of
Multilingual and Multicultural Development*, 23(1/2): 36-49.

Willyarto, Mario Nugroho, Yunus, Ulani and Wahyuningiyas, Bhernadetta Pravita (2021).
Foreign Language (English) Learning in Cross-Cultural in Indonesian. In Yilmaz
Bayar (ed.), *Handbook of Research on Institutional, Economic, and Social Impacts of
Globalization and Liberalization*, pp. 671-684. Hershey: IGI Global.

World Bank (2016). *About Public-Private Partnerships.* Retrieved May 22, 2021, from:
https://ppp.worldbank.org/public-private-partnership/about-public-private-partner-
ships.

World Health Organization [WHO]. *Human Rights and Health.* Retrieved September 22,
2021, from: https://www.who.int/news-room/fact-sheets/detail/human-rights-and-
health.

Wright, Sue (2001). Language and Power: Background to the Debate on Linguistic Rights.
International Journal on Multicultural Societies, 3(1): 44-54.

Young, Iris Marion (2011). *Justice and the Politics of Difference.* New Jersey: Princeton
University Press.

國家圖書館出版品預行編目資料

少數群體語言權利：加拿大、英國、臺灣語言政策之比較／王保鍵著. ──初版. ──
臺北市：五南圖書出版股份有限公司，2022.01
面；　公分
ISBN 978-626-317-487-0（平裝）

1.少數族群　2.語言政策　3.比較研究　4.文集

800.7　　　　　　　　　　110021438

1PMG

少數群體語言權利：
加拿大、英國、臺灣語言政策之比較

作　　者 ─ 王保鍵（14.2）

發 行 人 ─ 楊榮川

總 經 理 ─ 楊士清

總 編 輯 ─ 楊秀麗

副總編輯 ─ 劉靜芬

責任編輯 ─ 呂伊真、李孝怡

封面設計 ─ 王麗娟

出 版 者 ─ 五南圖書出版股份有限公司

地　　址：106台北市大安區和平東路二段339號4樓

電　　話：(02)2705-5066　　傳　　真：(02)2706-6100

網　　址：https://www.wunan.com.tw

電子郵件：wunan@wunan.com.tw

劃撥帳號：01068953

戶　　名：五南圖書出版股份有限公司

法律顧問　林勝安律師事務所　林勝安律師

出版日期　2022年1月初版一刷

定　　價　新臺幣480元

本書出版前已通過雙向匿名學術審查

經典永恆·名著常在

◈

五十週年的獻禮——經典名著文庫

五南，五十年了，半個世紀，人生旅程的一大半，走過來了。

思索著，邁向百年的未來歷程，能為知識界、文化學術界作些什麼？

在速食文化的生態下，有什麼值得讓人雋永品味的？

歷代經典·當今名著，經過時間的洗禮，千錘百鍊，流傳至今，光芒耀人；

不僅使我們能領悟前人的智慧，同時也增深加廣我們思考的深度與視野。

我們決心投入巨資，有計畫的系統梳選，成立「經典名著文庫」，

希望收入古今中外思想性的、充滿睿智與獨見的經典、名著。

這是一項理想性的、永續性的巨大出版工程。

不在意讀者的眾寡，只考慮它的學術價值，力求完整展現先哲思想的軌跡；

為知識界開啟一片智慧之窗，營造一座百花綻放的世界文明公園，

任君遨遊、取菁吸蜜、嘉惠學子！